상상과 해석

상상과 해석의 변주곡

1쇄 발행일 | 2022년 11월 28일

지은이 | 문광영
펴낸이 | 윤영수
펴낸곳 | 문학나무
편집 기획 | 03085 서울 종로구 동숭4나길 28-1 예일하우스 301호
이메일 | mhnmoo@hanmail.net
출판등록 | 제312-2011-000064호 1991. 1. 5.
영업 마케팅부 | 전화 | 02-302-1250, 팩스 | 02-302-1251

값 17,000원

ISBN 979-11-5629-152-7 03800

본 도서는 인천광역시와 (재)인천문화재단의 후원을 받아 '2022 인천형 예술인 지원사업' 으로 선정되어 발간되었습니다.

상상과 해석의 변주곡

문광영 평론집

문학나무

| 서문 |

작가를 존경하고 사랑한다

글이란 어떤 대상에 남다른 정신 내지 상상의 옷을 입히는 언어작업이다. 그래서 좋은 작품에는 무언가 참신한 깨달음이나 통찰의 세계를 보여주면서 강렬한 울림이 있고 발칙한 즐거움이 있다.

그래서 시인이나 수필가는 천상과 지상을 오고 가는 존재이고, 삼라만상과 소통하며 영성적 메시지로 우주의 비밀을 들춰내는 영매(靈媒)이기도 하다. 나아가 그들은 늘 세계와의 관계 속에서 부단히 소통하고 늘 자기 삶에 의문을 던지는 실존주의자들이고, 건너가고, 넘어서며, 거듭나기를 게을리하지 않는 지상의 Ubermensch들이다.

나는 미지의 세계를 창조하는 작가들을 존경하고 사랑한다. 그들은 불가시(不可視), 불가지(不可知), 불가청(不可聽)적인 대상을 현현(顯現)해내고 이를 가치화한다. 또 그들은 작품마다 독창적인 상상과 영안(靈眼)의 힘으로 사유의 세계를 언어 미학적으로 형상화하는 비상한 재주를 지닌 사람들이다.

이들 작가들의 작품을 만날 때마다 어떤 궁금증과 호기심을 떨쳐버릴 수가 없다. 작품집을 만날 때는 편하게 독자로서 만나지만, 이내 나도 모르게 비평가로서 안목, 곧 직업의식이 발동한다. 특히 좋은 작품 앞에서는 가슴이 두근거려지고 작품을 깊이 응시하게 된다. 소개팅에서 괜찮은 상대를 만난 설렘 같다고나 할 것이다.

각자 개성만큼이나 작품이 주는 스펙트럼의 빛깔은 그야말로 다양하다. 어떤 색깔은 애틋한 서정에 닿아 있고, 어떤 색깔은 세속적 욕망을 초탈하고, 또 어떤 색깔은 하찮고 사소한 생명을 끌어안기도 한다. 그럴 때마다 작품에 스며있는 창작 주체의 내밀한 동기며, 한 세계관과 가치관, 미학적 논리라든가, 사유와 통찰의 깊이 등을 천착하여 해석과 나름 평가를 내린다.

본 평론집 『상상과 해석의 변주곡』은 졸저 『비움과 채움의 논리』(미소, 2012)에 이은 후속 비평집이다. 이번 비평집에는 7명의 시집과 4명의 수필집, 1명의 시산문집을 다루고 있은데, 주로 인천에 거주하는 작가들을 대상으로 하고 있다. 따라서 이들의 작품적 특성이 곧 오늘의 인천 문학의 흐름이나 특색을 엿볼 수 있는 단초가 될 수 있다고 믿는다,

문학이 새로운 존재 의미의 생성이나 경이의 상상력, 세계 해석의 미학을 드러내는 언어 예술임을 감안한다면 미래지향적 관점에서 비평적 안목에서 자주 논의되는 것은 아주 바람직한 일이다.

2022. 10.

문광영

차례

제3부

세계 해석과 성찰의식의 변주곡

제1부

Tension이라는 위력

〈시창작 평론〉

Tension이라는 위력

석쇠를 걸어놓고 막소금 툭툭 뿌려 구워먹는 꽁치 한 마리, 참 맛있는 술안주다. 그저 미각에만 신경 쓰고 젓가락으로 가시를 집어내고 살점만 발라 먹기 바쁘다. 짐승과 별반 다르지 않다. 하지만 시인의 입은 다르다. 꽁치로 태어나 치어로 자랄 때 푸른 바다의 깊숙한 이야기며, 사랑에 눈멀어 몰려다닐 때 상어에게 먹힐 뻔했던 순간이며, 세찬 해류와 싸운 등 푸른 몸짓의 살점을 집어낼 것이다. 어쩌면 남아있는 잔뼈에서 고생대의 화석 이야기도 끌어낼 수도 있고, 혹은 최루탄 연기에 질식되어 한물간 팔자의 내면을 꽁치에 투영시킬지도 모른다. 이렇게 시공간을 넘나드는 몰입적 변신이나, 발칙한 해석, 엉뚱한 상상력으로 다가서는 것이 바로 시인의 능력이고 사명이다. 바로 여기 착란 같은 이미지의 파편에서 우리는 텐션의 미학을 마주한다.

> 우리가 어떤 것을 아름답다고 이해하는 것은 아름답다는 말 속에 아름다움의 의미가 들어가 있는 것이 아니라 아름답다라는 단어 주위에 더럽다, 느끼하다 등 관계에서 빚어지는 차이에 의해 의미가 드러난다.
>
> — Saussure, Ferdinand de

음악은 음표 안에 있지 않고 음표와 음표 사이에 존재하는 침묵 안에 있다.

— Mozart, Wolfgang Amadeus

예술 작품이나 인간의 삶이란 텐션의 연속이다. '인간의 생이나 예술 작품에서 긴장이 없다면 존재의 의미도 없다'는 이 말은 텐션이 주는 미학적 가치를 드러낸 것이다. 시의 작품성, 예술성은 텐션(tension)의 여부와 직결된다. 시가 늘 새로운 존재 의미의 생성이나 경이의 상상력, 세계 해석의 미학을 드러낸다고 하는 것이라면, 이러한 사유의 깊이와 울림의 증폭은 바로 텐션이 작용하는 힘에서 온다는 말이다.

A.Tate는 좋은 시의 의미구조를 바로 '텐션'의 작용 여부에서 찾는다. 그가 말하는 시에서 텐션이란 '외연(extension)과 내포(intension) 사이에서 벌어지는 탄력, 긴장감, 장력, 심미적 거리'를 말한다.[1)]

그는 시의 언어라는 것을 관념이나 사상, 감정을 전달하는 도구로 보지 않고 하나의 사물로 생각했다. 그래서 좋은 시의 의미구조를 '내포와 외연의 가장 먼 양극에서 모든 의미를 통일한 것'으로 보았다. 그러니까 이상적인 텐션이란 외연과 내포가 주는 보다 넓고 큰 입체적 의미망, 관계망에서 오는 전위차에서 오는 것이라고 생각한 것이다.

21C 복잡다기하고 불확정성, 진리와 본질이 유보되는 시대의 시인이라면 누구보다도 심리적 갈등과 모순, 역설의 삶을 체험하면서 살아간다. 그래서 현대 시인이 그러한 내면세계를 표출하는 방식으로 시 구조에서 텐션의 발생은 자연스러운 일이다. 텐션은 Shklovsky가 말한 '낯설게하기'(defamiliarization)나 I.A.Richards의 "포괄의 시"(inclusive poetry)와 맞닿아 있고, Objet 시어의 활용이나 Depaysement의 시 기법과 연루되어 작용한다. 곧 상사성(相似性)의 시어들이 충돌과 갈등을

1) A.Tate는 『Tension in Poetry』에서 좋은 시의 의미구조란 '텐션'에서 나온다고 보고 있다. 그는 텐션을 "긴장 관계, 즉 시 안에서 발견할 수 있는 모든 외연과 내포의 총체적인 조직체"('tension', the full organized body of all extension and intension that we can find in it)로 보고 있다.

일으키는 체험의 내용들을 포괄, 종합해야 한다는 이론과 그 맥을 같이하는 것이다. 나아가 이는 관계 미학의 형상화라는 측면에서 동, 서양의 철학적 사유[2]와도 맞닿아 있다.

1. 공간과 시간의 원거리 병치에 의한 텐션

꽃들은 별을 우러르며 산다.
이별의 뒤안길에서
촉촉히 옷섶을 적시는 이슬,
강물은
흰 구름을 우러르며 산다.
만날 수 없는 갈림길에서
온몸으로 우는 울음.
바다는
하늘을 우러르며 산다.
솟구치는 목숨을 끌어 안고
밤새 뒹구는 육신,
세상의 모든 것은
그리움에 산다.

오세영 〈먼 그대〉 부분[3]

---

2) 우주 만상의 운행이나 인간 만사의 변화 생성도 바로 텐션의 상호작용에서 기인한다. 한 마디로 텐션은 본질의 미학이 아니라, 관계 미학적 생성에서 온다. 이 관계 철학의 뿌리가 노자(老子)의 유무상생(有無相生), 불가(佛家)의 본무자성(本無自性), 역학(易學)의 일음일양(一陰一陽), M.Heidegger의 세계내존재(世界內存在)의 네트 웍이라는 것도 모두 관계론의 바탕을 두고 있다. Gilles Deleuze의 차이(difference), Jacques Derrida의 '탈구축'이나 차연differance도 이러한 관계망의 텐션과 연루되어 있다.

3) 오세영, 시집 『잠들지 못하는 건 사랑이다』(책 만드는 집, 2002).

시 〈먼 그대〉는 순전히 공간적 전위차를 적용한 시라고 할 수 있다. 곧 지상의 '꽃'과 천상의 '별'이란 수직적 원거리 이미지의 대비적 텐션, 그리고 지상에서 흐르는 '강물'과 천상에서 흘러가는 '구름'의 수평적 원거리 이미지의 대비적 텐션, 그리고 '바다'와 '하늘'의 공간적 전위차가 주는 텐션이다. 그리하여 시인은 그리움이란 시정을 우주적 상상력으로 구현해 낸다. 인간에게 있어 그리움이란 누구나 지닐 수밖에 없는 존재론적 근원이요 정서다. 이 시에서는 그리움이란 닿을 수 없는 거리, 이룰 수 없는 거리를 각각, 꽃은 별을, 강물은 흰 구름을, 바다는 하늘을 '그리워하며 우러르며 살고' 있다는 것이다.

여기 대비적 공간 속에서의 원거리 이미지들은 관계망을 이루며 다양한 의미를 창출해 내는 메타적 텐션의 기호들이다. 그래서 그리움 때문에 꽃은 피고 별빛은 빛나는 것일까. 그래서 또한 바다는 출렁대지 않으면 안 되는 것일까. 인간은 저마다 고집멸도(苦集滅道)의 삶에서 무엇을 그리워하며 우러르며 살아간다. 어쩌면 만나지 못하고 멀리 있다는 것은 고통이자 축복이며, 아름다움이다. 그래서 그리움은 괴로움과 힘겨움을 동반한다. 이렇듯 인간 존재의 그리움이란 화두의 시정을 자연 존재의 섭리를 통해 풀어내고자 한 시인의 촉수가 큰 울림으로 다가온다.

상상을 하려면 늘 우주와 자연과 내통해야 한다. 발은 비록 땅을 디디고 있을지라도, 시인의 시선은 온 우주를 향해 있다. 인간의 뇌 크기는 축구공보다 작지만 상상의 힘으로 이 우주를 담아낼 수가 있는 것이다. 우리가 우주적 연민 내지 우주적 상상력을 피할 수 없는 것은 내 몸이, 그리고 마른 풀잎 하나라도 바로 몸이 우주의 것이기 때문이다.

새벽에 너무 어두워
밥솥을 열어봅니다

하얀 별들이 밥이 되어

으스러져라 껴안고 있습니다

별이 쌀이 될 때까지

쌀이 밥이 될 때까지 살아야 합니다.

그런 사랑 무르익고 있습니다.

김승희 〈새벽밥〉 전문[4]

시인은 새벽에 별들이 밥이 되어 껴안고 있는 밥솥을 직관의 눈으로 들여다본다. 화자는 별이 쌀이 될 때까지, 쌀이 다시 밥이 될 때까지 우리는 온몸으로 '살고', '살아가고' 있음을 발견한다. '별이 쌀이 되고, 밥이 쌀이 되고'는 낯선 은유적 치환으로, 여기에서도 원거리 전위차의 텐션이 작동되고 있다. 시인은 별이 밥이 되는 삶의 연금술에서 필요한 것은 오직 하나. "으스러져라 껴안고" 있는 것이 사랑의 생리임을 시적으로 설파한다. 껴안는 사랑은 타인의 고통, 고충마저 감싸쥐는 것. 별과 쌀이란 원거리 대상을 결합시키며 물질을 사랑이란 정신으로 전이시켜 타인과의 거리, 장벽을 해체한다. "쌀이 밥이 될 때까지" 그런 사랑을 위해 '별이 밥이 될 때까지', "살아야 합니다"라고 당위로서 사랑의 개념을 설파하고 있다. 저 너머 천상에서 초월적으로 빛을 발하기만 하던 별이 인간 세상으로 내려와 새벽에 밥을 챙겨야 하는 삶 속으로 끼어들었다. 천상의 성스러운 이미지의 별이 속세의 밥과 접속되어 서로 존재적 의미가 확장되고 있다. 전혀 다른 이질적인 것들의 별과 밥, 밥과 별을 연결시켜 텐션의 자장을 형성하고, 위대한 사랑의 힘이 지닌 속성을 의미를 드러내고 있는 것이다.

---

4) 김승희, 시집 『냄비는 둥둥』(창비,2006).

이불 밖으로 삐죽이 나온 당신 한쪽 발
엎어져 자고있는 발바닥이 바다 위에 섬 같애
숨도 쉬지 않고 조용히 자고있는 쓰시마섬

왜구의 노략질이 심해지자 태종은 대마도 정벌을 명하였대
토요또미 히데요시도 쓰시마에 기지를 구축하였고

왜 그 생각이 나나 모르겠네
젊어 징용 가서 다시는 못 돌아온 고모부
절벽 위에 고사목처럼 살다 이제 죽은 지 오래된 고모
〈중략〉
회사는 넘어가고 친구들의 부고장은 하나둘 날아오고
술도 담배도 끊었지만 잠이 안 온다고 뒤척이더니

그 나라에서도 쫓겨나 갈 곳 없는 자들이 모여 살던 곳이 쓰시마래
작은 섬 앞바다에 역관 백여 명을 돌풍에 휩쓸려 보내고도
대마도는 우리 땅이라고 조선 사람들은 믿었다는데

당신 발바닥은 영 딴 나라 같네
동떨어져서 낯설기만 하고
당신의 쓰시마, 쓰시마 섬

최정례 〈당신 발바닥 쓰시마섬 같애〉 부분[5]

서정시의 모티브는 생의 순간적 파악에 있다. 그래서 서정시는 과거와 미래가 '영원한 현재'로서 아우르는 시간성에서 하나의 생각, 하나

5) 《창작과 비평》(2007, 가을호).

의 날카로운 정서를 드러낸다.

화자는 남편의 발바닥을 통해 바다 한가운데 엎어진 배처럼 조용히 자고있는 일본의 쓰시마(대마도)섬을 연상, 치환 동일시한다. 여기에서 발바닥에서 연상된 쓰시마 섬은 각 장면 별로 상호텍스트성이 적용되어 공간과 시간성이 응축된 전위차를 보여준다. 쓰시마는 일본 본토로부터 지정학적으로 멀리 떨어져 있고, 갈 곳 없는 일본인들이 모여 살던 곳이며, 역사적으로는 토요또미 히데요시가 한국 침략의 전초기지로 삼던 곳이라는 것, 또한 이 섬은 역사적으로 왜구의 노략질에 응징하기 위해 태종이 정벌한 섬이기도 하고, 생으로 굶어 죽은 최익현의 혼이 서린 땅이며, 역관 백 여명이 돌풍에 의해 죽은 곳이자, 화자의 고모부가 징용을 가서 애처롭게 일생을 마친 곳이라고 화자는 말한다. 화자는 지금 방바닥에 "이불 밖으로 삐죽이 나온" 남편의 발바닥을 쓰시마섬으로 동일시하여 소외되고 낯설고 암울한 심정을, 측은지심의 남편을 그려내고 있다.

그래서 이 시편의 미학은 '남편의 발바닥'이 '쓰시마섬'으로 비유된 공간적 텐션과 더불어 과거 역사적 내력의 에피소드를 끌어와 현재 남편의 처한 상황으로 시간적으로 치환되어 엄청난 실감미의 환기력을 보여준다. 바로 폭넓은 원거리 시간성의 응집력이 주는 텐션의 미학을 접할 수 있는 것이다. 말하자면 거리가 먼 상이한 개별적 존재를 동질적인 존재로 병치시켜 심미적 경이감을 만끽하게 해준다.

2. 중층적 의미의 전위차가 주는 텐션

나무 속에
보일러가 들어 있다 뜨거운 물이

겨울에도 나무의 몸 속을 그르렁그르렁 돌아다닌다

내 몸의 급수 탱크에도 물이 가득 차면
詩, 그것이 바람난 살구꽃처럼 터지려나
보일러 공장 아저씨는
살구나무에 귀를 갖다대고
몸을 비벼본다

안도현 〈시인〉 부분[6)]

겨울나무를 보는 시안(詩眼)이 참으로 경이롭고, 참신하다. 한겨울 맹추위에도 나무가 죽지 않는 이유는 보일러가 들어있어 그 몸속에 돌아다니는 뜨거운 물 때문이라고 한다. 이렇듯 시인은 겨울나무 속에서 보일러를 발견하는 사람이고, 또 시인은 보일러 공장의 아저씨가 되기도 한다. 나아가 '시인'도 '나무'처럼 "급수 탱크에 물이 가득 차면", "바람난 살구꽃처럼" 이윽고 시를 터뜨린다고 한다.

이렇게 이 시는 이중적, 중층적인 의미의 탄력, 텐션을 보여준다. 일차적인 텐션은 본문 속에서 벌어지는 "나무속에 / 보일러가 들어" 있어 "뜨거운 물"이 "나무의 몸속"을 돌아다니기 때문에 겨울나무가 죽지 않고 견딘다는 시적 장치이다. 나아가 2차적 텐션은 제목의 '시인'이라는 존재와 본문에서 볼 수 있는 '겨울나무 속에서도 늘 뜨거운 정신을 발휘'하는 존재 사이에서 드러나는 탄력, 긴장감이다. 그래서 이 시에서 '시인'의 존재는 매우 낯선 상상의 포괄적인 의미를 담고 있는 것이다.

시적 텐션은 그 전위차가 '상상력의 등가성'에서 벗어나지 않는 것이 좋다. 그래야 텍스트와 독자의 상상력과 밀고 당기는 관계에 놓여

6) 안도현, 시집 『아무것도 아닌 것에 대하여』(현대문학사, 2001).

시적 효과를 증대시킬 수 있다. 그런 점에서 시를 쓰는 사람은 세상 만물과의 관계망 속에서 상호 침투하는 상상의 세계이자, 이물관물의 세계가 되어 새로운 의미를 끊임없이 창출해 낸다.

사각의 공간에 구더기들은
활자처럼 꼬물거린다
화장실은
작고 촘촘한 글씨로 가득 찬
불경 같다
살아 꿈틀대는 말씀들을
나는 본다.

이대흠 〈이동식 화장실에서〉 전문[7]

중앙시장 순대골목 진열장에는
얼굴 가득 미소 띤 돼지머리가 수두룩하다
대웅전 부처님처럼 거룩하다
생사를 놓아버리고
모든 집착에서 벗어났다는 표정이다
〈중략〉
두 눈 지그시 감고 골목 내려보며
유리상자 안에서 돼지머리가 웃는다
목 잘린 무수한 여래들이 웃는다

주용일 〈웃는 돼지머리〉 부분[8]

---

7) 《창작과비평》(1994년, 봄호).
8) 주용일, 시집 『문자들의 다비식은 따듯하다』(문학과경계사, 2003).

위 두 편의 시는 불이론(不二論)적 상상의 증층적 의미를 담아내고 있다. 그 상반된 대상 이미지가 주는 전위차의 텐션이야 말로 매우 경이스럽다.

먼저 시 〈이동식 화장실에서〉에서 화자는 화장실에서 구더기를 내려다본다. 그다음 화자의 눈은 더럽고 징그러운 구더기를 뒤집어 거꾸로 보고, 꼬물거리는 활자를 연상한다. 순간 활자는 불경(佛經)의 활자로 바뀌고, 마침내 부처님의 말씀으로 치환된다. 구더기가 부처님의 말씀으로 바뀌는 경악할 정도의 충격, 성속불이(成俗不貳)의 진리가 화장실에서 벌어지고 있는 것이다. 화장실 구더기를 통해서 불경을 읽는 화자의 시안(詩眼), 성속(聖俗)이 분리될 수 없는 불가의 진리가 시 속에서도 드러난다. 그래서 종교적 진리와 문학적 진리는 내통한다. 시적 텐션을 주는 긴장감, 이것이 시의 참맛이다.

시 〈웃는 돼지머리〉에서도 식용의 돼지머리가 성스러운 불상으로 치환되어 경이감을 드러낸다. 화자의 시안(詩眼)에 들어온 돼지머리, 여기에서 돼지머리를 어떻게 무엇으로 보았느냐가 중요하다. 죽음 이후에도 웃음을 놓지 않는 환한 얼굴의 돼지머리, 그가 본 돼지머리는 해탈 상태에 있는 부처들의 군상이다. 놀랍게도 무수한 '여래부처님'으로 치환되고 있다. 사실 돼지머리를 사다 놓고 절을 하고 의식을 치루는 것을 보면 부처로 보아도 무방한 것. 경이감은 곧 즐거움의 재미를 가져다주는 동시에 삶의 활력을 갖게 해준다.

선불교(禪佛敎)의 불이(不二)사상에서는 성(聖)과 속(俗)의 양자가 대립이나 대치의 구도가 아니라 서로 조화를 이룬다. 이는 성과 속의 어느 한 편이 소멸됨으로써 대립이 평정되는 방식이 아니라, 성과 속이 대립되는 동시에 양자 간에 무차별의 동일성이 유지되고 있는 상태다. 말하자면, 변증법적인 긴장과 조화가 동시에 드러내는 구조인 것이다. 따라서 불이(不二)는 긍정과 부정이 동시에 성립되는 역동적인 장을 이루게 된다.

이는 Baudelaire의 modernity에서 보이는 일시성과 영원성의 관계와도 상통한다. 곧 속(俗)에 해당하는 일시성과 성(聖)에 해당하는 영원성이 역동적인 방식으로 공존하는 바, 불이론의 역동적 상태와 매우 유사하다고 할 수 있다.[9] 원래 교회와 선술집이란 것도 같은 뿌리였다. 달리 말하면 교회에서 선술집이 파생되었다. 중세 유럽의 교회에서는 축제와 관혼상제의 뒤풀이 연회를 열고 순례자를 받아들여 무상으로 먹고 마시게 했던 것이다.[10]

시인은 사물을 새롭게 태어나게 하는 사람이다. 그래서 좋은 시인들은 남들이 생각한 것을 다르게 드러낸다. 지각의 자동화와 같은 익숙한 것을 낯설게 만들고, 일반적으로 보는 시각, 생각의 방법을 달리한다. 견자(見者, voyant)의 착란(錯亂)과 같은 것, 곧 진부한 생각, 고정관념을 과감하게 깨고 여기에 새로운 생명을 불어넣는 것이다. 여기에 예술의 당위성이 확보되는 것이고, 시의 문학성이 성립된다.

3. 낯설고 발칙한 은유적 치환의 텐션

진달래는 고혈압이다.
굶주린 눈멀어
우굴우굴 쏟아져 나온 빨치산처럼
산기슭 여기저기서

9) 불교평론(http://www.budreview.com).

10) 그러나 중세 말기인 16C 종교개혁 때부터 이런 교회의 모습은 비난의 대상이 되었다. 교회는 서서히 예배의 공간으로 되어갔다. 물론 교회의 세속성은 완전히 사라지지 않고 근세까지 이어졌지만, 교회의 세속적 기능은 대부분 선술집으로 옮겨졌다. 지금도 교회 옆에 카페, 레스토랑, 선술집 등의 음식점이 있는데, 이는 역사의 산물이다.
시모다 준 지음, 김지형 옮김, 『선술집의 모든 역사』(어젠다, 2013. pp.225-226.참조).

정맥 터질 듯 총질하는 꽃

진달래는 난장질에
온 산은 주리가 틀려
서둘러 푸르러지고
겨우내 식은 세상의 이마가
불쑥 뜨거워진다.
도화선 같은 물줄기 따라
마구 터지는 폭약, 진달래

강윤후 〈진달래〉 부분[11]

위 시에서 화자는 '산에 핀 진달래'는 "고혈압"이고, "정맥 터질 듯 총질하는 꽃"이란다. 아주 낯설게 은유적으로 치환되어 있다. 동일성의 비유라기보다는 상사성의 은유로 밀고 당기는 장력이 강하다. 그야말로 발칙한 상상력에 혀를 차지 않을 수 없다. 나아가 난장질하듯 온 산이 "주리가 틀려 / 서둘러 푸르러지는"라고 역동적 발전을 보여주면서, "폭약"처럼 번져가는 진달래 꽃산의 불콰한 정경을 떠올리게 한다. 그리하여 고혈압의 진달래 이미지는 터질 듯한 "정맥"과 "풍병(風病)"으로 연결되면서 고혈압으로 돌아가신 아버지의 영혼은 물론 두견화의 이야기까지 연상시킨다. 참으로 장엄한 상상력에서 강한 텐션을 미학을 맛보게 하고 있다.

낯설고 충격을 주는 새로움의 시, 신선한 시맛을 드러내기 위해서는 낯설게하기나 전치(轉置, displacement)에서 빚어지는 전위차를 적용한 텐션의 이미지를 구사할 필요가 있다. 일찍이 Baudelaire는 "미(美)란 언제나 엉뚱하다"고 했다. 바로 착란의 시작(詩作)이 아닌가. 텐션이

11) 강윤후, 시집 『다시 쓸쓸한 날에』(문학과지성사, 1995).

강한 시는 이렇게 상상력을 확대시키고, 새로운 경이의 충격을 주면서 심미적 긴장을 일으킨다. 시인의 특권인 자유롭고 충만한 시정을 풀어낼 때, 이런 시가 얻어진다.

봄날
지표로 솟아나온 새싹은
불꽃이다
흙 속에서
겨우내 지열(地熱)로 달아오른 밀알들이
일시에 터지는 폭발
신(神)들의 성냥개비다.

오세영 〈봄날〉 부분[12]

시인은 '봄날' 지표를 뚫고 솟아오르는 흙 속의 새싹들을 본다. 순간 시인의 눈에는 그 새싹들이란 "겨우내 지열(地熱)로 달아오른 밀알들"이고, 이어 "일시에 터지는 폭발"로서의 '불꽃'이며, 나아가 "신(神)들의 성냥개비"라고 비약적으로 전개된다. '씨앗'과 '폭약' 사이, 그리고 '불꽃', 그리고 '신들의 성냥개비'라는 전위차의 이미지 내용에서 강렬한 텐션, 탄력의 미학을 읽게 한다. 이들 원거리 이미지에서 독자로 하여금 심리적 거리가 생겨 환기력과 상상력, 호소력을 배가시켜 준다. 그러니까 낯선 사물 인식의 확장적 비유는 텐션을 형성하는 주범이 된다. 텐션이 있는 시를 쓰기 위해서는 사물을 반듯하게 보지 말고 거꾸로, 뒤집어서, 혹은 비약해서 보라. 거기에서 텐션의 시 미학이 잉태한다. 가령 아름다운 것에서 추함이나, 더러운 곳에서 성스러운 것을 들여다보는 것도 좋은 일이다.

---

12) 1987년 〈소월시문학상〉 수상 작품집.

이렇게 시의 참맛을 얻기 위해서는 긴장 관계에 있는 서로 다른 상황, 사물, 사실 등 예기치 않은 대상을 의미 있게 만드는 언어적 조합, 혹은 조화에서 가능하다. 연관되는 우연한 이미지 혹은 관념들의 연상, 상상이 환기하는 폭과 깊이, 자장의 거리에서 촉발하는 것이다. 이러한 텐션의 언어적 상상놀이(연상놀이)에 의한 정서적 즐거움은 무엇보다 원거리에서 연상되는 은유적 병치, 치환에 있다고 할 것이다. 엉뚱하고 낯선 사물(언어) 이미지의 결합에서 오는 의미론적 이동의 내용이나 전위차의 기발한 착상이 상상력을 자극하면서 시를 재미있게 만들어 준다.

산과 산 사이에는 골이 흐른다 오른쪽으로 돌아가는 골과 왼쪽으로 돌아가는 산이 만나는 곳에서는 눈부신 햇살도 죄어들기 시작한다 안으로 파고드는 나선은 새들을 몰고 와 쇳소리를 낸다 그 속에 기름 묻은 저녁이 떠오른다 한 바퀴를 돌 때마다 그만큼 깊어지는 어둠 한번 맞물리면 쉽게 자리를 내어주지 않는다 마지막까지 떠올랐던 별빛마저 쇳가루로 떨어진다 얼어붙어 녹슬어간다

봄날 빈 구멍에 새로운 산골이 차 오른다.

송승환 〈나사〉 전문[13]

위 시에서는 '나사'(제목)라는 미시적인 대상과 '산골'이라는 거시적인 대상이 은유적으로 중첩되면서 텐션을 유발하는 구조다. 두 사물 이미지의 속성은 유사성을 지니나, 그 공간적 이미지에서 보여주는 확산적 상상의 의미는 엄청나다. 나사의 모양은 골이 파여져 무수한 원운동으로서의 속성으로 기능을 다한다. 산과 산 사이에는 골이 흐른

13) 2003년 《문학동네》 신인상 당선작.

다. 오른쪽으로 돌아가는 골과 왼쪽으로 돌아가는 산이 만나는 곳에서는 눈부신 햇살도 죄어들기 시작한다. 안으로 파고드는 나선은 새들을 몰고 와 쇳소리를 낸다. 화자는 "나사"에서 그런 "산골"을 보고 있는 것이다. 그리하여 시인은 여기에 "봄날 빈 구멍에 새로운 산골이 차오른다"고 치환시킨다. 산골은 형태상 나사의 요철이며, 나사의 골짜기인 것이다. 그래서 겨울이 지난 봄날의 빈 구멍들은 하나 둘 진달래꽃이며 푸른 새싹들이 돋아나면서 산골을 점령해 나간다는 것. 본문과 제목 사이의 텐션, 발칙한 상상력이 개입되어 있지 않은가. 이 간극의 심리적 거리를 독자의 입장에서는 상상력을 발휘하여 메꾸어 나가야 하는데, 여기에서 시 읽는 재미가 얻어진다.

4. Depaysement의 전위차에 의한 텐션

데뻬이즈망(depaysement)은 매우 래디컬한 텐션을 유발한다. 원거리 이미지 시행의 병치에서 의미보다는 전위차의 이미지로 빚어지는 섬광, 경이의 효과를 노리기 때문이다.

'depaysement'의 'depayser'는 곧 단어의 image가 본래 있어야 할 자리에서 전혀 따른 곳으로 자리바꿈해 주는 것을 의미한다. 따라서 데뻬이즈망에서 볼 수 있는 원거리 연상에 의한 이미지 충돌은 첫째, 단절과 텐션이란 긴장이 생기게 마련이고, 둘째는 자연스럽게 경이(驚異)와 해학(諧謔)이 뒤따르기 마련이다. 사실 이렇게 이미지의 충돌 즉, '맞부딪치게 해 놓고 정신세계의 유추적인 형태를 깨고 상상력을 해방'시키는 것은 인간 의식의 무한한 확대와 결부되어 있다.

image는 정신의 순수한 창조이다. 이 image는 비교에서 탄생될 수 없는 것이고, 멀리 거리가 있는 두 가지 현실을 접근시킴으로써 생겨날 수 있는 것이다. 이 접근된 두 현실의 관계가 더 멀고 적정한 것일수록 그만큼 더 image는 강한 것이다. 즉, 그 영상은 그만큼 더 감동적이고 시적인 현실을 지니게 될 것이다.[14)]

위에 인용된 P. Reverdy의 말은 시에서 원거리 이미지 법칙의 시적 현실성을 말한 것으로, 바로 텐션의 생성적 의미를 보여준다. 또 이러한 이미지의 속성을 브르통(Andre Breton)은 "이마쥬의 값어치는 얻어진 섬광(閃光)의 아름다움에 의하여 결정된다. 따라서 그것은 두 개의 전도체 사이의 전위차(電位差)의 함수다."라고 했다. 바로 데뻬이즈망(Depaysement)의 미학적 근거를 말한 셈이다.

시인에게 있어 이러한 원거리 이미지의 이질적인 충돌에 의한 시 창작의 시점(視點)은 기존의 시론적 체계를 부정(否定)한 것이다. 논리적 이성 작용의 한계를 넘어서 언어의 폭력적 결합, 충돌에 의한 새로운 의미 창출이나 경이적이고 환상적인 상상력의 확대로 본 시 쓰기 방식이다. 곧 현실 세계를 해체하고, 무의식의 혼돈(chaos), 반논리(反論理), 비현실(非現實)의 상태에서 편집광적인 연상과 재구성하는 이미지의 강력한 힘에서 발칙한 시를 얻을 수 있다고 본 것이다.

평범한 밤은 처마 밑에 웅크리고 앉아서 이나 잡고 있다.
세상이 어떠냐고 물어보니가 모두들 자고 있더라고
육체를 고발(告發) 당한 투명인간들이 G.M.C에 자꾸만 실려가고
그 위에서 인환(寅煥)이 손을 흔든다

조향 〈검은 신화(神話)〉 부분[15)]

---

14) 1918년 Cubisme의 시인인 Pierre Reverdy가 image의 법칙을 말한 것이다.
앙드레 브르통, 송재영 역(1978), 『쉬르레알리즘 선언』 성문각, p.28.
15) 『轉換 79』(한진출판사, 1979).

램프가 꺼진다. 소멸의 그 깊은 난간으로 나를 데려가 다오. 장송(葬送)의 바다에는 흔들리는 달빛, 흔들리는 달빛의 망또가 펄럭이고, 나의 얼굴은 무수한 어둠의 칼에 찔리우며 사라지는 불빛 따라 달린다.오 집념의 머리칼을 뜯고 보라. 저 침착했던 의의(意義)가 가늘게 전율하면서 신뢰(信賴)의 차건 손을 잡는다. 그리고 시방 당신이 펴는 식탁(食卓) 위의 흰 보자기엔 아마 파헤쳐진 새가 한 마리 날아와 쓰러질 것이다.

이승훈 〈위독〉 전문[16]

조향의 〈검은 신화〉는 낯선 시어의 결합과 이미지의 시행이 단절되어 있어 의미 파악이 곤란하다. 그야말로 그로테스크한 분위기의 이미지, 기이한 신화의 정조만을 읽어낼 뿐이다. 마치 비구상 그림을 보고 있는 듯하다. 여기에서 '인환(寅煥)'은 〈후반기동인〉으로 함께 활동했던 시인 박인환을 일컫는다. 당시 조향은 서정적인 사물들과 기계 문명적인 사물들의 이미지들을 병치시키거나 의미의 단절을 통하여 황폐화한 정신세계와 분열된 자아, 나아가서는 자연과 문명의 갈등을 형이상학적으로 형상화한 전위적인 시를 보여 주었다.

이승훈의 연작시 1호인 〈위독〉은 무의식계의 자동기술에서 용출되는 이질적 사물들로 결합되어 있다. 그리하여 데뻬이즈망과 유사한 비대상의 시 기법을 육화시켜 나간다, 곧 이 시는 '위독'이라는 상황 이미지를 모티브로 하여 참담한 무의식적 내면의 파편적 감정을 분출시켜 상호 충돌의 언어로 형상화하고 있는데, 개인적인 고통이 환상을 통해 드러나는 것이라 보고 싶다. 의식적 주체가 소멸된 글쓰기를 J. Derida는 무용성의 놀이로 보고, 그 예술성을 강조한 바 있다. 이승훈도 자신의 시에 대해 시니피앙(signfiant)의 유희적 놀이만이 있을 뿐이라고 했다.

---

16) 《현대시》 13집(1967).

이렇듯 조향이 의미의 단절에 의한 '데뻬이즈망의 시학'을 펼쳤다고 한다면, 이후 김춘수는 '무의미 시론의 절대시'를 추구했고, 오규원은 '날 이미지 시론'을, 이승훈은 무의식에 억압된 심리적 에너지를 투사한 '비대상의 시'를 쓰고자 했다. 무의미 시가 묘사적 이미지, 자유연상, 통사 해체의 단계로 발전했다면, 비대상의 시는 Derida식 해체로 주체의 소멸을 통한 무의식적 환상의 이미지의 고리를 만들어 형상화의 운행을 보여준다. 이러한 이승훈의 한계를 벗어난 지점에 이성복의 시가 놓인다.

> 잎이 나기 전에 꽃을 내뱉는 살구나무,
> 중얼거리며 좁은 뜰을 빠져나가고
> 노곤한 담벼락을 슬픔이 윽박지르면
> 꿈도, 방향도 없이 서까래가 넘어지고
> 보이지 않는 칼에 네 종아리가 잘려 나가고
> 가까이 입을 다문 채 컹컹 짖는 중년(中年) 남자들
> 네 발목, 손목에 가래가 고인다, 벌써 어두워!
>
> 이성복 〈봄밤〉 부분[17)]

이성복의 〈봄밤〉도 이질적 시구들을 병치한 이미지로 봄밤의 분위기를 드러낸다. 물론 서로 다른 이미지들이 그림의 오브제처럼 병치, 몽타주되어 있는 것이다. 병치된 각행에서의 의미의 전위차는 대단하다. 그러니까 몽타주 기법으로 시간과 공간의 래디컬한 병치, 의미상 상상력의 등가성을 넘어서는 '지나친 거리조정'이 이루어지고 있는 경우이다.

시 창작에서 '거리' 혹은 '텐션'을 주는 방법에는 여러 가지가 있다.

---

17) 이성복 시집, 『뒹구는 돌은 언제 잠드는가』(문학과지성사, 1980).

인간의 비인간화의 기법 혹은 비인간의 인간화 기법 등 화자를 전도시키거나 이미지들을 느닷없는 병치, 결합시키는 방법 등 그야말로 다양하다. 인간화로서의 텐션 기법은 사물에 대하여 서열의 질서를 부여, '인간 〈 생물 〈 무기물'의 서열로 인간을 사물화하면서 텐션을 만들어 나간다. 나아가 비인간화의 텐션 기법은 현실, 사물과의 심리적 거리를 최대한으로 팽창시켜 인간화로서 활유법 같은 서열로 사물을 인간화하면서 텐션을 만들어 나간다. 따라서 여기엔 심미적 거리가 팽팽하게 적용된다.

5. objet 시어의 병치가 주는 텐션

"나의 하나님 당신은 푸줏간에 걸린 살점이다" (김춘수 〈나의 하나님〉)

"구름 하나가 무표정인 채로 걸어가고 있다" (양왕용 〈하늘〉)

"죽음은 버스를 타러 가다가 걷기가 귀찮아서 택시를 탔다" (오규원 〈새의 죽음 또는 우화〉)

"태양에 강간당한 꽃들이 피어난다" (함민복 〈수음을 하는 사내〉)

위의 시구들은 그야말로 낯설고, 발칙하고, 그로테스크하다. "나의 하나님"과 "푸줏간에 걸린 살점", 그리고 "죽음"이 "택시를 탔다"라든가, "태양에 강간당한 꽃들"은 낯설은 인식의 소산이다. 필자는 이러한 보편적 의미에서 벗어난 시어들의 운용을 오브제 언어의 구사라 명명한다.

오브제 시어들은 시를 새롭게, 낯설게 만들어 독자들에게 참신한 경험을 하게 한다. 특히 오브제 시어들은 보편적 의미망의 단절, 곧 발칙한 텐션을 유발한다는 점에 있다. 이들은 낱말과 낱말 사이, 구와 구,

행(연)과 행(연) 사이에서 이루어지면서 부조화의 조화가 만들어내는 참신한 미학의 내림굿이다. 우리는 여기에서 현실의 인식망을 넘어서는 어떤 파격으로 심리적 충격이나 상상적 사유의 경이감을 만끽한다. 그래서 오브제 시어들은 시를 시답게 만들어줄 뿐 아니라, 시의 참신함과 재미, 상상의 미학을 이루는 단초가 된다고 할 수 있다.

> 공원 벤치에 앉아 남몰래 통장을 꺼내본다
> 몇 달 치 생활비가 남았나 하고
> 그런데 내가 얼마나 더 살지 그것을 볼 수 없어 갑갑하다
> 내 수명과 내 지출이 맞아떨어지는 그런 통장 하나 더 있으면 좋겠다
>
> 이생진 〈수명통장〉 부분

위 〈수명통장〉이란 시의 표제에서 "수명"과 "통장"이란 시어가 오브제 언어로 결합되면서 동시에 본문과는 의미상으로 텐션을 유발한다. 독자들은 "수명통장"이란 제목에 의아해하다가 금방 본문을 통해서 수명통장이라 부를 수밖에 없는 타당한 의미에 무릎을 탁하고 칠 것이다. "내 수명과 내 지출이 맞아떨어지는 그런 통장 하나 더 있으면"이라는 시인의 남다른 상상이 만들어낸 표제다. 사실 시인이 만들어낸 신조어인 오브제 언어인 것이다.

> 〈자연산 가수〉(김선태) 〈민들레역〉(송찬호) 〈구름의 사춘기〉(최문자)
> 〈하늘골목〉(손택수) 〈긍정적인 밥〉(함민복) 〈달의 눈물〉(함민복)
> 〈풍경 재봉사〉(김민철) 〈얼굴반찬〉(공광규) 〈꿈꾸는 역〉(황외순)
> 〈그늘들의 초상〉(최호빈) 〈고목나무의 리모델링〉(신순자) 〈여기는 구름세탁소에요〉(심인경)

위에서 열거된 것들은 모두 시의 표제로 오브제 언어로 이루어져 있다. 가령 공광규의 〈얼굴반찬〉은 "얼굴"과 "반찬"이라는 시어가 결합되어 화자가 지향하는 시적 의미를 보다 풍요롭게 상상하여 공감력을 증대시킨다. 또한 〈꿈꾸는 역〉(황외순)과 같은 제목에서 보듯 보이지 않는 세계를 구상화하여 의인화의 생명성을 부여하기도 한다. 모두 언어의 개방성을 살린 시적 허용으로서의 오브제 언어들이다. 오브제 시어의 구사는 독자들로 하여금 낯선 호기심이나 흥미를 유발시키고, 나아가 신선한 언어 조합의 텐션의 아름다움을 읽게 해준다.

오브제(objet)[18]라는 용어는 현대 미술계에서 심심찮게 사용된다. 어떤 물체(사물, chose)가 어떤 은유나 상징, 혹은 환상에 의하여 스스로를 다른 물체(사물, objet)로 질적으로 전화(轉化)시켰을 때, 그것을 오브제라고 한다. 곧 오브제란 실용성과 효용성의 멍에에서 해방된 순수물을 말하는데, 현상학적으로 말하면 에포케(epoche)된 대상으로, '정화된 존재'에 해당한다.

종래의 시들은 독자들에게 어떤 느낌이나 생각을 충실하고 풍부한 의미를 전달하려고 노력해 왔다. 또한 현대 이전의 미술, 그림이라는 것도 자연과 현실에 밀착하여 외계의 대상을 생긴 그대로, 있는 그대로 원근법에 의해 정확, 정교하게 묘사해 왔다.[19] 그리고 그런 문학 창작이나 그림 행위에 있어 의미 창출로 충실하게 완성된 것이 곧 작품이라고 보았다.

그러나 오브제 언어의 미학적 적용은 연속성으로 일관된 미적 가치

18) 우리가 하나의 사물(대상)을 지칭할 때 두 가지가 있을 수 있다. 바로 우리말의 '물건', '사물'에 해당하는 말로 불어인 chose와 objet다. chose는 인간이 현실 생활을 영위하는데 필요한 실용성이 있는 물건을 말하고, objet는 chose에서 그 실용성을 빼앗거나, 또는 chose를 depayser해서, 그 실용성을 박탈하면 objet가 되는 것이다. 그러니까 오브제란 일상의 실용 목적, 사용 목적을 잃은, 혹은 빼앗긴, 무상(無償), 무목적인 것, 인간의 현실에서 벗어난 것, 인간과의 유대가 단절된 것, '그 자체로서 있는 것' (an sich, en soi)이 순수대상인 오브제(objet)다.

19) 사실주의 혹은 자연주의적인 경향의 미술로 조각, 그림 등의 미술품은 대체로 육안에 비치는 대로 나타냈다.

관, 합리주의에 물든 기존의 예술관에 쐐기를 박고 변증법적 새로운 시 미학을 선언한다. 그래서 새로운 문학적 사유, 시 창작면에서는 언어예술로서 시적 허용을 더욱 풍부하게 할 수 있다는 당위성을 지닌다. 그러므로 오브제 시어는 시의 공간성과 시간성과 의미적으로 새롭게 작용하면서 심미적 경이감이나 사유를 확대시켜 역동적인 텐션의 시 미학을 형성한다,

그래서 오브제에 의한 단절의 시들은 공포나 경이감, 그로테스크, 해학 등의 시적 이미지를 전달하는 것은 물론 텐션의 역동적인 시, 공간을 제공한다.[20] 그래서 통사적 의미와는 거리가 먼 오브제 언어에 의한 단절의 논리는 원거리 상상이나 발칙한 비유를 창출하는 모태가 되기도 한다. 그러므로 의식의 단절에 대한 훈련이 없고, 종래의 내용의 시만 접해온 독자에게는 당연히 난해한 느낌을 받게 된다.

소위 낯설게하기(defamiliarization)에서도 오브제의 시어가 차용된다. 이것도 텐션의 시 미학을 형성하는 근간이 된다. 이 '낯설게하기'는 하나의 문학적 장치에 한정적으로 사용되기보다는 오히려 문학이나 예술 일반의 기법과 관련된 용어로 넓게 쓰이기도 한다. 일상화되어 있는 우리의 지각은 보통 자동적이며 습관화된 틀 속에 갇혀 있다. 특히 일상적 언어의 세계는 이런 자동화에 의해 애초의 신선함을 잃은 상태이며 자연히 일탈된 언어의 세계인 문학 언어와는 본질적으로 다를 수밖에 없는 것이다. 즉 지각의 자동화 속에서 영위되는 우리의 일상적 삶과 사물은 본래의 의미를 상실한 채 퇴색하는데, 예술은 바로 이러한 자동화된 일상적 인식의 틀을 깨고 낯설게 하여 사물에게 본래의 모습을 찾아주는 데 그 목적이 있다.

시란 사물에 정신의 옷을 입혀 재미를 창조하는 상상의 언어예술이

20) 가령 초현실주의 시에서 시어는 'depayser' 된 말로, 곧 오브제의 언어로 구성된다. 그래서 초현실주의 시는 통사적인 모든 의미나 메시지가 차단, 단절되고 일탈된 언어로 이루어지기 때문에 난해한 시가 된다.

다. 가령 "빗자루"를 보면서 대부분은 마당을 쓰는 물건만으로 생각할 수 있지만, 시인은 다르다. 해리포터에서처럼 하늘을 나는 것으로 생각할 수도 있고, 서예가가 애용하는 붓으로도 볼 수 있지 않은가. 그래서 스님들은 새벽에 날마다 대웅전 마당에서 불경을 쓴다. 어느 것이 재미있는 것이고, 사물의 확장성이 있고 탁월한가? 빗자루를 빗자루로 보지 않고 오브제로 보고, 다르게, 엉뚱하게 보는 것, 곧 후자의 상상놀이가 시 쓰기의 재미이고, 사유의 확장성이며, 텐션의 미학을 유발하는 문학적 글쓰기다.

제2부

상상의 유혹이 빚어내는 변주곡

성숙옥은 시적 대상을 다루는데 있어 늘 자아 존재의 탐구라는 화두와 연결되어 있다. 그녀의 일상 주변에 사소한 것, 보잘것없는 것도 남다른 자기반영적 의미부여의 자장 안에서 쉽게 시로 형상화된다.

자아 탐색의 애틋한 시정(詩情)

— 성숙옥 시집 『달빛을 기억하다』(시문학사)

자아 탐색의 애틋한 시정(詩情)

— 성숙옥 시집 『달빛을 기억하다』(시문학사)

우리가 보통 시를 훑어본다는 것은 한 시인의 내밀한 생각, 그의 인생관이며, 삶의 방식 혹은 세계관을 훔쳐보는 것, 그 마음의 세계로 들어가는 일이다. 성숙옥 시인은 자기만의 소통방식으로 자연과 내통하고, 자아의 존재 의미를 보여주면서, 삶의 방식들을 간파해 내고 세계를 해석해 나간다.

성 시인이 "시간은 세상사를 다 싣고 흘러가는 강물"(〈서문〉)이라고 말한 것처럼, 그의 시상은 시간성의 바탕 위에서 그만의 체험적 정감의 세계를 그려나간다. 모름지기 시란 자기 존재 탐색의 의미 있는 시간적 여정임을 믿고, 항상 새로운 자아를 형상해가는 엘랑 비탈(elan vital)의 남다른 시적 운행을 보여준다. 그리하여 회억의 자기 체험이나 자연 풍경에서 촉발된 생명적 이미지들을 의미 있게 그려내고, 사물의 교감적 촉수에서 빚어낸 열락의 충만한 이야기들로 화음을 이루어 간다.

1. 엘랑 비탈의 시간적 코드 '길'과 '물'

한 인간의 삶, 생애란 바로 사건의 연속이고, 그 연속성에서 벗어날 수가 없는 것. 만일 시인으로서 진지한 삶의 의미를 추구하고 깨달음

속에서 살아간다면, 여기에 의미 있는 이야기를 만들고, 나름의 존재 해석과 세계 인식을 펼쳐갈 것이다.

성숙옥의 시적 운행에서 두드러진 현상이 엘랑 비탈(elan vital)에 바탕을 둔 시간 의식이다. 그녀의 시 전편에는 '시간'이란 어휘의 사용과 더불어 종횡무진 회감의 시간성을 배경으로 지난한 존재 탐색의 시정을 노래한다.

대개의 서정시가 그러하지만, 본질적으로 서정시에서 시제, 곧 시에서 시간 운행은 과거, 현재, 미래가 일순간 응축된다. 바로 성숙옥은 시적 공간을 연속적인 흐름으로 파악, 영원한 현재로서 순간의 시정을 드러낸다. 그리하여 지난한 삶의 자기 존재를 에랑 비탈의 생명성에 두고 시적 여정으로 '길'의 이미지, '물'의 이미지, '계절'의 순환적 인식을 통해 구현한다.

먼저 '길'의 이미지로 드러나는 시적 운행이다. '길'은 유한적 시간의 수평적 이미지다. 인생의 생(生)과 사(死)가 수평의 길에 놓여 있다는 것. '길'의 시적 인식이 그녀의 삶이고, 자기 존재 탐색의 코드가 되고 있다.

> 남은 내 신발만 흐트러져 있다
> 혼자 남은 구두에서 멀게만 느껴지던 것들이
> 지척에 있음을 본다
> 넋을 잃은 검정 구두에 침잠하는 마음
> 어제 다녀온 장례식장은 북적거렸고 오늘 현관은 적막하다
> 느닷없이 다가오는 부음 같은 일들
> 이별이 못질 된 검은 리본은 어디로 가는가
> 방향도 모르면서 부표를 쫓는 눈의 꿈도
> 물결 위에 솟았다지는 거품,

몸의 온기가 먼지의 부리 속으로 들어가는
그것이 생의 귀가라 해도
구름은 구름의 일
땀방울이 오가는 길엔 어둠도 비껴가기를
신발들의 무탈한 귀가를
시곗바늘에 얹어본다

〈귀가〉 부분

보편적으로 '길'이란 무엇인가. 수평의 공간을 횡단하면서 길은 '떠남'과 '돌아옴'의 이중성을 지닌다. 그 길 위에서 사람들은 생애 내내 '만남'과 '이별'의 정한을 체험한다. 생(生)이란 길의 '떠남'과 '돌아옴'에 있는 것. 시 〈귀가〉에 드러나는 검정 구두인 '신발'은 화자가 되어 길 떠남과 돌아옴의 주체 역할을 한다. 바로 '신발'은 화자의 분신인 것, 그리하여 신발로 치환된 화자의 길 떠남과 다시 돌아가는 일상적 주체의 실존적 모습이 그려진다. 더불어 여기에서 유한적 인간의 숙명성에 대한 허무 의식도 읽힌다.

초록이 방울방울 쏟아진다
허공이 휘청거릴 때마다
마음도 흔들리겠지만
보랏빛 속을 하얗게 내비치며
줄기마다 하트를 그려내는 잎
걸어오는 소리에 귀를 세운다
하루를 살다 간다 해도
익은 발자국을 그리며
푸른 신발을 고쳐 신는 마음

〈나팔꽃〉 부분

시 〈나팔꽃〉에도 길 '신발'이 등장한다. 신발은 지난한 인생의 길을 가는 시간적 여정의 주인공이다. 여기에서 나팔꽃은 화자의 분신이기도 하다. 나팔꽃은 "소리가 지나는 골목길"의 시간성 위에 있다. 그리하여 "아침마다 낡은 벽에 기다림"을 세우는 그는 "발소리에 귀를 열곤"한다. 그것이 나팔꽃의 일상, 화자의 삶이기도 하다. "보랏빛 속을 하얗게 내비치며 / 줄기마다 하트를 그려내는 잎"이란 숙명적 존재의 발현이다. 그래서 나팔꽃은 늘 "걸어오는 소리에 귀를 세운다"는 것. 그렇게 "하루를 살다 간다 해도 / 익은 발자국을 그리며 / 푸른 신발을 고쳐 신는 마음"이 곧 나팔꽃이다. 그런 나팔꽃에서 소크라테스가 말한 "성찰하지 않는 삶은 살만한 가치가 없다"라는 삶의 명제도 읽게 되는 것이다. 존재의 의미를 탐구하는 엘랑 비탈의 생명적 촉수, 이것이 그녀가 시를 만들어가는 마음 밭이자, 비법이다.

서정시는 순간과 압축성을 지향한다. 그래서 서정시는 순간적 사상, 감정 내지 단편적 에피소드, 영원한 현재 등으로 정의된다. 현재 시제로 자신의 체험적 감정을 유감없이 드러내는 성숙옥의 시적 순간은 과거는 물론 비전이 영원한 현재로 발동되는, 오로지 서정시의 본질에 닿아 있다.

아래 세 편의 시는 모두 '물'의 이미지로 시간성을 배경으로 하고 있다. 물론 서정시의 주관성과 시간의 압축성이 적용되어 현재시제로 펼쳐진다. 그러나 서정적 비전은 다르다. 시 〈흘러간다〉, 〈빗소리〉는 부드러움과 조화의 서정적 감동이 주가 되고 있지만, 〈물의 모서리〉에서는 불운과 슬픔, 격정을 드러내는 파토스적 감동이 자리하고 있다.

사랑하는 것들도 외면하고 싶은 순간도

모두 평평하게 눕히는 물길
슬픔까지 감추어 버린다
깊은 곳일수록 속을 내비치지 않고
고일 눈물 같은 것은 없다는 듯
다 흘려보낸다

〈흘러간다〉 부분

투명한 번짐
가버린 것들은 늘 이렇게 어딘가에 숨었다가
불쑥 나온다

나는 비에 젖은 보고픔을 입에 넣고 씹어본다

〈빗소리〉 부분

검은 파도가 삼킨 오빠 그림자
물결의 산이 소용돌이친다
준비되지 않은 이별은
수장되지 못하는 시간에
올가미를 씌워
소금 기둥을 만들었다
저 심연의 뼈에 새긴 어둠엔
멈춘 호흡을 운구하는 파도가 있다
닿을 수 없는 물
그 지점의 검푸른 아가미가
토해 내는 각이 꺾인 얼굴
루비콘 강을 건너온 그 물의 모서리에

찔린 내 눈은 검게 충혈되고

〈물의 모서리〉 부분

시 〈흘러간다〉와 〈빗소리〉에서는 '물'과 '화자', 곧 자아와 세계가 일체감이 형성되는 교융적내면화의 서정적 감동이 깔려있다. 바로 존 듀이가 말하는 동일성을 향한 '미적 체험'이다.

먼저 시 〈흘러간다〉는 자화상의 파편적 의식이 드러나 있다. '물이 흘러간다'라는 것은 단순한 시간적 흐름만 의미하는 것이 아니다. 그 속에 한 인간 존재의 온갖 이력이 잠겨 있기도 한 것. 한 생애의 번뇌와 회억이 '물길'이 지닌 이미지로 형상화되고 있다. 그런 점에서 화자가 투사된 '물길'은 자아 내면을 드러내는 거울이기도 하고, 자아를 성찰하는 대상이 되기도 한다. 곧 "모두 평평하게 눕히는 물길"로서 생명적 사랑의 욕망을 평정시키기도 하고, "세상에서 엉키고 찢긴 말의 부스러기"를 버리기도 하는 삶의 질료가 된다. 또한 시 〈빗소리〉에서 보듯, 이 시에서의 '물'은 인간사의 세속적 욕망을 정화하는 존재로 보거나, 때로는 "투명한 번짐 / 가버린 것들은 늘 이렇게 어딘가에 숨었다가 / 불쑥 나온다"고 하듯이, 자기 존재의 원초적 생명력 내지 욕망의 원천으로도 인식된다.

하지만, 시 〈물의 모서리〉에서는 '물'이라는 세계와 '자아' 사이에 대립, 갈등을 전제로 하여 시상이 전개된다. 곧 여느 때의 '물'이 지닌 평정의 이미지를 벗어나 "물의 모서리"로서 공포의 대상이 되기도 한다. 이 시는 수년 전 필리핀 해변에서 익사한 오빠의 죽음을 처절하게 회억한 내용으로 그려지고 있다는 점이다. 바로 "검은 파도가 삼킨 오빠 그림자 / 물결의 산이 소용돌이친다"든가, "루비콘 강을 건너온 그 물의 모서리에 / 찔린 내 눈은 검게 충혈되고" 등의 시구는 상상의 세계가 아닌 화자가 겪은 처절한 슬픔의 상태를 드러내는 시편이다.

2. 생명적 자연 인식의 민감한 촉수

성숙옥 시에서 생명적 자기 존재 탐색의 지난한 시간적 여정은 민감한 계절 감각의 이미지로 드러나기도 한다. 그러니까 시간성 바탕 위에서 계절의 변화에 민감한 촉수로 반응한다는 것이다.

아득한 세월의 숲을 돌아 나온 바람이
지금 그 색을 흔든다
애증의 비릿함은 흙먼지 되었지만
내 몸에 스미는 몇 개의 길들,
기다림을 녹이던 찻집이
명치끝에서 쓰르라미 소리로 다가온다
꽃잎 차처럼 떠오르는 기억
대체 기억의 유통기한은 언제까지인가
잿빛을 지우며 올라오는 노란 꽃이
뿌리 긴 이별의 지층을 밟아
묻어두었던 추억이 올라온다
봄을 허물면서

〈기억, 무너짐〉 부분

위의 시 〈기억, 무너짐〉에서 보듯 그의 시간적 인식은 사계의 흐름을 명증하게 보여주는 '봄'에서 비롯된다. 곧 "뿌리 긴 이별의 지층을 밟아 / 묻어두었던 추억이 올라온다 / 봄을 허물면서"에서처럼 자기 존재의 "유통기한"이란 시간적 삶을 노래하며 반추한다. 여기엔 화자가 자연과의 투사나 동화라는 교감이 늘 자리 잡는다. "아지랑이", "생강나무 꽃", "숲을 돌아나온 바람", "쓰르라미 소리" 등과의 교감은 과거 회상이나 현재 상황을 드러내는 내면적 사고의 등가물들이다. 그 자연과의 감정이입, 교감의 열락적 일체감은 자신이 "새의 작은 부리"가 되어 땅을 두드리기도 하면서 충만한 일체감을 이룬다.

새의 작은 부리가 땅을 두드린다
껍질 속 목마름은 양지를 들춰
한 뿌리 또 한 뿌리가
겨울에서 봄을 향해 허리를 펼친다
먼 곳의 바람 소리가
구름의 돌확에
새기는 꽃잎
커진 기척들은
날개를 퍼덕이며
허공에 고인 물의 웅덩이를 지나고
전나무 밑동을 맴돌아
마침내
내 안에까지 들어온다
꽃씨를 물고

〈봄의 해부〉 전문

시 〈봄의 해부〉는 계절의 봄을 촘촘하게 들여다보고 외면 풍경의 생명성을 노래하는 측면도 있지만, 내면적 자기 존재의 생명성과 삶의 열망을 드러내는 질료가 된다. 그리고 이들 대상 체험을 통한 생명적 자연 인식의 민감한 촉수는 상징과 비유를 동반하면서 더욱 중층적 의미로 발전한다.

너덜해진 잎들이 떨어지자
나무의 야윈 중심도 드러났다
명퇴해 집만 지키는 아버지
밀폐 된 시간을 맞아
목소리의 물기가 빠지며
눈빛도 메말라
아무리 밀어내도 밖으론 내비치지 않는 눈물이 되어간다
〈중략〉
늘
제 속에 파릇한 채색을 품는 끈질긴 시간
어둠이 삭는 자리,
붉다

〈옹이〉 부분

가끔 서쪽 하늘에 걸린 노을을 만날 때면
기름 밴 도너츠 봉지가 떠오른다
저 노을의 페이소스,
어릴 적 아버지가
불콰해진 골목길을 돌아와 건네주던 도너츠 봉지가 올라온다

〈허기〉 부분

시 〈옹이〉는 과거와 현재의 시간이 응축된 모습을 보여준다. '명퇴를 하고 집안을 지키는 아버지'가 '옹이'로 치환되고 있다. 옹이는 번뇌와 고통이 축적된 시간의 응축에서 탄생한다. 부성애의 끈질긴 시간이 빚어낸 상처가 바로 옹이인 것이다. 또한 그녀의 시적 체험 속에는 늘 과거가 현재화된다. 시 〈허기〉는 '노을' 속에서 연상된 과거의 허기

의식이 '도너츠'라는 군것질로 나타난다.

그의 시에서 이렇게 자주 드러나는 허기 의식은 부존의 욕망에서 오는 것. 시구 "허공을 익힌 허기"(〈설거지〉), "직립을 꿈꾼 시간만큼 허기도 길어지던"(〈사다리〉), "쌀눈 같은 허기가 고이는 잎"(〈상추〉), "지난겨울 허기의 뒤척임으로 깊어진 산의 향기"(〈산이 자리를 털고〉) 등 그의 시 도처에서 드러난다. 이렇듯 성 시인은 사물 하나가 지닌 속성을 살펴 과거회억을 꺼내놓거나 사물을 간파하여 자기 존재의 의미나 시적 비전 등 사유을 담아 시적 형상화를 이룬다.

가슴 가운데가 찢겨서도 잘 살아왔다는 은행잎
멍들지 않는 공간에서 달빛과 함께
있고 없는 시간으로 흔들리다 보니

〈모락산의 밤〉 부분

내 무릎에 피어난 분홍수국이
보랏빛으로 변해도
꽃을 흔드는 건 바람이 아니라고
마음이지는 걸 믿지 않았다
나는 그대에게 가는 길을 알았으나
애증으로 뒤덮인 잡풀이 앞을 가렸다

〈길〉 부분

성숙옥의 시에서 자연물은 체험적 시간의 삶의 내용으로 용해되어 남다른 시상 전개로 자신을 정서화, 사상화한다. 시 〈모락산의 밤〉은 풍경을 묘사한 것이지만, "은행잎"은 화자 자신의 분신이기도 하다. 또 〈길〉은 한강 주변의 흑석동 길을 묘사한 것이지만, '길'이라는 '삶'

의 시간적 여정 속에서 화자 내면의 욕망 내지는 좌절의 파편적 의식을 투영시키고 있다. 이렇듯 그의 시에서 소재로 등장하는 자연물의 시간성은 삶의 의미를 찾아가는 여정으로 곧잘 시화된다.

3. 사물 체험의 자기반영적 의미부여

시인은 사물 존재를 통하여, 혹은 자기 체험에서 얻은 예리한 촉수로 정신적 의미부여의 옷을 입혀 나간다. 대상에 대한 자기반영적 '정신의 옷'을 입히는 자가 바로 시인인 바, 이들의 자연 친화적 인간상 혹은 생명적 세계관의 추구는 당연한 것이리라. 오늘날 우리 사회의 피폐한 인간 정신의 복원이자 고루한 사고의 혁명이기도 한 것. 이 위대한 변화의 축에 바로 그녀의 시가 위치하며, 시 본연의 위대함, 존재가치, 충일한 생명성을 증명해 낸다.

성숙옥은 시적 대상을 다루는데 있어 늘 자아 존재의 탐구라는 화두와 연결되어 있다. 그녀의 일상 주변에 사소한 것, 보잘것없는 것도 남다른 자기반영적 의미부여의 자장 안에서 쉽게 시로 형상화된다. 아마도 여기엔 그녀만의 선천성 생명적 촉수로 교응(交應)과 동화(同化) 혹은 투사(投射)의 시법이 적용되었으리라.

자연과 인간을 하나로 보는 이런 생명적 촉수의 교응적 상상력은 원래 동양인의 생명원리에서 비롯된다. 바로 우리가 익히 알고 있는 범신론, 애니미즘, 노장사상, 불교, 힌두교 등의 사유방식은 시 작법과 상통된다. 가령 푸나무가 신이 되고, 새가 사람이 되며, 사람이 개도 되는 '일체무차별상(一切無差別相)'이나 '윤회전생(輪回轉生)의 존재관', 노자의 '무위자연(無爲自然)', 장자의 '물아일체(物我一體)'의 사유들이 이와 맞닿아 있다.

어쩌면 살아가는 일이란
한 곳의 축을 다른 곳으로 돌려보아도
제자리만 맴도는 헛방인지도 모른다
동그라미가 커지는 순간과 터지는 순간 사이
넓이를 따르다 엎질러지고 마는 물인지도

쏴아 쏴아 식경(食經)을 씻는다
허공을 익힌 허기와
길에서 다시 찾은 길까지 다 지워진다

뽀드득,
마지막 한 방울까지 닦인 그릇의 탄성

씻어도 잘 지워지지 않는 내 마음
살며시 그 위에 포개어 본다

〈설거지〉 부분

시 〈설거지〉에서 화자는 생의 철학적 화두를 던진다. "어쩌면 살아가는 일이란 / 한 곳의 축을 다른 곳으로 돌려보아도 / 제자리만 맴도는 헛방인지도 모른다"고. 그릇을 닦으며 "허공을 익힌 허기와 / 길에서 다시 찾은 길까지" 자기 존재의 내면을 투사한다. 하지만 "한 방울"까지 그릇은 탄성을 지르며 닦아지지만, 역설적으로 "잘 지워지지 않는 내 마음"이기도 한 것이다. 이에 대해 그저 화자는 "살며시 그 위에 포개어 본다"는 행동으로 존재의 현실을 직시하고 성찰한다. 바로 설거지 체험을 통한 정신의 옷 입히기로 시화되고 있다. 이렇게 화자는 대상에 투사하여 자아 내면의 파편적 의식을 노래한다.

묵은 침묵으로
압력솥을 닫으면 소리를 담은 추가 오래 돌곤 했다
숟가락에 얹는 밥알의 말들
이 모든 시간을 공유하기 위해
가선 안 되는 길들의 목록을 작성하고
꿈과 현실의 한계치를 넘어선
다른 값이 나오기를 골몰하며
또 하루를 시작한다

〈사소한 것들로 이루어진 집〉 부분

바람 부는 대로 굽은 가지들
동쪽을 향한 열망이 부시다
한 가지에도 초록이 옅거나 짙은 나무의 질곡,
비우고 줄인 뾰족한 파동을 본다
바람 앞에 흔들리고 굽혔을 가지
침엽의 의지가 굵다
새처럼 떠오는 솔향에
푸르러지는 숨
내 굽은 생각을 곧은 나무에 걸쳐 놓는다

〈소나무〉 부분

시 〈사소한 것들로 이루어진 집〉에서는 화자의 일상적 존재의 자기 반영적 사유를 읽게 한다. 이 시에는 화자의 소소한 일상이란 현실과 이상 세계와의 간극, 시적 고뇌가 그려지고, "꿈과 현실의 한계치를 넘어선 다른 값"을 찾는 자아의 존재 탐색 의지가 깔려 있다. 또한 시 〈소나무〉에서는 소나무들의 속성을 간파하고, 화자의 생명적 의식을 읽을 수 있다. 곧 마지막 부분에서 "침엽의 의지가 굵다"든가, "새처럼 떠오는 솔향에 / 푸르러지는 숨"이라든가, "내 굽은 생각을 곧은 나무에 걸쳐 놓는다"에서 보듯 자기반영적 성찰의식을 담고 있는 것이다. 그러기에 성숙옥 시인에게 있어 자연이나 사물의 시적 형상화는 자아 존재를 성찰하고, 삶의 깨우침을 얻는 작업이다.

젊음의 어깨엔 무엇이든 질 수 있어서
비좁은 꿈의 이파리도
긍정의 밤하늘에 매달곤 했다
그때는 별들도 뿌리가 있어
잠들지 않는 내 머릿속에서
담쟁이 넝쿨로 자라났다
꿈 밖에 있는
뜰을 먼 지평선까지 띄웠다

〈부풀리다〉 부분

단풍이 산을 칠하며 가을을 그리고 있다
바람과 비와 먹구름이 섞인 선명한 색,
모네의 그림 속 같다
붉고 노란 잎사귀들
무용수처럼 턴을 하며
내 어깨까지 별을 그려준다

나도 이런 황홀을
사랑하는 이들에게 나눠 줄 때가 있을까

〈엽서〉 부분

시에서 화자의 의식지향은 "담쟁이 넝쿨"로 치환된다. 화자 내면의 과거로의 여행, 그때는 "긍정의 밤하늘"에 별처럼 "뿌리"를 내리곤 했다. 하지만 지금은 "향기에서 멀어진 내가 꽃피던 때를 부풀린다"로 드러난다. 바로 "부풀리다"는 담쟁이 넝쿨로 변신한 자아의 투사물로 생명적, 열망의식을 담고 있다. 곧 담쟁이라는 사물의 확장적 속성을 정신적 질료로 치환하여 "꿈 밖에 있는 / 뜰을 먼 지평선까지 띄웠다"라고 하면서 "쉽게 포기할 수 없던 열정"의 내면적 의식을 반영한 것이다. 또한 시 〈엽서〉에서는 '단풍'을 시각적으로 묘사하면서 '엽서'로 치환하여, '황홀'과 '소망'의 자기반영적 의지를 담아내고 있다. 또 같은 소재인 〈단풍을 보며〉에서는 단풍이란 소재와 교응하면서 속성을 간파하여 빈자(貧者)의 고독과 슬픔의 정한을 드러내고 있다.

이러한 현실 체험을 통한 자기반영적 의미부여는 '나팔꽃', '나뭇잎', '소나무', '담쟁이 넝쿨' 등 자연물 이외에도 무생물인 '돌'이나 '바람' 등 여타의 자연물로 치환되기도 한다.

4. 교감적 치환의 열락적 상상력

성숙옥의 시적 운행은 생명적이고 열락적이다. 그녀에게 있어 세상에 존재하는 것들은 모두 원초적이고, 생명적인 의미본질을 지니고 있는 것으로 본다. 그리하여 그가 보는 삼라만상의 대상들은 주객일체의 열락적 상상력으로 풍요롭게 묘사된다. 이러한 시 창작의 바탕에는 자아와 세계를 충만한 합일 속에서 보고자 하는 그녀의 엘랑 비탈의 서정적 세계관, 그리고 자아의 욕망, 가치관에 적합한 것으로 만들고자 하는 동일성의 시학에서 기인한다. 그래서 그녀의 시는 조화롭고 온화하며, 생명성이 도처에 서려 있는 미적 체험의 경지를 보여준다.

돌멩이 하나 둘
올릴 때마다 꽃이 핀다
점멸의 순간들이 한 선으로 이어지기만을
돌계단을 오르는 하늘 모퉁이
뿌리도 없는 마음이 꽃으로 자란다
한 틈이 또 다른 틈을 메운 수많은 기도 위에
은하도 내려와 잠든다
층층이 구름과 해가 스미었을 저 꽃,
사람들이 세운 수직의 기원
거기 내린 폭우는 어떤
소리로 흘러갔을까
새의 혀와 나무의 생각을 지닌
그 마음
깊고 길어
땅속까지 향기 퍼지고

〈꽃〉 전문

시 〈꽃〉에서 '꽃'은 꽃이 아니라, "청계산 자락"의 "돌탑"이다. 화자는 그 돌탑의 모습을 "수직의 기원"으로 보고, 생명적인 '돌꽃'으로 형상화하여 수직의 동적 이미지로 파악한다. 나아가 그 돌꽃은 "새의 혀와 나무의 생각"을 갖고 피어나 "땅속까지 향기"가 퍼진다고 했다. 사물에 정신의 옷 입히기, 얼마나 참신한가. 여기에서 그녀의 교감적 열망에 찬 생명적 내면을 엿볼 수 있다는 것이다. 이런 참신한 이미지는 새싹이 움터오는 것을 보고, "새의 작은 부리가 땅을 두드린다"(〈봄의 해부〉)라고 쓴 시구에서도 여실히 드러난다.

겨울이 벗겨지고 있다
무채색에 지쳐서 꽃을 보고 싶은 마음엔
눈 마주쳐야만 채워지는 그리움의 속성이 있다
소문으로 번지어
벌떼처럼 흘러온 눈빛들
잔설 속 늙은 햇빛이
막 피어난 풋풋한 꽃에 부딪히고 있다

〈매화를 보다〉 부분

포란(抱卵)이 있는 새들의 비상이
우담바라로 향한다
진리는 번지고 차오르는 것에 있다는 듯
잎들이 일제히 초록 함성을 올린다

〈청계사 가는 길〉 부분

푸른 잎의 허기가 빈 가지에서 부빈다
바스락거리는 것들,
가고 오는 것이라지만
갈수록 헤어지는 일이 힘들다
무거운 마음을 들고 가기엔 바람은 또 얼마나 가벼워 보이는지

〈바스락거리는〉 부분

성숙옥 시의 교감적, 열락적, 생명적 시선은 잔설(殘雪) 속에서 피어난 '매화'에서부터 여름의 초록 함성을 올리는 '잎들'에서, 그리고 늦가을에 매달린 '빈 가지'에 이르기까지 참신한 정신의 이미지로 부각된다. 위의 〈매화를 보다〉에서 섬진강 매화꽃과 밤하늘 뭇별의 대비적

이미지, 그리고 〈청계사 가는 길〉에서 보여주는 풀잎들에 대한 정신적 사유의 깊이, 그리고 〈바스락거리는〉에서 보여주는 가을 나뭇잎과의 투사가 보여주는 참신한 이미지들은 시적 미각을 달콤하게 돋구어 준다. 그래서 "바람은 나를 붙잡고 / 내 안에 바스락거리는 잎들을 꺼내고 또 꺼낸다"고 할 수 있는 것이다.

일요일 평촌 새중앙교회 앞
사람들이 찬송가 소리를 밟고
논두렁의 물꼬 터지듯 나온다
그 앞에서 손짓으로 호떡을 파는 남자
버터 향을 나비처럼 날리고 있다

〈호떡〉 부분

초록 바탕에 주홍빛 물방울무늬다
얼마나 촘촘히 박음질했으면
구김도 가지 않고 저리 빛나는가
말에 찢긴 꿈도
버리지 않고 기워내는 초록 바느질
오늘도 햇살을 꿰는 나무의 눈

〈개살구나무〉 부분

기억은 향기를 물고
상모놀이 하듯
동구 밖 복숭아밭으로 들어간다
햇살의 지문이 탄성으로 맺힌 가지마다
탱탱하게 빛나는 열매들이 홍겨운 곡선을 그리며

매미들이 소고를 치는 곳,

〈복숭아 향기〉 부분

강아지들도 따뜻한 햇발을 감고 잠들어 있다
매화주 한잔 걸친 아지랑이가
흥에 겨워 덩실거리는 곳
얼큰한 노을이 지평선을 지고 다가오면
떨이로 산 산수유 스카프 두른 햇살이 발길을 돌리는데

〈봄〉 부분

위 네 개의 시편들은 모두 묘사적 양식의 참신한 시적 운행을 보인다. 모두 시적 이미지가 생동감이 넘치고, 열락적이며, 환하고 싱그러운 기운이 넘친다. 화자의 발칙한 착상과 충일한 상상력이 없다면 불가능한 것, 이는 남들이 보이지 않는 세계, 남이 들리지 않는 세계를 자기만의 촉수로 드러내고자 하는 성 시인의 남다른 미적 심미안에서 기인한다. 곧 시 〈호떡〉에서 보듯 교회 앞에서 호떡 파는 남자를, "손짓으로 호떡을 파는 남자 / 버터 향을 나비처럼 날리고 있다"로 후각과 시각을 동원하여 생동감 있게 묘사하고 있으며, 시 〈개살구나무〉에서는 개살구꽃을 "말에 찢긴 꿈도 / 버리지 않고 기워내는 초록 바느질 / 오늘도 햇살을 꿰는 나무의 눈"으로 몽상적이면서도 예리하게 묘파하고 있다. 이러한 시적 공간의 독특하고 참신한 풍경 묘사는 "탱탱하게 빛나는 열매들이 흥겨운 곡선을 그리며 / 매미들이 소고를 치는 곳"(〈복숭아 향기〉)으로 처리된다든가, "매화주 한잔 걸친 아지랑이가 / 흥에 겨워 덩실거리는 곳"(〈봄〉)이라고 의인화되면서 매우 역동적인 봄의 이미지를 느끼게 한다.

성숙옥 시의 교감적 치환의 열락적 상상력은 듀프레느의 '과즙'에

닿아 있다. 과즙은 과일의 껍질과 속살이 하나로 이루어진 액체가 아닌가. 마치 메를로 퐁티가 말한 "세계는 나의 신체(mon corps)의 연장물이다"라고 했듯이 일체감의 상상력을 보여준다는 것이다. 아마도 그녀는 자신의 머리칼에 접하여 하늘이 시작되고, 발바닥에 접하여 대지가 숨을 쉬고, 살갗에 접하여 자연의 사물들을 스스로 느끼는 것만 같다. 성숙옥의 시적 행보에서 이러한 외면 풍경을 내면화하는 열락적 상상력은 작품 도처에서 보일 정도로 왕성하다. 그리하여 회억과 사물을 통한 자아 존재를 찾아가는 지난한 시간적 여정을 보여준다.

5. 생체험 회상의 애틋한 정감

성숙옥 시에서 작법의 비결은 사물 하나에도 생명적 이야기를 앉히려고 하는 창작 태도에 있다. 사실 내 주변은 온통 내밀한 이야기로 가득 차 있다. 내가 본 하나의 풀잎, 시냇가의 돌 하나도 나름의 이야기로 얽혀 있고, 어느 것 하나 의미 없는 것들은 없다. 사람처럼 동물도 다 이야깃거리를 가지고 있다. 그런데 이들은 우리와 무관치 않다. 나의 한 생애가 한 권의 이야기책이듯 세상에 존재하는 것들은 다 무수한 사건들로 이어진 생생한 삶의 이력을 지니고 있기 때문이다.

성숙옥은 이러한 지난한 주변의 삶의 여정을 연상적 상상의 비유를 통하여 자아 존재를 찾고 자아 내면을 드러내고, 세계를 해석하고 깨우침을 얻는다. 그래서 지난 세월의 회억이나 일상적 생체험도 곧잘 시로 형상화한다.

유기현의 〈전설 따라 삼천리〉
귀신 나오는 계곡을 숨죽이며 달려가곤 했다

푸른 바다를 건너는 달도
라디오를 들으려고
지붕에서 박꽃같이 머물렀다
주파수에서 풀어헤친 이야기보따리가
마루까지 굴러오던 여름밤들,

〈라디오를 따라〉 부분

볼이 빨간 중학교 동창 경애가
진열대 위에 앉아 있다
고등학교 대신
구로공단 한 평 방으로 들어간 친구
편지만 주고받다 찾아간 곳
우리 사이에 끼어들어 온
공존하는 시간이 부재된 가난의 벗은 모습에
담아간 말이 고개만 내밀다 나온 버스정류장
자기는 돈을 번다며
교복 입은 내게
도리질하는 내게
건네줄 때 떨어지던 10원짜리 동전들
구르는 동그라미를 따라가는 발자국을 닫으며
오라-잇을 외치던 소리,
가릴 게 없어 뼛속까지 보이던 시절은 가고 없지만
볼에서 빨간 향기를 뿜던
사과는 있다

〈사과〉 전문

먼저 시 〈라디오를 따라〉는 유년의 회억을 그린 시로 퍽 재치가 넘친다. 몇 집 건너 라디오가 있던 시절, 통행금지 시간도 무서워하지 않고, 연속극을 듣기 위해 이웃집으로 마실을 다녔던 회억이 시화되고 있다. 그중에서도 "푸른 바다를 건너는 달도 / 라디오를 들으려고 / 지붕에서 박꽃같이 머물렀다"라는 참신한 묘사는 백미라 아니할 수 없다. 그리고 시 〈사과〉는 한 덩어리 비유적 착상으로 이루어진 치환의 시이다. 화자는 진열대에 있는 사과에서 붉디붉은 친구 '경애'의 이미지를 떠올린다. 여기에서 사과의 불그스레한 시각 이미지와 가난을 상징하는 친구의 얼굴과는 동시성으로 교융된다. 친구 경애는 고등학교 진학을 포기하고 구로공단 공순이로 생활한다. 체험적 화자가 한 평 반짜리 방에서 본 친구의 얼굴은 가난의 서러움, 그가 처한 현실의 부끄러움, 회피하고 싶은 심리가 사과의 붉은 색으로 투사된 것이다. 이 시는 치환의 작법이 적용된 미학적 텐션을 감지할 수 있어 재미가 있고, 동시에 친구와의 우정이 애틋하게 그려져 있어 참신한 인상을 준다.

구십 살이 되었어도
혼자 사는 것을 고집하는 엄마
기억의 무늬가 무너지고 있다
점퍼의 지퍼가 벌어져 춤을 추어도
곱게 차려입었다고 집을 나선다

여름이면 한산모시 적삼으로
잠자리 날개 같던 그 모습, 간 곳 없다
이젠
속에서만 피는 무화과처럼

푸르렀던 기억의 입안에서만 산다

〈봄날은 간다〉 부분

기타를 맨 외국인 남자가 서서 노래를 한다
빨간 십자가의 모금함을 안은 안경 낀 여자
검은 피부의 커다란 눈동자에 승객들의 움직임이 맺힌다
낯선 발음의 찬송가 소리
호기심이 머리를 드는데
간절함이 허공에 드리워지고 있다

난바다 속 어둠을 저어와
대어를 찾는 중인지
도수 높은 안경 속 눈동자는
가방의 움직임을 살피며 좌우로 바쁘고
모금함은 팔을 벌려
꿈의 지느러미를 찾고 있다

〈지하철에서〉 부분

위 시 〈봄날은 간다〉는 치매에 걸린 엄마의 안타깝고 애틋한 마음을 그려내고 있다. "점퍼의 지퍼가 벌어져 춤을 추어도 / 곱게 차려입었다고 집을 나선다"는 어머니, 화자는 "한산모시 적삼으로 / 잠자리 날개 같던" 젊었을 때의 모습을 회상한다. 시간의 흐름 속에서 "살아온 날실이 살아갈 씨실을 꿰지 못해"하는 90세 노모를 지켜봐야 하는 화자의 정감이 깊게 서려있다.

성숙옥 시인은 누구보다도 연민의 정이 깊고, 여린 감성의 촉수로 대인관계를 맺어오고 있다. 그러니 시 〈지하철〉에서 보듯, 지하철 승객 사이를 오가며 모금을 하는 이방인의 모습을 보고 어찌 그냥 지나칠 수 있겠는가. 인간은 누구나 "꿈의 지느러미"를 품고 사는 것, 그것이 저마다 삶의 존재 이유가 아닌가. '꿈의 지느러미'를 늘 움직이는 우리는 이를 '욕망'이라 부른다. 인간사의 생명력이 바로 욕망에서 비롯되기 때문이다.

휠체어가 부흥사회복지관 마당을 밀자
개가 주인을 반기듯
비둘기들이 어깨로 무릎으로 날아와
사내의 향기를 줍는다
짧아진 그림자에 씨를 뿌려
꽃을 가꾸는 남자
직립의 향수로 망울진 꽃들이
일제히 허공을 오른다

흰 꽃들 피어나는 곳에
청 보랏빛 목 띠 두른 큰 꽃들도
공중에서 날개 편다

〈팝콘〉 부분

시 〈팝콘〉은 장애우가 비둘기들에게 먹이를 주는 순간 풍경을 포착, 생명적 정감이 발동된 시이다. 마당에서 화자는 "비둘기"의 날아오르는 형상을 "팝콘"으로 보았고, 나아가 이를 발전시켜 높이 날아오르는 생명체들을 "흰 꽃"으로 상상한 것이다. 좋은 시의 맛은 이렇게 중층적 상상력으로 구상화된다, 그것이 시인의 남다른 능력이고, 결국 작품성을 결정한다. 이런 것을 '발견의 눈', '통찰의 눈', '마음의 눈'이라고 할 것이다. 여기에서 발견의 눈은 '새롭고 다른 것'을 찾아낸다는 것이고, 직관의 눈은 '현상과 사물을 깊이 꿰뚫어 보는 통찰의 시각'일 것이며, 마음의 눈은 '심리적 감흥'으로서 내면을 드러낸다는 것으로 이해된다.

이렇듯 성숙옥 시는 자연 교감적이고, 생명적 체험의 깊이로 남다른 상상력을 보여준다. 그리하여 남들이 보이지 않는 세계, 남들이 들리지 않는 세계를 찾아 자기만의 촉수로 자아 내면의 지난한 자기 탐색의 시정을 그려낸다. 이러한 자기 존재 탐색의 생명적 여정에는 엘랑 비탈의 시간적 코드로서 '길'과 '물', 계절의 이미지가 빈번하게 등장하고, 생명적 자연 인식의 민감한 촉수까지 발동된다. 더불어 사물 체험에서도 자기반영적 의미부여가 강하고, 자연 교감적 치환의 중층적 상상력은 물론 과거 회상의 생체험에서도 애틋한 정감을 보여준다.

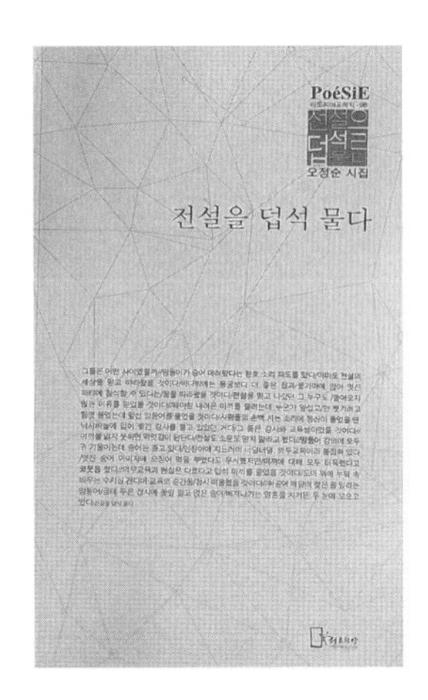

생명적 촉수가 빚어내는 서사적 정감

— 오정순 시집 『전설을 덥석 물다』(리토피아)

오 시인의 시에 드러나는 모성성에 의한 출산, 분출의 자궁 이미지는 상승과 하강을 통하여 확산되는 역동적이고도 생명적인 시상을 구축해 나간다. 그녀에게 있어 자연현상이란 생명을 잉태하고 양육하는 장자의 충만한 기(氣)의 발현으로 이해된다.

생명적 촉수가 빚어내는 서사적 정감

— 오정순 시집 『전설을 덥석 물다』(리토피아)

오정순 시의 자양분은 생기론적 상상이 빚어내는 서사적 정감에 있다. 그녀만의 서정적 교감과 생명적 상상이 빚어내는 시안(詩眼)은 불가시적이고 불가지적인 내밀한 세계까지 보여준다. 시편에서 빈번하게 등장하는 햇살, 출산, 바람, 자궁, 젖줄 등의 원초적 이미지, 그리고 산, 등꽃, 돌담, 나무, 폭포 등의 소재들은 물활론적 상상의 언어로 변주되면서 그녀만의 독특한 시적 비전과 생의 철학으로 승화된다. 여기에 자기 체험에서 빚은 세상사의 궤적을 이야기체로 풀어내는 형상화의 재치도 감칠맛 나고 재미가 있다. 하늘과 땅, 신과 인간, 삼라만상이 생동하는 경계에서 생명적 촉수로 풀어내는 시편들은 우리네 일상에 새로운 경이감을 주고 있으며, 정감의 울림통으로 승화된 생의 지평을 열어주고 있다.

1. 연민적 촉수의 서사적 회감

시인들은 저마다 웅숭깊은 연민(憐憫)의 정을 발산한다. 어려운 처지에 있는 존재들에 깊이 공명하는 시혜(施惠)의 마음, 섬세한 울음통이 시적 언어로 드러나기 때문이다. 오 시인의 수많은 시편에서 애잔한 연민의 정은 물활론적 상상 속에서 체험적 이야기로 승화된다.

"거렁뱅이도 내 집에 찾아오면 손님이여."
아버지는 기어이 식구들 밥상에 함께 앉혔다
마룻바닥에 숟가락 던져 놓고 뛰쳐나갈 때
핑 도는 눈물 너머 마당 가에는 등꽃이 피었다

반세기 동안 담고 있던 그 일을
등꽃은 기어이 터뜨린다.
"얼레리꼴레리 그때 그랬지 네가 그랬지."
등꽃 한 무더기 와락 꺾어 아버지 찾아간다
이제는 그 등나무도 삭정이가 되어 있다
아버지처럼 버티고 계신

〈등꽃〉 부분

시 〈등꽃〉은 과거 회상의 시로, 아버지에 대한 짙은 그리움이 등꽃을 통해 피어나고 있다. 화자는 우선 보랏빛 등꽃이 대롱대롱 물들어 피는 이유가 "이른 봄부터 받아먹은 소문들"의 발설을 참기 때문이라는 시적 논리를 펼친다. 그 숱한 소문에 의해 해마다 등꽃은 피어나고, "구멍이 숭숭 뚫린 삭정이"가 될 때까지 이어진다. 어느 날 거렁뱅이를 집에 들여 식구들 밥상에 앉혔던 아버지의 연민도 등꽃에 있고, 이에 속이 상한 화자의 눈물도 등꽃으로 피어난다. 이제 삭정이가 된 그 등나무는 유년 시절의 회억이자 아버지의 모습으로 치환된다.

똑똑한 먹잇감이 그를 조롱하며 비껴 갔을까
사냥의 기다림이 지루했던 걸까
그는 오늘도 가좌시장 골목에 줄을 내렸다
한나절 금식한 카세트테이프는

구슬픔의 씨실로 단단히 매어놓고
목젖에 기대어 뽑아지는 애절함이 날실 되어
동냥의 보따리를 엮어간다

〈spider man〉 부분

시 〈spider man〉에서 'spider man'은 바로 가좌시장 바닥을 누비며 구걸하며 살아가는 장애자이다. 시인은 오체투지의 자세로 살아가는 장애자의 애환을 연민적 사유의 애틋한 정감으로 그려낸다. 여기 장애자의 묘사에서 "한나절 금식한 카세트테이프"가 "목젖에 기대어 뽑아지는 애절함"이라든가, 말미에 "배설 못한 한 근이 아랫배에 묵직하게"라는 표현에서 화자의 깊은 연민의 정감이 읽힌다.

연민적 촉수의 애틋한 시정은 서사적 회감으로 다양하게 드러난다. 부도를 맞은 부부의 사연을 긍정적 시각에서 그려낸 시 〈양파 자루〉, 가난 속에서 상처받고 애처로운 현실을 그려낸 시 〈찬이 엄마〉가 있다. 또한 감옥에 간 손자가 출소하기를 기다리며 파지 손수레를 끌고 다니는 애틋한 할머니의 심리와 따뜻한 손자의 마음을 그려낸 시 〈ㄱ과 ㄹ〉이 있고, 부모님이 돌아가시면 갓 태어난 강아지를 들여 환생의 부모님으로 모시다가 3년이 지나면 길거리에 버린다는 비정한 태국 풍습을 연민의 정으로 다룬 〈들개 조상님〉이 있다. 나아가 독특한 소재로 연민적 정감을 다룬 〈페인트공〉이란 시에서는 고층아파트 외벽을 타고 그림을 그리는 어느 러시아 성악가 노동자의 삶을 다루고 있다.

대다수 시인들이 자전적 체험을 시의 소재로 곧잘 등장하는 것은 자아정체성 회복이나 자존감과 관련된다. 그래서 유년 시절의 고향을 찾고, 모태 지향의 어머니를 그리워하는 것이 일반적이다. 그런데 오 시인의 시편에서는 소외당한 자나 소시민, 가난한 계층을 대상으로 한 연민의 정감 내지는 애틋한 시선으로 생명적 이야기를 앉히려고 하는 창작 의식이 짙게 묻어난다.

> 건넌방 비우려고 세 자매 할머니 방으로 몰았다
> 앉은뱅이책상 밑으로 다리를 뻗어야 잘 수 있었다
> 누군가 책상 차지하면 나머지는 방바닥에 엎드려
> 다리를 반으로 접어 벽을 더듬으며 숙제를 하고
> 구구단을 외웠다
> 고구마 통가리라도 들여놓아야 하는 겨울이면
> 여덟 개의 장딴지가 고구마처럼 쌓였다
> 〈중략〉
> 겨우내 베란다 한쪽 구석에서 자리 지키던 고구마 박스
> 그 속에 다시 들어앉은 소문
> 쪼그라든 할머니에게 매달린 분홍구두 한 켤레

〈분홍구두〉 부분

오 시인의 과거 회상의 시편에는 늘 이야기가 숨어있다. 그녀의 고향이 예산이라 했던가. 시 〈분홍구두〉는 어릴 적 고향 시골집 정서가 찐득하게 묻어있다. 그 옛날, 고구마는 쌀이 부족한 시골에서 간식을 겸하여 없으면 안 될 소중한 양식이었다. 대식구가 기거하는 집에서 고구마 통가리는 넓게 방 한구석을 차지해야 했으니, "여덟 개의 장딴지가 고구마처럼 쌓였"을 것이다. "그 고구마 방에 얽혀있는 내력이 조금은 비밀스럽지만, 화자에게는 고구마만 보면 순영의 분홍구두가 떠오르는 모양이다.

누구에게나 고향은 아련한 물안개 속에 수초의 뿌리처럼 내려 그림자처럼 따라다니는 분홍빛 향수이다. 그러기에 오 시인에게 있어 고향

을 통한 서사적 회감은 시 창작의 모태로 시인으로서 세상에 존재하게 하고 잔뼈를 굵게 하여 준 생명의 뿌리인 어머니나 다름없다.

'신빵전파사' 간판 위
전깃줄이 일렬횡대로 걸려있고
제비 두 마리가 전깃줄 위에서 고무줄놀이하고 있다
가랑비에 젖은 몸 아침 햇살에 말리던 스피커가
갑자기 컹컹 짖어댄다
〈중략〉
팬티 고무줄까지 이어서 고무줄놀이하던 친구들
어디론가 모두 떠나고 나는 홀로 제비를 바라보고 있다
그 제비 내 앞에 오더니 아는 척 똥을 싼다
크게 짖어대는 스피커 위에도 보란 듯 찍 갈기고
멀리 날아가 버린다.
똥 맞은 스피커 더 크게 짖어댄다

고무줄 끊어 달아났던 민수, 전봇대에 기대어 씨익 웃는다
손에 감고 있던 고무줄 보여주며 손짓한다

〈고무줄놀이〉 부분

동심이 짙게 묻어나는 시 〈고무줄놀이〉는 퍽 감칠맛이 나고 재미있다. 이렇다 할 장난감이 없던 시절, 남자애들은 자치기나 땅따먹기 놀이를 했고, 여자애들은 주로 고무줄놀이나 숨바꼭질로 시간을 보냈다. 이 시에서 화자는 세 가지 에피소드를 연계하여 회억적 시정으로 흥미롭게 엮어나간다. 그 첫 장면은 '신빵전파사'를 배경으로 "제비 두 마리가 전깃줄 위에서 고무줄놀이"를 하다가 컹컹 짖어대는 스피커에

하얀 물똥을 쌌는데, "똥 맞은 스피커 더 크게 짖어댄다"라고 하는 표현이고, 두 번째는 팬티 고무줄까지 빼서 이은 고무줄로 놀이 장면, 세 번째는 민수가 팬티 끈으로 이은 고무줄을 끊고 달아나 전봇대에서 짓궂게 웃으며 손짓하는 장면이다. '신뻥전파사'라는 간판의 어의가 보여주는 구수한 맛도 그렇지만, 이 세 가지 이미지가 유기적으로 형상화하여 퍽 유쾌하고 깊은 정감을 자아낸다.

칠성사이다 받아먹은 봉림 저수지* 시침을 떼고 있다
찐계란 떨어뜨리지 않으려고 허둥대다 바위에 부딪힌 병
두 동강 난 사이다병엔 한 모금도 남아 있지 않았다

포플러나무들도 나눠 마셨는지
이파리마다 칠성(七星)을 달고 저수지에 들어가 있다
제비 한 마리 날아와 물 위를 슬쩍 건드리니
들어앉은 포플러나무들도 공범인 양 몸을 흔든다

포플러의 뻗은 팔에 올라앉은 저수지
이파리가 흔들릴 때마다 쭉쭉 늘어나 마을을 넘었다지
내려다보던 태양이 길게 꼬리 내리자
시침 떼던 봉림저수지가 얼굴을 붉힌다

〈봉림저수지〉 전문

시 〈봉림저수지〉는 6,70년대 초교 시절의 소풍 갈 때의 모습을 회상해 낸다. 찐 계란 두어 개와 김밥, 칠성사이다를 룩새크에 담아 신바람 나게 달려갔던 소풍날을. 그 유년 시절, 사이다는 소풍 갈 때나 마셨던 고귀한(?) 음료였다. 그러니 "두 동강 난 사이다병"에 대한 원망이 오

죽했으랴. 화자는 그때의 사이다를 포플러나무와 봉림저수지가 함께 빼어 나누어 마셨다고 너스레를 떤다. 그래서 지금도 "포플러나무들도 공범인 양 몸을" 흔들고, "봉림저수지가 얼굴을" 붉히면서 시체미를 떼고 있다고 묘사한다. 능청스러운 화자의 회억적 시정, 그 물활론적 상상이 재치가 있고 유쾌하다.

나를 둘러 싼 세계에 존재하는 것들은 온통 저마다 내밀한 이야기로 가득 차 있다. 내가 본 하나의 풀잎, 시냇가의 돌 하나도 나름의 이야기로 얽혀있고, 어느 것 하나 의미 없는 것들은 없다. 나아가 그들은 우리와 무관치 않다. 나의 한 생애가 한 권의 이야기책이듯 세상에 존재하는 것들은 다 무수한 사건들로 이어진 생생한 삶의 이력을 지니고 있기 때문이다. 오 시인은 그러한 지난한 생체험의 여정을 시적 세계로 정겹게 형상화하면서 자기 존재의 정체성을 즐겁게 탐색해 나간다.

2. 모성적 생명 탄생의 자궁 이미지

오정순 시의 생명적 상상력은 모성적 생명 탄생의 자궁 이미지로 변주된다. 흔히 모성적 사랑이나 이성애를 들어 인생사를 '사랑의 역사'로 정의한다. 사랑 속에서 태어나고, 다양한 사랑을 누리고 살다가 사랑이 쇠잔해질 때면 죽는다는 것. 사랑은 태생적으로 강한 '욕망'의 에너지를 분출한다. 생을 지속하게 하는 원동력이 바로 사랑에 있다는 말이다.

그렇다면 시인에게 있어 욕망은 어떻게 분출되는가. 아마도 시인만큼 사물에 정신의 옷을 입히는 고차원의 사유 활동은 없을 것이다. 옥타비오 파스(Octavio Paz)가 말했듯이, "시인은 욕망하는 자아이고, 시란 욕망 그 자체"라고 했다. 이를 쟈크 라캉(J. Lacan)의 욕망의 이론에 대입시키면 그 사랑의 욕망은 '환유(換喩)'로서 수없이 꼬리를 물고 변주되는 속성을 지닌다.

오정순 시에 수없이 등장하는 모성성의 자궁 이미저리는 어떻게 드러나는가.

숨죽인 신음
자궁 속에서 고개 내민 연둣빛 화살촉
뼈를 통과하며 살을 뚫는다
눈부신 세상에서 잠시 어리둥절하다가
쥐었던 손바닥 활짝 펼친다
여린 잎 물 켜는 소리 봄산을 흔든다

산이 봄을 낳는다
산고의 비명들
땅속에서 구르느라 온 산이 붉다

〈산이 봄을 낳다〉 부분

먼저 오 시인의 모성성은 생명 탄생의 자궁 이미지로 드러남을 볼 수 있다. 시 〈산이 봄을 낳다〉라는 시 제목이 암시하듯이, 연둣빛 봄산 풍경의 탄생을 출산의 자궁 이미지로 드러내고 있다. "자궁 속에서 고개 내민 연둣빛 화살촉"이 "뼈를 통과하며 살을 뚫는다" 라는 장면, 시각과 근육감각적 촉수로 다룬 날카롭고 정교한 표현에서 시의 깊은 맛을 느낀다. 여기에서 봄산이란 대지는 만삭이 된 어머니의 몸이다. 그래서 산이 봄을 낳는, 자궁의 봄산은 "산고의 비명"이 들리고, "땅속에서 구르느라 온 산이 붉다"라는 것이다.

오 시인에게 여성성의 자궁 이미지는 대지의 봄산 뿐만이 아니라,

하늘에서도 나타난다. 앞의 시에서는 자궁 이미지로 봄산을 노래한 대지의 모성성이 상승 이미지를 보여주지만, 시 〈장마 · 1〉에서는 하늘을 모성성의 자궁 이미지가 하강 이미지로 드러난다는 것이다.

산달을 채운 듯, 무거워진 구름
허공에 눕는다

양수가 터지자
쩌렁쩌렁 하늘을 구멍 내는
산고(産苦)의 비명
비명 다독이며 탄생하는 무수한 꽃들

마음에 쏙 드는 꽃을 만들기 위해
하늘은 또 으르렁거린다

그 소리 자장가 삼아 일상이 꿀잠에
풍덩 빠진다

〈장마 · 1〉 부분

시 〈장마 · 1〉에서는 먹구름의 하늘에서 급기야 큰 비가 쏟아지는 체험을 자궁의 출산 이미지로 치환하고 있다. "산달을 채운 듯, 무거워진 구름"이 "허공에 눕는다"라는 의인적 표현과 "양수가 터지자 / 쩌렁쩌렁 하늘을 구멍" 낸다는 역동적인 출산 장면, 그리하여 "산고(産苦)의 비명" 끝에 "비명 다독이며 탄생하는 무수한 꽃들"이라는 청각과 시각을 동원한 공감각적인 시의 운행이 감칠맛 난다. 여기에서 시적 화자는 시치미떼기로 예상치 않은 반전을 시도한다. 장대비의 출산이 "마음에 쏙 드는 꽃을 만들기 위해 / 하늘은 또 으르렁거린다"에서 시각적 희열을 느낀다.

오 시인의 시에 드러나는 모성성에 의한 출산, 분출의 자궁 이미지는 상승과 하강을 통하여 확산되는 역동적이고도 생명적인 시상을 구축해 나간다. 그녀에게 있어 자연현상이란 생명을 잉태하고 양육하는 장자의 충만한 기(氣)의 발현으로 이해된다. 모성성의 자궁이 만물의 원천이자 우주적 주체로서의 생명임을 상징하기 때문이다. 이때 오 시인에게 있어 자연은 주객일여(主客一如), 물아일체(物我一體)로서 자신의 여성성과 연결된 몸이자 생명의 모태로 자신의 정체성을 확인시켜 주는 우주적 각성에 이른다.

덮고 있던 푸른 이불 걷히자 만삭의 배(腹)가 드러난다
침대 바닥까지 내보인 적 없기에 등이라 했다지
그러나 그건 분명 만삭의 배
언제부터 배가 불러왔는지 이불 속이 궁금하다
〈중략〉
날마다 출산 된 생명체들이 주위에서 맴돌고
배(腹)를 열고 막 태어나는 비단 고동들이
뱃가죽 위로 올라온다
임신과 출산으로 뱃가죽은 주름져 있다
주위를 맴돌던 불가사리와 조개도 엉금엉금 기어와
주름 속에 숨는다
불룩한 배를 콕콕 두드리는 갈매기
태어날 것들에 대해 궁금한 게 많은가 보다

늘 무엔가 간절한 소망

바다의 몸짓으로 키운 거대한 모태신앙

〈풀등〉 부분

'풀등'은 옹진군 대이작도 앞바다에 있는 모래섬으로, 들물 때엔 잠겨있다가 썰물 때가 되면 나타난다. 시인은 이 모래섬을 이불 속 "만삭의 배(腹)"로 비유하여 시상을 전개해 나간다. 모성성으로 치환한 그 시상은 매우 발랄하고 역동적이다. 날마다 출산 된 생명체들이 주위에서 맴돌고 "배(腹)를 열고 막 태어나는 비단 고동들이 뱃가죽 위로 올라"오고, "임신과 출산으로 뱃가죽은 주름져"있는데, 주위의 "불가사리와 조개도 엉금엉금 기어와 주름 속에 숨는다"는 것인데 얼마나 상큼한 상상인가. 나아가 태어날 것들이 많아 궁금한 갈매기가 "불룩한 배를 콕콕" 두드려 본다고 하니, 얼마나 싱그럽고 발칙한 발견인가. 광물질인 자연의 모래밭을 생명체가 넘치는 모성적 출산과 양육의 이미지로 처리한 시심에 놀랍지 않을 수 없다. 그리하여 풀등은 "늘 무엔가 간절한 소망"이 있어 "바다의 몸짓으로" 거대한 모태신앙을 키워가고 있다는 전경화 처리가 주목을 끈다.

3. 생육 이미지의 생기론적 변주

오 시인의 모성애의 생육 이미지는 대지나 돌담, 나무, 폭포 등 소재를 가리지 않고 생명적 상상력을 수반하며 다양하게 펼쳐진다.

굶주린 포식자 하늘 향해 누워있다
길게 내민 혓바닥 입맛 다시며 달려들어
닥치는 대로 먹어치운다

따스한 세상 보러 나왔던 이파리들
너무 뜨거워 놀라며 자지러진다
미처 피하지 못한 나무들도
돌부리에 걸려 넘어지며 아우성이다
〈중략〉
용케 살아남은 연둣빛 어린나무
배설물 속에서 두리번거리며 살짝 고개를 든다
주먹 손 펴보니 까만 엄마의 살점을 쥐고 있다

〈산불〉 부분

산천초목이 온통 화마의 불바다로 변하는 산불만큼 무서운 일이 또 어디 있을까. 산불은 생의 죽음이자, 모성성의 파멸이다. 시인은 〈산불〉이라는 시에서 용케도 살아남은 "연둣빛 어린나무"의 주먹 손에서 "까만 엄마의 살점"인 새카맣게 타버린 흙을 발견한다. 문득 대지를 어머니 품 안으로 본 가스통 바슐라르(Bachelard, Gaston)가 생각난다. 상처와 아픔을 서로 어루만지면서 치유하는 연민의 정, 생명의식의 비전이 이 시에 고스란히 녹아있다. 말하자면 뭇 생명체를 깃들게 하고, 지켜주고자 하는 시적 자아의 자궁 의식, 양육 이미지를 통하여 모성성의 놀라운 생명 의지를 드러내고 있는 것이다.

겨우내 몸단장하며 폐경 물리친 늙은 복숭아나무
연분홍 복사꽃 이리저리 매달고 과수원을 환히 밝힌다
푸른색 덧칠한 하늘에 고이던 단물
잎맥 타고 내려와 젖줄로 흐른다

엄마 품에 안긴 복숭아가 달콤한 젖을 빤다

늙은 나무에 매달린 열매도 젖줄을 문다

〈복숭아나무〉 부분

오정순의 시는 소소하고 보잘것없는 체험적 대상을 곧잘 의인화하여 재치있게 이야기 시로 만드는 순발력을 발휘한다. 시 〈복숭아나무〉도 스무 살 늙은 복숭아나무를 부부로 의인화하여 만든 시이다. 톱날에 밑둥이 잘려 죽음에 이를 뻔했던 복숭아나무가 소생, 회춘하게 되었는데, 그 생의 희열을 화자는 여성성의 자궁 이미지와 열락적 생육 이미지를 통하여 육감적으로 드러낸다. "겨우내 몸단장하며 폐경 물리친 늙은 복숭아나무"는 유한적 결핍에서 생명적 욕망으로 탄생하고자 하는 몸의 욕구이다. 여기에서 우리는 폭력과 죽음을 넘어서 무한한 생명적 탄생의 가능성을 열어젖히는 창작의 근원적이고 충만한 힘을 오 시인에게서 발견할 수 있다. 나아가 "엄마 품에 안긴 복숭아가 달콤한 젖을 빤다"와 "늙은 나무에 매달린 열매도 젖줄을 문다"는 바로 모성성의 생육 혹은 양육의 생명적 희구를 드러낸다.

나는 투구 속 열매 위해 젖줄 물리려고 밤잠 설쳤고
폭풍에게 납작 엎드리는 비굴함도 기쁘게 견딜 수 있었다
모든 열매와 잎들이 각각 제 몸치장으로 분주할 때
스스로 탯줄 자르고 굴러가는 도토리 한 알
잃어버린 어미 젖꼭지 발견한 듯 덥석 무는 다람쥐

〈도토리나무〉 부분

모성성의 생육 이미지들은 여타의 시편 곳곳에 드러난다. 시 〈도토리나무〉의 경우, 화자가 "투구 속 열매 위해 젖줄 물리려고 밤잠 설쳤"다거나, "스스로 탯줄 자르고 굴러가는 도토리 한 알"로 묘사되거나,

다람쥐가 "잃어버린 어미 젖꼭지 발견한 듯 덥석 무는 다람쥐"로 모성성의 양육 이미지를 보여준다. 그리고 시 〈금당주막〉에서도 '돌담'을 모성으로 보았고, 시 〈도토리나무〉에서는 "벚나무 이파리 타고 내려온 햇살에게 / 곰삭은 황토 젖을 물리고"있는 풍경이나 "젖 냄새 풍기는 돌담"이라는 등 "젖줄", "젖꼭지", "젖 냄새" 등의 생육 이미지가 빈번하게 출현한다.

시에서 모성성이 내재된 보살핌의 윤리는 생태계 파괴의 복원과 인간 회복의 휴머니즘이다. 나아가 이 정신은 문학 치유의 기능으로 작용하며 미래의 대안으로도 제시된다. 그러고 보면 오정순 시에서 드러나는 모성성에서 기인하는 출산 이미지나 생육 이미지는 물아일체적 자연에 대한 경외심, 상호의존적 가치로 파악되는 생태적 색깔을 짙게 풍긴다.

4. 의인적 '햇살' 이미지의 역동적 시심

오 시인의 시편을 읽다 보면 시편 도처에서 '햇살'의 이미지를 만난다. 우주의 생명을 지탱하는 빛, 그 빛줄기가 부드럽고 따사하게 느껴지면 햇살이라 부른다. 양자역학에서는 모든 물체가 빛 때문에 생긴다고 보는데, 이는 원자들이 움직이는 현상을 광자가 전달하는 데서 생기는 현상이다. 해서 그 빛이 사라지면 존재의 모든 게 사라지는 것. 태초부터 빛, 곧 햇살은 창세기에도 기록되어 있듯이 천지 창조의 시원이 되는 물질이자, 현재를 거쳐 미래를 열어가는 우주의 변화와 질서를 관장하는 강력한 힘인 셈이다.

오 시인에게 있어 바로 이 빛의 아우라로서 '햇살'은 그녀만의 시적 착상의 코드이자, 생명적 상상력의 불씨를 이루며, 시적 형상화 과정에서 온전한 에너지로 작용한다.

> 여자가 햇살을 마신다
> 함께 마술 나라에 간다

〈찻잔에 빠진 햇살〉 부분

시에서 화자는 아침 식탁에 앉아 커피를 마시는 여자를 관찰하면서 햇살의 작난을 목도한다. 곧 "찻잔에 설탕을 넣는 여자의 숨소리가 햇살을 흔들고", "햇살이 먼지를 몸속에 넣고 동동" 띄운다고 하는 무아의 경지를 체험한다. 급기야 햇살이 "눈치를 보다가 슬쩍 찻잔에 빠진다"고 하는 몽상적 세계를 펼쳐낸다. 밤새 씻고 솟아올라 온 아침 햇살의 기운, 그 부드럽게 내쏘는 광선이니 얼마나 신선하겠는가. 급기야 여자가 햇살을 마시고, "함께 마술 나라"에 간다고 하는 신비로운 세계의 판타지가 전개된다. 찻잔과 손녀, 여기에 햇살의 숨깔이 서로 어울려 햇살 잔치를 벌이는 시적 무대가 꽃밭처럼 훈훈하고 아름답다.

이렇듯 오 시인의 시에서 햇살 이미지는 열락적이고, 늘 활달한 생기에 차있으며, 발칙한 상상력을 보여주는 코드로 등장한다.

> 바다의 단단한 근육질에서 빠져나온 햇살이
> 맺힌 물방울에 은빛 우주를 매단다
> 노인의 얼굴에 피어있는 저승꽃에도 우주가 기웃거린다

〈노인과 우주〉 부분

> 저 병정에겐 붙어 지내던 친구들이 있었어
> 핑크빛 생리혈 툭툭 내던지던 날
> 밤새 오슬오슬 춥더니 둥근 초록이 되었지

온몸이 근질거리고 추웠던 이유를 그때야 알았대
똑똑 떼어내어 바닥에 던져지던 친구들의 비명
노란 보자기에 보쌈당할 때의 두려움도
찾아주는 햇살과 바람으로 위로받았지
보자기 살짝 찢고 바깥세상 엿보다 들킨 거래
초록 바다는 이파리로 파도 만들어 호통치며 갈겨댔고
기절했다 깨어 보니 온몸이 만신창이었다네

〈상처 난 복숭아〉 부분

햇살의 생명적 에너지는 남녀노소를 가리지 않고 인간은 물론 자연의 산천초목을 관장하고, 보잘것없는 소소한 대상, 병약한 사물에까지 다가가 어루만지며 희망의 메시지, 생기론적 코드로 작용한다. 〈노인과 우주〉에서는 햇살은 젊음의 빛이고, 희망의 빛으로 노인의 얼굴에 맺힌 물방울로 "은빛 우주"를 매달아 줄 수 있는 에너지로 작용한다. 이러한 경향은 자아성찰적 의미를 담은 〈곁방살이〉라는 시에서도 드러난다. 금이 갔던 산세베리아 화분이 어느 날 완전 반으로 갈라지게 되었는데, 진주알처럼 움켜쥐고 있던 돌멩이와 사랑초를 곁방살이로 들이면서 축복과 기원의 의미로 햇살 이미지가 차용되고 있다. 나아가 시 〈상처 난 복숭아〉에서는 연민의 정서로 햇살의 힘이 작용한다. "노란 보자기에 보쌈당할 때의 두려움도 / 찾아주는 햇살과 바람으로 위로"해 줄 수 있는 상처를 보듬어주고 감싸주는 연민의 생기적 코드로 쓰여지고 있다.

항물 툭툭 털어내는 이파리들
두 눈 부릅뜬 딱따구리에게 딱 걸렸다
구름도 물러가는 딱따구리 대장의 박음질 구령에

새들도 이파리 사이사이 구성진 소리로 수를 놓는다

화려한 연초록 보자기가 호봉산 가슴을 덮고 있다
젖은 머리칼 빗어 넘기며 올라오던 아침 햇살
금방이라도 초록 물주머니 잡아당길 자세다

〈아침 산행〉 부분

시인은 어둠으로부터 빛 속으로 나온 연초록 사물들의 인상을 개벽(開闢)을 보는 듯한 감격과 경탄으로 맞이한다. 밝고 싱그럽고 즐겁고 생산적인 아침의 근원적인 모습을 그려 보게 하는 즉물적(卽物的)인 시이다. 햇살을 "젖은 머리칼 빗어 넘기며 올라오던 아침 햇살"로 아침 나절 연초록 빛깔로 물오른 호봉산 풍경을 의인적 시각화로 생동감 있게 묘사하고 있다.

인간화한 햇살은 순수 동심의 서정 세계를 추구하는 그의 페르소나(persona)에 다름 아니다. 인간화한 햇살의 눈으로 바라본 세상은 이제까지 보아오던 그런 평범한 세상이 아니다. "아카시아 꽃잎들이 취침"하고, "향물 툭툭 털어내는 아파리들", "딱다구리 대장의 박음질 구령"이 있는 새로운 별천지를 본 것이다. 햇살의 아우라(aura)가 있는 자연은 기존에 보던 풍경들과는 다르게 새로운 의미로 다가온다. 그녀는 이것을 햇살의 이미지를 통하여 생기롭게 형상화하고자 했다.

이러한 오 시인의 빈번한 '햇살' 이미지는 〈아침 산행〉이나 〈매화마을 전시회〉, 〈배다리 책방〉, 〈버들강아지〉 등의 시편에서 보듯 대체로 의인적으로 처리되는 것이 많다.

뒤따라 오던 한 무리의 햇살이
이제야 봤느냐며

아라뱃길 속으로 곤두박질하며 깔깔댄다
햇살의 웃음소리
전시회 알리는 꽹과리 소리 되어
매화마을 가득 채운다
여기저기서 무용수처럼 서체들이 춤추며 나온다

〈매화마을 전시회〉 부분

얼음 속에 갇혀있던 봄바람 한꺼번에 떼로 탈출한다
얼음 뚜껑 열리고 봄 햇살도 소풍 나오고
숨어있던 강아지도 하나 둘 봄바람에게 들킨다
강아지들 숨바꼭질 끝내고 나무에 주렁주렁 매달린다

〈버들강아지〉 부분

시 〈매화마을 전시회〉에서는 서체(書體)를 본 회감을 햇살의 이미지를 끌어들여 생기롭게 드러낸다. 가령 "아라뱃길 속으로 곤두박질하며 깔깔댄다"든가, "여기저기서 무용수처럼 서체들이 춤추며 나온다"라는 등 시각과 청각적 이미지로 동원하여 역동적으로 형상화하고 있다. 나아가 시 〈버들강아지〉에서도 '햇살'은 '바람'의 이미지와 더불어 더더욱 물질에 내재한 생명성을 일깨우면서 펼쳐진다. 봄 햇살과 봄바람이 빚어내는 버들강아지를 시인은 "강아지들 숨바꼭질 끝내고 나무에 주렁주렁 매달린다"라고 하는 등 동심적이고 생기발랄하게 묘사하고 있다.

오 시인은 독실한 크리스천이다. 그녀에게 있어 빛, 햇살이란 무엇일까. 태초에 빛이 있어 모든 존재하는 것들이 탄생하였으니, 어쩌면 이 세상에서 햇살 같은 존재가 되고 싶었을지 모른다. 또한 존재하는 것마다 하나님의 아우라로서 의미 있게 해석하고 싶었는지도 모른다.

그래서인가. 그의 시편마다 생기론적 코드로서 '햇살'은 활유법을 동원하거나 의인적 비유, 상징적 이미지로 차용되는 등 곳곳에 넘쳐난다. 오 시인의 시에서 햇살은 그야말로 시심을 표출해내기에 가장 적합한 사유와 감정의 등가물이었던 셈이다.

5. 물활론적 생명 탐구의 섬세한 착상

오 시인의 섬세한 감성의 촉수에서 발아한 시적 운행은 남다른 생명적 탐구의 시선에 있다. 사물 하나에 이야기를 얹는 일이나, 소소한 일상사에 정신적 의미를 부여하고, 상상의 재미를 수놓아 언어적으로 형상화하는 것이 그녀만의 시가 드러내는 참맛이다. 이러한 생명 탐구의 시 정신은 대상과의 서정적 교감으로 일체감을 이루고자 하는 물활론적 사유 내지는 물활론적 상상에서 기인된다.

단장한 옷만큼 시원한 푸르른 곡조
방충망 사이로 국수 가락처럼 밀려오네
일곱 마디씩 잘라 빈방에 차곡차곡 쌓으니
삼십 분 뽑아낸 노래가 방을 가득 채웠네

〈나만을 위한 콘서트 · 1〉 부분

시에서 말하는 여름 매미들의 합창은 자연의 콘서트이다. 오 시인은 한여름 집안 베란다 방충망 사이로 들어오는 매미 한 마리의 울음을 감칠맛이 나도록 싱그럽게 묘사한다. 매미의 울음은 눈에 보이지 않고, 손에 잡히지도 않지만, '울음'이란 청각적 이미지를 시각적 이미지로 환기력 넘치게 치환한다. "단장한 옷만큼 시원한 푸르른 곡조"라던가, "방충망 사이로 국수 가락처럼 밀려오네"로 나아가 "일곱 마디씩 잘라 빈방에 차곡차곡 쌓으니"라는 구체적이고 생동감 넘치는 이미지로 선을 보인다. 여기엔 그녀만의 매우 섬세한 시안의 촉수가 용해되어 있다. 섬세한 물질적 대상의 인식 속에서 벌어지는 시적 행간은 늘 생존의 생명성과 함께 한다. 그러니까 이 땅 위에 존재하는 모든 것들은 생명성으로 가득 차 있어 생명을 잉태하고, 존재 양상들이 생기로서의 끊임없는 변화과정임을 줄기차게 노래한다.

지구본 반쪽 같은 봉분 위 검은 개미 두 마리가
애벌레 앞에 놓고 의견이 분분하다
좁쌀만 한 애벌레 이쪽저쪽 구르느라 어지럽다
흰개미 두 마리 나타나 한쪽으로 먹이를 끌자
검은개미 두 마리도 반대 방향으로 의견 모은다
어디서 나타났는지 붉은개미 노란개미 달려들자
검은개미 흰개미 같은 편 된다

〈아버지 묘 이장하던 날〉 부분

시 〈아버지 묘 이장하던 날〉은 오 시인의 체험을 바탕으로 쓴 것이다. 이장할 때 봉분 위에서 개미들이 먹이를 놓고 쟁탈전을 벌이는 광경을 목격하고, 이내 섬세한 생명적 촉수를 발동한다. 곧 "잠든 자의 영혼 위에서 벌이는 / 산 자들의 눈물겨운 사투"라고 해석하고, 생명적 자연의 섭리를 발견하게 되는 것이다. 이러한 오 시인은 날카로운 관찰력으로 우주를 통찰해보는 직관, 통찰은 섬세한 시인의 감수성의 발로에서 기인한다.

삐걱거리며 튕겨 나가는 서랍 하나

그 속에 아버지의 기억이 잠자고 있다
붓 발에 싸여 하늘 향한 간절함이 꼿꼿한 채
아버지 관에 누우실 때처럼 얌전히 누워있다

창가에 고드름처럼 매달렸던 여러 종류의 붓,
그중에서 족제비의 인기는 최고였다
손가락에 붙잡히면 날렵하게 화선지에서 놀았다
밤만 되면 족제비는 맑은소리가 날 만큼 뛰었다
〈중략〉
목욕도 못한 족제비가 아버지처럼 누워있다
뛰고 달리고 날기를 이십 년 만큼 굳어갔다

〈족제비 승천하다〉 부분

위 시에서 나오는 '족제비 붓'은 바로 작고한 '아버지'의 혼령으로 치환되어 있다. 화자가 이사를 가려는데 헛간에서 20년 된 앉은뱅이 책상을 발견한다. 새로 이사 갈 집에 어울리지 않아 버리려고 서랍을 정리하다가 족제비 붓을 발견한다. 아버지가 서예를 할 당시 족제비 털로 만든 붓이 최고였단다. 그래서 화자는 화선지 위에서 날렵하게 맑은소리가 날 만큼 뛰고 놀았을 족제비 붓을 떠올린다. 하지만 서랍에서 20여 년 "목욕도 못한 족제비가 아버지처럼" 굳은 채 누워있는 애처로운 분신을 회감한다.

호봉산 정상에 가득 핀 진달래꽃
향에 취해 졸고 있을 때 배꼽 위에 피었다
곤하게 잠자는데 살금살금 들어와
뛰어다니더니 온몸에 자리 잡고 누웠다

밤새워 은밀한 거래 있었던 것 눈치 못챘어
시치미 떼며 쏘아붙이는 봄바람의 변명들
진달래꽃 일제히 붉은 깃발 들었다

〈수두〉 부분

방금 걸레질한 덜 마른 거실 바닥에서
콩나물이 미끄럼을 타고 노란나비처럼 춤춘다
뽀로로와 친구들 속으로, 블록 속으로, 의자 밑으로
기어들어 숨바꼭질하느라 분주하다

〈콩나물〉 부분

시 〈수두〉는 진달래꽃이 만발한 호봉산의 풍경을 물아일체하여 화자가 봄밤에 수두를 앓는 정경으로 묘사되고 있다. 산에 흐드러지게 핀 진달래꽃을 온몸에 붉게 돋아난 수두로 본 화자의 착상이 매우 신선한 충격을 준다. 화자의 온몸에 자리 잡은 수두와 폭죽 소리 터지듯 온 산에 붉게 깔려있는 진달래꽃이 주는 상사성의 거리에서 참신한 텐션(tension)의 미학을 읽게 한다. 또한 이 시에서 재미있게 시적 논리를 펴고 있다는 점에서도 주목할 만하다. 이를테면 밤새워 진달래가 붉은 깃발로 꽃 피운 이유가 은밀한 거래 때문에 벌어진 바람들의 변명들 때문이라고 하는 논리인데, 오히려 화자의 성정에 녹아있는 시치미떼기에서 기인되는 것은 아닌지 모르겠다.

시 〈콩나물〉에서는 그야말로 물활론적 생기로 가득 차 있다. 천 원어치 콩나물이 "비닐봉투 안에서 들썩들썩", 거실바닥에서 노란나비처럼 "미끄럼을 타고", "손녀가 무대 위에 올라 콩나물과 춤춘다"는 역동적 상상력이다. 집 안을 온통 콩나물과 가족들이 숨바꼭질하는 동화나라의 무대로 본 코믹한 착상에 깊은 동심의 즐거움을 느낀다.

오 시인의 물활론적 생명 탐구의 섬세한 시편들은 그녀만의 남다른 창작 의식에서 비롯된다. 여기에는 세계 인식의 깊은 호기심이나 날카로운 감성적 촉수, 사물에 대한 의미해석에 있어 몰입적 집요함이 있기 때문이다.

오정순 시의 자양분은 생기론적 상상이 빚어내는 서사적 정감에 있다. 그녀만의 서정적 교감과 생명적 상상이 빚어내는 시안(詩眼)은 불가시적이고 불가지적인 내밀한 세계까지 보여준다. 시편에서 빈번하게 등장하는 햇살, 출산, 바람, 자궁, 젖줄 등의 원초적 이미지, 그리고 산, 등꽃, 돌담, 나무, 폭포 등의 소재들은 물활론적 상상의 언어로 변주되면서 그녀만의 독특한 시적 비전과 생의 철학으로 승화된다. 여기에 자기 체험에서 빚은 세상사의 궤적을 이야기체로 풀어내는 형상화의 재치도 감칠맛 나고 재미가 있다. 하늘과 땅, 신과 인간, 삼라만상이 생동하는 경계에서 생명적 촉수로 풀어내는 시편들은 우리네 일상에 새로운 경이감을 주고 있으며, 지적으로 목마른 자에게 정감의 울림통으로 승화된 생의 지평을 열어준다. ✻

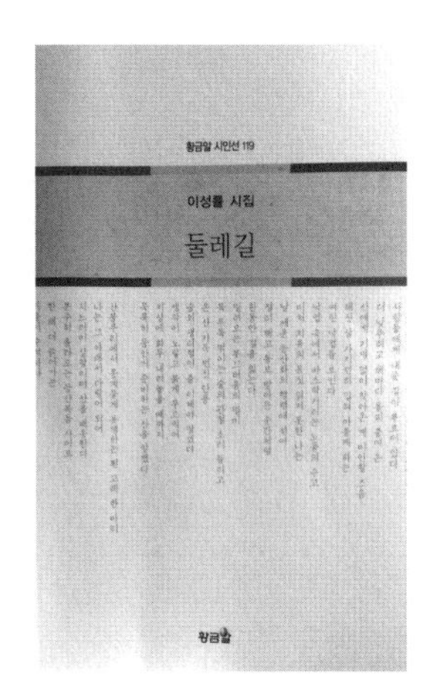

빈자(貧者)로서의 '말'과 '귀', 고백적 성찰의 코드

— 이성률 시집 『둘레길』(황금알)

이성률의 시 정신은 물질을 관통하고, 세계 속에 자신이 있음을 증명해 낸다. 하이데거가 횔데린의 시를 통하여 존재의 화두를 규명해 가고자 했듯이, 이 시인은 이러한 세계 내 존재 속의 실존적 인식에서 만유일체의 따스한 생명의식을 읽을 수 있게 한다.

빈자(貧者)로서의 '말'과 '귀', 고백적 성찰의 코드

— 이성률 시집 『둘레길』(황금알)

이성률은 시와 동화뿐만 아니라 교양 도서까지 다채롭게 쓰는 전천후 작가이다.

1964년 전남 해남에서 출생했지만 줄곧 서울에서 학창시절을 보낸다. 고등학교를 졸업하자 사흘을 굶으면서 고민한 끝에 작가의 삶을 걷기로 결심, 추계예술대학교 문예창작학과에 들어간다. 졸업 후, 2000년 《세기문학》에 시 부문으로 신인상을 받은 그는 본격적인 시인의 길로 나선다. 2006년에 첫 시집 『나는 한 평 남짓의 지구 세입자』를 출간하고, 2008년에는 《서울신문》 신춘문예 동화부문에 〈꼬르륵〉이 당선되면서 시인과 동화작가 사이를 넘나들며 작품 창작에 몰두한다.

이성률의 창작물들은 위 시집을 비롯하여 그야말로 다채롭다. 교양도서 『목민심서』(파란자전거, 2008), 창작 동화집 『거위의 꿈』(문공사, 공저, 2009), 저학년 장편동화 『거짓말을 했어!』(시공주니어, 2010), 고학년 장편동화 『사고뭉치 내 발』(예림당, 2010), 저학년 창작동화 『엄만 내가 필요해!』(파란자전거, 2010), 그림책 『꼬르륵』(파란자전거, 2011), 교양도서 『서유견문』(파란자전거, 2014), 동화책 『나에게 주는 용기』(예림당, 2015) 등을 연달아 발간한다. 이러한 왕성한 작품 활동으로 제1회 서해아동문학상과 제22회 인천문학상을 받는다.

그의 작품들은 시집보다는 동화책이 인기가 높고, 교양도서 역시 반응이 좋다. 그 가운데 동화집 『엄만 내가 필요해!』는 중국 국영출판사와 계약이 완료되어 13억 중국 독자들을 끌어들이고 있다. 다양하고 개성 있는 캐릭터들로 설정하는 그의 동화는 사건의 전개가 기발하고 선이 굵고 갈등의 기복이 뚜렷하다. 또한 다른 작품에서 보지 못한 신기한 장면이 연출되어 어린이들을 쉽게 매료시킨다. 특히 평소 시인의 자질에서 오는 치밀한 구성과 감칠맛 나는 언어구사, 톡톡 튀는 판타지로 남다른 문학성을 보여준다. 그러한 작품성 때문에 필자는 그의 동화 〈꼬르륵〉을 수년간 대학 교재로 사용해 오고 있다.

이성률 작가는 회식 장소에서 늘 막걸리만을 찾는다. 그렇다고 막걸리처럼 털털하거나 두루뭉술한 성격은 아니다. 귀공자처럼 생긴 얼굴에 늘 말없이 조용하고 깔끔한 성품, 은유적 농담을 즐긴다.

그의 문학은 늘 낮은 곳이나 구석진 곳에 시선을 두고, 소외당한 계층과 동심을 떠나지 않는다. 첫 시집인 『나는 한 평 남짓의 지구 세입자』에서도 상처받고 소외당한 열악한 사람들에게 밀착하여, 그늘 속에 가려진 에피소드를 살려 시혼의 불씨를 지펴나간다. 이가림 시인도 적시했듯이 "인물화만을 고집했던 화가 모딜리아니(Amedeo Modigliani)와 마찬가지로, 인간의 얼굴과 그 마음의 움직임을 그리기 좋아하는 휴머니즘의 초상화가"로서 장인 정신의 혼과 기질을 보여준다.

이번 두 번째 시집 『둘레길』에서는 외적 현실보다는 내면화에 보다 밀착하는 듯 보인다. 구도자처럼 살아가는 내면 존재의 깊은 참회나 빈자의 고백적 자화상이 자주 읽히기 때문이다. 시가 곧 사유이고 감성인 바, 줄곧 '시 속에서 말'을 건네면서 화두를 던지고, 자성의 '귀'를 열어 생명적 세계와 소통한다. 사랑의 상실과 회한의 의미, 채움과 비움의 진리, 참회와 깨우침의 지평, 생명적 합치와 관련된 치열한 아포리즘이 이번 시집에서 펼쳐진다.

1. 흘린 '말'과 참회의 '귀', 그 고백적 성찰의 의미

이성률의 시편에서 "말"과 "귀"라는 시어가 심심찮게 등장한다. 시인으로서 화자는 output인 '말'을 통하여 세상과 소통하고 교섭한다. 주체의 생각이며 감정인 외부 지향적 시상의 코드가 '말'에 있다면, input인 화자의 '귀'는 자아 탐색이나 깨우침 등 고백성사의 내부를 향한 시상의 코드로 작용한다.

소멸을 향해 가는
마지막 뜨거운 몸사위
가만히 귀 기울이면
타닥타닥 건네는 말
어둠처럼 사연이 깊다
불꽃 속에서 뚝 뚝
부러지는 한 생애 보인다

한 그루의 삶이
휘어지고 갈라지고
끝내는 베어지기까지
눈물로 가득하지 않은 나이테
어디 있으랴

〈불꽃〉 부분

시 〈불꽃〉에서 시적 모티브는 '불꽃의 말 건넴'이다. 추위를 피해 모닥불에 둘러선 새벽시장의 일용직 모습들, 그 가운데 '불꽃'이 활활 타오르고 있다. 화자는 마음의 '귀'를 열고 기울이면, 불꽃의 손짓에서 "타닥타닥 건네는 말"이 있단다. 곧 "뚝 뚝 부러지는 한 생애"인 나무의 삶, 그 "휘어지고 갈라지고 / 끝내는 베어지기까지"의 눈물로 쏟아내는 몸사위와 목소리가 불꽃이라는 것이다. 불꽃이 타면서 '건네는 말' 속에는 일용직이나 우리 인간 군상의 눈물도 숨어 있다. 그러고 보면 나무의 불꽃이나 인간사나 마찬가지다. 생성에서부터 소멸에 이르기까지 불씨처럼 태어나 불꽃처럼 활활 타다가 다시 불씨처럼 꺼져가는 상처와 눈물의 인생사가 우리 아닌가.

귀가 있어서 흘려들은 말
그간 얼마나 상처로 가득할지
한 걸음 말이 비켜 있는 동안
야위어 가는 얼굴에 드리운
생활의 고달픈 그림자
언제고 눈여겨보았을까 싶은
보랏빛 저음의 네 숨결
미안하다, 너에 대해
잘 안다고 생각했던 것
함부로 너에게 꽂은 화살이었다

〈함께하는 날들〉 부분

시 〈함께하는 날들〉은 사람과 사람 사이에서 빚어지는 관계인식에서 진정한 소통, 곧 '말, 대화'라는 것의 허상이 무엇인지와 화자의 뉘우침, 참회의식이 깔려있는 시이다. '귀'와 '눈'은 있되 흘려듣고 넘겨짚어 빚어진 말의 '상처'로 말미암아 단절된 청자와 관계 복원의 소망이 그려진다.

눈이 있어도 보지 못함은 마음의 눈을 가지지 못하기 때문이다. 부처도 우리를 해탈로 인도하지만 내가 알아듣지 못하면, 그것은 귀가 있어도 듣지 못함이 아닌가. 화자는 "한 걸음 말이 비켜 있는 동안 / 야위어 가는 얼굴에 드리운 / 생활의 고달픈 그림자"라고 했다. 오히려 눈과 귀의 말이 비켜섰을 때, 곧 허울 좋은 언어를 벗어났을 때 진실을 알았다는 것. 그래서 "너에 대해 / 잘 안다고 생각했던 것 / 함부로 너에게 꽂은 화살"이었다고 참회를 한다. 늘 눈과 귀가 문제이다.

문득 예수의 말씀 중에 '눈이 있어도 보지 못하고, 귀가 있어도 듣지 못한다는 말'이 떠오른다. 귀가 있어 흘려들었고, 눈이 있어 넘겨짚었는데, 그게 실수로 이어져 상처가 되었다는 회한의 뉘우침. 진실의 소통이 불가능한 현실적 장애다. 형식에 얽매이면 본질을 보지 못한다. 그저 우리네의 관계란 임기응변식 소통일 뿐이다. 그 형식이란 나의 관점에서 대상을 바라보는 일, 취사선택하여 생각하거나, 대타의식으로 교섭한다는 것. 상대방의 귀에 듣기 좋은 말과 달콤한 말로 체면 차리기에만 급급한 것이 우리의 존재 양태이다.

오래도록 귀에게 귀 기울여온 몸
그런데도 화장할 때마다
눈 코 입 머리 이어지도록
이목구비의 맏이이면서
눈길 받지 못하는
하루에도 열댓 번씩
얼굴과 뒤태와 앞태
무탈한지 거울에게 묻는 동안
양말로 위장한 발바닥의 각질처럼
일상의 이중 플레이처럼
신경 쓰지 않는 귀

이른 새벽 골목의 미화원이나

대기업의 하청 근로자 같은

사랑을 잃은 너

차별이 내 안에 있었다

〈귀로 눈뜨는 시간〉 부분

위 시에서 output으로서 귀는 "몸에 붙어있는 귀가 아니라 / 귀에 붙어있는 몸을 본다"고 했다. "귀를 통하여 마음을 본다"는 것. 서로의 차이를 인정하고 냉철하게 상대방의 마음 바다의 깊이를 헤아린다는 것이 어디 그리 쉬운 일인가. 그러니 그 귀가 평정심을 갖고 자신은 물론 사람과 사회 현상을 밀도 있게 들여다본다는 것은 불가능하다. 그저 "양말로 위장한 발바닥의 각질처럼" "일상의 이중 플레이처럼" "차별"을 헤아리지 못하는 오류는 늘 "내 안"에서 발견하는 것이다. 차이를 인정하고 진지하게 상대를 들여다보는 눈높이, 그리고 거울처럼 자신을 들여다보는 성찰이 늘 부족한 것이다.

문득 들뢰즈(Gilles Deleuze)의 '차이와 반복'이라는 개념으로, 주어진 존재에 대한 긍정과 기쁨으로 본 삶의 실존이 떠오른다. 우리는 매일의 반복을 통해 미세한 차이를 만들어 내고, 반복된 일상을 통해 생각과 행동을 바꾸며 내 인생의 차이를 만들어 낸다. 그렇게 반복은 차이를 만들어 내고, 차이는 오늘의 나를, 내일의 나를, 미래의 나를 있게 함과 동시에 새로운 나를 만들어 낸다는 것이다.

화려하지도 주목받지도 못한 채

몸의 변방에서 달팽이관 둘러메고

묵묵히 길잡이하는 귀처럼

이 땅의 내 삶이
세상의 환대 받지 못할지라도
친구와 동료 이웃 들
손발 부르튼 시대에게 귀 갈기를
일상의 잔주름 내려놓고
귀농 귀촌처럼 바라건만
내 귀는 여우의 귀
자본의 중이염 앓는 중

〈늪〉 전문

시 〈늪〉에서 "내 귀는 여우의 귀 / 자본의 중이염 앓는 중"이라고 했다. 화자는 내면이 대타적이고 간사한, 속물적으로 세속화된 병든 자아인 것이다. 그래서 화자 나의 '귀'는 현실과 이상, 존재와 당위 사이에서 간극을 해소해 나가지 못한다. 불가에서 말하는 '이심전심'은 언어 이전의 세계다. 그래서 영취산에서 마지막 부처의 설법은 연꽃만을 흔들어 보여주었다. '염화미소'라는 '불립문자', 그래서 그의 참회의 시적 언어들은 말보다는 귀, 귀를 넘어서 화두처럼 툭툭 던지는 마음의 언어에 있다.

짖지도 물어뜯지도 못하는
늙고 굼뜬 개들보다
내가 더 이 땅을
잘 지켜 왔다 말하지 못하겠다

나도 한 끼니의 탕이나 전골로
기꺼이 나를 내놓을 수 있을지

〈못하겠다 2〉 부분

도살장에 끌려온 소
부위별로 목숨 내놓을 때
불쌍하다 말하지 못하겠다
오래 살아남는다 해서
더 행복할 거라곤 말 못하겠다
네가 되새김질한 세상보다
내가 더 세상을 잘 읽을 거라

〈못하겠다 1〉 부분

알고 보면 산 자들보다
죽은 자들의 몫이 더 많은 세상
누군가 이 사이에 낀 네 묵언
말없이 혀끝으로 읽는다
너의 마지막 공양 알아챈 누군
뒤늦게 캑캑거린다

〈오징어〉 부분

위 시편들을 보면 연민의 정이 깊게 스며있다. 화자는 "못하겠다"라는 선(禪)적 경구의 '말'로 '소'나 '개', '오징어'를 들어 그들의 숭고한 희생을 노래한다. 그리하여 생의 직분에 비해 충실하지 못한 자아를 꾸짖는다. 나도 개처럼 "한 끼니의 탕이나 전골로 / 기꺼이 나를 내놓을 수 있을지", 그리고 "늙고 굼뜬 개들보다 / 내가 더 이 땅을 / 잘 지켜왔다"고 말할 수 있는지, 또는 도살장에 끌려온 소처럼 "부위별로 목숨"을 내놓을 수 있는지, 혹은 묵언의 오징어처럼 "공양"을 할 수 있는지 성찰의식을 드러낸다. 자본과 권력에 오염된 우리 사회에서 소, 개, 오징어는 정직하고 투명하게 살아가지 못하는 우리 인간 군상들의 거울이기도 하다.

8만 원짜리 코스 요리 먹고 와
뒤적이던 신문 기사 한 줄에
된통 뒤통수 맞았습니다
80원이면 하루 연명하는 아프리카 어린이들
5초에 한 명씩 굶어 죽을 때
3천 명분의 식사 꿀꺽한
오늘 나는 공공의 적입니다
잘 먹고 잘산다는 것이
얼마나 큰 죄목 달고 사는 일인지
주룩주룩 설사 고해성사하는 동안
아랫도리 내내 주리 틀립니다
후루룩거린 상어 지느러미 소스
처음 맛본 외할머니 식혜만 못 한데도

〈고해성사〉 부분

시 〈고해성사〉는 자신이 참회자가 되어 빈자의 아픔을 대비적으로 드러낸다. '8만 원짜리 코스 요리'를 먹는 자신과 '80원으로 연명하는 하루살이' 풍경의 엄청난 간극의 인식은 측은지심의 발로다. 그리고 "후루룩거린 상어 지느러미 소스 / 처음 맛본 외할머니 식혜만 못 한데"라는 비교적 인식은 빈자로서의 연민 의식이다. 그러면서 자신이 "공공의 적"이라는 죄의식을 드러내면서 "주룩주룩 설사"와 "아랫도리 내내" 주리 틀림이라는 고해성사는 서글프면서도 재치가 있다.

이러한 시안의 배경에는 무엇보다 "마음의 귀를 열면 / 민들레 한 송이에도 / 피어 있는 경전의 말씀"(〈그곳에 가면〉)이 있기 때문이다. 현실의 비애를 드러내면서도 늘 '마음의 귀'를 여는 성찰의식, 이상적 가치지향의 세계가 있어 결코 자학스럽지 않은 것이다.

> 사랑도 어쩌지 못하는 가난
> 비정규직이 헤집어 놓은
> 단칸 셋방 구석구석
> 으깨진 단꿈 있다
> 활짝 핀 천장의 곰팡이
> 꽃인 줄 아는 어린 자식들
> 뒤뚱뒤뚱 허기부터 입혀야 하는
> 삼십 중반의 주부 있다
>
> 나는 아내 곁에 누워
> 옆집 여자 꼬옥 안는다

〈옆집 여자〉 부분

시 〈옆집 여자〉에서 밤의 흐느낌을 듣는 것은 마음의 귀다. "활짝 핀 천장의 곰팡이 / 꽃인 줄 아는 어린 자식들"의 아픈 이미지가 너무 가슴 저리게 다가오고, "나는 아내 곁에 누워 /옆집 여자 꼬옥 안는다"에서는 화자의 따스하고 넉넉한 마음이 읽힌다. 우리의 지구촌, 아니 내 주변에는 열악한 환경에서 끼니를 때우지 못하는 사람, 상처받고 소외당한 사람들이 너무 많다. '아내 곁에 누워서도 옆집 여자 꼬옥 안을 정도로' 연민의 정과 동정심으로 세상을 품고자 하는 휴머니티의 소중한 생명의식, 말과 귀를 뛰어 넘는다.

버는 돈 적다고 노여워하지 마라
돈 벌어 오라고 세상에
내놓은 아비 아니니
너는 한 그루 상수리나무
너그러운 이웃이기만 해도 되나니

〈하느님 말씀〉 전문

세속화한 인간이 오히려 하느님을 세속화시킨다. 세속화란 하느님 이외에 다른 것을 최고의 권위로 삼을 때 성립된다. 오늘날 자본주의 사회에서 최고의 권위는 돈이다. 아마도 "하느님과 돈이 싸우면 누가 이길까?" 하고 물으면, 거침없이 "돈이요" 라고 대답할 것이다. 하느님은 돈을 좋아하지 않는다. 속물적 인간들이 돈을 좋아하는 하느님으로 만든 것이다. 그래서 화자는 "돈 벌어 오라고 세상에 / 내놓은" 것이 결코 아니라고, 물질만능주의에 세속화된 오늘의 현실을 고발한다.

산은 크고 잘 생긴 나무들이나 한 종류의 나무만으로 산을 이루는 것이 아니다. 산이 아름다운 것은 작은 나무, 못생긴 나무, 그리고 서로 다른 다양한 나무들이 함께 어울려 수풀을 이루기 때문이다. 그래서 화자는 "너는 한 그루 상수리나무 / 너그러운 이웃이기만 해도" 된다는 소박한 삶의 진리를 터득한다. 천지운행의 도를 따르는 본래적 인간, 삶의 지혜와 성찰은 낮은 곳을 바라보는 인간의 마음에 있는 것이고, 자연의 섭리 속에 있음을 간파한다.

2. 빈자(貧者)로서의 사유, 그 원융회통의 생명적 성찰

이제 지천명을 넘어선 시인의 말과 귀를 뛰어넘는 웅숭깊은 세상 바라보기의 울림들은 빈자(貧者)의 사유로 완숙한 생명력을 보여준다. 가난하고 배고픈 소크라테스가 된 화자, 끊임없이 비움과 채움의 강물로 이어지는 생명적 시선은 몸과 마음이 투명하게 맑아지기를 바라는 시인 자신의 치열한 고뇌요, 삶의 애증이다.

지름길 찾아 헤매 온 길
멀리 돌아온 길이었네.
흩어졌다 모이는 강의 지류처럼
그저 흘렀어야 좋았을 것을
길 위의 풍경 되지 못하고
누군가의 간이역 못 된 길
채움과 비움이 한 물길이었네
믿어 온 삶 끝내 날 세우고
고백성사 기다리는 길이었네

〈끝내 날 세우고〉 부분

화자의 지나온 삶이란 늘 상처와 회한의 연속, '고백성사'의 길이었다고 술회한다. 곧 "주가처럼 오르내린 삶의 굴곡"이 있었고, "채움과 비움의 한 물길"을 거스른 회한이었다고 심정을 토로한다. 이러한 화자의 실존적 고백은 원융회통의 상상력으로 이루어진다. 가령 '강'과 '물길'로 비유된 회통 의식이 바다의 이미지로 이어지는 등 역동적인 모습을 보여주고 있다. 거기에는 "채움과 비움"의 연속적인 이미지로서 마치 천지만물의 생명의 근원인 현빈(玄牝)의 작용처럼 무궁무진 끊임없다. 이런 바탕 위에서 그의 시편은 줄곧 깨우침의 언술이요, 독백적 참회로서 우리에게 실감나게 다가온다. 그래서일까. 그의 시는 자연과 사물이란 객관적 상관물을 빌어서 결핍된 존재나 상실감을 넘어서는 관조적 해석으로 그려진다. 이를테면 '빈자의 시 미학'이라고나 할까. 오로지 낮은 곳으로만 흐르는 물처럼 침잠 속에서 실존적 탐구를 게을리하지 않는 시적 지평의 세계를 보여주고 있다.

가을걷이 한창인 들녘
알알이 농부들 수고 드러날 때
나는 아직 수확할 것이 없다
나름 씨 뿌리고
가꿔 왔던 것이
나이만 풍년이다

〈심판〉 부분

시 〈심판〉에서도 고백적 성찰의식이 그려지고 있다. 가을걷이 농부의 풍요로움에 비해 "나이만 풍년"인 화자는 "수확할 것이 없다"는 흉작의 결핍성을 드러낸다. 그래서 자신을 둘러보는 흉작의 원인을 "조목조목 손보고 싶은" 마음을 검증하고 심판하려 한다. 회한의 성찰의식이다. 그가 인식하는 삶이란 가난하고 미천한 것, 무소유의 구도자로, 빈자의 방랑자로서 늘 허기져 있다.

이러한 빈자로서의 세계 인식은 그의 첫 시집 〈나는 한 평 남짓의 지구의 세입자〉에서도 그대로 드러난다. 세상에 내 것이라는 것은 존재하지 않는다는 것. 곧 나의 생애란 잠시 지구에 들른 임차인이 되어 일정 부분 빌려 살다가 떠나가는 존재라는 것이다. 내 땅, 내 집, 내 물건 등 그저 임대해서 쓸 뿐, 나의 것이라는 소유를 부정한다. 너나 나나 소유에 대한 인식은 어쩌면 자본주의의 과욕이 빚어낸 산물인 것. 무욕, 무소유의 빈자 정신이 깊게 배여 있다.

일 년에 십만 원인 주말농장
씨앗 뿌리고 수확하듯
이 세상에 임대 아닌 것 없다
직장을 임대하고 이웃 임대해서
한평생 품앗이하고 소출하는
나이만큼 빌려 쓴 몸 그렇고
한때 임대하는 사랑 그렇다

〈삶이 삐걱거릴 때〉 부분

화자는 일상이 전에 없이 삐걱거리고 흔들릴 때, 무상으로 빌려준 지구의 넉넉한 마음을 생각한다. 수십 년 살아온 일상이 모두 임대였다는 것. 땅이며 직장, 심지어 사랑한 사람들마저 임대해서 그저 고맙고 미안하다는 것이다. 그러면서도 자신이 주인 노릇을 하지 않았는가에 대한 반성도 덧붙인다. 톨스토이의 단편 〈콜스토머〉에 나오는 주인공 말(horse)의 꾸지람이 떠오른다. 이 작품은 풀잎이나 나무, 들판과 아내마저도 자기 것이라고 우쭐대는 인간들의 그릇된 소유욕에 대해 비웃고 조롱하는 이야기로 되어 있다. 그러고 보면 이 땅의 소유주는 인간이 아니라, 그곳에서 살아가는 각각의 삼라만상의 모든 생명들이 주인인 셈이고, 그들도 역시 잠시 임차인에 불과한 것이다.

머리맡에서 윙윙거리는 모기
헌혈 좀 해달라 보챈다.
말없이 뒷덜미 노리지 않고
고 쪼그만 것이 기특하다
나무아미타불 통보를 한다

여름 한철 끼니 해결하러
무단 침입한 생계형 범죄
동승은 허연 볼기짝
새근새근 눈감아주고

〈전등사 통신〉 부분

"허연 볼기짝"을 내어주는 동승의 모습이 귀엽고 아름답다. 더불어 사는 생명체들의 소중한 인식, 만유일체적 사고는 빈자가 지닌 비움과 채움의 정신이다. 하이쿠 시인 고바야시 잇사의 시에 '절간의 부처 앞에서 기도하면서도 모기를 때려 죽인다'는 시구가 나온다. 자신도 모르게 살생을 금기로 여기는 부처님의 계율을 어긴 것. "머리맡에서 윙윙거리는 모기"의 생계형 범죄를 눈감아주는 동승의 넉넉한 마음에서 화자의 불심까지 읽게 한다.

이성률의 시심에서 빈자적 의식은 세상을 향해 자신을 열어두고 비워두려는 넉넉하고 숭고한 마음의 편린이다. 여기에는 자연의 순리에 대한 외경심, 자연에 대해 순응하는 정신은 물론, 인간사를 생명적이고 친화적인 대상으로 보려는 생기론적 물아일체의 세계관이 깔려있다. 바로 동양인의 생명원리로서 내가 푸나무가 되고, 내가 새나 바위가 될 수 있다는 만유일체의 세계관인 셈이다. 이렇게 이성률은 자연과 대지와 하늘과 자신을 연관시켜 하나로 보는 '에코체인(eco-chain)'의 상상력을 유감없이 발휘한다.

산길을 걷다
주위의 나무들을 본다는 것

내게도 두 팔의 가지가 있고

무성한 새순
푸르른 말들이 돋아난다는 것

그렇게 뿌리내리고 한 생애
내 몫의 경전 읽는다는 것

한 그루 나무 되어
만나는 이들마다 한 움큼
열매 나눠 준다는 것

〈것에 대하여〉 부분

나무는 하늘을 우러르며 바람의 노래를 듣는다. 그리고 땅의 말씀들을 하늘에 전달한다. 산길을 걷는다는 것은 곧 그러한 나무들을 만나는 일이다. 나무들은 모여 숲을 이루어 산을 산답게 만들어 간다. 거기에 나의 모습도 그려진다. 시인은 "나무들을 본다는 것"이란 "내게도 두 팔의 가지"가 솟고, 나아가 "무성한 새순"으로 자라, "푸르른 말들이 돋아난다"는 의미로 받아들인다. 한 마디로 생명적 일체감이다. 이 시에서 화자는 스스로 한 생애를 "뿌리내리고" "내 몫의 경전 읽는다"고 하는 자기 성찰의 세계를 보여주면서 나아가 "한 움큼 / 열매를 나눠 준다"는 '보시'의 외경심까지 드러낸다. 그래서 시구마다 처리된 '것'이라는 각운 처리가 예사롭게 보이지 않는다.

예부터 민족들은 저마다 지상의 나무들을 우주목(宇宙木)으로 보는 등 신화적 의미를 부여했다. 하늘로 뻗어 가는 줄기나 나뭇가지들을 신의 혼령으로 보거나, 우주를 지탱하고 있는 영험한 존재로도 이해했다. 단군신화의 '신단수(神檀樹)'가 그렇고, 창세기의 '생명나무'도 그러했으며, 무속에서는 동네 어귀의 '당나무'라는 것을 신의 거처로 보기도 했다. 곧 나무는 정령이 깃든 신앙의 대상으로, 우주적 소통과 생명의 탄생 코드로 인식해 왔다.

이렇게 그가 보는 나무, 산 등의 자연이란 경외심의 대상이자, 자아를 풍요롭게 하면서 성찰의 대상이 되는, 생명적인 거울로 인식한다. 그래서 그는 삶이 삐걱거릴 때 산길을 오른다. 빈자인 그가 찾아간 산의 둘레길도 잠시 빌려다 쓰는 것일 뿐이다. 때로는 사전 통고 없이 찾아간 산에게 미안해할 정도로 여린 시정도 보인다.

낙엽 속에서 바스락거리는 노동의 수고
미처 치유의 몸짓 읽지 못한 나는
날 세운 등산화의 행렬에 섞여
정리 해고 통보 받아든 순간처럼
한동안 길을 잃는다
밀려오는 부끄러움의 멀미
툭 투둑 꺾이는 숲의 관절 소리 들리고
온 산 가득 번진 단풍
숲의 생리혈인 줄 이제야 알겠다
생각이 노랗고 붉게 무르익어
지상에 화두 내려놓을 때까지
묵묵히 동안거 준비하는 산을 알겠다

산봉우리에서 뭉게뭉게 유영하는 흰 고래 한 마리
나는 그 아래서 다랑어 되어
지느러미 살랑이며 산을 배웅한다.

〈둘레길〉 부분

가을 산길을 기꺼이 내어 준 것에 감사하는 넉넉한 마음과 부끄러움의 심성, 그리고 낙엽과 숲을 경외심과 섭리의 눈초리로 바라보는 시선이 참으로 따스하고 생명적이다. "낙엽 속에서 바스락거리는 노동의 수고"와 "툭 투둑 꺾이는 숲의 관절 소리", 나아가 단풍을 "숲의 생리혈"로 보는 시안의 깊이가 범상치 않다. 보이지 않는 것을 드러내고, 들리지 않는 소리마저 듣고, 동안거를 준비하는 산의 내밀한 섭리, 비밀까지 들춰낸다는 것이다. 어쩌면 천기누설죄로 심판받아야 할 지경이다. 특히 마지막 연에서 보여주는 바다로 치환된 상상력은 점입가경이다. 구름을 '흰고래 한 마리'로 치환시키고, 이를 따라 지느러미를 살랑이며 유영하는 화자가 된 다랑어의 모습. 얼마나 정답고 동심적인가. 연상해 보라.

이래서 치환의 상상력은 시에 역동성을 주고 재미를 더하게 만든다. 마음속에 가을 산과 바다를 모셔오는 시적 자아의 완전한 합치의 열락, 마치 장자의 호접몽을 연상케 하는 전경화의 극치가 아닐 수 없다.

> 광어와 난 몸 대 몸
> 목숨과 목숨입니다
> 끈질기게 매달려 온 삶 같고
> 비워 줘야 할 시간 다를 바 없는
> 나도 광어에겐 지느러미 넷 달린 몸입니다
>
> 〈광어〉 부분

시 〈광어〉에서는 화자가 광어가 되어 "끈질기게 매달려 온 삶"을 이야기한다. 김선태 시인의 〈복어회 명인〉이란 시가 있다. 일본 시모노세키 복어 횟집에서 한 명인이 회를 떴는데, 살만 떼어낸 복어를 수족관에 넣으니 앙상한 뼈로 유영하더라는 것이다. 그러면서 접시에 담긴

제 살점을 집어먹는 손님들을 빤히 쳐다보더라는 것. 복어의 입장에서 보면 황당하다 못해 분통을 터트릴 일이 아닌가. 이 시에서도 광어 처지에서 보면 "누가 누구를 발가벗겼다는 말처럼 / 자존심 상할 일"임에는 틀림없는 일. 광어가 바로 나이고 내가 광어인 '물아일체'의 사물관, 굼벵이나 물소도 나의 한 몸인 것. '네가 영원한 나'인 생명적 상상력은 우주가 내 신체의 연장물로 관계되어 있다는 시심을 극명하게 드러낸다.

> 너를 보면서 우린
> 핸드백이나 지갑 떠올리는 동안
> 너는 두 발로 서 있는 우리
> 못내 안쓰러워한다.
> 허리께에서 마냥 들떠 있는
> 나머지 두 발 불안스레 바라본다.
> 늘 위태로운 길 걸어야 하는 비극
>
> 〈물소〉 부분

이성률의 시 정신은 물질을 관통하고, 세계 속에 자신이 있음을 증명해 낸다. 하이데거가 횔데린의 시를 통하여 존재의 화두를 규명해 가고자 했듯이, 이 시인은 이러한 세계 내 존재 속의 실존적 인식에서 만유일체의 따스한 생명의식을 읽을 수 있게 한다. '물소'에서 핸드백이나 지갑을 떠올리고, 두 발의 물소와 인간을 동일시하는 시적 세계관이야말로 그의 시에서 볼 수 있는 생기론적 상상의 힘이다.

이성률 시인의 우주적 생명적 일체감과 연민 의식은 시 창작의 주요 모티브를 이룬다. 이를 메를로 퐁티에 대입하면 '우주적 살' '세계의 살'(la chair)과 상통한다. 나와 시적 대상 속에 화자의 육화된 의식이 가득 채워져 있다는 것. 그 대상이 곧 화자의 하늘이고 나무이며, 화자의 바람도 되고, 화자의 공기가 되기도 한다. 그래서 이 시인의 시상은 세계와 한 몸을 이루는 감각작용이요, 세계와의 생기론적 교감으로써 영원한 실존을 지향한다.

이런 점에서 기독교 문명사에서 배태된 창세기의 '다스리고 정복하는 주종관계'의 자연이 아니다. 오로지 노자의 '무위자연'이나 장자의 '물아일체', 그리고 동양사상의 '원융회통의 생기론적 윤회의식' 같은 생명의식, 빈자의 일체무차별상의 시안에 닿아 있다는 것이다.

내게서도 새소리 날 때 있었다.
서쪽 하늘로 돋는 날개
어깻죽지 펼쳐 들고
기러기 되어 날아갈 때 있었다.
그때의 내 부리는 비만이 아니었다.
내 것이 아닌 말 콕콕
쪼지 않아 넉넉한 지저귐이었다.

어느 날 문득
하늘이 그리운 것은 그래서다.
기억의 한 조각 여전히 끼룩거려
휘파람 불며 서성이는 게다.

〈휘파람〉 부분

시 〈휘파람〉은 존재의 무한한 확대를 꾀하고자 하는 시인의 내면의식이 읽힌다. 새나, 곤충, 동물들은 저마다의 울음소리를 통하여 자신의 감정을 드러내고 이웃과 소통한다. 그것이 인간존재의 틀에서 보면

말과 글로 대체될 것이다. 화자는 점점 세속화되어가는 자신의 존재감을 성찰해 간다. "베란다에서 듣는 / 놀이터 꼬마들의 재잘거림"이나 나의 몸통에서 울려 나오는 "새소리"는 아주 순진무구하며 원초적인 본래적 자기의 모습이다.

새는 하늘에 산다. 천상 세계의 하늘에서 사는 새는 소망이고 기원이며, 비상의 역동성을 품고 있다. 나름 지저귀는 새의 '새소리', 인간은 휘파람으로 비상을 한다. 하늘로 비상하는 휘파람. "문득 / 하늘이 그리운 것은" '본래적 자기'를 찾고자 하는 실존의식의 발로이다. 이는 깨달음 속의 사유에서만이 가능한 것. 현실에 밀착될수록 그저 속물적 인간이 되어갈 수밖에 없는, 비본래적 인간으로서의 비애는 우리를 지배한다. 그래서 본래적 회감의 기원이 담겨있는 "기억의 한 조각 여전히 끼룩거려"는 화자의 노력이며, 그것은 곧 "하늘이 그리운 것"으로 생명적 소망의 잠재의식으로 나타날 수밖에 없다.

흘러간 과거를 둘러보는 일은 소중하고 아름다워 늘 그리움의 대상이 된다. 거기엔 자아상실의 현실에서 본래적 자기에로의 숭고한 회귀의식이 숨어 있다. 그래서 "휘파람을 불며 서성이는" 화자는 나를 불러내고자 하는 코드로 작용한다.

3. 유통기한의 사랑학, 그 애증이 의미하는 것

한 인간의 삶은 사랑의 역사다. 탄생부터 시작되는 사랑, 부모의 사랑과 형제애, 남녀 간의 사랑, 우정, 신에 대한 사랑 등 다양한 사랑의 감정을 주고받다가 이승을 떠난다. 그러나 사랑의 순례자인 인간은 늘 새로운 사랑을 찾아 헤매는 영원한 미아이다. 그리고 순간순간 완벽한 사랑, 영원한 사랑을 다짐하고 소원하지만, 일정 기간 지나면 또 충족

되지 않는 사랑의 길 위에서 때론 방황하면서, 반추하고 미로를 탐색해 간다. 그리하여 희로애락으로 이어지는 일상사를 지배하면서 끊임없이 후회와 아픔, 좌절과 희열, 고독과 그리움의 정한을 쏟아내며 치열한 삶의 게임을 벌인다.

살면서 번번이 어긋난 길
예식장에 들어서기 전
틀어졌다면 좋았을 것을
결혼 전에 헤어진
여자들만 운 좋았다

지지리 복 없는 년
그대 말 맞다

〈그랬다면 좋았을 것을〉 부분

처음부터 왜 말하지 않았느냐고
술잔 내려치지 마라
이제껏 그대가 보아 온 거
펭귄 맞으니까

난 너무 변했다는 말
넌 변하지 않은 것처럼 말하지 마라
그러잖아도 내 삶 충분히 콜록거렸다
그대와 나란히 걸어도 뒤뚱거렸다

〈사랑〉 부분

우리 인생사에서 사랑 만큼 소중한 것이 어디 있을까. 사람들은 다양한 모습과 방식으로 사랑을 실행한다. 기대에 어긋난 사랑도 있고, 지켜주지 못하는 사랑도 있다. 위 두 편의 시에서는 진정성 뒤에 숨은 까칠한 사랑의 실체를 토로한다. 사랑하는 사람들은 서로 달콤한 사랑의 실체를 꿈꾼다. 하지만 그 실체는 "사는 게 불장난"(〈갈림길에서〉)처럼 허상, 환상으로 바뀐다. 그 환상인 실체를 취하는 순간부터 또 다른 사랑의 허상을 좇게 된다는 것. "바다표범"인 줄 알고 좇았지만, "펭귄", 혹은 그 다른 무엇이었던 것이다. 그건 상대방도 마찬가지일 것이다. "어느 순간 뱀이었다 싶은 찰나 / 지나고 보면 도마뱀이었던 것"(〈오늘도〉)으로 헛물만 챙겼을지 모르는 사랑이고, 서로 변질되어 "그대와 나란히 걸어도 뒤뚱거렸다"는 간극이 존재하는 회한의 사랑이기도 하다. 하지만 사랑하지 않으면 안 되는 사람은 사랑하는 사람을 못 만나면 또 괴로운 것. 괴롭다고 해도 사랑을 찾아 나서는 것이 인간의 본능이다.

이참엔 네가 떠난다니
모처럼 잘 생각했다
편식은 무엇이나 해로운 법
한 가지 사랑만 해서야 쓰겠는가
남은 세월 주름질수록
사랑보다 더한 만찬 있겠는가

〈고백〉 부분

이미 프로가 된 당신
링 안의 나보다 관중 의식합니다
비용 대비 수익 걸핏하면 들먹입니다

신혼은 일시 복용하는
생의 비아그라였던 셈
대전료 두둑한 상대 만나고 싶어 합니다

오늘도 자정 넘어
링 밖에 머물러 있는 당신
무슨 요리 준비하면 되나요
위자료볶음에 연금분할무침
새콤달콤 간 밸 때까지
당신 등골 빼먹으면 되나요

〈링〉 부분

화자는 사랑이란 개념을 다양한 방식으로 비유해서 형상화한다. '사랑'은 새로운 먹이를 찾아가는 "불나비"와 같고, 그때그때 "설설 끓는 뚝배기"와도 같다고 한다. 또한 음반을 바꾸어 듣는 것처럼 뒤집히고, 이별과 만남의 연속이기도 하단다. 나아가 사랑은 이 만찬에서 또 다른 만찬을 기다리는 '갈아타기'와 같은 것이라고도 설파한다. 달콤한 사랑을 영원처럼 좇지만, "업그레이드된 사랑"을 위해 수없이 갈아타기를 시도한다는 것이다.

시 〈링〉에서는 '사랑'에 대한 비판적 어조가 아주 냉소적이다. 링에서 벌어지는 프로 복싱은 늘 자본의 놀음과 같은 것, 치고 빠지는 복싱의 생리처럼 기회를 엿본다고 한다. 매우 실감 나는 비유다. '링' 안에서 벌어지는 사랑이란 "양파처럼 남자도 요리"되고, "더러 투덕투덕 잽"이 오가되 관중을 더 의식하는 사랑도 있다고 한다. "위자료볶음에 연금분할무침"으로 "새콤달콤 간 밸 때까지 / 당신 등골 빼먹으면" 되는 기회주의적인 사랑을 풍자적으로 힐난하기도 한다. 진정한 사랑이 과연 무엇인지, 화자는 이권에만 매몰된 세속화된 사랑의 가벼움에 일대 경종을 울리는 시적 담론을 펼치고 있는 것이다.

야크 라캉(Jacques Lacan)은 '사랑'을 단지 미끄러져 가는 기표로 본다. 그러니까 욕망의 신기루에 지나지 않는다는 것이다. "인연의 끈 닿는 우리"로서 완벽한 사랑, 영원한 사랑을 늘 꿈꾸지만, 그건 '허상', '신기루'에 불과한 것, "인연처럼 싱거운 것"(〈과속〉)으로, 기표만 붙들고 늘어질 뿐인 것이다. 그래서 '그대가 곁에 있어도 또 다른 그대가 그리운 것'이다. 인생이 외롭고, 그립다고 하는 것, 아픔의 연속이라는 것도 이와 무관치 않다.

> 무릎을 마주한 어선 두어 척
> 갯벌에 앉아 머리 흩날리고
> 협궤 열차 침목마다 싸락싸락
> 연인들의 가녀린 평화 깃들까
>
> 나란히 지나온 시간 아득히
> 다리 위에서 길을 잃은 레일
> 우리 모습일 줄 몰랐다

〈그곳엔 노을이 지지 않는가〉 부분

> 나는 당신께 죄인입니다
> 언제나 당신과 빛나고 싶었으나
> 다짐처럼 빛낼 수 있으리라 믿었지만
> 봄날의 정원에 내려앉은 나는
> 잠시 다녀가는 햇살이었습니다
> 여름 한철 달아오른 매미였습니다

〈중략〉

돌아볼수록 멀리 온 우리 사랑
운명이라 해도 죄가 잠들지 않는
용서로 출감할 날 언제일지
나는 지조 잃은 무기수입니다.
밤마다 채권 추심하러 오는 하얀 불면
오늘은 소주 한 병에 두부 한 모가
단골손님 다독여 줄지 모르겠습니다

〈사랑 전상서〉 부분

자신을 떠난 사랑은 늘 회한과 그리움을 낳는다. 화자는 단절된 사랑의 아픔을 '끊어진 철로', '돛을 펼치지 못하고 포구에 정박 중인 배' 등의 시적 이미지들을 통해 환기시킨다. 그래서 화자의 사랑은 "남루한 내 그리움"이라는 정서로 머물러 있다.

이성률 시인이 말하는 사랑은 가볍다기보다는 무겁고 진지해 보인다. 밀란 쿤데라(Milan Kundera)는 그의 소설 〈참을 수 없는 존재의 가벼움〉에서 사랑이라는 존재의 가벼움과 무거움에 대해 다양한 화두를 던진다. 이 소설에는 네 남녀가 등장하여 각기 다른 사랑 이야기가 펼쳐지는데, 사랑의 의미와 무의미, 사랑의 구속과 자유, 윤회성 등에 대해 독자의 몫에 돌리고 스스로 깨닫게 하고 있다.

누구나 살아가는 만큼 저마다 사랑학을 짊어지고 시험하는 것 같다. 시 〈꿈꾸는 밤〉에서도 사랑에 대한 고뇌와 갈증의 내면이 읽힌다. "조심스럽게 길 가다 / 어둠 속에서 반짝이는 말들"을 찾아가는 사랑의 여정, "사연이 되고 빛이 되는 / 칠흑 같은 밤" 속에서도 "맘만이 환한 밤"이기를 소망할 뿐, 사랑은 늘 고뇌적 대상일 수밖에 없다.

당신 사랑은 유통 기한 지나지 않았나요
그래도 이 세상엔 우리 편 많다고
떠나간 사랑 출가시켰다 생각하라며
남은 시간 위로해 줄 수 있나요
수익률 곰곰이 따져 보면
사는 거만큼 괜찮은 펀드 어딨냐며
하이파이브해 줄 수 있나요

〈사랑합니다〉 부분

시 〈사랑합니다〉는 홀가분히 떠날 수 있겠다는 '마음 비우기'와 위로받고 싶은 '마음 채우기'라는 양면적 사랑의 존재 양식을 보여준다. 원래 사랑이란 소유와 구속이라는 속성을 지닌다. "유통기한 지나지 않았나요"라고 물을 수가 있는가? '사랑의 유통기한'이 있기나 한 것일까. 대개는 붙박이 사랑을 원한다. 하지만 현실은 그렇지 않다. 죽을 때까지 수 없는 대상의 교체라는 기표의 놀음. 그것이 사랑이 아닌가. 그렇게 사람들은 순간순간 저마다 사랑을 의식하고 정의를 내리며 행동하며 살아가는 것이 아닌가.

낯익은 사랑이 아니면 좋겠다
더듬이 걸쳐놓고 느끼는 대로
너는 나를 읽고 나는 너를 읽고

읽다 보면 간혹
찢어진 페이지 있을 것이다
대신 채워 주고 싶은 유혹
군데군데 눈에 띌 것이다

그렇더라도 집착 말자
사랑보다 앞서
너는 너다워야 할 일

더러는 마음의 행간 잘못 읽고
덜그럭덜그럭 두어 해
낯선 시간 배회하다 와도
푹 삭힌 홍어처럼
온몸 찡하게 하는 사람 되자

〈그러면 좋겠다〉 전문

이성 간의 사랑은 순간에서 비롯된다. '너'와 '나'의 낯선 관계 속에 있다가 순간의 감성에 이끌려 싹을 틔우는 것이다. 베르그송(Bergson)은 이 순간에서 벌어지는 '생의 약동'(elan vital)을 높이 샀다. 사랑은 시간이 흘러 가까워지면서 점점 낯익어 간다. 당사자들의 동질성이란 접점은 절대로 존재하지 않는다. "사랑보다 앞서 너는 너다워야 할 일", "더러는 마음의 행간 잘못 읽고"하는 것이 사랑이다. 지나친 소통의 열망은 집착에 빠지고, 급기야는 소유하려 든다.

사랑은 장력에 의해 밀고 당겨진다. 깊은 공유행위 속에서 일체감으로 지나친 욕망으로 무모하게 합치된다면 고무줄처럼 끊어지기도 하지만, 때로는 느슨해져 지리멸렬한 상태로 멀어지기도 한다. 해서 사랑이 지속되려면 적절한 텐션, 장력을 유지해야 한다. "더듬이 걸쳐놓고 느끼는 대로 / 너는 나를 읽고 나는 너를 읽고"하는 과정이어야 하는 것. "더러는 마음의 행간"인 간격, 거리를 두고 서로의 차이를 인정해 나가야 할 것이다.

사랑의 행위란 섬과 섬 사이에 다리를 놓는 험난한 작업인 셈이다.

사랑의 당사자는 철학자의 눈과 심리학자의 마음이 되어야 한다. 들쭉날쭉한 섬의 모양이며, 바다의 깊이를 헤아려야 한다. 서로의 차이를 인정하고 교감할 때, "푹 삭힌 홍어처럼" 성숙한 사랑을 가꾸어 갈 수 있지 않은가. '사랑은 영원한 것'이라는 본질로서 마그마에 빠질 때, 오히려 실패할 확률이 크다. 늘 사랑도 변화하고 생성한다. 연둣빛 사과에서 검붉은 달콤함으로 변해가다가 시들시들 낙과하는 사과의 일정이 곧 사랑임을 알아야 한다. 그 색깔들의 차이, 그 변이의 여정이 사랑이다. 차이성 속에서 교감하는 사랑, 그런 관계성의 차이로 효소가 발효될 때, 낯선 새로움으로 다가설 때, 홍어처럼 톡 쏘는 참맛을 얻을 수가 있을 것이다.

이성률의 시편들에는 빈자(貧者)로서의 고뇌와 회한의 시정이 파노라마처럼 펼쳐진다. 세속화된 내면의 개인사적 욕망과 이기적인 사랑의 파편적 허위를 고스란히 들춰내면서 더 큰 사랑이 무엇이고, 인간 존재의 의미가 무엇인가에 대한 깊은 화두를 던진다. '시 속에서 말'을 건네고, '마음의 귀'를 열어가는 시적 행보는 세밀하고 대범하다. 일상사에서 포착한 대상을 되새김질하여 생명적으로 소통하는 시상에서 비움과 채움의 시선은 상큼하고 신선하다. 특히 개인사적인 시안(詩眼)의 성찰의식을 우주적인 통찰로 승화시켜 원융회통의 자연관 내지 노장(老壯)적 깨우침의 아포리즘으로 여운을 주는 그의 시편들은 천의무봉(天衣無縫)의 시향을 맛보게 한다. ✈

발칙한 상상력과 유머의 통찰의식

— 전순복 시집 『지붕을 연주하다』(시와 소금)

전순복의 시들은 그야말로 메타포의 천국이다.
메타포적 발랄하고 발칙한 상상력은 지적 유희로 유의미한 즐거움과 읽는 재미를 안겨준다.

발칙한 상상력과 유머의 통찰의식

— 전순복 시집 『지붕을 연주하다』(시와 소금)

전순복 시인은 1955년생으로 고향은 부산 동광동, 7남매 중 셋째딸로 태어났다. 줄곧 부산에서 성장한 그녀는 20대 후반 결혼과 더불어 남편의 직장을 따라 인천으로 이사해 지금까지 살고 있다. 50대에 이르러 뒤늦게 문학 공장에 들어선 그녀는 《에세이문학》(2014)에 수필로 등단한 바 있고, 그후 시 분야는 《시와소금》(2015)으로 문단에 나왔다. 그녀는 누구보다도 타고난 음악적 감성이 깊어 가수 못지않은 노래 실력과 작곡에도 조예가 깊다. 그래서인지 전순복의 시편들에는 감성적 끼가 넘쳐 흐르고, 보헤미안적 기질에서 오는 자유분방한 상상력이 시의 속살이 되어 도처에서 꿈틀거린다.

1. 자아정체성 찾기의 애틋한 시정

전순복의 시편들에는 부산을 소재로 한 시가 빈번하게 등장한다. 그녀가 성장한 고향 풍경이며, 자기 이야기, 가족사와 관련된 시정들이 애틋하게 묻어난다. 이러한 시인의 고향 회귀나 과거 회상은 뿌리 의식의 발로이자 자존감 회복인 동시에 적극적 실존의 자아정체성과 맞물려 있다.

그녀의 회억적 상상력은 과거와 현재를 하나의 닻으로 묶어놓고 원심적 공간에서 활발한 생기의 상상력을 보여주는데, 그녀만의 시적 사유의 특질과 심미적 정감을 체득할 수 있는 단초가 되고 있다.

음표들이 내려오기 시작했다
조율되지 않은 현악기가 불협화음으로 흐른다

루핑쪼가리와 판자로 덮은 지붕 사이를 뚫고
안단테로 내려오던 음표들이 포르테로 퍼붓기 시작하면
크고 작은 그릇들이 놓여진다

비가 더욱 거세지고
독주곡과 실내악이 제각각 방안 가득 어우러지면
지붕에 올라간 아버지가 지휘봉을 딱딱 두드리며
이제 어떻노?
소리쳐 물어보고
머리에 수건을 쓴 어머니가 안팎을 들락거리며
아니라예!
이제 됐네요!
지붕을 향해 대답하고
이 학기 음악책을 넘기며 노래를 부르던 언니와 나는
음표가 가득 찬 양동이를 수챗가로 들고 갔다

〈지붕을 연주하다〉 부분

위의 시는 어렸을 적, 초여름 비오는 날 집 풍경을 음악적 선율로 시화한 것이다. 마치 뮤지컬을 보는 것처럼 무대적인 대화와 음악적인 요소를 결합시켜 생동감 있게 묘사되고 있다. 빗방울이 "음표"로 치환되고, 비 내리는 풍경을 '안단테', '포르테' 등 선율적 이미지로 풀어낸다. '루핑쪼가리와 판자로 덮은 지붕'에 떨어지는 빗소리는 '현악기의 불협화음'이고, "안단테로 내려오던 음표들이 포르테로 퍼붓기 시작하면 / 크고 작은 그릇들이 놓여진다"는 것, 그러다가 비가 더욱 거세지면, "독주곡과 실내악이 제각각 방안 가득" 어우러진다는 생기발랄한 묘사를 보인다. 나아가 아버지가 지붕을 손보면서 지휘봉으로 딱딱 두드리면 음표를 잔뜩 덮어쓴 어머니가 응답한다는 것, 이럴 때 화자와 언니는 "음표가 가득 찬 양동이를 수챗가로 들고" 나간다. 아주 익살과 재치가 넘치는 장면이다. 어찌 보면 가난이 빚어낸 난감한 사태인데도 해학과 위트로 풀어낸 시적 행보가 마냥 싱그럽다. 비 오는 날, 허름한 판잣집에서 부산떠는 가족들의 애처로운 모습이 오히려 음악적 선율의 박진감으로 유쾌한 정조를 자아낸다.

이러한 전순복 특유의 선율적 이미지의 감성은 그녀의 선천성 기질에서 오는 것 같다. 그녀는 패티 김에 걸맞은 타고난 노래 실력을 지녔고, 가사 짓기, 작곡에도 조예가 깊다. 나아가 영상 제작에도 남다른 눈썰미가 있는데, 아마도 예술 취향의 끼나 조형적 감수성에서 비롯된 것이라 보고 싶다.

다락방은 연둣빛 슬픔을 숨겨 놓기 좋은 곳
아버지의 고함과 어머니의 비명은 삼킬 수도 버릴 수도 없는 질량이었으므로

빗금 천장 아래 웅크려 잠을 부화시키다 아득하게 부르는 소리에 눈을 뜨면
아침인지 저녁인지 구분되지 않았고 쪽창 너머 선잠 깬 햇살이 하품했다
〈중략〉

마음에도 두 개의 방이 있다면
그리하여, 천정 낮은 다락방 그 빗소리처럼 괜찮아, 괜찮아, 또닥또닥 자장가를 들을 수 있다면

〈숨기 좋은 방〉 부분

시 〈숨기 좋은 방〉에서도 고향 집의 시정이 그려진다. 비밀을 숨겨놓기가 좋았다는 '천정 낮은 다락방', 그곳 아지트에서 홀로 애틋한 감성의 시간을 보낸 것 같다. 빗소리를 자장가 삼아 쪽잠을 자거나, "풋감 같은 슬픔" 속에 막연한 외로움을 달래거나, "온점 하나 찍지 못한 짝사랑"의 안식처로 여린 사춘기를 보낸 것이다. 그곳 다락방의 "연둣빛 슬픔"은 어떤 것이었을까? 그리고 피난처로서 수없이 마음의 방을 만들어 간 그 실체들은 무엇이었을까? 아마도 그의 시 〈품〉에서 말한 것처럼, 그 다락방은 "솔개에게 놀란 병아리 숨겨주는 어미 닭"이거나, "가슴에 구멍 내어 단단하게 별들을 끌어안은 밤하늘"의 꿈이거나, 아니면, "어둠이 무서워 내려오는 산 그림자 안아주는 강물"과 같이 따스하게 자신의 동심을 품어주는 둥지였을 것이다.

숱한 죽음을 보았던 해가 핏발 선 눈으로 지켜보는 신작로
단말마 같은 기억을 일부러 버리다가
자신까지 몽땅 버려버린 여자가 네거리에서 수신호를 하고 있다
노랑 한복 저고리 아래 삼각팬티만 걸친 잘록한 허리 아래, 사타구니에서 흘러내린 선혈이 발목까지 내려와 말라붙어 있다
좌우 광풍에 쓰러진 풀들이 떠밀려온 남쪽 도시 산 중턱마다 피난민 판잣집이 따개비처럼 늘어났다 함경도가 고향이라는 월님이 아버지는 술만 취하면 어마이~ 아바지~ 부르면서 울었다

〈그해 여름 이후〉 부분

시 〈그해 여름 이후〉는 시인이 어렸을 때 고향 부산에서 목도했던 한국전쟁의 참상과 피난민촌의 풍경을 고스란히 담고 있다. 영선고갯길 신작로 주변엔 팔다리를 잃거나 손 대신 은빛 갈고리를 한 군인들이 흔하고, 골목 한 귀퉁이에 걸레 뭉치처럼 웅크리고 있는 미친 여자며, 생리대가 없어 사타구니에서 발목까지 흐른 피가 말라버린 선혈의 모습, 그리고 따개비처럼 늘어났다는 판잣집 등 비참하고 암울한 기억이 서려 있다. 그리하여 "숱한 죽음을 보았던" 해마저 "핏발 선 눈으로" 신작로를 지켜본다는 날카로운 시정을 펼친다.

〈골목〉이란 시에서도 집 앞의 골목길 풍물을 생생하게 그려낸다. 보름날이 되면 "깡통에 불을 넣어 돌리는 아이들이 반딧불처럼 날아다니던 길"이었고, "고물장수, 엿장수 찹쌀떡 메밀묵 장수들이 머리에 어깨에 / 가난의 방물을 지고 흘러가던 길"이었다는 것. 나아가 그 골목길은 "숨 가쁘게 먹이 물어 나르던 어머니"의 혼이 서린 곳이었다고 애틋한 시정을 보여준다.

어머니는 우주였다
일곱 개의 행성을 만든 우주는 가난하고 병약한 미립자였다
하지만
그 암흑의 미궁 속에서도
원심력이 강한 어머니는 한 개의 별도 놓치지 않았는데
만약 어머니가 빅뱅을 했더라면
우리들은 블랙홀에 빨려 들어가
캄캄한 우주 어디쯤 먼지로 떠돌아다녔을 것이다

그런데 지금도 궁금한 것은
빛 한줄기 안 보이는 그, 궁핍의 소용돌이 속에서

어떻게, 일곱 개의 별을 데리고 사진관에 갈 생각을 했는지

〈미크로 코스모스(micro cosmos)〉 부분

전순복의 시편들에는 어머니, 엄마가 자주 등장한다. 그녀의 자기 돌아보기의 성찰의식, 깨달음을 얻는 중심 공간에는 늘 어머니가 위치한다. 곧 어머니는 자기를 돌아보는 '거울'이며, 현재이자 미래인 것이다. 위 〈미크로 코스모스(micro cosmos)〉에선 가족의 바랜 흑백사진을 보다가 떠오른 모정을 회억해낸다. 서두에서 "어머니는 우주였다"고 전제하고, 한국전쟁 후, 궁핍하고 혼란했던 시대에 7남매를 길러낸 강한 모성애의 힘을 우주적 상상력으로 그려내고 있다. 곧 "일곱 개의 행성을 만든 우주는 가난하고 병약한 미립자"였지만, "암흑의 미궁 속에서도 / 원심력이 강한 어머니는 한 개의 별도 놓치지 않았"다고 의미를 부여한다. 이제 세월은 흘러 어머니가 된 나이, 어머니의 또 다른 우주가 되었다는 사실에 깜짝 놀라고 성찰의 시간을 갖는 것이다. 7남매 흑백사진에서 일곱 개의 별로, 나아가 우주적 상상력으로 확대해가는 형상화의 시선이 참신하다.

한 달에 한 번
바다가 마법을 부리는 날이면 둥근 달이 솟아올라요

바다가 키운 달이 여자의 궁에서 빠져나가는 동안 여자의 머리카락은 삼단처럼 풍성해지고 입술은 홍옥처럼 익어가지요

달은 너무 완벽해서 예민하지만
비릿한 갯내음을 감지한 남자들은 궁전 근처를 배회하며 성벽에 오르기를 시도하지요

〈중략〉

수없이 뜨고 지던 달이 지쳐 여자의 바다가 서서히 말라갈 무렵이면 달의 주기를 놓친 궁에 혼란이 일어나요

그러다 달이 아예 사라지면 성전 여기저기 균열이 일어나기도 하지요 이럴 때 눈치 없이 성벽을 흔들거나 배회하면 된서리를 맞게 되죠

〈폐경기〉 부분

'폐경'을 이렇게 시적으로 발랄하고 아름답게 묘사할 수 있을까? 바닷물의 마법, 여자의 궁, 그리고 달의 주기로 연결되는 우주적 상상력으로 풀어내다니, 아주 놀랍고 신비스럽다. "바다가 마법을 부리는 날이면 둥근 달이 솟아"오르고, "바다가 키운 달이 여자의 궁을 빠져나가는 동안" "입술은 홍옥처럼 익어"가고, 여기에 "비릿한 갯내음을 감지한 남자들은 궁전 근처를 배회하며 성벽에 오르기를 시도"한다는 시상, 하나의 드라마틱한 신화를 체험케 한다. 내밀한 여성성의 에로틱한 이미지 처리도 매우 정치하고, 환기력을 높여 준다. 폐경이 "달이 지쳐 여자의 바다가 서서히 말라갈 무렵"에 일어나는 "달의 주기를 놓친 궁에 혼란" 때문이라는 상상도 재치가 있다. 마지막 연에서 "눈치 없이 성벽을 흔들거나 배회하면 된서리를 맞게"된다고하는 능청은 점입가경이다. '달'과 '바다', '궁'이 합체된 이미지로서, 이런 폐경의 시적 의미가 어쩌면 우주적 진실인지도 모른다.

내 나이가 연세로 격상된 것은
세월에게 꼬박꼬박 연세(年稅)를 잘 냈다는 증거

공기 더럽히고 쓰레기나 배출하며

쇠똥구리처럼 지구를 굴리는 나를

누가, 대신 연세를 내어주고 있는 것일까

〈과분한 세금〉 부분

이제 전순복 시인은 고희(古稀)를 눈앞에 두고 있다. 위의 시에서는 '연세'라는 동음이의어가 주는 언어유희(pun)적 재치를 살려 쓴 것이다. "내 나이가 연세로 격상된 것은 / 세월에게 꼬박꼬박 연세(年稅)를 잘 냈다는 증거"라고 하는 시적 논리가 그럴듯하고 의미 있게 다가온다. 내 '나이'가 자라 '연세(年歲)'가 되고, 그것은 뒤집어 말하면 동음이의어로 "연세(年稅)를 잘 냈다는 증거"라는 것이다. 여기에선 또 자연친화적 생태계를 사랑하는 소박한 생명주의 사유도 읽힌다. "공기 더럽히고 쓰레기나 배출하며" 살아간다는 자기 인식, 나아가 "쇠똥구리처럼 지구를 굴리는 나"라는 비유에서는 발칙한 상상의 감성을 엿볼 수 있다.

누구든지 스스로 고향 회귀나 성장의 과정을 반추하며 자아 찾기를 실행한다. 특히 나이가 들수록 자아정체성의 확인은 강해지는 법, 그 자아 찾기의 원초적 심리는 치열한 삶 속에서만이 충실한 자각이 선행되는데, 실존적 각성과도 결부된다. 그 작업은 단독자로서 젊은 시절보다는 중년에, 중년보다는 장년의 시기에 더더욱 왕성해진다.

2. 현란한 메타포와 역동적 텐션의 유머 감각

전순복의 시들은 그야말로 메타포의 천국이다. 메타포적 발랄하고 발칙한 상상력은 지적 유희로 유의미한 즐거움과 읽는 재미를 안겨준다. 시란 상상이 지배하는 예술, 자기 체험에서 촉발된 나만의 정감이나 거기에서 비롯된 상상의 깊이 여부가 작품의 성패를 가린다. 작금의 우리 시단을 보면 표피적 사고, 상상의 빈곤으로 울림도 없고 재미없는 작품들이 판을 친다. 상상력을 동원하지 않고 본대로 적어내거나 피상적 관념으로 치장된 것들은 어떤 새로움, 감흥도 없는 법, 여기에 전순복 시의 존재가치가 있다.

시인은 자기 나름의 시적 대상에 대한 미적 감수성으로 상상의 깊이나 의미 부여, 해석적 능력을 발휘한다. 전순복의 시에서 감수성의 진폭은 넓고 날카로우며 정치(精緻)하다. 더불어 그녀의 시편들에서는 늘 발칙하고 현란한 메타포로 텐션의 미학을 이루며 역동적 유머를 수반한다.

먼저, 산수유 수프로 부드럽게 위를 달래주세요

목련 꽃잎 전(煎)이 나왔습니다
허겁지겁 삼키다 목에 걸릴 수 있으니까
천천히 삼켜주세요
이번에는
선홍빛 부위가 연하고 싱싱한
저희 대표 요리, 진달래 안심살입니다

이제 포만감이 든다고요?
겨우내 얼었던 몸이 녹작지근해졌다고요?
그럼 이제, 후식을 드실 차례네요
민들레 솜사탕을 먹을 때는
콧구멍에 홀씨가 들어가지 않게 조심조심
행여, 손님의 재채기 소리에 놀란 벚꽃 팝콘이 설 튀겨질 수가 있거든요

〈봄의 코스요리〉 부분

시 〈봄의 코스요리〉는 잘 차려진 봄꽃 식탁에서 요리를 먹는 장면 같다. 시각적 이미지를 맛있는 미각적 음식으로 치환한 착상이 흥미롭고 신선하다. 전순복은 체험적 대상을 익숙한 것으로 보지 않고 역동적인 지각의 지향성에 따라 변화하는 사태 자체로 본다. 산하의 봄꽃들이 지닌 시각적 이미지에 머물지 않고, 이렇게 맛깔스러운 음식으로 전치시키는 발칙한 시상으로 경이로움을 보여준다. 위를 부드럽게 달래주는 "산수유 수프", "목련 꽃잎 전(煎)"이 나오고, 연하고 싱싱한 "진달래 안심살"을 먹으라는 것. 그리고 후식으로 "민들레 솜사탕"과 "아카시아와 찔레꽃 아이스크림"을 맛보라 한다.

시의 창조란 이렇게 늘 존재를 낯설게 전이시키는 명명 행위인 것, 여기에서 독자는 새로움과 경이감, 나아가 물론 텐션(tension)의 미학적 탄력도 읽을 수 있게 된다. 그런 점에서 시인은 보이지 않는 존재의 심원까지도 현현시키는 신(神)의 촉수를 부여받은 능력자인 것이다.

몸을 내어줄 때마다 번번이 소리를 질러대는
평퍼짐한 엉덩이가 달아오르기 시작한다

칙칙!
절정을 치닫는 여자가 교성(嬌聲)을 쏟아낸다
포르테, 포르테!
포르티시모!
저러다가 뚜껑이 열릴 것 같다

옹골찬 강성이 말랑말랑해지는 그곳

발아되지 못한 싹들이 폭죽처럼 명멸하는
궁은 맹렬하다

치익, 치익
정적을 분무하는 신음소리가 서서히 잦아든다
물풀처럼 순해진 그것들이 혼곤히 가라앉는다
칭얼대던 여자가 잠잠해져
파편처럼 부서지던 침묵들이 제자리를 찾아간다

〈압력솥〉 전문

위의 시에서는 '압력솥'의 속성을 에로틱한 '여자의 교성(嬌聲)'으로 의인 치환하여 아주 발칙하게 그려내고 있다. 불에 달궈진 '압력솥' 몸통이 달아오른 모습을 "펑퍼짐한 엉덩이"로, "폭죽처럼 명멸하는 궁"이며, "정적을 분무하는 신음소리" 등 성적 유희로 현란하게 묘사해낸다. 여기에 행간에 삽입한 "포르테, 포르테! / 포르티시모!" 라든가, "치익, 치익"하는 의성어에 의한 리듬감도 매우 박진감 있고 역동적이다. 이러한 에로틱한 표현의 시정은 어쩌면 원초적인 육감(肉感)적 기질과 성자(聖者)적 기질을 유감없이 발휘하려는 그녀만의 자유분방한 보헤미안적 심성의 발로라 하지 않을 수 없다.

전순복의 시편에는 이렇게 성(聖)과 속(俗)을 가리지 않고 혼재되어 넘나든다. 곧 미물 속에서도 성스러운 참된 것을 찾아내고, 이를 반추하여 우리네 자화상으로 회감시켜 성찰하게 한다.

라싸를 향하는 오체투지 순례자
고행의 길이 녹록지 않다

온몸으로
나무의 경전을 읽던 순례자
온전한 날개를 얻었을까

〈자벌레〉 부분

절뚝, 절뚝
달팽이가 제 키보다 높은 등짐을 지고 간다

양쪽 겨드랑이에 목발을 끼운 채
그렇고 그런 시간을 짊어진 채 빙판길을 가늠하는
민달팽이가 안 되려 기어코 지고 가는 낡은 집에는
압축된 그의 삶이 들어있다

한 사내의 일생이 겨우, 배낭 하나에 담겨있는 것이다

〈무거운 빈집〉 부분

시 〈자벌레〉에서 '자벌레'는 "라싸를 향하는 오체투지 순례자"라는 치환의 인간으로, 또 〈무거운 빈집〉의 '달팽이'는 배낭 하나 짊어진 '한 사내'로 각각 치환의 상상력을 보여준다. 전자의 자벌레는 성스러운 고행의 길을, 후자의 한 사내는 도심 속 소시민적 일상을 그대로 드러낸다. 중층적 의미의 형상화다. 어쩌면 우리가 실존하는 이승의 삶이란 화자가 말한 대로 우듬지의 고행길인 것. 마지막 허공을 가늠하며 교만과 어리석음을 참회하고 자기 자신을 무한히 낮추면서 나아가는 신의 땅, 라사를 향한 오체투지의 과정인 것이다, 시인은 이것을 자벌레라는 미물을 통해 말하고 싶었던 것일 게다. 나아가 달팽이가 짊어진 '무거운 빈집'에서는 아둔한 인간사의 업보로도 읽힌다. 그래서 달팽이가 지나온 구불구불한 궤적은 바로 삼세개고(三世皆苦)로 우리가 감내하고 살아가야만 하는 길, 바로 자벌레나 달팽이는 지금 살아가고 있는 우리네 자화상을 비유한 것이다.

전순복의 시에서 이러한 정교하고 치밀한 메타포에 의한 다양한 상상력은 작품 도처에 드러난다.

미처, 들숨을 마무리 못 한 채
커다랗게 열려있는 입과 놀란 눈
흑진주처럼 명(明)하던 태(太)의 눈에 찌부러진 바다가 말라 있다

최초의 이름을 잃고 낯선 이름을 얻기까지 얼마나 많은 슬픔을 흘려 보냈을까
저렇게 물기가 없어지도록
수많은 바람의 독설이 스쳐갔겠지

눈물이 없는 그녀 독하다고 하지만
눈물을 탕진한 그녀 스쳐간 바람의 속성을 가늠해본다

〈북어〉 부분

시 〈북어〉는 전반부에서 말린 명태로서 '북어'라는 생물의 특징을 다루고 있다. 하지만 후반부의 시적 공간에 이르게 되면 북어처럼 이승을 떠난 여인의 영정 사진을 바라보는 건조한 눈망울로 마무리되고 있다. 어쩌면 바다에서 일생을 지내다가 제상에 제물로 바쳐진 북어는 영정 사진의 여인이기도 한 것이다. 그녀에게도 오래전 잃어버린 바다가 있다는 것. 북어가 노가리에서부터 동태, 생태, 황태 등 세월에 따라 다양한 호칭으로 겪어왔듯이, 영정의 그녀도 생전에는 딸, 아내, 며

느리, 엄마, 할머니라는 호칭에 이르기까지 무수한 "슬픔을 흘려 보냈을" 것이고, "수많은 바람의 독설이" 스쳐갔을 것이다.

그가 피식 웃는다
돋보기 쓴 내 모습이 장모님과 똑같단다

오래전 돌아가신 엄마를 내 얼굴에서 읽어내는 이 남자

적은 가장 가까운 곳에 있다더니, 내 늙음을 확인사살한다
〈중략〉
박격포로 공격하던 그를
따발총으로 반격하며 깃발 하나 없는 고지를 넘어온
두 노병이 새삼 마주 본다

활주로 같은 정수리와 까치발 새겨진 눈꼬리가
첫 손주 바라보던 아버님 모습과 똑같다고 반격해주었다

〈친밀한 적〉 부분

부부지간의 시적 대화가 재치 있고 감칠맛이 난다. 부부가 지천명을 넘으면 노병으로서 친밀한 아군이자 적군이 되는가 보다. 돋보기 쓴 아내의 얼굴에서 "예순 살 친정엄마의 모습"를 읽어내는 남편, 이의 반격으로 "활주로 같은 정수리와 까치발 새겨진 눈꼬리가 첫손주 바라보던 아버님 모습과 똑같다"라는 아내의 대꾸에서 그만 폭소가 터진다. 부부를 '두 노병'이라는 화자의 말에서는 위트의 생기가 넘친다.

그녀의 해학(유머)의 시편들은 소재마다 다양한데, 발칙한 상상력이

나 은유적 치환을 근간으로 하고 있다. 시 〈자반고등어〉에서는 '고등어 간 맞추는 일'을 '부부 관계'에 빗대어 표현하고 있다. "짠맛은 / 生의 간을 맞추는 일"인데, "돌아누운 남편의 지느러미에 / 가슴을 밀어 넣는 아내의 등이 싱싱하다"라는 유추 방식의 중의적인 표현에서도 위트가 넘친다. 나아가 도심의 전철을 "순대를 만드는 맹렬한 도시의 창자"(《줄줄이 순대》)로 비유한 시편, 하이힐을 "세상에 허리를 굽히지 않겠다는 뾰족한 콧대"(《하이힐》)로 비유한 시편도 있다. 또 시 〈Deep Kiss〉에서는 입안에 "은어 한 마리"로 표상되는 역동적인 상관물과 "농밀한 글을 쓰는 혀"의 "섬세한 문장"으로서의 이미지를 연결시켜 '키스'라는 속성을 해학적으로 그려내기도 한다.

다음으로 전순복 시편들은 한결같이 발칙하고 현란한 상상의 메타포로 역동적 유머 감각이 동원되면서 텐션(tension)의 시 미학을 형성한다.

"부활한 수저가 육개장과 돼지머리 편육을 나른다" (《마지막 호출》)

"에피소드에 눈시울을 붉히는 술잔" (《마지막 호출》)

"영악한 똥은 멍청한 항문을 조롱했다" (《치매 걸린 항문》)

"청새치처럼 날아오르는 웃음"(《바보새 알바트로스》),

"수평선을 감춰둔 웃음을 꺼내는 세 여자"(《바보새 알바트로스》),

"쪽창 너머 선잠 깬 햇살이 하품했다"(《숨기좋은 방》)

"바람은 얼마나 배가 불렀을까"(《풍장》)

"아지랑이 반 근, 햇살 반 근"(《호랑나비 저울》)

"그렇고 그런 사연을 풀어내는 여자"〈두루마리 화장지〉)

"터널처럼 등뼈를 구부린 바다가 제 뱃속을 보여주는 아쿠아리움"(《모래, 풍경을 낳다》)

"하루종일 순대를 만드는 맹렬한 도시의 창자"(《줄줄이 순대》)

"과식한 리어카를 끌고 가는 노인"(《고물고물》)

"성미 급한 신호등의 눈총을 받으며"(《고물고물》)

"희망과 절망의 능선을 걸어온 구두 굽"(《하이힐》)

'텐션'은 시어와 시어, 시구, 나아가 행과 연에서 생기는 전위차로, 테이트(A.Tate)가 말한 외연과 내포 사이의 '장력, 탄력, 긴장'을 의미한다. 바로 전위차가 높은 은유(비유)며 해학적 상상력, 이질적인 공간이나 시간의 병치, 원거리 이미지의 당돌한 결합을 보인다는 것이다. 이는 시의 본령인 함축성과 다의성을 만들어내는데, 역동적 유머를 동반하면서 강한 흡인력과 환기력으로, 마치 바다의 곤(鯤)이 하늘의 붕(鵬)이 되어 나르는 유쾌한 즐거움을 맛보게 한다. 곧 위의 다양한 시구에서 보듯이 낯선 치환 은유(隱喩)를 부려 쓰거나, 존던(J.Done)이 섰던 conceit와 같은 기이한 착상이나 원거리 이미지를 당돌하게 결합하는 데뻬이즈망(depaysement) 수법, 엘리엇(T.S. Eliot)의 객관적상관물(objective correlative) 등 여러 정치(精緻)한 기법들이 동원되어 중층적 형상화를 이루고 있는 것이다. 그래서 그녀의 시편들은 늘 새롭고, 낯설고, 그로테스크한 역동적 생기를 보이면서 유쾌한 유머를 일으킨다.

3. 연민적 시정과 생명적 성찰의 깊이

전순복 시의 또 한 특징은 연민적 시정이 줄기차게 흐르면서 생명적 성찰의식을 보이는 시편들이 도처에 나타난다.

연민적 시정은 그녀의 선천적 기질로서 이타심이나 여린 감수성이 강하게 작용하기 때문이다. 그래서 가난한 자, 소외당한 늙은이, 밑바닥 암울한 현실이며, 가련한 동식물, 사물에 이르기까지 생명적 치환의 상상으로 재치있고 유쾌하게 풀어낸다. 가령 노동자, 하층민이 북어로 환치되거나, 자벌레나 맷돌 같은 하찮은 대상이 인간으로 비유되거나 등 미시적인 것에서부터 우주라는 거시적 대상에 이르기까지 그 광폭의 정도가 넓다.

> 비릿한 피 냄새를 도마 위에 올려놓은 칼잡이는
> 먹이사슬 최상위 포식자
>
> 주검의 상태를 선별하고
> 주검들의 배합과 맛을 가늠하는 우아한 맹수다
>
> 산낙지와 꽃게 다리를 절단하며
> 바람과 눈, 비 탁본 새겨진 푸성귀를 삶아내고
> 부관참시하듯 아무렇지 않게 생선 내장을 꺼내는, 나는
> 세렝게티 초원의 암사자다

〈키친 Death〉 부분

시 〈키친 Death〉는 그녀의 연민적 생명의식이 작동되고 있다. 서두에서 "주방은 장례식장"이라고 단언하고, 주부 화자에 대한 실존적 각성을 촉구하는 물음을 던지고 있는 것이다. 자연이나 인간 모두 먹이사슬에 지배되는 약육강식의 현실사회지만, 물아일체의 경외심 속에는 늘 생명주의적 감수성이 자리한다. 시에 등장하는 자아 각성체로서 화자는 염라대왕으로부터 명을 받은 최상의 포식자로 "주검의 생태"를 선별하고 가늠하는 칼춤을 추는 망나니다. 그 키친이란 장례식장에서 산낙지며, 꽃게 다리, 푸성귀 등 온갖 세상 것들이 부관참시를 당한다. 곧 인간인 화자는 "세렝게티 초원의 암사자"라는 것, 바로 연민의

정을 드러낸 생명적 감수성의 발로인 것이다.

여기에서 그녀의 연민적 생명주의 가치관이 얼마나 중요한가를 암시한다. 마치 메를로 퐁티(M.ponty)의 몸의 현상학에서 볼 수 있는 "세계는 나의 신체(mon crops)의 연장물이다"라는 선험적 지각의 실존을 체험케 하고 있다는 것이다. 가을날 나뭇잎 하나가 떨어지기 위해서도 온 우주의 힘이 필요하다는 이야기처럼 그녀의 시편들 속에는 자연과 조화와 균형을 이루는 생명존중 의식이 짙게 깔려 있다.

> 펄떡펄떡, 아가미를 들썩이던 생태(生太)가
> 북어로 변하기까지
> 바람은 얼마나 배가 불렀을까
>
> 다세대 주택 옥탑방
> 스스로 목에 밧줄을 꿰어
> 수년 동안 매달려있던 남자가 드디어 바닥으로 내려왔다
>
> 하이에나 떼 같은 적막이 남자의 살을 다 발라먹어
> 가벼워진 뼈가 밧줄을 통과했기 때문이다
>
> 보일러실 창문으로 들어온 바람이 남자를 핥아먹을 동안
> 유일하게 그의 안부를 살피던
> 밤과 낮이 다녀간 지 오년 째

〈풍장〉 부분

시 〈풍장〉은 다세대 주택 옥탑방에서 목매어 자살한 남자를 5년 만에 발견되었다는 안타까운 뉴스를 소재로 하고 있다. 화자는 이를 풍

장(風葬)으로 보고, "생태(生太)가 / 북어로 변하기까지 / 바람은 얼마나 배가 불렀을까"라고 북어를 끌어들여 호소력 있게 시정을 전개한다. 특히 "하이에나 떼 같은 적막이 남자의 살을 다 발라먹어 / 가벼워진 뼈가 밧줄을 통과했기 때문"이라는 시적 논리는 아주 정치(精緻)하고 호소력 있다. 풍장은 시신을 지상에 노출시켜 풍화시키는 장례법이다. 예부터 늙고 병든 사람을 지게에 지고 산에 가서 버렸다는 전설이 있고, 마마에 걸려 죽은 아이들을 짚으로 짜서 나무에 높이 매달아 두었다는 기록이 있다. 이밖에도 그녀의 시에서는 연민적 대상으로 북어 이미지가 여럿 등장한다. 마치 쟈코메티(Alberto Giacometti)의 조각품 나상(裸像)이 연상되는데, 그녀의 북어는 다름 아닌 우리네 실존을 투영하는 객관적상관물인 것이다.

바다, 그 꽃밭 위를 나는 갈매기가 거친 파도의 꽃을 따 먹듯
바람보다 빨리 속도의 냄새를 맡고 재빠르게 피하는 몸짓은
치열한 전쟁터를 누빈 자의 노련함이지

인생이 밑바닥이라고 함부로 말하지 말게

비록, 한쪽 발을 잃고 불가촉천민처럼 살아가지만
날마다 일용할 양식을 주심에 감사하며 머리 조아리는 내 모습을 보게

도시의 구토를 처리하는 우리가 비대해진 것은
그대들의 평화가 풍요롭다는 뜻이 아니겠는가

〈상이(傷痍) 비둘기〉 부분

시 〈상이(傷痍) 비둘기〉에서는 문명의 시대에 '상이 비둘기'로 상징

된 장애우나 밑바닥 인생의 불가촉천민같이 억척스럽게 살아가는 삶의 현장을 시화하고 있다. "한쪽 발을 잃고 불가촉천민처럼" 살아가는 상처 입은 비둘기지만 치열한 삶을 살고 있다는 화자가 된 비둘기. 그는 바로 우리들의 분신, 자화상이 아니던가? 치열한 생존 속에서 정상과 비정상의 구별은 없는 것, 차이만이 존재할 뿐이다. 오히려 상처 난 비둘기가 정상의 비둘기보다 더더욱 열심히 살아가는지도 모른다. 여기에서 "인생이 밑바닥이라고 함부로 말하지 말게"라는 당당한 기개에 주목할 필요가 있다.

또한 시 〈고물고물〉에서는 80대의 노인이 "과식한 리어카"를 끌고 가는 장면을 날카롭게 포착, 시화하고 있다. 노인의 등이 굽은 것은 "바람에게 덜 맞서려는 지혜"란다. 그리고 "성미 급한 신호등의 눈총을 받으며" 노인이 고물고물 건널목을 지나는 몸짓은 "잔고가 넉넉하지 않은 시간을 아끼려는 심사" 때문이라는 것이다. 가련하고 애처로운 삶을 오히려 유쾌한 생명적 시선으로 포착하려는 그녀의 날카로운 통찰의식을 본다.

이러한 시적 사유의 바탕에는 인간과 자연 세계가 물아일체로 교감하고 있으며, 만물이 상호의존, 친화적이라는 시적 세계관에서 기인한다. 곧 모든 생명을 하나로 보는 에콜로지(ecology)의 사고방식으로, 그녀의 현실 포옹의 마음과 생명적 성찰의식과 무관치 않다.

> 부드럽게 돌아가지는 않았으나 사십 년 세월 콩도 낳고 팥도 낳을 동안 돌보다 빨리 낡은 것은 어처구니였다

> 계모의 학대에, 중학교 중퇴 후 집을 나와 자동차 정비소에 겨우 자리 잡은 거친 돌과
> 덜 여문 나무가 한 속이 되는 것

참, 어처구니없는 일이어서 그녀, 걸핏하면 몸에 멍이 들었다

근데 그보다 더 어처구니없는 일은 스무 살 나이에 생가지로 꺾여왔던, 남편보다 여덟 살이나 젊은 그녀가 먼저 부러졌다는 사실이다

어처구니가 빠진 자리
심장 한쪽에 바람이 들어오는 것 같다는 남자도 일 년 후 아내를 따라가 버렸는데

〈맷돌〉 부분

시 〈맷돌〉에는 불우한 환경에서 고생하며 자란 젊은 부부의 안타까운 사연이 녹아 있다. 시인은 그러한 사연을 맷돌의 속성에 비유하여 '어처구니없는' 소시민적 삶을 연민의 정으로 그려내고 있다. 곧 맷돌의 어처구니가 빠져 의미적으로 '어처구니가없는' 기막힌 비극이 벌어졌다는 얘기다. 여기에서 맷돌의 '어처구니'는 아내로, '제 몸보다 무거운 맷돌'은 남편으로 각각 비유되고 있다. 그런데 젊은 아내는 어처구니없이 고생 끝에 죽어버렸고, 그 어처구니가 빠진 자리에서 남편도 뒤를 이어 따라갔다는 것이다. 이러한 비극적 가정사를 맷돌에 빗대어 "한 뼘 나무가 무거운 돌을 움직이는 일 / 참 어처구니없는 일이었지"로 재치있게 의미화하고 있다.

이렇듯 전순복의 시편에서 연민 의식의 미미지들은 비유적 상상에 의해 중층적이거나 구체적인 에피소드로 형상화하여 실감미를 안겨준다. 시 〈벌레의 집은 아늑하지 못하다〉에서는 추위를 피하기 위해 고깔 모양의 이엉에 기어드는 벌레와 역시 추위로 아파트 지하주차장에 내려간 노숙인의 비극적 죽음을 병치시켜 소외의식과 연민 의식을 효과적으로 부각시킨다. 시 〈편집되는 시간〉에서도 소재 '드라이 플라

위'와 '영계'를 놓고 시간성의 관점에서 생명체의 소중함을 다루면서 그녀의 연민 의식을 담아낸다. 제 수명을 다하지 못하고 거꾸로 매달려 미라가 된 꽃의 감정이나 그리고 30년 수명의 닭이 50일에 식용 닭으로 출하되는 살벌한 현실을 고발한다. 생명체들은 모두 소중한 것, 인간의 욕망으로 "편집되는 시간"에 의해 희생되는 존재들이 마냥 안쓰러웠던 것이리라. 인간의 축에서 아무렇지 않게 벌어지는 일이지만, 꽃이나 닭의 축에서 보면 얼마나 애통할 일인가.

바늘에 무명실을 꿴다
어머니 단단하게 감아둔 세월을 풀어낸다

타래에 실을 감을 때는 위아래로 감아야 단단하단다
풀려나오는 어머니 말씀

매듭 끊고 싶었던 날 수없이 많았지만
누군가 실패에 감아둔 내 팔자, 허투루 감지 않았을 터
끊어진 실마디 손바닥으로 살살 엮어 감듯

〈무명실꾸리〉 부분

시 〈무명실꾸리〉에서는 어머니의 혼을 발견한다. '실꾸리'가 주는 모정의 가르침을 회상하며 자기 성찰의 순간을 갖는 것이다. 그리하여 '단단하게 감아둔' 무명실꾸리를 통해 세월을 풀어내고, 어머니 말씀과 지혜를 회억하며 그리움을 토로한다.

그녀의 성찰의식은 사물을 꿰뚫어 보는 통찰에서 비롯된다. "끊어진 실마디 손바닥으로 살살 엮어 감듯", '이음매 없는 삶은 그 어디에도 없다'라는 깊은 통찰의 시선이다. 사물 통찰을 통한 생의 성찰의식은

〈실마리〉에서도 드러난다. 삶이란 '쌀 포대의 실밥'을 풀어내는 것과 같은 것, 그래서 "숨겨놓은 실마리"를 찾는 일이다. 허나 그 매듭의 실마리가 그리 쉽게 찾아지는가? 그저 터득하지 못해 "가위로 잘라버린 인연들이 많다"는 것 아닌가. 실꾸리나 쌀포대 등 다들 존재하는 것들마다 정신적 의미를 갖는다. 시간성에서 본 시 〈갑 티슈〉에서도 통찰의 깊이가 드러난다. '한 장을 꺼내면 오늘과 내일이 맞물려' "내 남은 생이 뽑혀 나오는 것 같다"는 것이다. 시 〈양말〉이나 〈우산의 이별 방식〉 등에서도 그녀의 섬세한 사물 통찰의 시적 사유가 발견되고 있다.

자기 성찰은 세계 내에 존재하는 대상에 대한 의미부여의 포용과 관심, 사물 직관의 사유, 통찰의 시선을 가질 때 가능한 것이다. 나아가 성찰의 끝은 자기중심에서 벗어나 세계중심으로 확장하는 영적 포옹 능력이다. 전순복 시의 백미는 사물의 속성을 꿰뚫어 보는 치밀한 통찰력으로 깊은 성찰의식에 다다르는 시적 행보를 보여준다.

모성성과 만유불성의 생명적 메타포

— 정혜돈 시집 『제주 은갈치가 왔습니다』(천년의 시작)

정 시인의 관능적 상상력은 생명적 자연과의 합일의 과정에서 성취되는 존재의 원초성을 구체화시킨다. 곧 그의 내밀하고도 육감적 언술 형식과 관능적 형상화는 관계 속에 구성되는 본연의 자아를 육화하고 실현하는 전략적 형상화라고 할 수 있다.

모성성과 만유불성의 생명적 메타포

— 정혜돈 시집 『제주 은갈치가 왔습니다』(천년의 시작)

정혜돈 시인은 1948년 김천에서 출생했다. 그는 젊은 시절 수학교사로 있다가 전직, 회사원를 지냈고, 이후 독립하여 중견 기업의 회장까지 오른 입지전적인 인물이다. 그리고 뒤늦게 필봉을 잡아, 칠순을 넘은 나이에 등단(《월간문학》 2020. 9월호)을 했으니, 완전 늦깎이 시인이 된 셈이다.

필자와는 10여 년 전에 만났다. 그때 정 시인은 몸이 너무 쇠약해 있었다. 야윈 몸매에 핼쑥한 얼굴, 목소리조차 가늠할 수 없었다. 그의 말대로 공황장애와 10년 동안이나 싸우고 있었던 것. 그는 시 원고 한 묶음을 주면서 좀 봐달고 했다. 대략 100여 편이 넘었던 걸로 기억되는데, 허무적인 내용에 관념 일변도의 시들이었다. 묘사와 서사의 기초 문장부터 새로 터득해야 했다. 그렇게 문하생으로 들어와 10여 년 가까이 내 강의를 들었다. 매우 진지하고 열심히 따라 주었다. 다양한 습작을 통하여 사물을 보는 법, 시적 사유, 그리고 상상과 비유 등 매주 만나 난공불락의 시성(詩城)을 공략해 나갔다. 그 와중에 2016년 인천시민문예 시 부문 대상(2016)을 받았고, 2020년 등단 후, 정진하여 오늘의 첫 시집을 출간하게 된 것이다.

정 시인은 시를 공부하면서 몰라보게 건강을 회복해 갔다. 그가 말한 대로, "시는 매일 새로운 도전이었다. 어느덧 시를 통해 새로운 세계가 열렸고, 내 것이 아닌 세상의 것임을 알게 되었다. 나아가 그 세상의 것들을 사랑하면서 내가 완성되어가고 있다는 믿음이 생겼다. 시의 힘이었다."(〈당선 소감〉)라고 한 것처럼 몸도 시도 좋아지기 시작했다. 시상에 젖느라 늘 세계와 교감하면서 얻어진 내면 통찰의 힘이었을까, 아니면 카타르시스적 체험의 시 치료(poetry therapy) 덕분이었을까? 어쩌면 시가 주는 엘랑비탈(elan vital)의 충만한 약동 속에서 세계가 내 안에서 꽃피우고 있다는 자존감을 발견하고, 건강을 회복해 왔는지 모른다.

이번 정혜돈의 처녀 시집은 그 맛깔이 다양하다. 모성애와 자전적 회감, 그리고 불자로서 만유불성의 상상력이 도처에 깔려있고, 바다와 섬, 자연 사랑의 생명적 실존 의식이 넘쳐난다. 나아가 그만의 남다른 연금술의 언어로 미학적 형상화를 이루고 있으며, 해석적 의미 부여나 객관적상관물을 통한 텐션(tension)의 시맛도 충일하다. 이러한 정 시인의 자전적 과거 회감이나 대상의 교감적 상상력은 자아정체성의 뿌리로서, 현존재의 원초성을 구체화시키고 영원한 현재를 살아가는 생의 지평이 되고 있다.

1. 모성적 고향 회감을 통한 자아정체성 찾기

정 시인의 고향이 경북 김천이라 했다. 그의 어린 시절은 6.25 상흔의 여파로 혹독한 가난과 열악한 환경 속에서 거친 삶을 살아왔다. 집은 폭격으로 반쪽으로 날아가 무너진 벽체를 가마니로 막아 삭풍을 견디면서 지냈다. 아버지는 그의 나이 세 살 때, 일찍 세상을 떠난지라, 4남매의 생계를 위해 엄마는 일터에 나가 밤늦게 일을 해야만 했다. 너무 배가 고파 울지도 못하고, 하늘에 반짝이는 별을 헤면서 엄마를 기다리다 잠이 들곤 하였다. 그러다가 꼬부랑 감자 보따리를 들고 온

엄마의 목소리에 깨어나면 그저 포근한 품 안에 안겼다고 술회한다. 그는 또 아버지가 있는 친구들을 보면 몹시 부러웠다. 갓난 아이 시절에 아버지가 돌아가셨기 때문이다. 아버지가 그리울 때면 땅바닥에 이런저런 아버지 얼굴을 상상하며 그려보거나, 그 대신 손바닥만한 불상을 눕혀보거나 세워보곤 했다. 어머니는 늘 슬픔 속에 잠기곤 하셨는데, 아버지에 대한 원망과 추위와 배고픔 때문이었을 것이라 했다.

초등 시절엔 한겨울을 나기 위해 누나와 땔 나무를 직접 구하러 다녔다. 너무 배가 고플 때는 김천역에서 갓 베어온 소나무 속껍질로 허기진 배를 채우기도 했다. 보릿고개나 곤궁한 시절엔 그저 감자가 꿀맛이었다고 했다. 어머니는 무슨 일감이든지 닥치는 대로 맡아 일을 나가셨다. 어머니의 손끝에는 피멍이 들기 일쑤였고, 굳은 손이 박히도록 자식들을 위해 헌신을 다하였다고 했다(수필 〈송기(松肌) 맛〉).

그래서 그런지 정 시인의 시편들에는 어머니에 대한 그리움, 애틋한 정감이 도처에 묻어난다. 그의 모성성은 고향의 옛 풍물이나 물건, 음식 등 소재들마다 빠지지 않는다. 어쩌면 이러한 모성 이미지들은 자기정체성을 열어가는 하나의 객관적상관물로 뿌리 의식의 코드로 자리잡고 있다. 이 점에 있어 그의 모성적 회감의 시적 형상화가 중요한 의미를 지닌다. 과거 회감은 영원한 현재를 살아가는 자아의 새로운 지평이 되는 것이기 때문이다.

삼바우산 비탈진 밭에 피어있던 목화송이
노루며 산꿩, 약초와 산딸기, 부엉이와 함께
이슬 먹고 살았지

푸른 달빛 아래
인두를 달구어

홑청을 깁던 어머니
도깨비방망이 들고 귀신놀이 하던
누나 발가락
목화꽃을 비집고 깔깔거린다

〈목화솜 이불〉 부분

콩비지 냄새
굳은살 속 깊이 밴 채
동그란 사랑
덜컹거리며 슬근대며
구수한 사람 냄새가 나는
아버지 어머니
양지바른 툇마루에 앉아
울퉁불퉁 튼 살을 맞대고
도란도란 백수의 꽃을 피운다

〈맷돌〉 부분

어탕국수 한 그릇에 동심으로 돌아간
고향의 언어들이 국수 가락처럼 늘어나고
그리운 생각들이 가슴 저미게 하는 생각들이
가락국수처럼 후루룩 후루룩
목구멍으로 넘어간다

세한도처럼 하얀 세월이 흘러도
고향은 하얀 밀가루 속에 숨어 있다

〈어탕국수〉 부분

시 〈목화솜 이불〉에서 정 시인은 고향 동네 '삼바우산 비탈진 밭 목화송이'와 당시 솜을 틀 때의 어머니와 누나를 회억한다. 그러면서 '어머니' 하면 가슴 속에 '목화꽃의 따뜻한 솜이불이 생각난다'고 했다. "노루며 산꿩, 약초와 산딸기, 부엉이와 함께 / 이슬 먹고" 자라서 꽃 피웠다는 백만 송이 목화꽃, 거기엔 "푸른 달빛 아래 / 인두를 달구어 / 홑청을 깁던 어머니"가 있고, 또한 "도깨비방망이 들고 귀신놀이 하던 / 누나 발가락"의 추억이 서려 있다.

시 〈맷돌〉에서도 맷돌은 단지 사물이 아니라, 의인적으로 치환된다. 위 맷돌과 아랫돌이 아버지와 어머니로 비유, 치환되면서 "허기를 갈아주던 세월", "서로 부대기면서 애환과 갈등의 삶도" 갈아낸다고 하면서 의미를 부여한다. 그래서 "콩비지 냄새"도 "굳은살 속 깊이 밴 채" 둥그런 사랑이 슬근대며 "구수한 사람 냄새가" 난다는 것이다. 그리고 시 〈어탕국수〉에서는 "어탕국수 한 그릇에 동심으로 돌아간 / 고향의 언어들이 국수가락처럼 늘어"난다는 회억을 그려내고, "그리운 생각들이 가슴 저미게 하는 생각들이 / 가락국수처럼 후루룩 후루룩 / 목구멍으로 넘어간다"며 실감나게 고향을 회감한다. 그래서 "세한도처럼 하얀 세월이 흘러도 / 고향은 하얀 밀가루 속에 숨어 있다"고 한 것처럼, 옛 음식들이 고향 회억을 드러내는 객관적 상관물로 처리되고 있다.

둥지 속에 새알 까놓고
엄마는 돌아오지 않고
저 새알 품어 키웠던 큰이모
늘 보고 싶은 어머니의 모습

달 속에 얼굴 내미는

애기동지

〈팥죽 한 사발〉 전문

쭈글쭈글한 피부를
반듯하게 펴지도록
딱딱하게 굳은살
부드럽게 마사지한다

어머니는
묵은 추억들을
곱게 펼쳐
아버지의 어깨를 빨랫줄에 넌다

늦은 햇살이
축 늘어진 아버지를 주무르고 있다

〈다듬이질〉 부분

입안 가득
발효된 어머니의 기도가 고여 있다

닳아진 손바닥 지문도
까맣게 절여져 있다

씨간장에 아른거리는
어머니 얼굴
달빛처럼 환하다

〈장독대〉 전문

시 〈팥죽 한 사발〉에도 시인의 어머니에 대한 애틋한 그리움이 짓게 묻어난다. 가족을 부양하기 위해 수시로 집을 비웠던 어머니, 아마도 큰이모가 대신 가사를 많이 도와주었던 것 같다. 그래서인지 시인은 팥죽 속에 들어있는 새알옹심을 만날 때도 옛적 가정사의 애환이 읽힌다. 팥죽은 어머니이자 큰 이모이며, 그 팥죽 속 "둥지 속에 새알"은 어린 화자 자신이다. 전경화의 시구에서 "달 속에 얼굴 내미는 / 애기동지"라는 비유적 이미지가 퍽 싱그럽다.

시 〈다듬이질〉에서는 아버지를 일찍 보내드린 홀어머니의 안타까움에 대한 깊은 연민의 정이 투사되고 있다. "아버지의 두루마기를 자진모리장단으로 / 두드린다"라는 다듬이질로 시작되는 이 시는 아버지와 일찍 사별한 어머니의 부정(夫情)을 의미화해서 그려지고 있다. 두루마기는 바로 지아비의 혼령인 것. 그래서 어머니는 두루마기로 상징된 "묵은 추억들을 / 곱게 펼쳐 / 아버지의 어깨를 빨랫줄에" 널면, "늦은 햇살이 / 축 늘어진 아버지를 주무르고 있다"라는 참신한 노에시스의 미학을 펼쳐나간다.

시 〈장독대〉에서도 정 시인의 극진한 어머니 사랑을 읽을 수 있다. 화자가 본 장독은 그냥 사물이 아니다. "입안 가득 / 발효된 어머니의 기도가 고여"있고, "닳아진 손바닥 지문도 / 까맣게 절여져 있다"는 곳이다. 그래서 씨간장엔 달빛처럼 환한 어머니의 얼굴이 있다는 것이다.

모성을 향한 그리움은 작품 도처에 깔려있다. 민들레꽃, 월출산에도 있으며, 가뭄 속에도 떠날 줄 모른다. '민들레꽃'에는 "집 떠나는 자식들 향해 / 손 흔들어주는 / 허리 굽은 어머니"(〈민들레〉)가 있고, 월출산에 안개가 피어올라 감싸기라도 하면, "구정봉에 걸터앉아 / 탑돌이

하는 어머니의 / 기도"(《월출산》)를 연상해 낸다. 행여 가뭄이라도 들 때면, "어머니 손등 같은 까칠까칠한 나뭇잎에 / 하얀 바람꽃처럼 마른버짐 피어난다"(《가뭄》)고 애틋한 시정을 노래한다.

한 인간의 생존적 작동에서 가장 위력적인 키워드는 생태적 고향인 '어머니' 내지 '고향'을 회감하는 일이다. 바로 정 시인의 시편들에서 모성적 고향 회감의 이미지들은 바로 자기정체성의 코드로 작용한다. 자아정체성은 자기 존재에 대한 원초적 뿌리 의식이며, 자기 존중감의 한 표현이다. 저 넓은 바다에서 힘든 유랑 길에 올랐던 배들이 결국 항구라는 안식처를 찾아 귀소하듯이, 인간의 생에서도 원초적 고향을 찾아가기 마련이다. 그래서 세월이 흘러 어머니를 그리워하는 것, 내가 살아온 고향이나 풍물을 회감하는 것, 그리고 그 고향을 그리워하며 찾아가는 것 등은 바로 물고기나 짐승들의 회유본능, 귀소본능과도 같은 것이다. 그 한복판에 정 시인의 시가 놓여 있다.

2. 바다 사랑, 그 실존적 공간의 해석적 시정

정 시인은 누구보다 바다와 섬을 사랑하는 시인이다. 시편 여기저기서 바다나 섬의 이미지, 그리고 갯벌 등 바닷가를 소재로 한 시정을 질펀하게 마주한다.

현재 정 시인이 살고있는 곳은 강화 동검도, 바로 삼면이 갯벌 바다로 가깝게 둘려있다. 하루종일 집 안에서도 들물과 썰물이 드나드는 풍경과 마주한다. 갯벌의 짭조름한 바다 냄새며 일출과 낙조를 물씬 맛볼 수 있는 곳에 살고 있으니, 이들과의 교감적 시정은 자연스럽다.

엄마의 마음이

바다같이 넓고 깊은 것은
엄마 뱃속에
마르지 않는 빈 마음이 펑펑 솟고 있기 때문이다

〈모성(母性)〉 부분

수평선 너머에는 궁금한 바다의 욕망이 산다
〈중략〉
참을 수 없으면 성난 사자처럼
포효하다가
절벽을 기어오르며 쥐어뜯는다

그러다가
바람이 달려와 엄마처럼 토닥토닥거리면
바다로 되돌아
수평선 쪽으로 몸을 눕히고
흰 돛배를 띄운다

〈파도〉 부분

그의 시에서 바다는 섬을 낳고 키우는 어머니다. 시인은 시 〈모성(母性)〉에서처럼 바다를 모든 것이 귀소하는 자리이자 만물을 키워내는 어머니 품이나 다를 바 없는 평안한 안식처로 본다. 그래서 바다를 "엄마의 마음", "엄마의 뱃속"으로 비유하고 있다. 나아가 그에게 있어 바다는 썰물과 들물, 파도가 있는 역동적 생명 공간이다. 시 〈파도〉에서 보여주듯, "궁금한 바다의 욕망"이 한 생명체로서 꿈틀거리며 살아 숨을 쉬는, "참을 수 없으면 성난 사자처럼 / 포효하다가 / 절벽을 기어오르며 쥐어뜯는다"와 같이 역동적 대상으로 인식한다. 그러다가도 "바람이 달려와 엄마처럼 토닥토닥거리면", "수평선 쪽으로 몸을 눕히고 / 흰 돛배를 띄운다"는 정중동의 공간이며, 이상적 지평에 기대기도 한다. 때로는 바다가 고독해서 "쏴아∽ 바글바글", "자글자글 차르르르르"(〈고독의 맛〉)하면서 해변을 핥는다고 하는, 의인적이며 육감적으로 노래한다.

동검도에서는
새도 바람도 구름도 강물도
잠시 멈추어
검문을 받는다

구름 속에 숨겨오는 모래바람도
새털 깃에 묻혀 오는 바이러스도
비린내 나는 한강물도
갯벌 구치소에 들어가면
알래스카 빙하가 된다

〈검문〉 부분

서울에서 화초 한 뿌리도
심을 땅 없다고 불만이었는데
동검도에선
수만 평 함초꽃 정원이
대문 열고 들어오네
파스텔 물감으로 화장을 한
미인 군단들
무릎 위에서 얼굴 붉히네

초막정자만한 동검도가
막걸리를 마시고
정원 귀퉁이에서 졸고 있네

〈함초꽃 정원〉 전문

섬 바람이 불면
갈매기 똥에서는 섬 냄새가 난다
저 건너 밤섬에서 밤을 뒤적이고 있는
햇볕, 고구마섬을 바라보고 있다
배가 고픈가보다

〈섬은 맛있다〉 부분

현재 그가 살고 있는 동검도를 예찬한 시들이다. 섬과 한데 동화된 모습의 다양한 이미지로 퍽 익살스럽고 정겨운 촉수로 형상화하고 있다. 시 〈검문〉에서는 동검도라는 섬이 “새도 바람도 구름도 강물도 / 잠시 멈추어 / 검문을 받는다”고 하는 발칙한 상상이 재미있다. 그리고 시 〈함초꽃 정원〉에서는 “수만 평 함초꽃 정원이 / 대문 열고” 들어온다고 하는 갯벌의 시정을, 그리고 화장한 “미인 군단들”이 “무릎 위에서 얼굴 붉히”며 “초막정자만한 동검도가 / 막걸리를 마시고 / 정원 귀퉁이에서 졸고 있네”라며 육감적으로 익살스럽게 노래한다. 나아가 〈섬은 맛있다〉에서는 섬을 바다가 낳고 키워내는 모성애의 산물이자, 햇볕이나 갈매기들이 찾아와 맛있게 쪼아먹는 생존의 대상으로 보기도 한다.

그의 시에서 바다나 섬은 오롯이 원초적이며, 시원적 정신의 질료로 다가서는 공간으로 이해된다. 시 〈거문도 사람들〉에서 보듯, 섬이란 “하늘 바람과 함께 사는 / 거문도 사람들은 / 모두가 하느님이시다”라고 경외심의 대상이며, 시 〈우도(牛島)〉에서는 "어머니들이 낳아 기른 밭두덩"이라는 모성성을 지니며, 시 〈섬마을〉에서는 "하루 종일 갯벌의 적막만 바라"보다가 "칠게한테 마음을 들켰다'는 "적멸(寂滅)의 하루"를 보낸 불심적 원천의 처소로도 인식한다.

바다는 섬을 품고 있어 외롭지 않다. 섬이란 바로 우리네 삶의 실존적 의지처요, 동화된 자아이자, 피난처의 공간이다. 바다는 넓은 품으로 자아의 고독이나 그리움, 소외감의 일상 속에서 본래적 삶의 의미를 깨닫게 해주고, 때로는 이상적 표상으로 지평의 대상이며, 자아정체성을 확인하는 공간이기도 하다. 바로 정 시인에게 있어 섬이란 이러한 동일시 대상의 상관물로 자기정체성과 맞물려 있다.

동검도 갯벌에 노을이 내리면
게들이 일제히 일어나
혁명 전사들처럼 엄지발 세우고
불콰한 노을을 잘라 먹는다

찬란하고 거룩한 생계다

〈만찬〉 전문

시 〈만찬〉은 한 장의 스냅 사진 같다. 저녁노을 동검도 갯벌 바닥에서 움직이는 게들이 싱그럽다. "혁명 전사들처럼 엄지발 세우고 / 불콰한 노을을 잘라 먹는다" 라는 표현이 그로테스크하고도 재미있다. 바다의 신비주의적 극치는 새벽 바다나 찬연히 저물어가는 낙조에 있다. 일출과 일몰의 순간에 선 사람들이라면 누구나 숙연해지고 경건해진다. 누구나 이 공간에서는 삶에 대한, 우주에 대한 근원적인 명상에 잠기고, 그 장엄한 색깔로 포옹하는 바다에서 우리는 피안(彼岸)의 위로를 받는다. 바로 바다란 단독자로서 자기 반영적 성찰이나 초월, 승화, 이상적 가치 실현, 존재 지평의 대상이 되는 셈이다.

달이 개펄에 빠져 허우적거린다 펄 속으로 들어간 달은 단단한 게딱지를 젖히고 수많은 달알을 밀어 넣는다 짱뚱어와 말뚝망둥어를 몰고 와 펄쩍펄쩍 뛴다 팔뚝만한 숭어도 논다 새우도 따라와 물놀이를 하고 있다 갈대꽃이 몸을 젖비듬히 젖히자 청둥오리가 후드득 날아오른다 그 뒤를 물안개가 꼬리를 풀며 유유히 빠져나간다 빨간 칠면조 밭에 옆구리를 누운 폐선의 그림자가 느릿느릿 기지개를 켠다 그 사이 칠게, 갈게, 농게, 방게들이 득달같이 달려들어 달을 파먹는다 벌겋게 핏물 밴 개펄, 비린 달의 피 냄새가 질펀하다 주먹 대장 농게가 자신의 몸보다 큰 집게 손에 피 묻은 달의 뼛조각을 높이 쳐들고 환호성을 지른다 하늘에 비친 피범벅이 된 붉은 달, 살점이 뜯긴 핏자욱이 선명하다

〈월식〉 부분

수두와 싸우다 생긴 다부진 흉터들
닮은 놈 하나 없다

거센 파도에도
꺾이지 않는
저마다 다른 고집이고 삶이다

인생의 물결이 들락날락거린다
산전수전 다 겪었단다

겨울을 기다려

피워낸 구겨진 중년들의 꽃이다

〈석화〉 부분

시 〈월식〉은 감각적 묘사의 정수를 보여준다. 어둑한 밤, 달빛 아래의 갯벌 바다의 풍경을 열락적이고도 아주 육감적으로 그려내고 있다. 짭조름한 달빛 바다의 갯벌 냄새가 물씬 풍겨 나오고, 짱둥어, 숭어, 새우, 청둥오리, 칠게, 농게들의 선연한 움직임이 생동감 있고 실감미 있게 다가온다. 곧 "달이 개펄에 빠져 허우적거린다", "물안개가 꼬리를 풀며 유유히 빠져나간다", "폐선의 그림자가 느릿느릿 기지개를 켠다", "칠게, 갈게, 농게, 방게들이 득달같이 달려들어 달을 파먹는다", "농게가 자신의 몸보다 큰 집게 손에 피 묻은 달의 뼛조각을 높이 쳐들고 환호성을 지른다", "피범벅이 된 붉은 달, 살점이 뜯긴 핏자욱이 선명하다" 등 그야말로 갯벌 풍경이 환상적이고 역동적이다. 이는 무엇보다 시인 특유의 섬세한 공감각적 상상력에 더하여 상승과 하강, 응축과 확산의 역동적 이미지로 처리한 세련된 감각의 발로라 여겨진다.

이어 시 〈석화〉는 해석적 진술로, 진흙 바다의 돌에 의지하고 살아가는 갓굴의 생명성을 노래하고 있다. 이 시편도 자연과 한데 어울려 동화되는 시적 자아의 단면을 드러낸다. 시인은 결구에서 석화를 산전수전 다 겪어낸 "겨울을 기다려 / 피워낸 중년들의 꽃"이라고 의미를 부여한다. "수두와 싸우다 생긴 다부진 흉터들", "저마다 다른 고집이고 삶"이었음을 의인화하여 지난한 생명성을 노래한다. 곧 석화의 생태가 우리들의 자화상이란 것 아닌가.

맨발로 개펄에 발을 드미는 순간

발꼬랑내 난다고 코를 싸잡는다

그래도 꼬랑내를 씻어 준다
부드럽고 매끈한 일생을 살아온 개펄

집에 와 양말을 벗는 순간
꼬랑내 난다고 아내가 코를 싸잡는다
포근하고 따뜻한 평생을 함께 한 마누라
땀을 닦고 꼬랑내를 씻긴다

개울물 소리로 등목을 해 주는
개펄의 역사만큼이나 온화한 목화꽃 같은
저 갯고랑과 내 마누라

〈갯고랑과 마누라〉 부분

발끝으로 뻘 속 깊이를 재서 무릎을 욱여넣고
기어서 한평생 살아온 노인
등뼈가 굽어가는 줄 모르는 슬픈 가장이건만
한결같이 진양조 설움 같은 건 찾아 볼 수 없다
등짝에 내리쬐는 한 여름 마른 땡볕
아리고 매운 홍어 맛처럼 후끈거려도
그늘 없이 곰삭힌다

허리를 펼 때면
정수사의 범종소리 물고랑 따라 흐르고
문득, 말랑말랑한 갯지렁이처럼 토막을 내도 다시 돋아나는
가슴에서 내려놓지 못한 한(恨)
뻘물에 씻어내고 소금꽃 피운 맑은 노역처럼

누릴 수 있을까

〈갯지렁이 잡는 노인〉 부분

시 〈갯고랑과 마누라〉와 〈갯지렁이 잡는 노인〉은 갯벌을 배경으로 서사적 요소가 가미된 시이다. 이 두 편의 시에서 보여주는 갯벌의 시정은 매우 생명적이고 포용력이 있다.

먼저 〈갯고랑과 마누라〉에서 갯벌, 갯고랑는 각각 마누라로 은유되고 있다. 곧 "부드럽고 매끈한 일생을 살아온 개펄"이 "포근하고 따뜻한 평생을 함께 한 마누라"와 같다는 것이며, 갯고랑은 "개펄의 역사만큼이나 온화한 목화꽃"처럼 삶을 보듬어주는 생명력을 예찬한다. 화자의 발꼬랑내를 씻어준 줄 정도의 갯벌, "온화한 목화꽃"처럼 생명적으로 포옹력 있는 갯고랑의 개울물이다.

시 〈갯지렁이 잡는 노인〉에서는 가세가 기운 집안에서 어쩔 수 없이 개펄에서 갯지렁이를 잡으며 생업을 이어가야만 하는 노인의 가련한 일상을 그려내고 있다. "발끝으로 뻘 속 깊이를 재서 무릎을 욱여넣고", "등뼈가 굽어가는 줄 모르는" 노인 가장에 대한 묘사가 애절하게 다가온다. 특히 "갯지렁이처럼 토막을 내도 다시 돋아나는 / 가슴에서 내려놓지 못한 한(恨)"이라는 농밀한 표현에서 우리네 서민들의 아련한 자화상이 읽힌다.

이렇듯 바다, 섬, 그리고 갯벌 이미지의 시편들에서 정 시인 특유의 실존적 자연관과 다채로운 생명적 해석의 시정을 맛보게 한다. 자연의 거룩한 섭리와 경외심, 바다가 지닌 모성성의 탄생과 정화, 갯벌이 주는 풍요로운 생명력, 물아일체의 열락적 상상력의 시 미학을 읽게 한다.

3. 만유불성의 대상 인식과 윤회적 상상력

시를 포함한 모든 예술과 철학은 기본적으로 낯설고 혁명적인 것들을 추구한다. 이들은 과거와 현실을 뒤집고, 늘 딴 세상을 도모한다. 곧 예술이나 종교, 철학하는 사람들은 이 세상에 그대로 있고자 하는 것이 아니라, 저 세상으로 가려고 한다. 곧 시에서는 참신한 세계를, 철학은 경이(Thaumazein)를, 불교는 파라밀다(波羅蜜多)로 건너가기를, 기독교에서 거듭나기와 같이 매우 혁명적일 수밖에 없다. 그래서 시인이란 주체는 늘 자유와 초월의 상태에 있다. 하이데거(M. Heidegger)가 강조하듯 내가 말하는 주체로서 시인은 세계에 실존적으로 존재하며, 그 형상화한 상상적 언어란 존재 양식의 집으로 미적 체험을 수반하기 마련이다.

정 시인의 시편들에는 만유불성을 통한 윤회, 곧 환생의 불교적 상상력이 짖게 깔려있다. 그래서 많은 시편들이 만유불성(萬有佛性)의 대상으로, 때로는 무상(無常)과 해탈(解脫) 등의 관법으로, 혹은 윤회(輪廻)와 공(空)의 세계로 초월적인 시상을 보여준다.

길을 나서는 수행자
등창이 나도록 자전거 바퀴에 치이고
소발에 짓밟혀 찢기고 무릎뼈가 드러나도록 깨져가면서
죽는 것이 사는 모진 길
목이 말라 시들면 풍찬노숙(風餐露宿)
제 상처 핥아먹고 정신 차리고 다시 느리게 간다
자벌레처럼 낮게 엎드려 이마를 땅에 대고 온몸으로
오체투지 삼보일배를 하면서
발아래 구름을 밟고 하늘 냄새를 맡는다

라싸의 조캉사원을 찾아가는 차마고도의 순례자처럼
벌써 하늘까지 닿았으련만
해탈의 기쁨, 환청처럼 터득했는지
천년의 세월도 하루같이 깊고 맑은 눈빛
간절한 마음
눈 뜨라는 죽비 소리에
꽃눈 터트리며 간다

〈질경이〉 부분

시 〈질경이〉는 하나의 보잘것없는 들풀에 불심적 상상력의 옷을 입혀 해석적 의미 부여의 참신한 시행을 보여준다. 길가에서 풍찬노숙하는 질경이를 하나의 수행자, 순례자로서의 본 시안의 촉수는 매우 날카롭고 신선하다. 길가에서 "등창이 나도록 자전거 바퀴에 치이고 / 소발에 짓밟혀 찢기고 무릎뼈가 드러나도록 깨져가면서" 험한 일생을 살아가는 질경이, 화자는 그 "죽는 것이 사는 모진 길"이라고 역설적 함의를 부여한다. 이어 질경이를 자벌레로 치환하여 "낮게 엎드려 이마를 땅에 대고 온몸으로 / 오체투지 삼보일배를"하는 수평 운동의 이미지에, "발아래 구름을 밟고 하늘 냄새를 맡는다"는 수직적 상승 이미지로 역동적 상상력을 펼쳐나간다. 더불어 "라싸의 조캉사원을 찾아가는 차마고도의 순례자처럼"이란 비유에서는 원거리 공간적 텐션의 미학도 녹아있다. 특히 시인의 발칙하고 싱그러운 상상력은 결구 부분의 이미지에 있다. 곧 "하늘까지", "해탈의 기쁨, 환청처럼 터득"한 "눈뜨라는 죽비 소리"에 "꽃눈"을 터뜨린다는 비약적 이미지다. 하이데거가 현존재의 실존적 의미를 시를 통해서 찾으려 했듯이, 시인은 질경이의 속성을 통해서 만유불성의 지고한 해탈의 불심적 상상력을 드러낸다.

돌 속에 부처가 산다
부처가 걸어나오도록
돌문을 두드려 여는
열쇠공

〈석수장이〉 전문

성불(成佛)하기 전에는
날지 않겠다고
마른 나뭇가지에 앉아
그저
서역만리 쪽만 바라보고 있다

〈솟대〉 전문

목이 잘려
지옥의 고통을 참아왔다
뜨거운 불판 위에서
그런데, 펄펄 끓는 물 속에서 꽃을 피우고도
향기를 잃지 않는다

염화미소(拈花微笑)를 지은 까닭을
묻지 않아도
뜨거운 입술과 은밀히 내통하더니
온몸으로 응답한다

〈연꽃차〉 전문

인간의 생이란 세계를 해석하고, 의미를 부여하는 행위이다. 이것의 준동이 활발해질 때 그 생은 풍요롭고, 참신한 삶을 영위할 수 있다. 이를 극명하게 보여주는 예술이 바로 시작 행위가 아닌가. 그 시 정신의 힘은 발칙한 상상력의 언어 행위에서 기인한다.

시 〈석수장이〉는 화자의 불심을 그대로 보여준다. 돌을 쪼아내는 석수장이나 조각가는 어떤 형상을 상상하면서 자기만의 마음을 실어 조형적으로 형상화낸다. "돌 속에 부처가 산다"고 생각하기에 심혈을 기울여 돌조각을 쪼아내어 불상이나 미륵보살 등을 탄생시킨다. 그래서 화자는 "부처가 걸어나오도록 / 돌문을 두드려 여는 / 열쇠공"이라고 의미를 부여했다. 이어 시 〈솟대〉라는 사물시에서도 "성불(成佛)하기 전에는 / 날지 않겠다고 / 마른 나뭇가지에 앉아 / 그저 / 서역만리 쪽만 바라보고 있다"는 의미 부여의 불심적 상상력을 엿볼 수 있다.

이러한 불심은 시 〈연꽃차〉에서도 그대로 드러난다. 대개 연꽃차는 일반 사람들도 즐겨 마시지만 스님들은 불경의 상징성을 지니기에 더더욱 애호한다. "목이 잘려 / 지옥의 고통"을 참아내고, "펄펄 끓는 물 속에서 꽃을 피우고도 / 향기를 잃지 않는다"는 의미부여의 해석, 나아가 "염화미소(拈花微笑)"까지 지으면서 "온몸으로 응답한다"는 연꽃차의 의인적 표현이 싱그럽게 다가온다. 그의 시편에서 연꽃 이미지는 시 〈금강경〉에서도 해학적으로 형상화된다. 곧 "부처님은 절대 물에 빠져 허우적거리지 않는다 / 늘 연꽃 구명 방석을 입고 있기 때문"이란 것이다.

불가에서는 연꽃을 부처님의 진리를 상징하는 꽃으로 본다. 모든 절간의 가부좌한 불상의 연꽃 좌대 방석도 그렇고, 염화미소의 유래도 그렇다. 연꽃은 더럽고 지저분한 물속에서도 꽃을 피워내듯 무명에 둘러싸여 있어도 깨달아서 불성(佛性)을 드러내는 처염상정(處染常淨)의 성격을 지닌다. 그래서 화자는 삼세개고(三世皆苦)의 진흙탕 같은 사바세계에서 깨달음과 해탈이 필요하다는 깊은 불심을 전한다.

하늘이 온통 붉게 너울거린다
보문사 노스님의 다비 불꽃인가
낮과 밤의 경계를
장엄하게 넘나들고 있는
노을

이윽고 장작불이 사그라들 때
다이아몬드처럼 반짝이는 사리(舍利)들

〈석모도〉 전문

버려야 할 선물 포장지처럼
생각은 빠져나가고
껍데기만 남은 몸뚱어리
마디마디 사지 육신이 해체되어
폐차장에 돌려줄 렌터카 같다

천년 세월 부려 먹었으니
절로 고장 나고 녹슬어 사그라질
고철 덩어리

어느 용광로 지옥불에 뛰어들어
범종 소리로 다시 태어나
중생 구제하겠다고
턱을 괴고 기다리고 있다

〈반가사유상〉 전문

시 〈석모도〉에서는 붉은 노을 바다를 "보문사 노스님"의 다비식 불꽃 이미지로 읽어내고 있다. 곧 노을의 경계인 낮과 밤, 차안과 피안의 경계선으로 보고, 열반의 피안으로 건너가는 그 경계가 바로 노을이라는 것이다. 그래서 노을의 감각적 정감을 "장작불이 사그라들 때"의 "다이아몬드처럼 반짝이는 사리(舍利)들"이란 불교적 상상력으로 노래하고 있다.

시 〈반가사유상〉은 화자의 생사 윤회관의 불심을 코믹하게 드러내고 있다. '반가사유상'은 연화대에 앉은 반가부좌의 '반가(半跏)'와 오른손으로 얼굴을 괸 채 명상하는 생각하는 불상이라는 '사유상(思惟像)'을 합친 보살상이다. 화자는 이 고색 찬연하고 녹슨 고철 덩어리 불상을 놓고 생명적 전환의 불심을 노래한다.

카르마(Karma)라 불리우는 환생의 바퀴란 '출생-죽음-환생'이 끊이지 않고 계속되어 이어지는 인생의 윤회관이다. 티벳 불교에서 환생은 매우 중요한 개념인데, 윤회론에 의하면 생명체는 지옥 · 아귀 · 축생 · 인간 · 아수라 · 천인이라는 여섯 가지로 몸을 바꿔가며 산다고 한다. 화자는 수명을 다한 고철의 반가사유상을 놓고, "버려야 할 선물 포장지처럼 / 생각은 빠져나가고 / 껍데기만 남은 몸뚱어리"라고 말한다. 그러기에 "폐차장에 돌려 줄 렌터카"와 같아서 "용광로 지옥불에 뛰어들어 / 범종 소리로 다시 태어나" 중생을 구제하기 위해 "턱을 괴고 기다리고 있다"는 환생의 의미를 부여한다. 불가의 교리에 모든 생명은 환생한다는 말이 있다. 기독교에서의 환생은 사람이 거듭 태어난다는 것이지만, 불교의 윤회관으로 곧 환생은 온갖 만물들이 거듭 태어날 수가 있다고 보는 것, 시인의 깊은 불심에서 기인되는 윤회관의 토로다.

고인이 운동회 만국기 같은 타초르 깃발 아래

벗은 옷 슬쩍 걸쳐놓고 검은 바위 도마에
하늘을 베고 누워있다
시퍼런 도끼날 위에 번쩍이는 핏빛 냄새를 맡고
흰대머리독수리 떼들이 삐잇 비명을 지른다
두려운 기색 하나 없다

등뼈 하나를 들고 여럿이 물어뜯는 독수리들
감자탕 먹는 사람 같다
하늘과 만물의 영혼이 만나는 곳
죽은 나무토막 같은 팔다리 몸통은 모이로 되살아
독수리의 피와 살이 되고
쏟아져 나온 피는 땅속 이리저리 스며들어
뿌리들은 목을 추리겠지

그의 유해는 곧장 승천한다
살아생전 해탈한 몸인 듯
독수리 똥이 되어 수 만리 날아가
어느 이름 모를 들꽃으로 피어나리

〈조장(鳥葬)〉 부분

정 시인의 이러한 윤회관은 위 〈조장(鳥葬)〉이란 시에서도 극명하게 드러난다. 이 시는 화자가 티베트 라롱마을 천장터에서 직접 보고 쓴 기행시이다. 조장〔天葬〕은 죽은 사람의 몸을 토막 내어 독수리의 먹이로 주는 티벳의 독특한 장례풍습이다. 그들은 사람의 영혼이 독수리를 타고 하늘로 올라가 내세에 다시 태어날 것을 믿는다. 죽음을 "살아생전 해탈한 몸인 듯", "곧장 승천한다"라고 한 진술은 죽음이 끝이 아니라, 새로운 시작으로 보는 윤회관에 기인한다. 그리하여 “독수리 똥이 되어 수 만리 날아가 / 어느 이름 모를 들꽃으로 피어나리”라는 환생의 기원적 시점을 진술한다. 나아가 시의 결구에서 화자는 번민과 욕망의 껍질을 벗기고 하늘에 날고 있는 자신의 몸뚱어리를 발견한다. 하이데거는 인간은 유한적 존재로 죽음을 직시하고 있을 때만이 참다운 삶의 의미에 이를 수 있다고 설파했다. 그러고 보면 화자의 환생이미지의 시들은 바로 하이데거의 실존적 운명과 궤를 같이 한다고도 볼 수 있다.

이 세계의 실상을 아는 것이 해탈의 시작이다. 이를 모르면 윤회를 벗어날 수 없는 업을 쌓게 된다. 이 세계의 실상은 한마디로 말하면 인연(因緣)이다. 그 인연이라는 말은 모든 것들은 상호 의존관계, 관계 맺음으로 되어 있다는 말이다. 인연 속에서 그 실상, 실제의 모습을 알면, 진실을 진실로 아는 것이면 해탈할 수 있다는 것. 화자는 이를 줄기차게 설파하고 있는 지도 모른다,

4. 생명적 의미부여의 정치한 메타포 구사

세계에 존재하는 대상들은 저마다 존재 의미의 비밀을 갖고 있다. 시란 이러한 대상적 체험에서 그럴사한 정신적 의미 내지 상상의 옷을 입히는 작업이다. 시적 의미부여는 상상력을 무기로 하여 불가시(不可視), 불가지(不可知), 불가청(不可聽)적인 대상을 새롭게 의미를 드러내고 이를 가치화한다. 이를 랭보는 ‘견자(見者, La voyant)의 시학’이라 했다.

정 시인이 보여주는 따듯한 촉수의 남다른 의미 부여의 해석이나 다양한 메타포의 구사는 그의 시 미학을 이루는 근간 요소가 된다. 여기

에서 그는 남다른 해석적 깊이나 감칠맛 있는 상상의 재미를 보여준다. 하찮고 보잘것없는 사소한 사물 하나라도 소중하게 보고 존재 의미를 찾아내는 그의 따뜻한 눈썰미의 시안이 그만의 개성적인 시 미학을 만들어 가고 있다.

> 나무는 인간과 하늘을 연결하기 위해
> 천둥 번개와 맞서고 칼바람을 베어냈다
> 벌레가 달려들지 못하게 단단해지고
> 사나운 짐승들 얼씬도 못하게 했다
> 옹이가 생길까 몽니도 부리지 않았다
>
> 하나의 꿈을 짓기 위해
> 서서 천년
> 하나의 신이 되기 위해
> 누워서 천년
> 우주를 수평과 수직으로 지탱할 것이다
>
> 대들보가 부러지면 집안이 망한다고
> 난산인 산모를 죽을 힘으로 끌어당긴다
>
> 대들보가 없는 아파트
> 신랑 바짓가랑이가 비명을 지른다

〈대들보〉 부분

시 〈대들보〉는 의미 부여의 상상으로 이루어진 시이다. 도목수가 집을 지을 때 가로재인 큰 들보를 간택하는 장면을 보고 쓴 것인데, 매우 재미있고 흥미롭다. 전반부에서 화자는 이 대들보의 나무가 "인간과 하늘을 연결하기 위해 / 천둥 번개와 맞서고 칼바람을 베어"냈다고 말한다. 그리고 쓰임이 숭고한지라, 벌레며 사나운 짐승을 막았고, "옹이가 생길까 몽니도 부리지 않았다"고 한다. 그리하여 "꿈을 짓기 위해 / 서서 천년 / 하나의 신이 되기 위해 / 누워서 천년 / 우주를 수평과 수직으로 지탱할 것이다"라고 생명적 의미를 부여한다. 후반부에서는 이 대들보가 난산인 산모를 위하여 "죽을 힘으로 끌어당긴다"고 하는데, 퍽 기지가 넘쳐난다. 하지만 요즘 "대들보가 없는 아파트"시대에서 산모는 "신랑 바짓가랑이"나 붙들고 "비명"을 지를 수밖에 없다는 것, 화자의 시니컬한 냉소에 웃음이 절로 나온다.

챙이 넓은 모자를 깊이 눌러 쓰고
싱싱한 바다를 파는 남자
"바다가 왔어요. 제주 은갈치가 인사드립니다."
골목이 자지러진다
〈중략〉
관 같은 나무상자 안에서 은갈치의
바다만 한 죽은 삶이 유통기한을 넘기고 있다
죽어서도 오직 부패와 전쟁을 한다

저 마지막 생(生)을 차마 떨이로 넘길 수 없다는 듯
오기에 찬 짜부러진 목소리가
씹다 뱉은 껌 같은 바겐세일을 외쳐대지만
마냥 잦아드는 한숨만 어깨 위로 뉘엿뉘엿 해체된다

사내의 마지막 울음 조각이

녹다 남은 얼음 알갱이 속으로 파고들고
갈치의 피부엔 소금꽃이 피부병처럼 번져가는데
목숨처럼 질긴 고래 심줄 같은 허기를 움켜쥔 채
땅거미 깔린 노량진 언덕 골목을 누빈다

끝내 바다는 사내를 해고하지 않는다

〈제주 은갈치가 왔습니다〉 부분

시 〈제주 은갈치가 왔습니다〉는 정 시인의 등단 작품, 코로나19 때문에 구조조정으로 밀려난 회사원이 생선 장사로 내몰린 현실 체험을 그려낸 시이다. 어느 날, 회사 대표로 있던 정 시인이 점심을 먹으러 나갔다가 골목에서 낯익은 목소리를 들었다는 것, "바다가 왔어요. 제주 은갈치가 인사드립니다" 라고 생갈치를 파는 사원을 본 것이다. 정 시인은 이 시를, 〈당선 소감〉에서 이렇게 밝히고 있다.

> 폭염이 쏟아지는 봉고 트럭에서 그는 얼음 알갱이를 은갈치 상자에 채우고 있었다. 순간, 끝까지 지켜주지 못한 죄책감과 부끄러움이 눈시울을 적셨다. 그리고는 회사 뒤 휘어진 골목 모퉁이에서 그의 은빛 달 같은 희망을 보았다. 어느 TV에 나오는 서민 갑부처럼 바다 만큼이나 큰 배포와 패기 넘치는 은갈치의 목소리를, 내 일터에서 쇠를 자르는 톱날같이, 아무리 단단한 시련도 잘라 없애리라 믿음이 갔다

시에 나오는 회사원은 두어 달 전만 해도 기능 사원, 당시 그는 정부의 임금 정책의 절박한 사정과 겹쳐 감원으로 내몰린 사람이었다. 여기에 "땅꺼미 깔린 노량진 언덕 골목"이 나오는데, 실제 시의 무대는 부천의 골목이라 했다.

이 시편은 폭염 속에서 생갈치를 파는 서민 가장의 애절한 모습과 좌판의 생선 풍경이 메타포로 절묘하게 중첩되어 생동감 있게 그려지고 있다. 곧 생선 장수의 애절한 정감을 "싱싱한 바다를 파는 남자"로, 생갈치를 "파도처럼 뛰는 사내의 심장"이란 메타포로, "부활의 꿈이 은빛처럼 빛난다" 등 참신하게 그려낸다. '바다'라는 이미지와 '갈치'라는 생선, 생선 장수의 이미지와 동화시켜 긍정적인 삶의 지평을 설정한다. "죽어서도 오직 부패와 전쟁"을 해야 하는 폭염 속 얼음 알갱이 속의 생갈치, 어쩌면 생선 장수의 현실도 갈치와 같은 유한적 생이기도 하다. 잘 팔린다면 무슨 걱정이 있겠는가. "바겐세일도 외쳐대지만 / 마냥 잦아드는 한숨만 어깨 위로 뉘엿뉘엿 해체"되는 서글픔, "갈치의 피부엔 소금꽃이 피부병처럼 번져가는데 / 목숨처럼 질긴 고래심줄 같은 허기를 움켜쥔 채", 언덕 골목을 누빈다는 서글픈 시상이 너무 애처롭다. 그래도 "끝내 바다는 사내를 해고하지 않는다"는 강렬한 생의 이미지로, 긍정적으로 그려낸 전경화의 시점이 완성도 높다.

수줍은 듯 당당히
백목련 꽃봉오리

다가올 찬란한
출산이 있다는
무언의 몸짓

수녀님보다 거룩하다

〈임신〉 전문

저녁상 차려놓고

아이 다독여 재워놓고
노을 지는 뒷대포구로
돌아오는 고깃배를 기다리다
저녁달을 쳐다보는
두툼한 그리움

키 크고 속눈썹 긴
노랑머리를 튼
길상이네 며느리

〈달맞이꽃〉 전문

정 시인은 치환의 명수이다. 온갖 생명적 의미를 부여하여 소재마다 정치한 메타포를 구사한다. 좋은 시는 발칙하고 풍부한 상상력과 더불어 정치한 메타포 구사에서 오는 것. 위 두 시편 모두 짤막한 시들이다. 하지만 상상력은 발칙하고, 그 의미의 폭은 넓고 깊다.

시 〈임신〉은 발칙한 상상력으로 '백목련 꽃봉오리'를 의인화하여 의미를 부여한다. 꽃이 핀다는 것은 인간에게 환희로 보일지 모르나, 꽃의 입장에서는 괴롭고 고통스러운 것인지 모른다. 백목련 꽃봉오리를 "찬란한 / 출산이 있다는 / 무언의 몸짓"인 '임신'으로 본 시인의 촉수가 재미있고 해학적이다. 나아가 결구의 "수녀님보다 거룩하다"고 한 전경화의 진술에서는 생명적 경외심마저 든다.

시 〈달맞이꽃〉에서는 달밤에만 핀다고 하는 노랑 달맞이꽃을 "두툼한 그리움"과 "길상이네 며느리"로 치환시켜 놓고 있다. 그 그리움은 "저녁상 차려놓고 / 아이 다독여 재워놓고", "돌아오는 고깃배를 기다리다 / 저녁달을 쳐다보는 / 두툼한 그리움"이고, 그 장본인은 "키 크고 속눈썹 긴 / 노랑머리를 튼 / 길상이네 며느리" 로 싱그럽게 묘사되고 있다.

꽃이 열매요
열매가 씨앗이라는 것을
사유하라고
가르치다
입이 찢어지고
피까지 토한 언어

〈석류〉 전문

소리를 잉태했다
자궁
붉은 양수가 부드럽다
곧 태어날
시뻘건 울음덩어리가 끓고 있다
〈중략〉
혈전을 걸러내야 맑은소리가 난다고
에밀레의 기도를 먹인다

노을빛 너머
수천 킬로 날아갈 종소리
날갯짓이 배를 힘차게 걷어찬다

한 달 후면
멀리 크게 울려 퍼질 손자의 목소리
할머니의 기도를 먹고 자란다

〈용광로〉 부분

포항 앞바다에

솟구친

태양을 두들겨

청동거울을 만드는

대장간

〈포항제철〉 전문

정 시인의 시적 대상에 대한 생명적 노에시스(noesis)의 시상은 활발하고, 정교하며 치밀하다. 그러면서도 유머와 해학을 잊지 않는다. 시 〈석류〉는 알알이 붉어 터진 과육을 연상시켜 생의 치열함을 맛보게 한다. 곧 "입이 찢어지고 / 피까지 토한 언어"가 석류라는 것 아닌가. 여기에서 "꽃이 열매요 / 열매가 씨앗이라는 것을 / 사유하라고 / 가르치다"라는 행간에서는 윤회적 순환의 생명관도 엿볼 수 있다.

시 〈용광로〉에서는 '용광로'를 '붉은 자궁의 양수'로 보고, 뱃속에서 "시뻘건 울음덩어리가 끓고 있다"고 활유적 메타포를 구사한다. 나아가 "심장박동"이 "수천 킬로 날아갈 종소리"가 되고, 그 "날개짓이 배를 힘차게 걷어찬다"고 시행을 발전시켜 나간다. 그리하여 할머니의 간절한 에밀레의 기도로 "한 달 후면 / 멀리 크게 울려 퍼질 손자의 목소리"가 될 것이라 한다. 용광로를 붉은 자궁의 양수로 본 시각적 상상 이미지도 발칙하지만, 임신한 아이의 "목소리"라는 청각적 이미지화한 시행도 참신하다. 또한 시 〈포항제철〉은 축소지향적 메타포를 구사한 시로 발칙한 상상의 유머를 보여준다. "포항제철"을 "태양을 두들겨 / 청동거울을 만드는 / 대장간"이라니, 고로(高爐)를 거쳐 나온 쇳물을 다양한 철판으로 가공한 것을 비유한 것이다.

절정의 오르가즘의 순간이다
암컷 사마귀에 자지러지는 수컷 사마귀 같은

포옹하면서
마주 보고
물어뜯기면서도
희열을 맛보면서
이별을 나누면서도

죽어
한 몸이 되는 참담한 사랑의 흔적
고독한 여왕의 머리 위에 씌워진
요정의 왕관

〈물방울〉 부분

밤나무 가지에 올라 바람피울
봄을 기다리다가
끝내 욕정을 참지 못하고
처마 끝 뜨겁게 달구는
물의 용두질

곤두선 아랫도리가 아릿했는지
탕자의 참회의 눈물처럼
뚝뚝 떨어지는 낙숫물 소리
활시위처럼 팽팽히 당겨진 푸른 달빛을
하얗게 얼리고 있다

〈고드름〉 전문

위 시 〈물방울〉과 〈고드름〉은 관능적 상상력의 메타포를 보여주는데, 두 편 모두 현미경적 시안으로 그 대상에 대한 인식은 매우 정치하고 발칙하다. 프로이드(S. Freud)는 이러한 리비도(libido)적 예술 행위를 순수의식의 창작행위로 보고, 생명적 시를 탄생시키고 충만한 생을 인식하게 한다고 보고 있다.

시 〈물방울〉은 현미경적 시안으로 빗물이 땅에 닿는 순간을 포착, 성적 착상의 이미지로 형상화하고 있다. 곧 물방울의 순간 이미지를 낯설게 암수 사마귀를 끌어와 자지러지는 "절정의 오르가즘의 순간"이라는 것. 그리하여 물방울의 양태를 "포옹하면서 / 마주 보고 / 물어뜯기면서도 / 희열을 맛보면서 / 이별을 나누면서도" 결국은 "죽어 / 한 몸이 되는 / 참담한 사랑의 흔적"으로 보고 있다. 또 시 〈고드름〉에서는 고드름을 "물의 용두질"로 치환하여 "밤나무 가지에 올라 바람피울 / 봄을 기다리다가 / 끝내 욕정을 참지 못하고 / 처마 끝 뜨겁게 달구는"으로 의미를 부여하고 있다.

정 시인의 관능적 상상력은 생명적 자연과의 합일의 과정에서 성취되는 존재의 원초성을 구체화시킨다. 곧 그의 내밀하고도 육감적 언술형식과 관능적 형상화는 관계 속에 구성되는 본연의 자아를 육화하고 실현하는 전략적 형상화라고 할 수 있다. 나아가 이렇듯 시인이란 주체가 궁금증과 호기심을 가지고 어떤 대상을 집요하게 관찰하면, 그 대상은 지금까지 봐왔던 것과 전혀 다르게 보이며 흔들린다. 이때 이전에는 느껴본 적이 없던 생소함이 등장하고, 그러면 깜짝 놀라게 된다. 그것을 플라톤과 아리스토텔레스는 '경이(thaumazein)' 라고 했다. 철학은 경이에서 출발하는 것, 이런 시적 사유는 철학적 의미에 해당되기도 한다.

인간의 생이란 과정은 세계를 해석하고 의미 부여하는 존재다. 오로지 인간 존재만이 유일하게 세계 존재의 의미를 물을 수 있다. 특히 시인은 누구보다도 극명하게 대상에 대한 상상적 의미부여의 시안을 가진 자들이다. 여기에서 메타포는 자연스럽게 스며들기 마련이다. 나아가 상상에서 벌어지는 시의 메타포는 의인화가 필연적인지도 모른다. 이를 랭보는 '견자(見者, La voyant)의 시학'이라 했는데, 여기에서 우리는 보이지 않는 세계에 대한 새로운 사유를 얻게 되는 것이다. 그래서 상상의 힘과 영안(靈眼)을 가진 시인은 천상과 지상을 오고 가는 존재로 우주와 소통이 가능한 것이리라. 이렇듯 정 시인은 하찮고 보잘것없는 사소한 사물 하나라도 따뜻한 시선, 의미 있게 다가선다. 그런 눈썰미가 그의 시의 작품성과 시 미학을 창출하는 밑바탕이 되고 있다. ✂

조경숙의 시는 약동적이고 생명적 기운이 넘쳐난다. 왜 그럴까? 시적 사물이 지닌 속성, 특성에 정신의 힘을 가하는 능력이 남다르기 때문이다. 그의 시안은 관찰에 끝나지 않고 간파, 통찰에까지 파고든다.

생기론적 울림의 충만한 시정(詩情)

— 조경숙 시집 『절벽의 귀』(북인)

생기론적 울림의 충만한 시정(詩情)

— 조경숙 시집 『절벽의 귀』(북인)

1. 주천강 하늘에 피어오른 푸르른 자화상

내가 조 시인과 인연이 된 것은 백일장 작품 심사에서다. 2012년 인천시민문예백일장에서 그녀가 출품한 작품 중 〈절벽의 귀〉가 금방 눈에 들어왔다. 주저 없이 대상 작품으로 뽑았다.

절벽에 귀를 달고
영월 다래산 가파른 바위에 붙어있던 석이石耳
수년을 눈 비바람을 견디며
이끼처럼 적막을 먹고 살았다

석이를 물에 불리니
천수를 다 산 것처럼 야들야들 순해져
담아 둔 소리를 꺼내 놓는다
산 꿩 울음소리, 도토리 구르는 소리
달빛이 걷는 소리 흘러나온다
〈중략〉
평생 절벽에 붙어 마른 목을 축이며
기다림에 검게 타버린 시간들

허약한 오라버니가 줄을 타고 따던 석이
줄을 잡던 손이 떨리기도 했었다

마른 귀를 물에 담그니
반백이 된 오라버니 목소리가 들려온다

〈절벽의 귀〉 부분

영월 다래산은 조경숙 시인의 고향이다. 깊은 산골 절벽에 피어있는 석이버섯, 사람의 손에 닿지 않는 적막한 곳에서 눈과 비, 바람에 견디며 이끼처럼 살아온 석이의 생명력. 화자는 그를 '절벽의 귀'라고 했다. 시인은 절벽에서 살아온 '석이'에 자신의 자화상이며(1연), 보고 들은 온갖 산정 풍경의 회억(2연)과, 멀리 집 떠난 오라버니에 대한 생각(3연 이하)들을 그려낸다. 그래서 절벽의 석이는 오라버니의 "배곯은 귀"요, "반백이 된 오라버니 목소리"가 되기도 한다. '석이'를 '절벽의 귀'로 본 시인의 눈이 그저 경이로운 것이다. 그런 석이에는 산꿩의 울음과 달빛이 걷는 소리도 있다. 마른 귀를 물에 담그면 오라버니의 목소리가 들려온다는 몽상적 상상력은 시인만이 지닌 천부적 재능에서 온다.

김춘수는 '보이지 않는 그쪽'만 보는 눈, 보통 사람이 못 보는 눈이 시인의 시안(詩眼)이라고 했다. 바로 랭보의 '견자(見者, La voyant)의 시학'으로, 보이지 않는 세계를 그려내어 낯선 체험을 갖게 해주는 것에서 그녀의 시작 행위를 찾을 수 있다. 보이지 않는 세계로의 상상의 힘과 영안(靈眼)을 가진 시인은 천상과 지상을 오고가는 존재이다. 우주와 소통하며 영성적 메시지로 우주의 비밀을 들춰내는 영매(靈媒)이기도 한 시인. 그래서 혹자는 시인을 천기누설자라 하여 사후 벌을 받을 것이라고 악담도 주저 않는다. 또 혹자는 시인은 죽어서 별이 될 것이라고 한다. 다 말하지 못한 우주의 신비와 비밀, 쓸어내지 못한 그리움의 정한, 남은 앙금이 남아 있어 별은 빛을 발하는 것이리라.

> 사람이 죽어 별이 된다면
> 그는 이쪽에서 죽어 저쪽에서 다시 태어나리라

〈발치에 서서〉 부분

그녀의 시에 '별'의 이미지가 종종 보인다. 시 〈발치에 서서〉, 〈별이 사는 항아리〉 등은 존재의 고독과 그리움의 시정으로 그려진다. 지천명을 넘어서는 조 시인, 내면의 성숙 밀도가 높아질수록 고독과 그리움은 더욱 잦아드는 걸까. 유한한 생명들이 감내해야 하는 아픔, 시간과 체험의 회억 속에서 아쉬움을 결코 뿌리치지는 못할 것이다. 유한적 존재의 무한성에 대한 희구로 드러나는 '별'은 그의 분신이기도 하다. 곧 시 〈별이 사는 항아리〉는 그의 현존재 자화상으로 "낭설처럼 꼬리가 퇴화된" 자신의 재탄생을 드러내기도 하며, "별과 바람을 넣어 하나의 詩集"인 삶의 지평을 구가한다.

별은 모두의 이상향이요, 실존적 인간의 기대 지평이다. 누구든 역경과 고난에 처하게 되면 더욱 별을 갈구한다. 또한 별의 힘을 빌어 세속과 대항하며, 또 다른 세계를 실현해 나가기도 한다. 중국의 삥신〔氷心〕은 별을 의인화하여 시인의 강렬한 주관적 정감을 기탁하는 시풍을 보여 주었고, 쉬즈모〔徐志摩〕의 작품에서는 연애의 정감을 별로서 해소시키고자 했다.

조 시인의 고향은 강원도 영월. 그곳 주천강가 우시장 장터에서 가까운 '만인(萬人)집'이라는 식당을 운영하며 하숙을 치는 어머니 밑에서 자랐다. 시 〈만인집〉은 그의 고향 풍경을 아주 생동감 있게 보여준다.

하숙을 치는 어머니는 우시장이 열리면 해장국을 팔았다
소 장수가 들끓는 장날
소 울음이 밥상으로 뛰어올라 활기차고 분주했다
그런 날은 말뚝에 묶인 소처럼
나는 식당에 묶여 부침개를 뒤집거나
설거지하는 선자엄마 흘러내린 소매를 걷어주었다

극장 확성기 소리, 제재소 톱날 소리,
선자엄마 젓가락 장단소리, 중개인 흥정소리
어미 찾는 송아지 울음소리
나는 장터의 온갖 소리를 먹고 자랐다

〈만인집〉 부분

어린 시절의 토속적인 우시장 풍경과 동심의 눈에서 바라본 심리가 아주 역동적이고 실감있게 묘사되고 있다. "소 울음이 밥상으로 뛰어올라 활기차고 분주했다"든가, "말뚝에 묶인 소처럼 / 나는 식당에 묶여 부침개를 뒤집거나 / 설거지하는 선자엄마 흘러내린 소매를 걷어주었다" 등의 정서 표현, 그리고 "만인집에 묶인 나는 틈만 나면 도망칠 궁리만 했다 / 마음으로 잘라낸 코뚜레만 수십 개 / 가슴에 쓸쓸하게 걸려있었다" 등의 동심적 내면 심리가 고스란히 묻어 나온다. 아마도 산골 깊은 영월의 하늘에도 무수한 별들이 살고 있었으리라.

봄의 지문이 묻은 문밖의 꽃잎들
놓친 시간처럼 눈부시다

어째서 기억을 되새김질 할 때

허기가 지는 걸까
물에 밥을 말아 우물우물
햇살처럼 삼킨다

〈봄의 지문〉 부분

바닷가 소나무 풍경이 흔들리는 열차
걸음은 빨라지고 열차의 속도를 따라
바람의 결이 휘청거리고
여인의 고무다라에서 하루치의 삶이 꿈틀댄다
고향에 다시 닿을 수 없는 맨발의 문어
문밖을 기웃거린다

공간을 떠나가도 시간 속 처녀지
다행히 잘 계산된 채 나는 대양 위를 출렁이고 있다

〈시간 속 처녀지〉 부분

새봄이 오면 누구든지 계절의 순환에 절로 머리가 숙여진다. 시 〈봄의 지문〉에서처럼 새삼 자신이 살아온 시간의 나이를 거슬러보기도 하고, 기억을 되새김질을 하며 존재 의미를 생각하게 된다. 지천명의 나이라면 더욱 허기진 마음이 일고, 놓친 시간에 대한 아쉬움을 절감하리라. 그래서 꽃잎을 보면 더욱 놓친 시간의 이력이 그립고, 역마살 같은 부유의 생에 침잠케 된다. 화자로서 그녀의 지문을 읽을 수 있는 한 폭 자화상을 드러낸 시이다.

시 〈시간 속 처녀지〉에서도 "맨발의 문어"는 자신의 분신이기도 하다. "흔들리는 열차"나 "바람의 결이 휘청거리고"하는 시구는 삶의 배경을 비유한 것이고, "하루치의 삶이 꿈틀댄다"라는 자아의 현실도 그려지고 있다. 나아가 화자는 공간이 바뀌어도 시간 속은 늘 처녀지에 있고, "다행히 잘 계산된 채 나는 대양 위를 출렁이고" 있는 존재이다.

빈센트 반 고흐는 〈자화상〉 시리즈를 적잖이 그렸다. 고흐 특유의 색채나 붓질이 잘 드러난 〈해바라기〉, 〈사이프러스 나무〉 등의 작품들도 자화상의 성격을 띠고 있다. 그가 자화상을 그린 이유는 가난하여 모델료를 지불할 능력이 없었기 때문이지만, 자서에서 '스스로를 닦아주고 싶어서'라고 밝힌 것에 주목한다. 곧 자신에 대한 외부의 비난과 스스로의 항변, 상처 입은 자신의 존재를 밖으로 외치고 싶은 열망을 자화상에 담겨냈던 것이다. 그림과는 다르겠으나, 조 시인의 시는 그다지 세속적인 공리나 현실적 갈등에서 기인하지 않는 것 같다. 오로지 목이 마른 자아를 닦아주고 싶은 열망, 고향 그리움, 우주와 현실과의 균형을 이루기 위한 세계의 해석, 정신적 자아의 성숙을 향한 노력에 비중을 두고 일탈을 노래한다.

2. 관조적 시안(詩眼)이 빚어내는 생명적 화두

조경숙의 시는 약동적이고 생명적 기운이 넘쳐난다. 왜 그럴까? 시적 사물이 지닌 속성, 특성에 정신의 힘을 가하는 능력이 남다르기 때문이다. 그의 시안은 관찰에 끝나지 않고 간파, 통찰에까지 파고든다. 모든 시에서 그러한 정신적 의미부여는 활발하다. 때로는 일상의 순간적 체험이 시적 진리로 되새겨지고, 달관에 이른 수도승의 잠언이나 초탈한 범인의 화두와 같은 언어를 만나게 된다.

돌이
처음부터 탑은 아니었다

기도가 쌓여 탑이 되었다

무엇을 빌었건
허공의 바람을 누르고
묵묵히 한 몸이 되었다

〈돌탑〉 전문

강가에서
사람을 기다려 본 사람은 안다

낮아지지 않고서는
한 곳에 닿을 수 없는 길

아래로 흐르면 결국은 한 곳에서 만난다

기다린다는 것은 흐른다는 것

〈애증의 강〉 전문

삶은
때론 맨발로 멀리 있는 안부를 묻는 일
〈중략〉
현무암 하나가 전부인 풍란
저 속에 파도에 지친 바람이 살고 있다

〈풍란의 맨발〉 부분

조 시인은 돌이 그냥 탑이 되는 것이 아니라고 한다. 거기엔 허공의 바람을 누를 수 있는 기도와 같은 것이 쌓여 비로소 돌탑이 될 수 있다는 섭리를 발견해 낸다. 또한 강가에서는 그저 강물이 무의미하게 흘러가는 것이 아니라, 무언가 우리에게 주는 무언의 대화가 있다는 것. 미학적 관조 내지는 통찰에서만이 가능하다. 곧 '물'은 오로지 낮은 데로만 흐르고, 그 '장고의 흐름'이 있을 때 하나가 되는 '만남'을 체득한다. 또 그녀는 석부작 '풍란'을 관조하다가 삶의 정체성을 탐구해 나간다. 돌에 붙어 하얀 실뿌리를 내리고 목마름으로 지탱하다가 하얀 꽃을 피우곤 하는 풍란. 원래 그가 있어야 할 곳은 지친 바람과 파도가 후려치는 절벽 바위이다. 화자는 파도에 지친 맨발인 실뿌리를 간파한다. 여기에서 풍란은 세파를 헤쳐가는 자아의 분신이기도 하다. 바위에 맨발로 부둥켜안고 살아가는 실뿌리 같은 삶, 원초적 고향을 회억시키고, 자아 내면의 야성이 읽힌다.

하찮고 보잘것없는 사소한 사물 하나라도 소중하게 보고 존재의 의미를 찾아내는 따뜻한 시선이 아름답다. 기실 존재하는 것마다 의미가 없는 것은 없다. 돌, 풀잎, 작은 곤충, 심지어 먼지도 모두 나름의 역사가 있고, 존재 의미를 지니고 있다. 시는 바로 사물 존재의 역사의 의미를 확장하고, 다른 사물과 관계의 비밀을 얻어가는 작업이 아닌가. 조 시인의 사물 통찰은 날카롭고, 깊으며 직관적이다. 때로는 날이 선 비수같이 내면을 파고드는 시안(詩眼)을 보여주기도 한다. 바로 남다른 심안(心眼)과 영안(靈眼)의 상상력을 발휘하기 때문이다.

> 한때 하늘을 향해 가지를 뻗던 나무였다 아궁이에 불을 지피고
> 죽어가는 불씨를 끌어모아 살리는 것이 나의 일생이었다
> 〈중략〉
> 그렇게 당당하던 나도
> 끝이 까맣게 타들어 가 점점 키가 줄고

몽당연필처럼 닳아

끝내 아궁이 속으로 들어가

한 줌의 재가 된다는 걸 뒤늦게 알았다

〈부지깽이〉 부분

문득 타다모토의 "이 숯도 한때는 흰 눈이 얹힌 나뭇가지였겠지"라는 하이꾸시가 떠오른다. 나뭇가지의 일생을 다룬 시가 성찰적 의미로 다가오는 것이다. 시 〈부지깽이〉에서 화자는 '나뭇가지'이다. "죽어가는 불씨를 끌어모아 / 살리는 것"이 그의 일생이다. 그래서 돼지를 삶아내는 마당 솥 아궁이에서 아랑곳하지 않았고, 널어놓은 곡식 멍석에서 닭들을 내쫓기도 하였으며, 길손의 손가락이 되기도 했다. 결국 하늘 향해서 자라던 나뭇가지는 아궁이의 숯으로 사라진다. 한 줌의 재, 그래서 아궁이는 '캄캄한 숲의 무덤'이라고 화자는 말하고 있지만, 어쩌면 부지깽이는 우리 인생의 과정을 치환한 것이기도 하다.

나뭇가지나 나뭇잎에 대한 순환적 인식과 그 성찰은 다른 시에서도 나타나는데, 시 〈나무의 혀〉에서는 '나무의 혀'였다가 "삶을 지우는 마지막 길"로 보고, "말문을 닫고 귀가 닫히는"시간성으로 다루고 있다. 또한 그녀의 시에서 이러한 나무에 대한 상상력은 늘 관계망으로 형성된다. 시 〈가을 한낮〉에서는 동화적 상상력으로 전개되는데, 호수 속의 나무와 새끼 잉어가 충만한 다정한 관계를 이루면서 조응의 세계를 보인다.

그동안 바닥에 바짝 엎드려 한솥밥을 먹던 달팽이가 그의 살을 뜯어 먹었을까

꼬리가 없는 그의 몸에 달팽이 한 마리가 찰싹 달라붙어 있다

매순간 생과 죽음도 한 공간에 존재하고 있었다
뜻밖의 눈물과 웃음이 한 몸처럼

〈네온테트라의 죽음〉 부분

하늘과 함께
납작하게 책갈피에 갇혀
핏기가 마른 얼굴
똑같은 평면의 압화
그만의 무늬로 지난 시간을 읽는다

목을 버린 순간
다른 이름으로 태어난 꽃의 미라
한 줌의 생

〈압화(壓花)〉 부분

조경숙 시인의 눈은 날카롭다. 시 〈네온테트라의 죽음〉은 생(生)과 사(死)에 대한 인식을 깊게 한다. 죽은 몸에 달팽이가 붙어있는 "생과 죽음"을 통하여 "눈물과 웃음이 한몸인 것처럼" '을 발견해 내는 불가의 철학이 읽힌다. 그래서 그의 관조적 미학은 죽음에서도 새로운 생명력이 태어난다.

시 〈압화〉에서는 책갈피 속의 죽음에서 생을 발견하게 한다. 압화된 생물은 이제 "움직임은 정지되고, 핏기가 마른 얼굴"로 해체된 사물에 불과하다. 하지만 "다른 이름으로 태어난 꽃의 미라"요, "한 줌의 생"으로 "마른 비명"을 지를 정도의 영원불멸의 또다른 생을 갖는다.

새우깡 한 봉지에 몇 마리의 새우가 들어 있을까

포장된 바다를 향해 날아오는
날렵한 비행,
소란한 허공이 그들의 사냥터다
깃털이 젖지 않는 사냥법에 새들의 부리가 말라 있다

〈무의도 갈매기〉 부분

우리 인간존재의 자화상이 그대로 읽힌다. 낚시를 잊어버린 갈매기, 곧 야성을 벗어난 갈매기나 인간은 동격이다. 시인이 말하는 것처럼 인간이나 갈매기 모두 본래의 진정한 삶의 방식과 존재의 자각에 무감각하다. 그저 자본주의에 맹종한 채 임기응변식으로 일상이 자동화되어 있다. 비리와 속임수에 자신은 무감각하고 몰가치관으로 관행처럼 살아간다. "깃털이 젖지 않는 사냥법에 부리가 말라 있는" 갈매기와 다를 바 진배없다. 시인은 사냥을 뱃시간만을 입력한 새들이 사냥을 포기하고 끼니를 공급받는 풍경에서 깨달음이 없이 살아가는 우리의 현존을 관조한다.

조 시인은 평범한 일상의 순간에서 포착되는 사물과 생물을 미학적 관조로 통찰하여 생에 대한 진솔하고 깊은 깨달음을 아름다운 시어로 직조해 낸다. 그래서 평범한 일상에서 직조된 일련의 작품에서는 하이꾸(俳句)적 시정이 엿보이고, 선시(禪詩)적 깨달음의 깊은 생명적 울림을 읽게 된다. 일순간 충만한 생명에서 얻어지는 베르그송의 생체험 같은 미학적 관조의 시학을 맛보게 되는 것이다. 그리고 그들 시어는 결코 사변적이지 않고 구체적이고 생생한 감각으로 묘파해 전달하는 솜씨가 탁월하다. 특히 유려한 시적 이미지를 자유롭게 운용하면서 사유의 깊이를 획득하고, 삶과 죽음이라는 고전적 주제를 일상적으로 간파하여 웅숭깊게 노래하는 시적 행보를 높이 평가하고 싶다.

3. 경계의 미학에서 감지되는 생기론적 울림

미루어 짐작컨대 천국은 노랑이다
용서의 손수건이 걸린 나무

그 후
울타리 어떤 상처에도 노랑이다

그만 너무나 간절하여
눈을 감았을까 창문 너머를 보았을까
노란 은행잎 사이 쏟아지는 찬란한 빛
천국이란 색맹이 되어 가는 것
아니 장님이 되어 가는 것

눈을 감았을 때 보이는, 충만의 빛
하느님,
내 몸 좋일 따사로워라

〈천국의 빛〉 전문

그녀의 시에서 드러난 삶과 죽음은 한 몸이다. 천국과 지옥은 맞물려 공존하고 병존한다. 시인은 생에서 죽음의 끝을 맞이하려는 노란 은행잎에서 찬란한 천국의 이미지를 발견한다. 그건 노란색으로 변신하기까지의 너무나도 간절한 용서의 손수건이 걸려 있기 때문이다. 상처투성이의 화자 자신도 너무 간절한 은행잎의 소망에 감화되어 치유를 받는다. 그래서 금화 같은 노랑잎의 천국에서는 '색맹'이 되어 가고, '장님'이 되어 갈 수밖에 없는 것이다. 은행잎의 시에서 기도하는 자의 간절한 회개와 용서, 깊은 신앙심까지 읽히는 것은 화자가 성당에 다니는 신자이기 때문일까. 생과 죽음의 경계에 있는 은행잎들에서 쏟아지는 충만한 빛, 곧 천상, 천국 하느님의 세계에 물들고 싶은 것이다. 아니 이미 물들어 있는 것. 그러니 화자의 몸이 온종일 따스할 수밖에 없다.

거침없이 날던 새가
아크릴 소음차단벽에 머리를 박고 가파르게 떨어졌다
소음을 막아내던 경계가 새를 죽이는 현장이다
온몸으로 내지르던 자동차의 소음이 주춤한다
너무 맑아 길이 되지 못하는
단절의 순간이다

나도 쉽게 드러낸 속내에 머리를 부딪친 적 있다
그 투명함 속에 어찌 그런 완강함이 숨어 있을까

〈목격〉 부분

'투명한 아크릴 소음 차단벽에 부딪쳐 떨어진 새'를 보고, "들리지 않는 소리가 / 더 큰 울림 될 때가 있다"는 직관적 담론이 새롭다. 여기에서 화자는 "나도 쉽게 드러낸 속내에 머리를 부딪친 적 있다 / 그 투명함 속에 어찌 그런 완강함이 숨어 있을까"하고 자기 존재의 내면으로 유추해 간다. 그런데 여기에서 개인적 내면화로 끝나는 게 아니다. 마지막 결구에서 보여주듯 '너무 맑아 길이 되지 못하는 단절의 현실이 "하늘은 무심히 높고" 가이없는 역설적 삶으로 재구축해 나간다.

바람에 흔들렸던 시간
초록을 달았던 찰나의 환희
열매의 시간은 삭제되고
가을은 빈손이다

이제는 눈가의 물기를 말리는 시간
시력이 흔들리는 꽃들에게
나누지 못한 말 한마디 허공에 걸어둔 채
계절은 멀리 떠날 채비를 서두른다

〈나뭇잎 유서〉 부분

나뭇잎은 계절의 첨병, 우주를 순환시키는 비밀의 표정을 담고 있다. 나뭇잎은 늘 바람과 함께 산다. 그녀의 시에서 자주 등장하는 '바람'은 늘 삶과 죽음의 경계에서 생명적 역동성으로 드러난다. 바람은 보이지 않는다. 그러나 움직인다. 소리를 동반하고 울기도 하며, 씨앗도 퍼뜨린다. 결코 머무르는 법이 없기 때문에 거처가 없다. 하나의 해체적 코드를 지니고 새로운 생명을 탄생시킨다. 해체이자 부활의 의미를 담고있는 것이다. 조 시인의 시에서 '바람'의 시적 작동의 배후에는 늘 해체와 구축, 소멸과 생성의 이중적 기호로 나타나면서 충만한 생명력으로 작용한다.

'바람'이 있어 모든 생명체들은 느끼며 살아간다. 〈주역(周易)〉에서 '온갖 만물이 서로 느끼고 교류한다'는 감이수통(感而遂通)은 '경계' 곧 '사이'에서 이루어지는 것. 그 경계에서 그녀의 외부와 내부가 만난다. 그래서 시에 드러나는 '은행잎과 햇빛 사이', '나뭇잎과 바람 사이'에서도 조 시인의 생기론적 상상력이 발동된다. 경계에서의 세계(자연)와 시인의 만남, 그 융합을 생생하게 체험케 한다.

4. 동화(同化)와 투사(投射)의 정감적 상상

무엇보다 조 시인의 시편들은 따스한 정감을 보여준다. 원래 서정시란 자아와 세계의 동일성을 이루는 것을 본류로 하지만, 대립과 갈등이 없이 아늑하고 평화롭게 읽힌다. 나아가 자연친화적, 생명주의적 정감도 보이는데, 이는 동화와 투사를 통한 합일의 시학으로 자연과의 조화와 균형을 유지하려는 서정 의식에 기반을 두고 있기 때문이다. 그 시상도 바슐라르에 근접하는 우주적인 몽상에 닻을 내리고 있다.

나리꽃 한 송이
벽랑을 붙잡고 피었다

하늘에는
구름 꽃이 피고

아득한 수평선에는
파도 꽃이 일고 있다

섬이 키운 새들이
노을을 업고 돌아온다

〈섬〉 전문

앞마당은 장독대가 차지하고
뒤란은 촘촘한 망초가 진하다
몇 년이나 이 집을 지켜보았을까
망초 머리가 하얗게 쇠었다

〈고택〉 부분

까치발을 하고
목을 늘려가며 그대를 부르는 시간
그대
얼마나 멀리 있는지

〈나팔꽃〉 전문

시 〈섬〉은 매우 평화롭게 읽힌다. 갈등도 없고 적대감도 없다. 또 다른 시 〈나비〉도 마찬가지다. "날개를 펴고 콧등에 앉아 / 내 길을 일러주었다"와 같이 많은 시편들에서 동화와 투사의 합일적 상상력을 보여준다.

시 〈고택〉에서도 "망초 머리가 하얗게 쇠었다"라는 시구에서 옛것에 대한 애정, 사물에 대한 그녀의 따스한 정감이 읽히고, 〈나팔꽃〉에서는 화자의 그리움을 나팔꽃으로 투사하여 소망을 드러낸다. 그녀의 자연(사물) 친화적 따스한 정감의 울림은 상상력과 더불어 의미를 부여하는 시정에서 온다. 가령 시 〈얼룩들〉의 시편에서는 볼 수 있는 '돌'의 얼룩은 "안으로 더욱 단단해지는 발에 차인 외로움의 얼룩"이고, '자작나무'의 존재는 "마지막 숯검정으로 바닥에 누울 때까지 흔적 하나를 남기려는 시인(詩人)의 목적어"에서 오는 것이다. 또한 '꽃'이란 것도 "스스로 붉어 얼룩이 되는 각혈"로 존재의 비밀을 드러내고 있다는 것이며, '호수'라고 하는 것도 "수없는 파동이며 반복된 기다림의 얼룩"으로써 치환을 통하여 생명적인 의미를 부여한다.

쓰레기더미 위에 꽃이 피듯
웃음도 순간의 비명이 되기도 하지

발밑에 냄새를 누르고
지상으로 피워 올리는 꽃의 향기
또다시 꺾여 버려지기 십상이지

〈하늘공원 코스모스〉 부분

쭈홍반점 자장면을 먹고 놓고 간 꽃다발
버릴까 말까 망설이다 주전자에 꽂았다
주인을 잃은 풀죽은 모습, 그러나
삼 년을 무사히 마쳤다고 환하게 웃는다
〈중략〉
오가는 사람들 입맛을 독차지한
단무지보다 노란 장미꽃
은은한 향기가 배어 나온다
어서 배달이나 다녀오라고 코를 박은 김군의 등을 떠민다
꽃향기 한 그릇 철가방에 담겨
203호로 배달되었다

〈주전자 꽃〉 부분

아름다움은 순간적이다. 시 〈하늘공원 코스모스〉에서 보듯 순간에 피고 지는 코스모스에 대한 화자의 영성적 생명의 착상은 기발하다. 순간적이기 때문에 아름다울 수 있는 것. 화자도 이를 발견한 것 아닌가. "부질없는 찰나"의 "렌즈 속"과 같은 것이 꽃이나 인생 모두 아름다울 수가 있는 것이다. "쓰레기더미 위에 꽃이 피듯 / 웃음도 순간의 비명이 되기도"하는 그런 세계, "발밑에 냄새를 누르고 / 지상으로 피워 올리는 꽃의 향기"가 곧 쓰레기장의 코스모스의 이름다움은 순간이라는 것이다. 그러니 "아무 때나 섣불리 뜨겁거나 자유하지 마라"고

존재의 화두를 던진다. 자잘한 시인의 감지(感知), 사물과 연분을 맺으며 조용히 현현되는 존재하는 것들에 대한 해석의 깊이가 경이롭다.

시 〈주전자 꽃〉은 쭈홍반점에 놓고 간 꽃다발을 의인화하여 생명적 상상력으로 아주 의미 있게 그려내고 있다. "삼 년을 무사히 마쳤다고 환하게 웃는" 주전자의 꽃, 한 그릇 철가방에 담겨 배달된다는 꽃향기, "수증기 같은 하얀 웃음이 온종일 끓고 있다"로 이어지는 묘사가 아주 생동감 넘친다. 또한 이런 이미지들을 시각과 후각, 미각적 언어로 조탁해내는 치밀성이 돋보여 수작으로 읽힌다.

5. 신들린 상상적 언어 조탁의 재미

시는 재미가 있어야 한다. 인생이 재미있어야 하는 것처럼. 시 읽는 즐거움은 재미와 감동에서 온다. 무엇보다 조경숙의 시는 생기발랄한 재미가 있고 감칠맛이 난다. 그의 신들린 듯한 상상력과 더불어 위트와 해학적 감성의 언어 조탁은 참신한 즐거움을 맛보게 한다. 독자들까지도 시행을 밭갈이하는 농부가 되어 종횡무진 정감을 누리는 착각에 들 정도다.

오늘도 하얀 밀가루 포대를 악보처럼 펼쳐놓고
부드러운 저음으로 반죽을 시작한다
길고 짧게 후려치는 손목의 힘,
높고 낮은 음표들이 태어나 오선지에 앉을 시간
가닥가닥 갈라지는 반죽들

사분음표 국자를 들고

드럼을 두드리듯 요리를 하는 남자
웅장하고 장엄한 바다 심해의 삼매경 삼선짬뽕,
쫄깃한 음정과 음표를 넣어 짜장을 볶는다

〈드럼 치는 남자〉 부분

시 〈드럼 치는 남자〉는 이야기시 형태를 취하고 있다. 주인공은 한때 드럼 지망생이었으나 생계 때문에 포기하고 결국 중국집 요리사가 된 남자이다. 늘 그는 하얀 밀가루 포대를 악보처럼 펼쳐놓고 부드러운 저음으로 반죽을 시작한다. 그리고 짧게 후려치는 손목으로 높고 낮은 음표들의 가닥을 만들어내는 연주를 한다. 참으로 기발한 비유덩어리가 아닐 수 없다. 남자의 애처로운 정감은 깊숙이 발전한다. "사라진 먼 꿈을 바라보며 가슴을 치던 남자 / 입에서 뱉어지던 맵고 아린 소금기 / 세상이 바닥으로 그를 후려칠 때 / 그가 미끄러지는 것을 수없이 보았다"고, 좌절당한 소외감이 처연할 정도로 그려진다. "사분음표 국자를 들고 / 드럼을 두드리듯 요리를 하는 남자 / 웅장하고 장엄한 바다 심해의 삼매경 삼선짬뽕/ 쫄깃한 음정과 음표를 넣어 짜장을 볶는다"에서는 요리사의 율동이 전해올 만큼 엄청난 실감미로 다가온다. 그 비유 덩어리들의 맛과 생기발랄한 묘사, 적절한 텐션이 그려내는 언어 조탁의 힘에서 상상의 풍만한 재미를 만끽하게 되는 것이다. 드럼의 쫄깃한 리듬이 실려 있는 면발과 음정으로 빚어낸 짙은 짜장면이 먹고 싶어지는 시이다.

입보다 더 많은 말을 하는 손가락
블랙, 엔터의 토악질

비수처럼 또는 독화살처럼

손끝으로 쏟아지는 글자들
〈중략〉
지금 이 순간도
수많은 목숨을 난도질하는 비수가 날아든다
블랙, 엔터

〈악성 댓글〉 부분

조 시인이 사물을 보는 시안의 촉수는 현미경처럼 날카롭고 치밀하다. 그러면서 상상의 울림도 남다르게 발동하는 힘을 가지고 있다. 시 〈악성 댓글〉은 인터넷 댓글 문화의 부작용을 다룬 시이다. 시인은 '악성 댓글'을 한 마디로 "입보다 더 많은 말을 하는 손가락 / 블랙, 엔터의 토악질"이라고 시적 단언을 내린다. 맞는 말이다. "어둠 속에 숨어 어둠을 낳는" 악성 리플(惡性 reply)로 분명한 언어폭력이며 사이버 범죄이다. 상대방에게 비방이나 험담을 하는 악의적인 댓글은 모욕감이나 치욕감을 주고, 자살에까지 이르게 할 수 있다. 여러 배우와 학생들이 자살한 전력도 있지 않은가. 그래서 시인은 우리의 댓글 원인을 "콤플렉스 동굴 속"이라는 병리 현상으로도 보고, 댓글 현장을 "수많은 목숨을 난도질하는 비수가 날아든다"고 날선 경고를 내리기도 한다. 악성 댓글의 문제점을 이렇게 시로 함축적으로 재미있게 형상화하는 감각이 부럽다.

투명한 세상을 원하는 지상의 열망
생과 사의 증언이 유연하게 작동하고
무엇이든 결과는 클로즈업해야 한다
비명의 극한 상황에도
침묵하는 날카로운 빛,

아무도 증인이 되지 않는 시대
유일한 증인이다

〈블랙박스〉 부분

부실공사가 판치는
중국 건설업계
이번에는 벽에 페인트로 창문을 그린
아파트가 등장했다는데

마량이 살아 돌아온다면
그 창문을 열고
별 다섯 개는 그에게 던져줘야 될 일

〈페인트로 그린 창〉 부분

시 〈블랙박스〉는 '블랙박스'라는 기기를 의인화한 상상적 착상이 재미있게 다가온다. 자동차 운행에서 필수적 품목으로 각광을 받고 있는 블랙박스. 시인에 의해 인격화한 블랙박스는 "자격을 갖춘 감시자"이자, "아무도 증인이 되지 않는 시대 유일한 증인"이며, "언제든 서로를 옭아맬 제3의 밀고자"이다. 시인은 일련의 사물이 지닌 속성, 특징을 붙잡아 의미화하려는데 그치지 않고, 나아가 시대상을 반영하고 인간상을 비판한다. 곧 증인이 되지 않는 불신시대의 인간성이나 밀고자라는 섬뜩한 문명에 지배당한 인간의 소외의식을 드러내어 비판을 가하는 것이다.

시 〈페인트로 그린 창〉은 중국에서 벌어지고 있는 눈속임의 짝퉁 문화가 그대로 반영되어 있다. 시인은 서두에서 한국의 솔거와 중국의 전설적인 화가 마량을 대비시킨다. 그러면서 아파트 벽에 페인트로 창문을 그려 넣어 입주자들을 눈속임한 실제 뉴스를 시로 소재화한다. 한 마디로 그 "임기응변은 / 예술의 경지"라고 할 수 있다. 말하자면 해학적 현실의 꼬집기가 등장하고 있는 셈이다.

컴컴하고 어두운 흙속에서
주먹 불끈 쥐고
우르르 달려 나온 감자들

〈씨눈〉 부분

시 〈씨눈〉에서는 '씨눈'을 의인화하고 있는데, 정치(精緻)하면서도 생명적 연민과 동시에 재미가 넘쳐난다. 씨감자를 묘파하는 부분에서 "여러 개의 배꼽을 가진 남자"라든가 "캄캄한 흙 속에서 / 주먹 불끈 쥐고 / 우르르 달려 나온 감자들"이란 비유적 표현이다. 마지막 구절에서도 '칼날에 잘려나간 눈들이 주방 귀퉁이에서 나를 노려본다'는 시상은 섬짓하게 다가온다. 문득 캘리포니아대학의 초심리학을 전공하는 부부가 떠오른다. 생물들을 모두 영적 존재로 보는 그들 부부는 요리를 할 때마다 간단한 의식을 갖는다. 가령 무를 자를 때 안쓰러운 마음으로 쓰다듬고 주문을 외우면서 칼을 댄다고 한다. 그렇지 않으면 무의 영혼이 찾아와 괴롭히기 때문이라고 한다.

부천세무서 사거리 쭈홍반점
빈 식탁에 앉아 있는 파리 한 마리
파리로 태어난 죄 싹싹 빌고 있다

파리채를 들었다 놓는다
오늘은 너도 손님이고 나도 부처다

〈파리 손님〉 부분

부처님이 오신 날. 화자는 쭈홍반점이란 중국집 빈 식탁에 앉아 있다. 순간 파리 한 마리가 원죄로 태어난 죄로 싹싹 빌고 있다. 파리채로 잡으려다가 그만 부처님 오신 날임을 의식한다. 그러니 어찌 미물을 살생할 수 있는가. 아니 오히려 파리 앞에서 화자는 부처가 되어 파리 손님으로 맞이한다. 화자가 전도된 상상이 너무 흥미롭고 재미가 있다. 부처님 앞에서 기도하다가 가려워서 보니 모기가 있어 순간 때려잡는 아이러니한 하이꾸 시인과는 적이 상대적이다.

조 시인의 신들릴 정도의 상상적 언어 조탁의 재미있는 시편들은 사물에서 오고, 음식점에서 오고, 공장에서 오고, 논밭에서 오며, 컴퓨터와 자연의 미물에서도 온다. 그리고 그 시적 형상화의 꽃은 갈등과 소외, 평화와 충만, 투쟁과 생명의 토양 속에서도 피어난다. 그의 시적 재미의 즐거움은 해학과 위트, 유머 속에서 시름을 풀어주기도 하지만, 때로는 날이 선 비수로 다가와 가슴에 꽂이기도 한다.

한국 시는 유례없는 양적 팽창을 거듭하고 있다. 팽창은 좋은데, 문제는 상상의 빈곤에서 오는 창작품들이 시단에 판을 친다는 것. 상상력을 동원하지 않고 본대로 적어대고 구상화하는 작품들이 문제다, 작가의 천재성, 예술성은 상상력에서 나온다. 나아가 요즈음 시단의 한 문제는 울림이 뚜렷하지 못하고, 자기만의 웅얼거림에 갇혀 초점이 분명치 못한 시들이 많다. 혹자는 함축성과 다의성을 들어 면피하려고 할지 모르나, 이는 생각과 감정이 정교하고 치밀하지 못한 데서도 기인하고, 나아가 어휘력 부족이나 언어를 조탁하는 힘이 부족한 데서도 연유한다. 그런 점에서 조경숙의 시는 우리 시단의 문제점들을 넘어서고 있어 귀추가 주목된다.

떠남과 만남의 경계 시학

— 최제형 시집 『잠들지 못하는 새벽』(도서출판 진원)

최 시인의 시적 행보에서 또 하나 특징적으로 드러나는 것이 정중동(靜中動)의 시학이다. 이는 시적 대상과 주체의 정경교융(情景交融)에서 합일(合一)을 이루며 빚어지는 경계, 곧 틈의 미학적 상상으로, 그 몽상하는 경지의 세계가 생기론적으로 펼쳐진다는 점이다.

떠남과 만남의 경계 시학

— 최제형 시집 『잠들지 못하는 새벽』(도서출판 진원)

사랑에 빠진 사람만이 사랑의 시를 제대로 느낄 수 있다. 나아가 무수한 떠남을 체득한 자만이 그 떠난 것에 대한 아픔과 슬픔의 상처, 나아가 그리움을 진하게 느낄 수 있다. 여기에 최제형 시맛의 열쇠가 놓인다.

이제 이순(耳順)의 정년을 앞에 둔 최제형 시인도 나이 앞에서는 어쩔 수가 없는 모양이다. "파란 울음"을 삼키면서 "눈을 감아도 잠들지 못하는 새벽"이 있기 때문이다. 이러한 배경에는 그의 인생사에서 떠나보냄과 만남이라는 숙명적인 삶에 순응하고자 하는 그의 초탈한 인생관에서 기인한다. 길 떠남의 체험이나 동박새나 홍시, 청포도로 대변되는 사물 이미지, 나아가 자연 현상이나 그의 체험에서 만나는 시 속의 다양한 대상들은 그의 세계관과 인생관을 드러내는 파편적 의식이고, 때로는 분신이 되기도 하며, 무의식 자아를 드러내는 '객관적상관물'이 되기도 한다.

1. 떠나보냄의 상처와 그리움의 시학

최 시인의 일곱 번째 시집에서 가장 두드러진 현상이 '떠남'의 이미지다.

우리의 생이란 떠남과 만남의 세계다. 만남, 곧 마주침은 궁극적으로 떠남을 수반한다. 이 만남에서는 대체로 두 가지 감정이 노정된다. 하나는 기쁨과 설렘의 감정이고, 다른 하나는 슬픔과 아픔의 감정이다. 이 사이에 사랑이라는 소중한 감정이 출현하기 마련이고, 결국 그리움이라는 감정도 이들의 자장 안에서 생겨난다. 그래서 '그리움의 상처'라고들 하지 않는가. 상처는 바로 이 두 감정의 자장 안에 뒤섞여 있게 마련이다.

나아가 우리의 생에서 이러한 마주침은 본질적으로 필연적이라기보다는 우연적인 속성이 크다. 이 양극단을 체득한 자, 세계를 상실한 자, 상처를 입은 자만이 자신의 세계를 획득할 수 있고 통찰의 세계로 초탈할 수 있다.

떠나는 것은 죄가 아니다

침통히 고개를 떨구고
뒤돌아봄도 없이 사라지는 것은 죄가 아니다

보냄은 아픔이 아니다
가고 싶은 이를 기꺼이 놓아주는 기쁨이다

그러나 하루가 지나고 또 지나도
우울함은 무슨 연유일까

떠남과 보냄은 결국
떠날 수도 보낼 수도 없는 상처일 뿐

〈상처〉 전문

최 시인의 시에서 드러나는 상처란 '떠남과 보냄'에서 시작된다. 나아가 상대방이 떠난다는 것은 "죄가 아니다" 그리고 이쪽에서 "보냄은 아픔이 아니다" 다만 "가고 싶은 이를 기꺼이 놓아주는 기쁨"인 것이다. 그래도 "우울함"이 남는 것. 그것은 "떠날 수도 보낼 수도 없는 상처일 뿐"이라고 한다. 상처란 무엇인가? 그는 보내주면서도 안타까운 마음을 '상처'라고 정의를 내린다. 그래서 그의 '떠나보냄'은 그리움을 잉태한다. 그리고 그의 그리움은 영원성의 이미지를 띠고 드러난다.

너는 섬
늘 새로운 빛
태양을 기다리고

나도 섬
꿈으로 가득한
파랑새를 기다리지

우리는 섬
물범처럼 외로워하지 않는
곧은 자리 지킴이

〈독도〉 전문

시 〈독도〉를 읽다보면 '너도 섬'이고, '나도 섬'이 된다. 곧 우리는 외로운 독도와 같은 섬이란 존재인 것이다. "태양을 기다리고", "파랑새를 기다리"는 상징적 이미지는 우리의 일상적 삶의 그리움이다. 그리고 바다 한가운데에서 지켜내고 감내해내야만 섬이란 니체(Friedrich

Nietzsche)가 말한 '낙타의 숙명적인 짐' 같은 것이다. 우리는 저마다 가슴 속에 섬을 가지고 있고, 그 섬을 지켜나간다. 그것이 꿈이든, 그리움이든, 그래서 인간은 외로운 것이다.

정호승은 시집에서 〈외로우니까 사람이다〉라고 했다. 이 시는 수선화를 청자로 하고 있지만, 사람이 사람일 수 있는 것은 원초적으로 '외로움'의 소성을 운명적으로 지녀야 한다는 것으로, 인고의 자세에 닿아 있음을 본다. 절대적 존재인 "하느님도 외로워서 눈물을 흘리신다"라고 하였는데, 유한한 인간에게 있어 섬 같이 외로운, 그래서 슬픈 자로서의 인식은 당연한 것이 아닐 수 없다.

바람이 분다고 모두 잊을까

가을 빈자리 낙엽으로 남아 한 줌 흙으로 변한다 해도 사랑의 상처 탓하지 않으리

겨울눈 내려 흔적 지운다고 짧았던 사랑마저 지울 수 있을까

너는 내 생이 다 하는 날까지 기억의 저편, 그리움의 성좌에 남아 꺼지지 않는 빛을 밝히리.

〈그리움〉 전문

어둠이 멀리서 작은 불빛으로 반짝인다.

잃어버린 날

달 같은 얼굴, 별 같은 미소

무심결에 내다버린 하 많은 사연들

블랙홀 되어 사라지면

하현달 홀로 남아 낡은 창틀을 더듬는다.

〈블랙홀〉 전문

그리움은 어디에서 오는가? 우리 생에서의 시간적 '만남'이란 '떠나보냄'이라는 전제조건을 달고 있다. 그러니까 만남 속에는 늘 헤어짐이 있게 마련인 것, 그리움이란 그런 점에서 본질적인 것으로 탄생되기 마련이다. 블랙홀 속으로 사라진 "달 같은 얼굴, 별 같은 미소"로 블랙홀 속으로 빨려 들어가 "불빛으로 반짝"이는 별이나 "하현달 홀로 남아" 우리의 가슴 속에서 배회하는 것이 그리움이다.

그래서 그리움은 내 앞에 부재하는 것에 대한 초조함의 표현이요, '만남은 곧 헤어짐'이라는 숙명을 거슬러 영원성으로의 회귀를 갈구하는 인간의 본능적 의식인지도 모른다. 그래서 최 시인의 그리움은 "생이 다 하는 날까지 기억의 저편, 그리움의 성좌에 남아 꺼지지 않는 빛"이 되기도 한다.

최 시인의 그리움은 시적 공간과 시적 시간성을 지배하면서 시 전편에 나타난다. 곧 지리산의 둘레길이나 보길도를 가는 뱃전의 길목에서, 그리고 낙엽이 지는 풍경이나 일상사에서, 마주하는 사물에서, 혹은 포르투갈의 여행지에서, 훌라밍고를 추는 스페인 세비아의 기행에서도 드러난다.

그뿐이 아니다. 이 떠나보냄의 시 미학은 자연의 변화나 사계(四季)의 인식에서도 줄기차게 드러난다.

가거라, 서글픈 가을이여
그대 나에겐 유형의 계절이었나니

저녁 빛속으로 반기던 시간들이 사라져간다

겨울로 가는 찬비는 쉼 없이 내리고

〈겨울나그네〉 부분

입동의 첫눈이 잠깐 스쳐간 늦가을 한 낮
하늘은 일체 모른다는 듯 거짓말처럼 맑게 개어 있었다

〈입동〉 부분

낙엽이 진다

보내는 것은
가슴 깊은 곳에만 간직하겠다는 뜻이다

아니 가슴에서도 영원히 지우겠다는 각오임을
하늘에 떠가는 새털구름도 다 안다

보내자, 떠나 덩그런 저 자리에서
조각난 줄기를 짜깁기하더라도
낙엽 지는 계절은 그렇게 가도록 보내주자

〈낙엽〉 부분

낙엽이 창문 앞으로 스쳐간다. 나비처럼 하늘거리며

계절이 가면 나뭇잎에도 날개가 달리는가
탐스럽던 은행나무 벌써 알몸이 되었다

너 떠난 거리 따라갈 수 없고, 훌렁 벗어던질 수도 없는 나는

눈이 오려나보다 뇌일 뿐

〈은행잎 낙엽〉 부분

"낙엽이 진다."라는 것은 하나의 생명체의 종말이자, 생명체가 지닌 일회성의 소멸을 뜻한다. 이는 또 다른 세월을 만나기 위한 탄생이다. 넓게는 한 인간의 부질없는 생의 과정으로 이해되며, 나아가 인간이란 생명체도 일회성으로 인식할 수밖에 없다.

가을엔 모든 것들이 마무리하는 계절이다. 낙엽이 떨어지고, 결실의 알맹이들도 지상으로 떨어진다. 유독 가을 하늘만큼은 붉디붉다. 가을의 붉은 노을 아래 모든 것이 지고 사라진다. 하나의 이별, 공허의 세계, 공(空)의 세계가 열리는 것이다. "너 떠난 거리 따라갈 수 없고, 훌렁 벗어던질 수도 없는" 세속적인 세계에 대치되어 있는 자아는 경계에 서서 '이별'의 정서로 머무를 수밖에 없다.

시인에게 있어 "지는 낙엽"이나 "지는 꽃"은 각별한 의미를 지닌다. 특히 우리 동양의 고전에서 자주 등장하는 꽃이나 잎은 자연 친화 내지 자연 합일의 경지로서 이상향을 분장하는 객관적상관물로 곧잘 차용되어 왔다. 가령 도연명(陶淵明)의 〈도화원기(桃花源記)〉에 나오는 복숭아꽃, 이원수의 〈고향의 봄〉에서 나오는 살구꽃이나 진달래꽃이 선경(仙境)을 열어 보일 때가 그러했다. 또는 그 반대로 일장춘몽(一場春夢), 혹은 화무십일홍(花無十日紅)이라는 말에서도 허무와 덧없음을 일깨워주는 알레고리로, 혹은 존재론적 차원의 상징물 등으로 시인들이 즐겨 써 왔다.

2. 길 떠남의 사유와 상상적 횡단

최제형의 시편에는 또 다양한 '길'의 이미지가 드러난다. 길은 삶의 동맥이며, 소통의 핏줄이다. 흡사 길이란 거미줄에서 곡예를 하며 부지런히 일하는 왕거미와도 같은 삶의 현장이다. 거미줄과 같은 공간을 수없이 새로 만들어가고, 그 거미줄 같은 길에서 반복하며 살아간다. 태어나서(birth)에서 죽을 때(dead)까지 우리는 그런 길 위에서 살아가는 것이다. 그것이 우리의 인생이 아닌가. 나아가 우리는 자연에서 들길은 물론 숲길이며 산길 등 수 없는 길을 만난다. 심지어 하늘의 길을 가거나, 바다의 길을 왕래한다.

단지 그것뿐이었다
갈참나무 숲에 길이 있었고
나는 어린아이처럼 깡충대며
오솔길 저편으로 다가가다 되돌아왔을 뿐

〈단지 그것뿐〉 부분

최 시인은 자연 앞에서, 길 위에서는 그만 동심의 어린이가 된다. "어린이처럼 깡충대며" 무한한 동심에 젖는 것이다. 우리에게 있어 동심은 삶의 원초적 고향이다.

금계로 떠나는 인월의 첫발은
침묵의 골고다 언덕이다
호두나무 늘어진 텃밭 모롱이 돌아
땡볕 속 과수원을 오르는 고행길이다
고사리밭 펼쳐진 야산을 지나
진땀 훔치며 오르는 시멘트길이다
솔밭 한 허리 도는 계곡에
당목으로 사랑 받았을 느티나무

고사목 되어 홀로 썩어가는 외길이다
중황마을 다랑이 논 바라보며
쭈쭈바 하나씩 입에 물고 가는 길이다
남원에서 함양, 함양에서 남원으로
오일장 보러 다니던 둘레길이다
빼꾹채 구름나리 외로운 경계선
등구재 등구재 한 맺힌 가락 따라
영호남 오가던 민족의 산길이다

〈지리산 둘레길 1〉 전문

시 〈지리산 둘레길〉에서는 '중황마을'이나 '등구재'를 비롯한 다양한 풍광을 파노라마 이미지들로 형상화, 펼쳐내고 있다. 곧 그가 보는 지리산 둘레길은 "침묵의 골고다 언덕"이며, "고행길"이며 "진땀 훔치며 오르는 시멘트길"이고, "민족의 산길"로 제각기 확산적 의미를 부여한다. 또한 '오도재'에서는 "아들 딸 낳아 튼실히 키운 / 펑퍼짐한 엉덩이처럼 // 질펀히 펼치고 앉은 / 민족 시원의 보금자리"로 해석적 의미를 보여준다. 이렇게 그는 길이라는 대상을 통해 적게는 "쭈쭈바 하나씩 입에 물고 가는 길"처럼 소소한 개인사적 이미지는 물론 "민족의 산길"이란 거시적 정신으로 치환하는 광대한 상상력으로 펼쳐 간다.

제비가 날아갔다.
고마웠다고 전봇줄에 앉아 인사도 하지 않고
붙잡기라도 할까봐 훌쩍 떠나버렸다

갈매기마저 떠나 텅 빈 겨울바닷가

이제 어쩌란 말인가

추억의 가닥을 모아 돌을 던진다
물수제비 뜨듯 살짝살짝 걷어 올리며 던진다

멀리 떠난 그 제비를 위하여
보낸 자리 맴도는 내 미련을 위하여

〈제비〉 전문

최 시인의 길 찾기는 그의 일상의 기행적 행위이면서 동시에 정신적인 것으로서 그 비움과 채움의 철학적, 생명적 신선한 자기 공간이자 시인의 처소로 인식된다. 곧 그에게서 길은 생적 고뇌의 과정이고, 시간의 흐름인 셈. 나아가 길을 의식한다는 것은 삶의 되돌아보는 일이기도 하며, 회한과 반성, 깨우침의 공간이기도 하다. '제비가 훌쩍 떠나 버리고', '갈매기가 떠나 버린' 공간이 바로 최 시인이 거처하는 공간이 아닌가. 여기에 그의 추억과 과거의 회상 공간이 살아 숨 쉰다. 단독자로서 철저히 홀로 남아 고뇌하는 삶의 공간인 것이다.

갈매기 떠난 겨울 바다
하얀 부표 사이에 세월을 버린다

과거는 한순간 쓰레기가 되고
나는 오물투기자가 되어 땅 끝을 등진다
뒤따라 일어서는 포말들의 외침

돌아보지 않으리라

너는 나의 갈망이었어도 나는 너의 외면거리였나니
복수를 하리라

〈보길도 가는 길〉 부분

가을은 목마름, 간단없이 추근대는 푸른 하늘, 낯붉힘으로만 한 발 나아가는 능청스런 웃음, 고양이 손으로 가만히 더듬거리며 파리처럼 통사정을 하지만, 속물 다 드러내고도 소득 없이 돌아서지.

넘을 수 없는 선이 정해진 게임이란 얼마나 무의미한가. 언젠가는 기쁨도 아픔이 되어 돌아오는 것임을, 긴 시간 굽은 강가를 헤맨 후 가슴으로 느낀다.

〈넘을 수 없는 선〉 전문

시간성의 흐름을 타다 보면, 넘을 수 없는 선에 다다를 때, "언젠가는 기쁨도 아픔이 되어 돌아오는 것"이 인생이란 길의 생리이다. 인간에게 있어 길을 따라 삶을 영위한다는 것은 미지의 장소를 향하는 것이기도 하지만, 반드시 정해진 장소 혹은 집으로 돌아오게 하는 코드로도 작용한다. 따라서 길과 집은 하나의 삶으로서 이미 알고 있는 것과 아직 알지 못하고 있는 것 사이에서 작용하는 긴장을 언제나 내포하고 있다. 그러니까 길은 '출발'과 '귀착'이라는 두 가지 운동으로 공간을 외부와 내부라는 두 개의 동심원상(同心圓狀)의 영역으로 분할된다. 외부보다 좁은 내부는 주거와 고향의 영역이며, 인간은 여기로부터 보다 광대한 외부영역으로 나아가고, 또 외부의 영역으로부터 다시 돌아오는 그런 것이 길(road)이다.

낙엽은 머리 위로

추억 한 움큼씩 뿌리며 간다

꽃 이파리 벌써 진 가을 산
출렁이는 억새꽃 바라보며
너 잘 있겠지
갈잎 엽서 띄워본다

바람은 요란해도 숲은 말이 없고
하늘은 어느새 찌푸린 얼굴로
서산 노을 응시하고 있다

가자, 나의 가을아
바람 스쳐간 저 언덕
푸르던 언덕에 널린 추억일랑
쌓이는 낙엽더미에 묻어두고
가자 가자, 저어기
손짓하는 이 없는 구름 너머로

〈가을 대공원〉 전문

석양 속 새 한 마리 연륙교 따라가다
바다 건너에 사뿐히 내려앉는다.

섬, 섬, 섬 산들은
붉은 노을 속으로 묻혀가고
만조 따라온 파도만
방파제 발치에서 지분거린다

〈문화의 거리〉 부분

최 시인의 길이란 시적 상상은 노을의 상상력으로도 치환된다. 낙엽이나 억새꽃의 행보에서 "서산 노을 응시"한다거나, "가자 가자, 저어기 / 손짓하는 이 없는 구름 너머로"의 시적 행보의 길은 서역만리 길을 가는 승려의 '길가기' 모티프와 견주될 수 있다. "섬, 섬, 섬 산들은 / 붉은 노을 속으로 묻혀가고"나, "석양 속 새 한 마리 연륙교 따라가다 / 바다 건너에 사뿐히 내려앉는다."라는 시구도 마찬가지다. 승려의 길가기 모티프는 끊임없이 세계 속에 자신을 기투시켜, 새로운 정위(正位)를 이루는 고행의 방법이다. 말하자면 세속적 욕망과 번뇌를 이겨내고 종교적으로 승화된 천상의 세계, 곧 서방정토(西方淨土)의 궁극적 극락의 세계를 향한 길의 이미지로 해석될 수 있다.

삶은 인연으로 시작해 살핌으로 살가워지다
설움 한 덩이씩 남기는 것

초막에 아침 연기가 오른다
지난날이 아무리 섧고 아파도
또 다른 하루가 시작된다는 알림이리니
가자, 충직한 삽살개여
어차피 할 말 다 못하고 사는 세상
소리도 없이 수면에 지는 진눈개비처럼
머잖은 날 지워질 흔적 한 움큼 남겨두고

〈길명리에서 1〉 부분

해오라기 외발로 먼 산 바라보는

녹조에 덮인 적막강산
시간이 멈춘 깊은 산골에서
방아깨비 연신 풀무질에 바쁘다

〈길명리에서 3〉 부분

최 시인에게 있어 '길'이란 현재이자 미래이기도 하지만, 하나의 삶의 '흔적'이기도 하다. 시 〈길명리 1〉에서는 보듯 "삶은 인연으로 시작해" "설움 한덩이 씩 남기는 것", "진눈개비처럼" "흔적 한 움큼 남겨" 두는 것이다. 그래서 흔적은 섧고 아프지만 미래를 위한 계시가 되기도 한다. 하나의 생의 의지가 아닌가. 길에서 "방아개비 연신 풀무질에 바쁜" 삶에서 그의 삶의 신조를 읽게 되는 것이다.

'길'(道, way)은 하나의 정신적인 세계와 물질적인 세계, 즉 형이상학적인 세계와 형이하학적인 세계를 다 포함시킬 수 있는 공간이다. 『노자(老子)』에서 도(道)는 인간의 인식과 언어를 초월하는 무(無)의 차원에까지 심화되고, 인간사회를 포함한 천지 만물 전체에 차별 없이 작용하는 우주적 원리로까지 확대한다. 또한 '길'은 시간의 계기성과 공간적인 계기성을 동시에 가진다. 그러니까 길은 출발과 도착이 있으며, 움직임을 지닌다는 것. 인간이 환경을 소유한다는 것은 항상 자기가 거주하는 장소로부터 출발을 의미하며, 자신의 목적과 환경 이미지에 의해 방향이 정해지는 통로를 지니는 것을 의미한다. 어떤 때는 통로로 이미 알고 있는 목표로 인간을 인도해 주는 수도 있지만, 어떤 때는 의도된 방향만을 지시함으로써 점차 알 수 없는 거리 속으로 용해시키기도 한다. 그러므로 통로로서 '길'이란 인간의 실존에 관한 기본적인 특질을 나타내는, 인간에게 있어 근원적 염원의 행로를 드러내는 원초적 상징의 하나인 것이다.

가을은 목마름, 간단없이 추근대는 푸른 하늘, 낯붉힘으로만 한 발 나아가는 능청스런 웃음, 고양이 손으로 가만히 더듬거리며 파리처럼 통사정을 하지만, 속물 다 드러내고도 소득 없이 돌아서지.

넘을 수 없는 선이 정해진 게임이란 얼마나 무의미한가. 언젠가는 기쁨도 아픔이 되어 돌아오는 것임을, 긴 시간 굽은 강가를 헤맨 후 가슴으로 느낀다.

〈넘을 수 없는 선〉 전문

시 〈넘을 수 없는 선〉에서 길의 무한성에서 한 인간 존재의 제한성과 유한성이 읽힌다. 그래서 인간도 고양이나 파리와 같은 미물에 지나지 않는 것일까. 화자는 "가을의 목마름"과 "굽은 강가"를 통해서 자기 존재를 인식한다. 이재무 시인이 시의 3단계에서 마지막을 '인식의 단계'라고 했듯이, 화자의 "언젠가는 기쁨도 아픔이 되어 돌아오는 것"이라는 구절에서 깊은 통찰의 힘이 느껴진다.

기쁨이라는 것도 결국 슬픔으로 귀결될 수밖에 없다는 통찰의 시학적 근거는 무엇인가. 일상사의 길에서 삶의 기쁨이나 슬픔 같은 정서는 독자적으로 생겨나지 않는다. 전통적으로 사람의 심성은 절대자인 창조주에게서 나왔다고 보지만, 사람의 칠정(七情)과 같은 감정은 모두 '동질의 소성(素性)의 소유자'로서 다른 대상과 함께 수반될 때 가능하다. 곧 삶의 노정에서 만나는 존재하는 것과의 관계에서, 곧 더불어 존재하는 데서 생의 기쁨이나 희열을 누릴 수 있고, 생의 슬픔도 느낄 수 있는 것이다. 시인은 "푸른 가을 하늘 밑에서", 그리고 "긴 시간 굽은 강가를 헤맨 후" 실존적 자아의 동질성, 정체성을 찾아간다. 순간은 기쁨이었으나, 그것이 곧 아픔이라는 역설의 논리를 깨닫는 것이다.

우리는 한 송이의 꽃을 바라볼 때, 그 꽃이 지닌 바의 형태나 색깔이나 향기나 부드러움 등을 읽어낸다. 나아가 그 원형이 관조자(觀照者) 자신에게도 내재되어 있는 바, 그 원형과 현실적으로 존재하는 꽃이 상호 교감을 통하여 합치되는 체험을 인식한다. 곧 그 주체자(시인)와 대상(꽃) 사이의 교감이 일치되는 일치점에서 비로소 희열이 솟구쳐 오르게 되는 것. 하지만 기쁨 곧 희열은 아픔이다. 그것은 꽃이 기쁨으로 피는 것이 아니라, "괴롭기 때문에 꽃이 핀다"라고 김지하의 시구처럼 보편적 인식을 깨뜨리는 창조의 맛을 보게 되는 것이다.

여기에서 최제형 시의 맛은 일상의 평범한 논리를 뒤집는 데 있다. 곧 "이별은 아픔도 아니다" 라는 것이다.

이별은 아픔도 아니다
경험 많은 어미 개처럼 모질게 몇 번 외면하면 되는 것
갈등 끝에 오는 분노의 숨을 가만히 내쉬면 되는 것을

〈시나리오〉 부분

시 〈시나리오〉에서 이러한 역설의 논리가 발견된다. 어미 개와 새끼 개 사이에서 일정한 양육 기간이 지나면 '이별'은 필연적이다. "모질게 몇 번 외면하면 되는 것"이고, "갈등 끝에 오는 분노의 숨을 가만히 내쉬면 되는 것"이다. 일시적인 현실의 그러한 아픔은 어찌 보면 당연한 아름다움이고, 자연의 섭리이기도 한 것이다. 어찌 자연의 순리, 자연의 도(道)를 거슬릴 수 있겠는가.

여기에서 최 시인 나름의 '사랑'이 정의된다. 그에게서 사랑은 상처가 생긴다고 탓할 수 없는, 인간으로서 숙명적으로 감수해 나가야 하는 대상이며, 또한 그 사랑의 흔적은 지울 수 없는 영원성을 지닌다.

푸른 하늘이다

그 하늘을 떠가는 한송이 구름이다
넓고 투명해 어디로 가야할지 알지 못하는
탄력 좋은 고무공이다

뜻이 맞아도 결코 하나 될 수 없는
청맹과니 아픔이다

버려야 다 얻을 수 있는
가슴 붉히다 쓰러질 열병이다

고와도 버려야 하는 세월의 유실물이다.

〈사랑은〉 전문

최 시인이 생각하는 '사랑'의 속성은 '푸른 하늘을 떠가는 한송이 구름'으로, "넓고 투명해 어디로 가야할지 알지 못하는 탄력 좋은 고무공"과 같은 것이고, "가슴 붉히다 쓰러질 열병"이며, "고와도 버려야 하는 세월의 유실물"이다. 나아가 사랑은 "마약"이자 "봄비"와 같은 것(〈되새김〉)이어서 "이별의 전령"이기도 하다. 여기에서도 그의 사랑은 늘 떠남을 전제로 한다. 그래서 사랑이란 존재도 그리움과 슬픔, 아픔을 수반하면서 상처와 같은 것으로 인식된다.

그의 시에서 자주 등장하는 '낙엽'이나 '길'의 이미지에서도 자연 순응 내지는 시간의 흐름에 대한 시적 인식도 이와 다르지 않다. 말하자면 최 시인의 자연 순응적이거나 유한적 실존 인식의 시안(詩眼)이 관조적 상상력과 결부되어 있다는 것이다.

관조의 세계에서는 우주 만물이 모두 기(氣)로 구성되어 있어 생기론적(生氣論的) 상상력을 보여준다. 관조를 통한 세계와 자아와 사이에는 차별성이 없다. 서로서로 각자 음양 관계에서 감응 운동, 곧 교감하는 세계를 형성한다. 그런 점에서 관조는 정관적인 것만이 아닌 것이다. 이를테면 최 시인에게서 발견되는 것이 정중동(靜中動)의 시법으로, 겉으로는 정관적이면서 안에서는 역동적인 생명력을 갈구하는 것이 그의 관조의 시학이다. 소위 "생동하는 것을 정지태로 파악하고 고적(枯寂)한 것을 생동태로 잡는" 하나의 선적(禪的)인 방법과도 상통된다.

최 시인은 관조 속에서 늘 사랑을 노래하고 사랑을 강조한다. 그러면서도 달관의 경지에서 사랑을 바라보고, 이별을 전제로 그리워하며, 황소처럼 되새김질해야만 하는 대상으로 여긴다. 여기에서 그의 '사랑'은 이성에만 그치는 것이 아니다. 그의 사랑의 대상은 낙엽 같은 자연물에서부터 사람에게 이르기까지 주어진 세계가 모두 사랑의 대상이다. 달라이라마가 생각하는 '사랑'은 의미 있는 관계를 맺고 감정이입을 하는 행위이다. 그에 의하면 아무리 낯선 대상이라 할지라도 교감의 애정과 자비심으로 관계를 맺어나가면 깊은 사랑의 관계를 형성할 수 있다고 말한다.

사랑은 빌고 또 비는 것
비는 것은
아픔에 아픔을 덧칠하는 것

이제 너의 기도는
내게 슬픔이 되었다

다시는 들리지 않는
깊은 밤 묵언의 기도소리

〈어떤 기도〉 부분

바람이 분다고 모두 잊을까

가을 빈자리 낙엽으로 남아 한 줌 흙으로 변한다 해도 사랑의 상처 탓하지 않으리
겨울눈 내려 흔적 지운다고 짧았던 사랑마저 지울 수 있을까

너는 내 생이 다 하는 날까지 기억의 저편, 그리움의 성좌에 남아 꺼지지 않는 빛을 밝히리.

〈그리움〉 전문

나아가 그에게 있어 사랑은 "빌고 또 비는 것"으로의 상대방에 대한 기원이고 염원이다. 영원한 그리움으로 남는"아픔에 아픔을 덧칠하는 것, "슬픔"이 되는, "묵언의 기도 소리"같은 것이다.

그에게 있어 사랑은 떠나야 할 대상으로서 슬픔이나 아픔, 그리고 그리움으로 남는 대상이다. 밀란 쿤테라(Milan Kundera)는 사랑이란 영원한 것이거나 일시적인 것도, 그리고 무거운 것이거나 가벼운 것도 아닌 모호하게 정의를 하면서 이러한 속성이 모두 있는 것처럼 말하지만, 최 시인에게서의 '사랑'은 적어도 간직할 수 없는 영원한 것, 그리고 무거운 존재로 인식된다. 곧 "겨울눈 내려 흔적 지운다고 짧았던 사랑마저 지울 수 있을까 // 내 생이 다하는 날까지 기억의 저편, 그리움의 성좌에 남아 꺼지지 않는 빛"이 되는 사랑으로 영원히 남아있을 그리움 같은 것이다.

3. 정중동(靜中動)의 경계에 피어나는 생명적 상상력

최 시인의 시적 행보에서 또 하나 특징적으로 드러나는 것이 정중동(靜中動)의 시학이다. 이는 시적 대상과 주체의 정경교융(情景交融)에서 합일(合一)을 이루며 빚어지는 경계, 곧 틈의 미학적 상상으로, 그 몽상하는 경지의 세계가 생기론적으로 펼쳐진다는 점이다.

주체와 객체의 만남, 융합에서 벌어지는 자장(磁場)의 시적 공간은 자아와 세계가 각기 특수한 성격을 '상실'하고 하나의 새로운 동일성의 차원에서 승화되었음을 의미한다. 이 '통전되는 체험'을 존듀이는 '미적 체험'이라 했고, 바슐라르는 '몽상의 경지'라고 했다.

장자 미학에서도 대상과 주체 사이에 구성되어 있는 모종의 경계로부터 미를 살핀다. 삶의 본질로서 '프론트(Front)구조'라는 것도 존재자와 존재자의 경계선(接面, interface), 사이(interspace)의 '열려 있음'에서 비롯된다. 여기에서는 생기론적으로 존재가 유동(流動)하는 경계일 뿐이다.

산과 아파트 사이에서
눈꽃들이 술래잡기를 한다
해질녘 천수만의 가창오리 떼가 되어
일제히 날아올라 군무를 추다
가끔은 상승기류에 몸을 맡기고
거실 안을 기웃거린다

너와 나, 그리고 안과 밖
이제는 더 이상 숨길 건더기도 없건만
애증의 경계선 남아 있나

서둘러 가슴을 덮고 창을 가린다
하여 너는 다시
뒤쳐진 물오리가 되어 흐느적이며
가을 나비처럼 상승과 부침을 거듭한다

산과 아파트 사이
밤낮 없는 이야기들이 배회한다
묵은 시비 모두 가리려는
끝없는 영혼들의 수런거림

〈산과 아파트 사이〉 전문

시 〈산과 아파트 사이〉에서는 '경계', '사이'의 미학이 싱그럽게 그려지고 있다. 곧 "눈꽃들이 술래잡기"를 하고, "천수만의 가창오리 떼가 되어 일제히 날아올라 군무"를 추기도 하며, "밤낮 없는 이야기들이 배회"하기도 한다. 일련의 묘사적 이미지로 최 시인의 시적 영감내지 정서적 촉발의 시원(始原)을 보여준다. 결말부의 "묵은 시비 모두 가리려는 / 끝없는 영혼들의 수런거림"에서는 영안(靈眼)의 세계도 읽힌다. 함민복이 "모든 경계에는 꽃이 핀다."고 했듯이. 그러니까 최 시인이라는 주체의 몸과 세계 사이에 상호텍스트성의 상상을 형성하는 것이다.

이러한 상상적 감응의 자장(磁場)은 〈주역〉에서 말하는 '온갖 만물이 서로 느끼고 교류하여 통하는 감이수통(感而遂通)의 세계'이기도 하다. 이 경계의 자장 안에는 보이는 것과 보이지 않는 것이 융합, 상생(相生)하는 생명적 상상력을 여실히 보여준다.

만질 수가 없네, 조막만한 붉은 빰

하얀 소녀 미소 같아서
〈중략〉
먹을 수가 없네
농익어 단물이 절로 흘러내려도

저수지가 보이는 고향의 늦가을
수줍은 홍조 함께 있음에

〈홍시〉 부분

새 아침에 뿌린 하늘의 씨앗
햇볕 한줌부터 땡볕무리까지
들녘 저편에 부푸는 음양의 조화
〈중략〉

너는 우주를 탁란한 둥근 별
황소에 베적삼 사라진 동네 어귀
저무는 하늘만 살피고 있네

〈청포도〉 부분

모든 생명체들은 느끼고, 그 느끼는 것들은 살아 있다. 감응, 조응, 느낌은 '경계, 사이'에서 이루어진다. 여기에서 시인, 곧 시적 자아는 늘 생동적이어서 만물조응의 형이상학적 신비를 잉태해 내는 것이다. 이때 자아는 사물에 투사되고 동화된다.

시 〈홍시〉에서는 홍조의 이미지가 "하얀 소녀의 미소"로 전이되면서 고향의 늦가을 저녁녘 대롱대롱 매달려있는 수줍은 생명력을 노래한다. 나아가 시 〈청포도〉에서는 다양한 연상력과 더불어 생기론적 상상력을 불러 일으킨다. 그가 보는 청포도는 "하늘의 씨앗"이다. 그의 청포도의 상상력은 여기에 그치지 않고, "뻐꾸기 엄마의 노래"가 있고, "폭발하는 화산의 희열"을 맛보게 하고, "까마귀 울음"과 "무당개구리 알"을 연상시키고, "우주를 탁란한 둥근 별"의 이미지까지 보여주면서 청포도의 시적 상상을 펼쳐 나간다.

최 시인의 틈, 사이, 경계의 시 미학은 자연 예찬의 열락적이고, 매우 밝은 역동적인 상상력으로 가득 차 있다. 그리고 각 시편마다 주체와 대상 사이에서 남다른 시안으로 감흥을 일으킨다. 곧 우주에 존재하는 존재물 사이에 발랄한 생명성을 부여하면서 생기론적 경계의 시 미학을 이룬다는 것이다.

민들레 홀씨가 날아올랐다
새보다 더 높이 애드벌룬처럼 솟구쳐
미루나무 높은 가지 위를 스칠 때
누군가 이별의 노래를 불렀던가

나는 낌새를 채지 못했다
그저 넋 나간 아이처럼 히죽거리며
후박나무 넓은 잎새를 훑고 가는
바람의 노래만 듣고 있었을 뿐

〈동박새〉 부분

시 〈동박새〉는 경계, 사이에서 빚어진 관조의 상상력을 보여준다. 자연 친화적 소재에 대한 관조적 시안은 오늘날의 시에서도 여전히 애용될 수 있으며, 현실시(사실시), 사물시(물체시)로 일컬어지는 대부분의 최근 시에서 그 효력은 여전하다.

관조는 시인의 정신이 스스로 팽창되어 긴장이 최고조로 이른 상태로, 시인의 사물 인식에서 아주 중요한 구실을 한다. 이른바 시인은 관조를 통해 '사물과의 합일', '주객일체'를 이루면서 '물아개망'의 시적 몽상의 세계로 빠져들게 한다. 관조의 세계에서는 우주 만물이 모두 기(氣)의 충만함으로 차별성이 없으며, 서로서로 각자 음양 관계에서 감응 운동, 곧 교감하는 세계를 형성한다. 겉으로는 정관적(靜觀的)이면서 안에서는 역동적인 생명력을 드러낸다.

경계의 시학에서 최제형의 생기론적 의상은 서정적 자아가 '들여다보는 일'이거나 '소리를 듣는 일'에서 시작된다. 그의 시에서 자주 나타나는 자연의 '나뭇잎'이나 '홍시', '청포도'나 '바람'은 객체가 아니다. 경계의 자장에서 그 스스로 주체가 혼용되어 그의 시의 우주적 상상력을 열어가는 시적 질료가 될 뿐 아니라, 시적 욕망의 코드로서 스스로 작용한다. 그리고 그 시적 소통과 교감의 주체를 사물에 대한 시적 관심으로 스스로 주체가 되면서 거꾸로 '낙엽'이 말을 걸어오고, '홍시'나 '동박새'가 되어 교감의 시적 메시지를 이룬다는 것이다.

최 시인의 시적 행보가 보여주는 자연 친화적 사물에 대한 정관적 교융은 우주에 넘치는 몽상력을 보여준다. 가령 청포도에서 소리가 들린다든가, 동박새에서 수런대는 소리, 심지어는 어디 땅에서 근질대는 소리가 들려오면 고향이나 어린 시절로 돌아가고, 자연의 일부인 생물의 한 종으로 살았던 자연적 시원의 환상세계로 돌아간다. 그래서 그에게는 시각적인 것이 청각화되고, 보이지 않는 바람이 형체로 나타나기도 하는 물화(物化)된 세계 ,곧 자연과 어린 시절과 온갖 생명의 신호로 읽혀지면서 풍요의 샘과도 같은 신화적이고 신비롭고 몽상적 도원경의 세계를 연출시킨다. 그래서 최제형의 경계의 시학에서 보여주는 교융의 순간은 충만되어 있고 몽상과 환상, 꿈, 온갖 자유가 준동하는 공간이며, 유토피아의 평안함과 신비스러움, 환락과 열락이 공존하는 공간이 된다.

최 시인의 일곱 번째 시집에서 보여주는 최제형의 시에서 길 떠남의 상처나 만남, 그리움, 길의 상상력, 그리고 경계에서 보이는 관조의 생기론적 상상력은 그의 내밀한 생명 의지와 더불어 다양한 측면을 읽게 한다. 미시적으로는 아픔과 설움을 그리움의 상처로 치환하는 그의 초탈의식과 일상사의 애환이 고스란히 담겨 있고, 거시적으로는 우주 속의 한 인간으로서 자연과 일상사에 숙명적으로 감수해 나가고자 하는 그의 내면적 자화상이 읽힌다. 이른바 니이체가 말한 낙타와 사자, 그리고 어린아이를 거치는 운명과도 같은 내면적 자아 의지의 거룩한 긍정적인 삶을 발견하게 된다는 것이다. 이를테면 사막에서 짐을 지고 감내해 내는 낙타의 외로운 처지와 같고, 사막의 주인이 되는 사자와 같은 쟁취를 통한 새로운 창조의 놀이와 의지가 서려 있다는 것이며, 나아가 동심적 어린아이의 순진무구하고도 거룩한 긍정적인 삶이 짙게 배어난다. ❧

제3부

세계 해석과 성찰의식의 변주곡

김순희의 수필 미학은 그만의 정치(精緻)한 언어 운용에 있다. 시적 감성이 녹아 있고, 통찰력과 사유의 힘이 깊고, 여기에 실감미 넘치는 묘사력으로 현대수필의 맛깔스러운 지평을 열어간다. 미셸 푸코(Michel Foucault)가 '글이란 마음을 움직이는 권력'이라고 말한 것처럼, 그녀의 수필은 아우라적 울림이 크다.

발칙한 감수성과 정치(精緻)한 구성미

— 김순희 수필집 『순희야 순희야』(문학나무)

발칙한 감수성과 정치(精緻)한 구성미

— 김순희 수필집 『순희야 순희야』(문학나무)

5년 전인가. 수요일 문예창작 합평 시간에 올라온 1편의 수필, 내 눈을 의심하지 않을 수 없었다. 감성적인 어휘 구사, 탄탄한 문장이 5월의 숲처럼 청초하고 싱그러웠다. 당시의 작품은 〈엄나무〉로 기억되는데, 소재를 갈무리해가는 언어적 눈썰미가 치밀했고, 감성도 날카로웠다.

이렇게 그녀와의 만남은 상큼했다. 나의 권유로 굴포문학회에 들어와 문학수업을 받으면서 본격적인 작가 지망생의 길을 다져갔다. 그녀는 어느 누구보다도 치열하게 공부했다. 내가 내어 준 프린트물이나 강의의 핵심을 세심하게 답습했고, 철저히 실행에 옮겼다. 또 지적 욕구도 남달라서 만학(晩學)이지만 대학에 적을 두고 공부하기 시작했다. 책도 많이 읽는 모양, 내내 장학금을 받고 다닌다고 했다. 그 와중에 2014년 제7회 《학산문학》 신인상에 〈낯설게 보기〉가 당선되었다.

내 강의에서 늘 강조하는 것은 작가로서 '대상을 보는 사유의 깊이'와 '감성적 상상력'이다. 우주 천체가 나로부터 시작되어 세상이 새롭게 생성, 변화하고, 깨달음의 통찰 언어가 감동적인 문학을 만들어간다는 믿음을 심어주고자 했다. 그는 철저히 따랐고, 스스로 노력했다. 아니, 어쩌면 타고난 문학적 끼(氣), 남다른 재능이 숨어있었는지 모른다. 어떻든 남들과 비교되지 않을 정도로 변모해 갔다. 지금은 몽돌해변에서 건져낸 단단한 보석을 얻은 기분이다. 차르륵 차르륵 달빛 따라 반짝이고, 물결 따라 경쾌한 음을 내고있는 아우라의 언어들을 보면 가슴 벅차오르고 남다른 감회에 젖게 된다.

김순희의 수필 미학은 그만의 정치(精緻)한 언어 운용에 있다. 시적 감성이 녹아 있고, 통찰력과 사유의 힘이 깊고, 여기에 실감미 넘치는 묘사력으로 현대수필의 맛깔스러운 지평을 열어간다. 미셸 푸코(Michel Foucault)가 '글이란 마음을 움직이는 권력'이라고 말한 것처럼, 마음의 거울을 통해서 만나는 고해성사의 화두, 그 의미 있는 해석의 사주풀이는 치유와 평온을 가져온다. 그렇게 야생화 같은 소박한 삶의 향내가 서려 있고, 화부(火夫)의 땀방울과 같은 내밀한 회감이 송송 배어 있다.

독자들은 작품마다 정감적 사유의 독백이 불러일으키는 회감적 언어를 통해서 용재 오닐(Yongjae ONeill)의 비올라 선율을 만나고, 마크 로스코(Mark Rothko)의 질감 넘치는 색감을 만날 것이다.

1. 자아정체성을 향한 회감(回感)의 언어

김순희 수필가의 옷매무새나 얼굴의 표정, 조용한 말투, 별난 식성까지 모두 글을 닮은 것 같다. 아니 그녀의 글에서 그런 성품이 우러난다. 청순하고 순박한 자연의 이미지라 할까, 교감적 친화력, 치밀한 감수성까지 닮아있다. 누가 수필을 마음을 담는 그릇이요, 자기를 드러내는 거울이라 했는가. 그 따뜻하고 상큼한 마음의 촉수, 그 온화한 멋은 풀꽃 같은 향기를 닮고 있고, 별빛 같은 은은한 지성이 우리의 마음을 젖게 한다.

20대엔 시를 쓰고, 30대에는 소설을 쓰고, 40대에는 수필을 써야 한다는 말이 있다. 김순희는 40대에 들어서 뒤늦게 문학을 시작했지만, 작가 정신만큼은 치열하다. 그 치열함의 증거는 먼저 '자아찾기'의 언어 행로, 곧 자존감을 드러내고자 하는 심리가 몇 편의 작품에서 집요하게 드러낸다. 이 가운데 수필 〈순희야 순희야〉는 자신의 학창시절의 이름 콤플렉스와 관련된 심리가 그대로 투영되어 있어 재미있게 읽힌다.

> "글쎄, 이름이 순희래."
> "생긴 것도 촌스러운데 이름이랑 딱 맞네."
> 갑자기 순희가 싫어졌다. 그때까지 단 한 번도 이름에 대해서 고민하거나, 놀림의 대상이 된 적이 없었다. 그 모멸감은 깊이를 알 수 없는 곳으로 가라앉게 했다. 하루에도 몇 번씩 이름을 새로 짓느라 말수가 더욱 줄었다. 친구들 이름 중에 압도적이었던 경은이, 정은이, 은정이, 미정이 같은 이름까지는 바라지도 않았다. 순희라는 이름에서 '희'는 그대로 두고 '순'에서 자음 하나만이라도 빼고 싶었다. 호적은 내 능력으로 안 되었기에 공책에라도 바꾸고 싶었다. 자음 'ㅅ'을 'ㅁ'으로 고쳐서 '김문희'로 적었다.
>
> 〈순희야 순희야〉 중반부

그녀의 학창시절, '순희'라는 이름이 무척 촌스럽고, 못마땅했던 것 같다. '이름'이나 '외모' 콤플렉스 때문에 놀림이나 왕따를 당해 본 사람은 알 것이다. 이런 경우, 또래문화에서 어울리지 못하고 소외를 당하면 자존감이 떨어지고 자신감마저도 사라진다.

예부터 저마다 지어진 이름에는 사주팔자가 들어있어 그 사람의 운명을 좌우한다고 믿어왔다. 그래서 어른들은 작명할 때 좋은 기운을 불어넣기 위해 상생, 상극 등 음양오행을 따지고, 가문의 돌림자도 고려하는 등 당대 작명 문화에 걸맞게 멋진 이름을 지으려고 고심했다. 아마 그녀의 집안 어른들도 이런 점을 참작, 심사숙고하여 정했을 것이다.

오늘의 급변하는 사회에서 세대 간의 감각은 차이가 있게 마련이다. 더욱이 학창시절은 민감한 사춘기가 아닌가. 자신의 이름에 대해 흡족해하는 사람이 얼마나 될까. 알다시피 이름의 변천사는 빠르게 달라져 왔다. 50년대 전후에 '순자, 영자'가 대세를 이루면서 일본문화의 잔재를 보여주었다면, 이것이 60년대에는 '순희, 영희'로 바뀌어 간다. 70년대 전후에는 '미숙, 미경'이라는 이름이, 90년대에 이르면 '지혜, 지은'으로, 2010년대에는 '서현, 서연'이라는 이름으로 바뀌어 유행한다.

그녀는 자신의 성품대로 이름 콤플렉스를 잘 극복해 간다. "여전히 큰 소리로 웃고 화낼 줄은 몰랐지만, 내가 가진 장점을 좋아해 주는 친구를 사귀며 마음을 공유"해 가면서 "처한 그대로에 만족하고 감사하며 사는 방법"을 스스로 터득해 가는 것이다. "순리대로 살라고 지어준 듯한" 자신의 이름에 자긍심을 갖기 시작한 것이다.

요즈음 작명할 때는 어감, 변별성, 자의(字意), 영문표기, 이미지뿐만 아니라, 감정 등 여러 가지가 고려된다. 마경덕의 시처럼 우리가 사는 아파트마저 감정이 있다고 하지 않는가. '진달래, 개나리, 목련, 무궁화 아파트'에서부터 '푸르지오, 미소지움, 백년가약, 이 편한 세상' 등 감정을 결정하고 입주자를 부른다는 것이다. 그러고 보면 사람 이름에서부터 아파트 이름, 나아가 레스토랑이나 회사 이름까지 모든 업종에까지 당대의 사회 심리나 문화 현상을 반영하면서 변천하는 것 같다.

요즘 초등학교 국어 교과서에는 순희가 없다. 우스갯소리로 '순희는 커서 시집가고, 바둑이는 보신탕집으로 팔려갔다'고 한다. 영희와 철수는 외국으로 이민이라도 갔는지 소식을 알 수가 없다.

지금까지 개명한 친구들은 모두 대단히 만족해한다. 돈이 안 붙는다던 안금이는 재산이 많이 불었단다. 남편을 일찍 여읜 재순이는 새로운 인연을 만나 웃고 있다. 소주를 마시지 못해 손님이 없는가보다며 울상 짓던 곱창가게 금주는 술 권하지 않는 손님이 부쩍 늘었다며 즐거워한다. 그런가 하면 인자는 개명 후 이혼을 했다. 갖은 진상을 떨던 남편과 헤어지기를 원했던 친구에게 개명해서 좋으냐고 물었다. 개명 덕분에 이혼에 성공했다고, 진작 바꿀 걸 그랬다며 어깨를 힘껏 들어올린다.

〈순희야 순희야〉 후반부

위 수필 대목에선 위트와 해학이 넘친다. 그러고 보니 '영희, 철수'가 등장했던 교과서에 등장하는 이름도 많이 바뀌어 온 것 같다. 철수와 영희가 "외국으로 이민이라도 갔는지 소식을 알 수가 없다"라고 한 조크나 죽마고우인 '안금', '재순', '금주', '인자' 등 이름에 얽힌 너스레를 듣다 보니 고달프고 애잔한 소시민의 인생사를 보는 것 같아 실감 나고 재미가 있다.

'김순희'라는 이름에 얽힌 에피소드를 통하여 그녀는 '자기 회감을 통한 정체성 찾기'라는 지고한 사색의 행로를 보여준다. 유년시절에는 "불우이웃돕기 성금을 받아들고 부끄러워 고개 숙인 얼굴"이 있었고, "달려오던 오토바이에 부딪혀 허벅지 살이 찢어지면서도 읽고 싶은 책값을 마련하느라 신문 배달을 하던 열정", 그리고 9남매의 어려운 농가에서 지은 농작물을 머리에 이고 그 먼 장터까지 내다 팔아야 하는 열악한 유년의 가정사 등도 있다. 자신의 민낯을 이렇게 솔직하게 드러내는 일이 어디 그리 쉬운 일인가. 그리고 성년이 되어서 "첫사랑과의 이별 후 죽고 싶었던 절망" 등이 있었지만, 결코 "포기하거나 망가지지 않았던 것은 '순희' 덕분이라고 확신"을 내리는 내심에서 외유내강형의 깊은 성품을 인지한다. 그러면서도 글쓰기 앞에서는 "폭풍처럼 글이 잘 써지기만 한다면 몇 번이고 개명"할 의지가 있다는 열망이 참으로 가상하게 읽힌다.

그녀는 이름만큼이나 순박하고 청순하며, 조용한 성품을 지녔다. 결코 큰 소리로 웃거나 화를 내는 성격은 더욱 아니다. 이름이 그녀를 닮아가는지, 그녀가 이름을 닮아가는지 알 수 없지만, 시골에서 적응한 성장사라든가, 대인관계에서의 성품이나 잔잔한 글의 문체에서도 '순희'라는 이름 이미지의 힘은 늘 그의 생활에서 작용해온 것 같다.

늘 10대 소녀와 같은 헤어 스타일과 신발, 그리고 자신이 디자인하여 만든 치마와 가방을 걸치고 다니는 그녀. 게다가 말씨나 얼굴 표정도 늘 조용해서 고전미가 물씬 풍기는 인상이랄까, 아무튼 작금의 시대와는 조금 동떨어진 인상을 보여주는 그녀다.

그녀는 식성도 유별난 편으로 매우 까다롭다. 아니 까다롭다기보다는 어떤 음식이든 앞에 두고 시원하게 먹는 법이 없다. 빵이나 파스타, 만두 등의 밀가루 음식은 물론, 돼지고기나 쇠고기 요리부터, 혹은 맛있는 생선구이에 이르기까지 젓가락이 가는 법이 없다. 내가 그걸 확실히 알게 된 것은 몇 년 전 터키 문학기행 때인데, 뷔페식인데도 별로 음식을 즐기지 않는 듯하여 유심히 지켜보게 된 것. 오로지 접시에 담긴 음식이란 과일과 채소류뿐. 타고난 채식주의자로 비구니가 되어 평생 절간에서 살아야 할 사람이다.

엄마가 팥을 보내왔다. 작년 것보다 더 줄었다. 한 대접도 안 될 것 같다. 여든이 넘은 노구에 지은 귀한 농산물이다. 아니, 농산물이라기엔 이것은 엄마의 사랑이다. 엄마는 가을걷이를 하면 뭐가 됐든 그 옛날처럼 조금씩 갈라 나눠 담는다. 그때와 다른 점이라면 자루대신 검정 비닐봉지로 바뀌었다는 것이다. 아홉 자식과 당신 것을 열 개 봉지에 꽁꽁 싸매놓는다. 고구마 · 감자 · 콩 · 팥 · 고추 · 깨 등과 소주병에 담긴 깨기름이 해마다 양이

줄어들고 있다. 이 귀한 걸 앞으로 얼마나 더 받을 수 있을까. 어쩜 이것이 마지막일지도 모른다. 아무리 내가 팥죽을 좋아한들 귀한 이것을 과연 입에 넣을 수 있을까. 젊었던 엄마 얼굴처럼 반들거리는 팥을 쓸고 있자니 지난날 내 행동들이 불그죽죽한 팥물이 되어 고인다.

〈콩쥐 팥쥐〉 후반부

수필 〈콩쥐 팥쥐〉는 팥을 소재로 한 학생 시절 절도의 회억과 엄마의 정을 그려나간 글이다. 무엇보다 엄마의 회억을 통해서 깊은 모정을, 그리고 자아 성찰의 내면과 자아정체성의 여정을 깊게 읽을 수 있는 작품이다.

자신의 용감한 절도(?)는 상지여자종합고 졸업반 시절, 취업 면접을 보러가기 위해 입을 옷이 없어 엄마 몰래 팥을 내다 팔아 옷을 장만했다는 일이다. 이런 이후로 굵은 소낙비가 내리는 날이면 당시 팥 도둑질이 연상되어 심장이 두근두근 요동을 친다는 것. 시집을 간 후에도 늘 팥죽을 즐겨 먹었던 것 같다. 시골에서 엄마가 지은 팥을 보내와 펄펄 팥죽을 끓이면 지난날의 그 행동들이 불그죽죽한 팥물이 되어 고여 온다고 한다. 나는 이 작품을 읽으면서 대다수 음식은 별로지만 팥죽을 제일 좋아한다는 것을 알게 되었다.

보편적인 수필 작품이 그렇듯이 그녀의 작품 소재도 '나'의 공간으로부터 시작된다. 그리하여 부모, 남편, 자식, 그리고 시댁과 친정, 이웃으로 범주는 점점 확장되어 간다. 그녀의 수필적 시 · 공간은 과거 회상으로 끝나는 것이 아니라. 현실의 경지와 맞물려 '있는 그대로의 진실성'과 '있어야 하는 당위성'이 더불어 길항작용을 한다. 곧 회상의 끈을 잡아 댕기면 빛바랜 사진처럼 떠오르는 아득한 고향땅 영월 산골이 나타나고, 유년의 죽마고우의 정취가 그려지기도 하고, 억척스러웠던 어머니, 일찍 돌아가신 아버지의 영상이 몽상처럼 펼쳐진다.

여기에 첨가되는 현실의 발효의식, 남다른 인생사의 의미 발견이 감동을 준다는 것이다.

이제는 멀어져 간 순진무구했던 그녀의 지난 일들은 늘 정겹고, 그리움으로 남아 있다. 그녀의 기억 속에 사라져 간 모든 것들은 아주 소중하다. 그래서 그에게 있어 수필 쓰기란 정신의 옷 입히기로서 회억이나 그리움, 일상사의 에피소드들은 늘 사색이나 통찰의 그물로 건져 올리는 작업으로 처리된다. 한 마디로 친숙한 일상사의 지고한 자아 찾기라는 언어 여정을 여실히 보여준다는 것이다.

2.감성적 교감과 의미부여의 향미(香味)

김순희의 수필문장은 시적 표현의 문장들이 도처에서 구사된다. 활유와 직유, 은유 등 수사적 차원에서부터 위트와 유머의 문장도 종종 드러나고 있어 재미있게 읽힌다. 활유나 직유법의 문장 구사는 연상과 상상의 힘을 불어넣어 실감미의 효과는 물론 생동감과 환기력까지 높여준다. 그래서 그녀의 수필문장은 부드럽고 감칠맛의 향미가 난다.

> 유머가 많아서 언니의 입을 통해 나오는 말을 듣고 있으면 봄날 싸리꽃처럼 조롱조롱 재미난 일들이 가득한 세상이다.
>
> 〈보살언니 권사언니〉

> 양철지붕을 때리던 장마철 굵은 소나기 소리가 가슴에서 들린다.
>
> 〈콩쥐 팥쥐〉

> 감정의 가지들을 김밥을 말 듯 둘둘둘 말아서 맛있게 삼켜버렸다.

〈둘둘둘이다〉

자신의 존재를 확실히 각인시킨 '외출'이 신발을 신는 내게 묻는다.

〈외출〉

파내지 못해 그대로 놔두었던 마당가 바위 같은 고요였다. 아니나 다를까 결혼식을 삼일 앞두었을 때 드디어 바위를 뚫고 용암이 분출했다.

〈대장금 퍼포먼스〉

깨끗하게 닦아지지 않고, 뜨문뜨문 얼룩이 남은 자리에 언어싸움을 잘하는 누룩곰팡이 균을 뿌린다.

〈누룩곰팡이〉

한산하던 가족 카톡방과 밴드카페가 매일 호황이었다. 새벽 포구 만선의 배가 다량의 어획물을 쏟아내듯 문자와 사진으로 도배되었다. 댓글 다느라 바빴다.

〈대장금 퍼포먼스〉

김순희의 수필은 군데군데 시를 읽는 것 같은 세심하고도 풍요로운 감성의 향미를 맛보게 한다.

그녀의 수필에서 감성적 언어들은 묘사와 어울리고, 여기에 의미부여의 진술로 정신세계를 보여주면서 나름의 수필 미학을 구축해 간다. "봄날 싸리꽃처럼 조롱조롱 재미난 일들이 가득한 세상"이라는 언니의 말에 대한 표현, "장마철 굵은 소나기 소리가 가슴에서 들린다"는 육화된 언어 구사가 그렇다. 또한 "'외출'이 신발을 신는 내게 묻는다"는 시적 표현도 재미있다. 그리고 엄마의 역정을 "마당가 바위 같은 고요였다. 아니나 다를까 결혼식을 삼일 앞두었을 때 드디어 바위를 뚫고 용암이 분출했다"고 감정을 시각적 비유를 통해 드러낸 상황묘사도 매우 시적이다. 나아가 "얼룩이 남은 자리에 언어싸움을 잘하는 누룩곰팡이 균을 뿌린다"는 의미부여의 깊이나, "새벽포구 만선의 배가 다량의 어획물을 쏟아내듯 문자와 사진으로 도배되었다"고 하는 비유적 진술 등 시적 표현에서 남다른 감각과 의미부여의 해석을 보여준다.

수필의 착상과 형상화 과정에서 가장 중요한 것은 대상의 가치화, 곧 한 개인이 겪는 정서체험의 내면적 가치화의 여부일 것이다. 그러기에 현대수필에서 중요한 것은 감성과 지성의 조화가 있어야 한다. 여기에서 체험적 사실 곧 외면풍경만을 그려서는 안 된다는 것. 그러니까 작가는 마음의 눈, 마음의 귀, 마음의 촉수로 다가가 여기에 생명적 가치화, 곧 한 개인이 겪는 정서체험의 내면적 의미부여가 필요하다는 것이다.

이 가운데 수필 〈낯설게 보기〉는 자유분방한 감성적 교감의 백미를 보여주는 작품이다. 이 작품은 어느 봄날, 한 가정의 야생화 정원에서 보았던 체험을 생생하고 역동적으로 묘사하고 있는데, 시각, 청각, 후각 등을 활용한 감각적 언어 구사와 의인적 상상력이 남다르게 그려지고 있다.

> 정원에 도착한 순간, 내 게으른 눈동자가 분주하게 구른다. 미처 머리를 묶을 새도 없다. 눈으로 들어 온 향기는 폐와 심장을 거쳐 온몸의 혈관에 골고루 퍼져나간다. 손끝에 다다른 향기가 머리카락을 돌돌 말고 있다. 향기를 머금은 머리카락들이 꽃으로 변한다.
>
> 〈낯설게 보기〉 전반부

정원의 야생화에 대한 교감적 느낌이 매우 몽상적이다. 꽃과 화자는 완전한 한 몸, 일체감을 이룬다. 메를로 퐁티(Merleau Ponty)의 "나의 머리카락이 접하여 하늘이 시작된다"고 하는 말이 연상될 정도로, 꽃의 '향기'에 대한 표현이 매우 감칠맛 난다. 이를테면 "눈으로 들어온 향기"가 폐와 심장을 거쳐 "온몸의 혈관에 골고루 퍼져나가고", 손끝에 다다른 향기가 "머리카락을 돌돌 말고 있고", "향기를 머금은 머리카락이 꽃으로 변한다"고 한 연상적 감각의 촉수가 얼마나 예민하고 참신한가. 바로 이게 감성적 언어의 참맛이다. 윤동주 시 〈소년〉에서 보여주는 '맑은 가을 하늘 때문에 눈썹이 파래지고, 손으로 얼굴을 씻었더니, 손바닥에 푸르른 강물이 흘러 아름다운 순이의 얼굴이 떠오른다'고 하는 연상의 시를 보는 듯하다. 그래서 그녀의 수필문장 곳곳에 시적 감성의 향미가 그윽하다는 것을 거론하지 않을 수 없다.

윌리엄 블레이크(William Blake)는 "한 알의 모래 속에서 우주를 보며, 꽃 한 송이에서 천국을 본다"고 했고, 모 시인들은 흘린 밥알을 수도승으로도 보았고, 하나님의 눈물로도 보았고, 겨울눈이 내리는 거리의 개똥을 가부좌를 틀고 참선하는 부처로도 보고 시를 썼다. 그녀의 수필에서도 바로 이러한 시안(詩眼)의 상상력이 동원되고 있다는 것. 미시적으로 파고든 야생 꽃들의 열락의 세계. 화자가 바라본 야생초들의 모양과 자태가 내면의 몽상(상상)적 느낌으로 맛깔스럽게 스며온다는 것이다. 그녀의 수필에서 볼 수 있는 이러한 시적 감수성이야말로 작품성을 결정짓는 하나의 단초가 된다.

꽃창포와 수선화가 늘씬한 몸매를 도도하게 뽐내고 있다. 그 옆에 있는 제비꽃과 패랭이는 귀엣말을 속닥거리고 있다. 엄지손톱만한 수국 꽃송이들은 오밀조밀 모여 우애를 과시하고 있으며, 소원이 많은 비비추들은 한창 기도중이다. 노루오줌은 빈뇨로 인하여 연신 화장실을 들락거리고, 그 모습을 무심히 바라보며 개느삼이 늘어지게 하품을 한다. 입술을 요염하게 벌려 수련을 희롱하는 나리꽃을, 엉겅퀴가 조용히 나무란다. 황금꽃을 향해 호들갑스럽게 허리를 흔들어대는 개양귀비, 보라색인 너와는 맞지 않는 이름이라며 개명을 권하는 중이다. 돌담에 기댄 목단이 웅성거리는 이 정경들을 지긋이 바라본다. 백 살이 넘은 모습에서 연륜과 기품이 우러난다. 초롱꽃, 부추꽃, 벌개미취, 노루귀, 개망초……, 모든 들꽃이 아름답다.

〈낯설게 보기〉 중반부

위 인용된 수필문장에서 보듯, "모든 들꽃이 아름답다"라는 말은 사족일 듯싶다. 의인적 묘사로 이루어지는 야생초들의 모습이 꿈틀거리며 생동감 있게 다가오고, 이야기까지 개입되어 있다. 이 평화롭고 환희에 가득 찬 세계가 바로 천국이다. 들꽃 마당에서 보는 생의 충만함. 생명 존재들의 우아한 기품이 마치 작가의 속마음을 읽는 듯하다.

화가는 보이는 것만을 그리지 않고, 사진작가도 피사체만을 그대로 카메라에 담지 않는다. 곧 작가 내면의 느낌이나 생각을 담아내는 것은 예술 창작의 관건일진대, 김순희의 수필에서는 이런 교감의 예술미학이 그대로 드러난다. 나태주 시인이 〈풀꽃〉에서 "자세히 보아야 예쁘고, 오래 보아야 사랑스럽다"고 했듯, 작가 특유의 상상적 교감에서 빚어낸 날렵하고 발칙한 상상력의 촉수, 이것이 그녀의 수필이 지닌 작품의 예술성을 확보하는 비법이다.

문학 언어는 그 어떤 부류의 예술보다도 이 점에 가장 민감하고 정교하지 않을 수 없는 것. 그래서 그녀의 문학성, 작품성의 획득은 이러한 보이지 않는 사물에서 생명적 본질을 찾아내고, 들리지 않는 대상에서 우주와 영혼의 소리까지 집어내는 데 있다.

수필은 자신의 이야기라는 점에서 체험만을 쓰게 되면 자서전이 되기 쉽고, 자기 독백의 장르라고 넋두리나 푸념을 늘어놓는다면 일기문이 되기 십상이다. 적어도 수필 장르도 문학성을 감안한다면 신변잡사(身邊雜事)의 기록에 그쳐서는 안 될 것이며, 선택된 소재에 대한 개성적 정서와 가치 지향적인 의미를 제공해야 한다. 그동안 수필 문학이 하나의 장르로서 인정받지 못하고, 나아가 작품성이 약한 것은 바로 체험적 사실에 피상적 느낌만을 포장하는 경우가 대부분이었기 때문이다.

수필의 작품성은 외면풍경보다는 내면 풍경의 여부에 기인한다. 현대적 수필은 작가 내면에 비중을 두는 외면풍경의 단초에서 내면으로 향하는 남다른 진실, 본질의 탐구, 의미의 창출로 나가야 한다. 이런 점에서 바로 김순희 수필의 향미는 선택된 소재에 머무르지 않고, 제재를 증식시켜 나가면서 의미 있는 내용으로 주제를 부각시켜 나가는 힘이 있다. 그래서 그의 작품에는 체험적 연상의 에피소드로 구성되면서 작품마다 의미 있는 주제가 고리 역할을 해주며, 그런 뼈대를 설정해 놓고 여기에 감성적 문장으로 속살들을 붙여나간다.

징그럽게 피었다. 언제 이렇게 많이 피었을까, 아무런 낌새도 채지 못했는데.

커튼에 가려진 벽 구석에 곰팡이가 활짝 피어 있다. 이곳이 원래 내 자리였다는 듯 앞 다툼을 하고 있다. 솜사탕처럼 몽글거리는 것을 손등으로 쓱 훑었다. 손등에 묻은 곰팡이의 얼룩이 세균 같다. 병균에 감염된 양 소름이 돋는다. 씻어내기 위해 욕실로 들어가 비누칠을 하려는데 손 위로 엄마 손이 포개진다. 검버섯이 점점이 피어있는 손. 흰 피부를 가진 엄마는 돋아나는 검버섯을 견디기 힘들어했다. 검버섯을 없애기 위해 바늘로 찌르기도 하고 손톱으로 긁기도 했다. 점점 더 진해지자 빙초산을 밀가루에 개어 이쑤시개로 콕콕 찍어 검버섯 위에 올려놓기도 했다.

〈누룩곰팡이〉 도입부

수필 〈누룩곰팡이〉의 서두 부분이다. "솜사탕처럼 몽글거리는 것을 손등으로 쓱 훑었다. 손등에 묻은 곰팡이의 얼룩이 세균 같다. 병균에 감염된 양 소름이 돋는다"라는 표현이 얼마나 구체적인 실감미와 감각적인 심미감을 자아내는가. 이 작품의 모티브는 벽 구석의 활짝 핀 곰팡이에서, 그리고 자신의 손등에 묻은 곰팡이 얼룩으로 이어지다가 엄마 손등의 검버섯을 연상해 낸다. 그 검버섯, 곧 피부 곰팡이는 애환과 고초 속에 살아온 엄마의 이력서다. 아버지의 병사로 45세에 과부가 된 엄마. 늘 단아한 성격과 물봉선화 같았던 엄마의 모습은 사라지고, 가난한 살림에 9남매의 가장이 된 엄마. 고달픈 생로가 여기에서부터 시작된 것. 화자는 막걸리에 불은 밥알을 먹기 시작한 엄마의 변신을 이렇게 그려낸다.

> 부엌 앞에서 마주칠 때 가끔 양은 주전자를 뒤춤에 숨기던 엄마 모습이 생각났다. 뚜껑이 우그러지고 손잡이가 덜렁거리던 주전자. 남편 없는 빈자리를 하루하루 꾸려가던 엄마를 닮은 주전자. 살과 피를 빨아먹고 살던 자식들에게서 어쩌면 도망치고 싶진 않았을까. 찌그러진 뚜껑 위로 부글부글 끓어오르던 막걸리를 넘김으로써 몰려들던 온갖 풍파를 근근이 버틴 것이리라. 자식들을 끌어안느라, 삶을 견뎌내느라 엄마는 그렇게 힘겨운 싸움을 하고 있었던 것이다.
>
> 〈누룩곰팡이〉 중반부

막걸리에 밥알 덩어리가 들어있는 찌그러진 주전자를 늘 달고 살아가는 엄마. 그래서 엄마의 몸에서는 늘 시큼하고 구린 냄새가 났을 것이다. 한참 뒤에야 깨달았을 것이지만, 밥알이 든 막걸리에 중독된 것은 빈한한 시골 살림에서 숱한 고초를 이겨내려는 엄마 자신의 치열한 마음의 투쟁이었을 것이며, 동시에 하나의 도피처였을지 모를 일이다.

화자의 말대로 "고요하기만 했던 엄마의 처량한 몸부림" 같은 것. 얼마나 불쌍한 생각이 들었을까? 시큼한 막걸리 냄새가 물씬 풍기는 체취와 얼룩과 먼지들이 잔뜩 묻어있는 헐렁한 나일론바지. "헐렁한 일바지에 얼굴을 묻고 눈물을 훔쳤지만 나일론바지는 내 눈물을 흡수하지 못했다"라는 대목에서는 왠지 가슴이 뭉클해진다.

무섭게 세를 불려가는 곰팡이를 본다. 이대로 방치하면 며칠 내로 창문턱까지 기어오를 태세다. 게으름을 탓하며 부지런히 손을 놀려 닦아낸다. 얼룩덜룩한 곰팡이 같은 자신의 삶이었지만, 빛깔 좋고 맛좋은 누룩곰팡이 같은 자식들로 숙성시키기 위해 부단히 싸웠던 엄마였다. 남편 없는 삶에 짙게 드리워진 검정곰팡이를 피하지 않았다. 재차 권하던 친정에서의 재가를 마다했다. 도망치지 않고 당당히 맞서 싸웠다. 스스로 몹쓸 곰팡이가 되어 숱한 시련을 견뎌냈다. 낮은 음성은 한 옥타브 위의 음계로 변했고, 거친 상말도 옴처럼 입에 달라붙었다. 풋풋하고 여린 물봉선화 같던 자태는 숱하게 짓밟혀도 굴하지 않는 강한 생명력의 질경이가 되어갔다. 나이를 이기지 못해 이지러지고 자식이라는 벌레에 뜯겨 군데군데 구멍이 숭숭한 모습이다. 그렇게 자식들을 지켜냈다.

〈누룩곰팡이〉 후반부

화자는 창문턱까지 차오르는 검정 곰팡이의 속성, 그리고 막걸리 중독과 관련된 치열한 생의 변신, 나아가 양질의 누룩곰팡이들의 생리를 들어 비유적으로 연결해나가면서 그런 것들을 정신적 투쟁의 의미부여로 글을 만들어간다. "빛깔 좋고 맛좋은 누룩곰팡이 같은 자식들로 숙성시키기 위해 부단히 싸웠던 엄마"라는 의미부여, 그리고. "남편 없는 삶에 짙게 드리워진 검정곰팡이를 피하지 않았다"라는 비유적 해석이 주목을 끈다. 이렇듯 하찮은 집안의 '곰팡이'라는 소재를 통하여 손등의 검버섯, 누룩곰팡이로 연결되는 에피소드를 정신적 질료로 치환하여 갈무리해 내는 남다른 감수성의 촉수에 감탄하지 않을 수 없다.

엄마를 생각하며 언어를 만들어낸다. 읽고 쓰고 다시 보면서 진부한 문장들을 박박 문질러 지운다. 깨끗하게 닦아지지 않고 뜨문뜨문 얼룩이 남은 자리에 언어싸움을 잘하는 누룩곰팡이 균을 뿌린다. 무성생식으로 개체를 불려가는 곰팡이의 성질 그대로 잘 자라주길 바란다. 그 세 번째 집의 특별했던 누룩 맛의 비법처럼 나만의 언어 맛으로 확장되어 가는, 밀도 높은 문장이 만들어지길 기대해본다. 부디 엄마의 검버섯을 앞질러주길 희망하면서.

〈누룩곰팡이〉 결구부

위 〈누룩곰팡이〉의 결구에서 비유를 통한 의미부여의 매듭은 정점을 드러낸다. '벽 속을 타고 오르는 곰팡이'는 진부한 문장들처럼 박박 문질러 지워야 하는 대상이고, '무성생식의 개체를 불려가는 태생적 양질의 누룩곰팡이'는 술맛의 비법처럼 나만의 언어 맛으로 확장되어가는 밀도 높은 문장이 되어야 하는 대상이다. 결국 발효의식의 치밀하고 숙성된 문장을 쓰고자 하는 작가 내면의 시선이 야무지게 형상화되고 있다.

작가 초년생으로 언어를 정복하려고 하는 귀여운 욕심(?)이 재미있다. '언어가 힘이고, 권력의 속성을 지녔다'고 말한 미셸 푸코(Michel Foucault)의 말을 신봉하는 것인가. 언어만이 모든 세계를 연결시켜 준다는 능력을 알았는가.

남편을 처음 만났을 때, 경직된 나와는 달리 그는 여유로워 보였다. 곱슬머리 같은 아기자기하고 고슬고슬한 장난기도 많았다. 반듯하게 직선을 그으며 사는 것이 정직이라 믿으며 살던 때였다. 당연히 휘어지는 것이라곤 몰랐다. 그것이 옆의 사람들을 얼마나 불편하게 하는지 알지 못했다. 그의 느긋함은 뾰족한 내 성격을 다듬게 했다. 날카로운 정직이 사실은 무딘 어리석음이었다는 것을 깨달아갔다. 파마를 하고 머리핀을 꽂아보니, 생머리일 때보다 더 잘 고정되었다. 머리띠를 해도 그랬고 고무줄로 묶어도 훨씬 안정적이었다. 심지어 들꽃을 꺾어 꽂을 때도 웨이브 진 머리는 빛을 발했다. 사람 관계도 마찬가지였다. 휘기도 하고 구부러지기도 해야 그 사이사이로 서로 기대고 안길 수 있었다. 비집고 들어갈 틈을 두어야, 가까워질 수 있었다. 점차 그의 매력에 서서히, 그러나 틈새 없이 녹아들어 갔다. 독선적이고 고집불통이던 내 성격에 변화가 일기 시작했다. 곱슬곱슬한 머리카락 사이로 바람이 숨어들 듯이

〈머피의 법칙〉 후반부

수필 〈머피의 법칙〉은 아들과 남편으로 이어지는 머리 스타일에 대한 단상의 글이다. 머리카락 내지 머리 모양의 직선과 곡선이 의미하는 것이 어떤 것인지, 성찰적 의미로 다가선다. 그녀의 수필 쓰기는 무엇이든 세심하게 파고드는 관찰의 깊이도 있지만 사유의 깊이도 남다르다. "날카로운 정직이 사실은 무딘 어리석음이었다"는 것, 그리고 "휘기도 하고 구부러지기도 해야 그 사이사이로 서로 기대고 안길 수 있었다"는 것. 해서, "비집고 들어갈 틈을 두어야, 가까워질 수 있었다"는 것으로 사물 현상을 정신적 깊이로 세심하게 치환해 간다.

작가에게 있어 글의 소재란 어차피 해석의 대상이요, 의미부여로 처리된다. 그녀의 수필은 체험, 느낌, 연상, 의미부여의 단계를 거치면서 자기 스스로의 인생에 대한 발견과 해석으로 이루어진다. 그런 점에서 문학성이 떨어지는 단순한 체험의 기록이거나, 그저 단편적인 느낌만

을 뒤섞는 수필과는 사뭇 다른 눈높이를 보여준다. 수필의 생명력은 바로 작가가 체험한 소재를 글거리로 착상을 얻어내는 대상의 발견에 있는 것이고, 나아가 이를 유의미하게 해석해 내고, 추적하는 증식(增殖)의 힘에 있는 법. 김순희 수필에서 이러한 치밀한 천착은 하나하나 삼라만상과 인생이란 게 정말 소중하고 가치가 있다는 점을 여실히 드러낸다.

3. 언어적 재치와 정치(精緻)한 구성미

김순희 수필의 특성 가운데 하나는 현대수필로서 정치(精緻)한 구성미의 작품성을 들고 싶다. 그것은 하나의 소재를 붙들고, 여기에 시적 감성의 느낌과 소설적 구성의 정치한 뼈대로 서두와 결미를 조화시켜 나가는 힘이다. 말하자면 경험한 사실을 통해 작가의 내면에 잠재한 사상과 감정을 입체적으로 형상화하여 현대수필적 향미를 드러낸다는 것이다.

수필 〈낯설게 보기〉는 미시적 교감의 극치를 보여주는 동시에 정치(精緻)한 구성미로 짜여진 작품이다. 이 작품의 서두는 '치맛자락과 양말에 진한 노란 꽃물이 들었다'로 시작하여 '강화 야생정원의 꽃밭 묘사'가 전개된다. 이어 처녀 시절 회사 식당에서 하얀 블라우스에 카레 덩어리가 묻었던 일과 이를 '노란 꽃물'로 미화해서 본 직장 상사의 새로운 인상을 그려내고, 결미에서는 단순한 꽃물의 속성을 넘어서 '낯설게 하기'라는 주제를 부각시켜 나간다.

수필 〈누룩곰팡이〉에서도 이러한 정치하고 재치가 넘치는 구성미는 수필의 향미를 더욱 맛깔스럽게 만들어낸다. 이 수필의 서두는 집안 벽 구석의 징그러운 곰팡이를 보고 손등으로 훑어내는 장면을 제시하고, 이어 연상되는 흰 피부를 가진 엄마 손의 검버섯 이야기와 45세에 과부가 된 엄마의 혹독한 가정사를 지켜온 에피소드로 전개된다. 고초를 이겨내기 위해 늘 막걸리에 밥알을 불려 마시는 어머니의 애련한 모습, 그렇게 삶을 견디어낸 엄마의 긴 여행에 화자의 내면의식이 견주되면서 깨달음이란 주제의식을 도출한다. 곧 현실 체험에서 비롯된 '벽속의 검정 곰팡이' → '엄마 손의 검버섯' → '막걸리의 누룩곰팡이' → '누룩 맛의 비범한 언어 곰팡이'로 이어지는 술 향미 그윽한 수필로 재탄생시키는 것이다.

수필 〈머피의 법칙〉은 곱슬머리가 주소재를 이룬다. 서두에서 곱슬머리인 아들은 상고머리로 깎고 싶어 하지만 스포츠형으로 깎아 줄 수밖에 없는 필자의 고심이 그려진다. 이어 회억의 시간으로 돌아가 곱슬머리였던 지금의 남편과 결혼을 망설였던 일이 전개되고, 독선적이고 고집불통이었던 자신의 성격에 곱슬머리로 인해 변화가 일어났다는 깨달음 의식으로 결구 처리가 이루어진다.

재치가 넘치고 구성의 백미를 보여주는 작품은 〈보살언니 권사언니〉이다. 이 수필의 발단은 호기심이 왕성한 4학년 아들의 화두(?)로 시작된다. "엄마 엄마, 부처님하고 예수님하고 누구 힘이 더 세?"라는 질문. 참으로, 난감하고 황당하지 않은가? 엄마도 대답이 궁했을 것이다. 내가 그 상황에 처했더라면 아마도 별나게 뾰족한 답이 없었을 것. 그런데 이 화두를 놓고 학교에서 서로 논쟁이 붙었고, '청소 당번 내기'까지 걸었다는 것이다.

이 화두에 대척할 만한 체험적 에피소드를 의미 있게 처리한 결구 부분에선 재치가 넘쳐난다. 4년 전 눈이 펑펑 쏟아지던 겨울, 계단 턱에서 아들이 넘어지려는 것을 붙잡다가 그만 무릎의 연골판이 찢어져 수술을 하게 되었단다. 병원에 입원한 후, 얼마 있다가 병문안을 나란히 온 큰언니와 셋째언니. 이 두 언니는 모두 독실한 신앙인이었는데,

오른 손을 잡은 큰언니는 불심이 깊은 보살님이고, 왼손을 잡은 셋째언니는 교회의 권사님이었다는 것. 보살언니는 『금강경』을 놓고 가고, 권사언니는 『성경』을 머리맡에 놓고 갔다고 한다. 아마 보살언니가 찾아오면 『금강경』을, 권사언니가 문병 오면 『성경』을 읽고 있을 것이 뻔하다.

종교를 갖고 있지 않던 나는 종교 지도자들의 좋은 책을 가끔씩 읽었지만, 성경과 금강경은 그때가 처음이었다. 성격 그대로 큰언니는 흔들리는 눈동자를 눈꺼풀 속에서 달래며 가방 속 염주를 조용히 굴린다. 반면에 힘이 느껴지는 셋째언니는 십자가 목걸이를 반짝이며 성경의 우월성을 역설하느라 바쁘다. 물리치료를 핑계 삼아 곤란한 자리를 파하는 자리에서 보살님은 '나무관세음보살'을, 권사님은 '하나님아버지'를 조용히 되뇌고 있었다. 그 후로도 언니들은 포교와 전도를 해온다. 물뱀처럼 매끄러운 권사언니의 말을 듣고 있으면 쪽빛의 맑고 푸른 강물이 흘렀다. 인자하고 평화로운 보살언니에게선 햇살이 쏟아져 내리는 가을바람에 실린 단풍 소리가 들려와 성찰의 시간을 갖게 한다. 할 수만 있다면 마음 가는대로 두 종교를 두루 섭렵하면 안 될까 하는 어이없는 발상도 일곤 했다.

〈보살언니 권사언니〉 후반부

위 결구 부분의 글에서, 화자의 말대로 "마징가와 태권브이마냥 우열을 가리기 힘든 비교 대상"이 아닐 수 없다. '연륜이 깊은 부처님'이 세다고 할 수도 없고, '열정이 넘치는 예수님'이라고 할 수도 없고…. 결국 고심 끝에 "엄마 생각엔 큰 목소리로 말을 잘하는 사람이 힘이 센 거야!"라고 했단다. 그야말로 아들로부터 "엄마 짱"소리를 들을 정도로 현답이다.

수필 〈둘둘둘이다〉는 구조상 수미상응(首尾相應)의 전범을 보여주고 있다. 이 작품은 숫자 '둘둘둘'에 얽힌 에피소드 2개를 살려 '인연'이란 주제를 끌어낸 작품이다. 첫 번째 에피소드는 2학년 2반 2번인 딸아이를 기억하지 못하는 대화가, 두 번째 에피소드는 시댁에 맨 처음 결혼 승낙을 받으러 가서 어떻게 설탕과 크림, 커피를 믹싱할 줄 몰라 망설이고 있을 때, 재치 있게 시어머니가 들려준 '둘둘둘'이라는 조언을 듣고 안도하게 된 일이 글감의 뼈대가 되고 있다. 그리하여 잊혀가는 기억을 끄집어내 준 딸에 대한 고마움과, 어머니가 가르쳐 준 '둘둘둘'의 의미를 삶의 지혜로 삼아 오고 있다는 이야기로 마무리 된다.

수필 작품의 구성상 에피소드의 연결에서 시간의 전위차나 공간의 전위차를 두면 작품의 미감이 한층 살아난다. 곧 서로 다른 에피소드지만 의미 있는 관계짓기로 이들을 연결시켜 나가면 환기력이 생기고 상상의 재미를 얻게 될 뿐 아니라 다이내믹의 강도도 높아지게 마련이다. 작품의 역동성이란 그만큼 울림이 커진다는 것이고, 확장적 시간과 공간이 주는 장력과 압축의 묘미에서 작품의 미학이 증대되는 것이다.

이런 점에서 수필 장르는 결코 '붓 가는 대로 쓴 글'이 아니다. 오로지 자연스러운 호흡, 관조의 연상으로 자유로워야 한다는 뜻으로 해석하고 싶은 것이다. 해서 이야기 수필도 소설적 구성의 짜임새를 도입할 필요가 있다. 구성이라는 설계도가 없다면 어찌 튼튼하고 아름다운 건축물을 만들 수 있겠는가. 선과 색으로 사상과 감정을 드러내는 화가도 구상과 구도 없이는 좋은 그림을 그려낼 수 없는 법. 짧은 이야기로 내면의 느낌과 생각을 펼쳐야 하는 수필의 경우, 정치(精緻)한 구성은 작품성을 구축한다는 점에서 필수적이다. 바로 그러한 구성의 백미라고나 할까, 그 전형을 김순희 수필에서 발견하게 되는 것이다.

이러한 그녀의 정치한 구성미는 특히 결구 부분에서 폭넓은 연상력을 보여주면서 재치와 기지로 언어미학의 새로움을 만끽하게 한다.

미련한 성격이라 미련(未練)이 많다. 하지만 아버지 마음을 읽기엔 너무 어린 나이였다고 스스로 위무를 한다면 미련이 좀 가실까. 〈중략〉

오백 원 주화에는 학이 날고 있다. 그야말로 주화에 날개가 달린 셈이다. 바다를 호령하던 충무공은 학이 되어 날아올랐지만, 내 마음은 땅에 붙박여 있고 싶다. 아버지가 사진 속에서 불로장생하고 계시듯이 미련한 내 마음에 방부제를 듬뿍 뿌려 상하지 않기를 바라본다. 지폐와 아버지 사진을 포개 낡은 앨범 속에 넣는다.

〈오백 원〉 후반부

수필 〈오백 원〉은 화자가 초등학교 다닐 때의 저금에 관한 이야기를 소재로 하고 있다. "미련한 성격이라 미련(未練)이 많다"에서 '미련'은 동음이의어에 의한 말장난이다. 그리고 500원 주화의 그림을 보고, "바다를 호령하던 충무공은 학이 되어 날아올랐지만, 내 마음은 땅에 붙박여 있고 싶다"든가, "아버지가 사진 속에서 불로장생하고 계시듯이 미련한 내 마음에 방부제를 듬뿍 뿌려 상하지 않기를 바라본다"라는 표현에서는 재치가 넘쳐난다.

미처 몰랐던 욕구들이 낯선 곳으로의 외출을 부추겼다. 그럴 때마다 초록으로 둘러싸인 고향을 떠올리며 다독였다. 〈중략〉 가정 또한 결혼이라는 외출을 통해 이룬 것이다. 지금까지 한 다양한 외출 중에 가장 긴 외출이다. 낯설고 긴장되고, 묵직하고 흥분을 가져왔던 가정으로의 외출은 점차 지루해졌다. 외출 안에서 또 다른 외출을 해야만 했다. 남편을 응원하는, 아이들에게 깊은 애정을 쏟는, 내 손길을 필요로 하는 것들. 설렘 대신 인내와 함께하는 외출. 사랑과 정성을 기울일수록 더 견고해지는 외출이다. 천 개의 조각이 제 자리를 찾아 빈틈없이 메워졌을 때 완전한 '외출'이 되었다. 그렇듯이 가족 모두와 함께하는 외출을 꿈꾼다. 가족의 부양을 위해 애쓰는 고단한 남편과 꿈을 쫓느라 지친 아이들을 배에 태우고 저 여인처럼 힘껏 노를 저어야지. 작품 제목을 '외출'이라고 명명한 화가의 마음이 이제야 읽혀진다.

〈외출〉 후반부

어머니가 가르쳐 준 둘 둘 둘은 별 탈 없이 삶을 둘둘둘 굴릴 줄 아는 지혜가 되었다. 숫자의 의미를 담고 있는 둘 둘 둘이지만, 리듬이 되어 가벼워지고 힘이 솟게 했다. 가진 능력에 부치는 일이 생기면 목도리처럼 둘둘둘 따뜻하게 싸매며 기운을 냈다. 누군가의 도움을 받으면 잊지 않으려고, 고운 색실 두 가닥을 둘둘둘 꼬아서 팔찌를 만들어 차고 다녔다. 그런가 하면 사람과의 오해가 불거져 소통이 단절되거나 분쟁이 일었을 땐, 숫자로서의 둘 둘 둘을 생각했다. 사람의 숫자만큼 갈라지는 생각의 가지였다.

〈둘둘둘이다〉 후반부

〈외출〉은 퍼즐 그림이다. 화자는 초록색 퍼즐 그림판을 통하여 고향을 떠올리고, 결혼이란 외출을 연상해 내고, 가족과의 여유로운 나들이를 소망해 낸다. 또한 작품 〈둘둘둘이다〉에서는 '둘둘둘'이라는 의미를 연상 확장하여 "둘둘둘 굴릴 줄 아는 지혜"로, 가벼운 리듬으로서의 삶의 힘으로, 혹은 실제로 "목도리처럼 둘둘둘 따뜻하게 싸매기"도 하였으며, "고운 색실 두 가닥을 둘둘둘 꼬아서 팔찌를 만들어 차고" 다니기도 하였다. "소통과 분쟁이 일었을 때"도 "감정의 가지들을 김밥을 말 듯 둘둘둘 말아서 맛있게 삼켜버렸다"고도 했다. 그러니까 '둘둘둘'이란 어의를 다양한 정신의 의미체로 연상해 나가면서 메타언어화하여 주제를 부각시키고 있다.

우리네 인생사는 늘 사소하고 보잘것없는 것의 연속이다. 하지만 깊은 안목으로 순간의 일상사를 되새김질하고 발효시켜 찬찬히 들여다

보면, 생명적 관계 맺기가 형성되고 유의미한 세계로 확장되어 간다. 여기에 참다운 지혜와 깨달음이 생겨나고, 의미 있는 풍경들이 숨 쉬고 있음을 목격하게 된다. 그래서 흔히들 인생이라는 것이 살아가면서 깨닫고, 성찰하면서 묘리를 알아간다고 하지 않는가. 바로 김순희의 수필 쓰기는 수없이 진화, 변화하는 인간으로서 생각이 바뀌어 가는 새로운 의식 확장의 표상이요, 성찰의식의 기록이며, 나아가 자연과 인간세계를 유의미하게 바라보는 생명의 언어로 질 높은 작품성에 닿아 있다는 것이다.

금번 김순희의 수필집은 40여 년 앙금으로 가라앉은 자기정체성의 뿌리를 끌어올리는 첫 번째 정신의 그물 작업이다. 반짝이는 감성의 비늘, 영양가 풍부한 식탁을 기대해도 좋을 듯하다. 수필집은 많으나 작품성 있는 수필집이 귀한 오늘의 현실에서 이번 첫 수필집은 우리 수필 문단에 좋은 귀감이 되리라 생각하며, 또 현대수필의 한 면모를 보여준다는 점에서 시사점이 크고 앞으로 더 좋은 작품을 기대해도 무방할 것이다. ✢

신순자 수필의 자양분은 자신의 내면의 소리를 들으며 자신의 삶을 가꾸어가는 삶의 양식을 보여준다는 데 있다. 삶의 주인으로 자신에 대한 더 깊은 겸손의 마음을 통해 내일을 강하게 살도록 스스로 담금질하는 그의 수필적 행보에 박수를 보낸다.

정감적 체험이 빚어낸 농익은 성찰의식

— 신순자 수필집 『그때는 말이야』(도서출판 미소)

정감적 체험이 빚어낸 농익은 성찰의식

— 신순자 수필집 『그때는 말이야』(도서출판 미소)

수필집 『그때는 말이야』는 신순자의 첫 작품집이다. 그녀는 5년 전에 《에세이포레》로 등단, 뒤늦게 글쓰기에 입문하였다. 하지만 지금은 경인문학회 회장을 맡는 등 왕성하게 활동하고 있다.

그녀는 1943년 충북 증평에서 출생, 이제 80을 바라보는 나이다. 청주와 인천에서 어린 학창시절을 보낸 그녀는 당시 수재들이 가는 인천사범학교를 나와 첫 부임지 강화를 필두로 42년간 12개의 학교에서 봉직했다. 그러고 보면 8 · 15광복과 6 · 25전쟁을 거쳐 4 · 19혁명, 5 · 16군사정변 등 현대사의 질곡과 애환을 두루 체험한 산 증인이다.

필자와의 만남은 문예창작반에서 시작되었다. 처음에는 인문학적 교양을 습득하는 정도였지 그다지 적극적이지 않았다. 그러던 그녀가 몇 년이 지나고부터는 의욕이 생겼는지, 본격적으로 글공부에 집념을 보이기 시작했다. 아마도 그녀의 인생사 70대는 문학과 씨름을 겨룬 시기였던 것 같다. 인생길에서 70대는 공자가 말했듯이 격물치지(格物致知)의 완숙기로 내심, 자신의 깨달음을 반추하며 살아가는 나이라고 할 수 있다. 수필은 바로 이런 늦깎이 인생들의 예술 장르가 아닌가.

인생길 후반부에서 그녀가 쓰는 수필의 맛깔과 향내는 어떠할까? 그녀의 첫 수필집 『그때는 말이야』에서 보여주는 핵심적 화두는 체험적 성찰을 통한 자아정체성의 길 찾기이다. 그녀의 글을 읽다 보면 최

신형 타임머신을 타고 옛 골동품 골목을 휘 둘러보는 진귀한 체험을 맛보게 된다. 40여 편의 작품에서 갈무리되고 있는 에피소드는 그녀가 살아온 만큼의 내밀한 자화상이요, 다채로운 향내와 빛깔들로 생의 무게를 보여준다. 가령 아련한 과거 체험을 내면적 사유로 대응시켜 패럴러리즘의 효과를 살려 쓴다든가, 회억적 상관물을 끌어와 농밀한 성찰의식으로 구성지게 빚어낸다는 점이다. 나아가 그녀의 타고난 성정에서 비롯되는 해학과 유머, 재치의 맛깔스런 문장도 흠뻑 만날 수 있다.

수필의 자양분은 농익은 감성의 깊이와 연륜적 삶에서 얻은 깨달음에서 오는 것. 그래서인지 나도 모르게 수필집의 주인공이 되어 내일을 풍요롭게 열어가고자 하는 생의 지평, 생의 열망을 터득하게 된다.

1. 해학적 눈썰미와 긍정적 사유가 풀어내는 재미

신순자의 수필을 읽어가다 보면 작품 곳곳에 해학과 유머, 재치가 넘쳐나 읽는 재미가 쏠쏠하다. 이러한 해학과 유머의식은 그녀의 긍정적 삶의 태도에서 비롯되는 것이지만, 무엇보다 소소한 것, 보잘것없는 것에 대한 남다른 작가 특유의 애정과 관심에서 기인한다. 일상체험에서 일어나는 무수한 일들, 그리고 소소한 대상의 순간들이 내면의 되새김질 속에서 글감으로 다가와 의미 있게 미학적으로 형상화된다. 그래서 그가 바라보는 세상은 따뜻하고 긍정적이다. 소소한 것을 놓치지 않는 눈썰미, 여기에 해학적, 유머를 섞어 감칠맛나게 요리해나가는 솜씨가 있다.

긴 줄에 서 있는데, 숙인 시선의 높이에 맞게 한 남자의 엉덩이가 보였다. 바로 내 앞의 앞자리에 선 남자의 엉덩이였다. 바로 앞의 남자는 훌쩍 한 키에 깔끔한 검정색 긴 코트를 입고 있었다. 그 앞의 남자는 이와 대비되는 노란색 방한복을 입고 있어 금방 눈에 들어왔다. 비니에 목도리, MP3까지 완벽한 신세대 차림의 젊은이였다. 그런데 아뿔싸. '웬일이야, 바지가 벗겨지고 있잖아. 너무 바빠서 바지 단추 끼우는 것을 잊었나 봐. 이걸 어쩌지….' 순간 벗겨지는 그 신세대의 바지에 놀라 당황했다. 노란 방한복이 좀 길었으니 망정이지 더 짧았다면 어찌 되었을까.

〈중략〉

"저기요, 바지가 벗겨지고 있어요. 단추를 안 잠갔나 봐요."

조심스럽게, 아주 조심스럽게 속삭이듯 말했다. 신세대 청년은 얼른 바지를 훑어보더니 무심히 말했다.

"이 바지, 원래 이렇게 디자인된 건데요."

"어머! 그래요? 미안해요…."

〈남자 엉덩이〉 중에서

이런 걸 해프닝이라고 해야 할 것이다. 서사적 운행의 정서가 너무 재미있게, 극적으로 다루어지고 있다.

수필 〈남자 엉덩이〉에 나오는 에피소드는 화자가 추운 겨울날 일산 암센터에 가기 위해 버스를 기다리다가 생긴 일이다. 나이를 먹다 보니 눈이 어두워서 그랬을까. 착시 현상을 일으켜 너무 황당했다는 얘기다. 나중에 신세대 청년의 엉덩이를 유심히 살펴보니, 청바지의 엉덩이 쪽 디자인이 리얼하게 벗겨지는 형태로 되어 있더라는 것. 게다가 속옷처럼 덧댄 천 조각에 끼우지 않은 단추 구멍이 두 개가 그려져 있어 그만 실소를 했다는 것 아닌가. 원래 바지가 그렇게 디자인된 것이라는 청년의 말을 듣고 얼마나 당황했고 창피했을까. 화자의 화끈거리는 얼굴 모습이 생생하게 떠오른다.

이 수필에서 그녀의 진솔한 내면세계가 읽힌다. 화자 체험의 실수는 어찌 보면 화자 자신의 우둔함에 대한 토로일 수도 있고, 어리석은 자아의 고백일 수도 있다. 그럼에도 불구하고 작가는 하나의 에피소드를 해학적인 맛깔로 승화, 재미있게 형상화하고 있다. 이런 점에서 서사적 지향의 수필로, 동기 실현의 실패를 극적으로 다루었다는 측면에서 호감이 가는 작품이다.

이거 사주팔자, 아주 나쁘게 타고난 거 아닐까. 심장박동이 빨라졌다. 스님의 얼굴을 뚫어져라 쳐다보았다. 입 열리는 게 두려웠다.

"그럭저럭 팔자는 잘 타고 났구먼. 부모덕은 못 봤어도 남편, 자식 덕은 많고, 늦팔자도 좋아."

빙그레 웃음까지 짓는 스님의 말씀이었다. 휴, 가슴을 쓸어내렸다.

"그런데 말야…."

또 무슨 말을 하려나 싶어 펴지던 가슴이 다시 오그라졌다.

"더 자세히 풀어보니 팔자에 화냥기도 조금 있고, 일부종사가 버거운 사주야."

생전 처음 들어보는 말이었다. 나 같은 못난이 얼굴에 화냥기가 있다니…. 얼토당토 맞지 않는 말이었다. 지금까지 50년을 한결같이 한 남자와 잘 살고 있는데, 무슨 소리냐며 뺨을 후려치고 싶었다.

〈화냥기라니〉 중에서

서사적 지향의 작품, 〈화냥기라니〉에서도 아주 감칠맛나고 재미있게 그려지고 있다. 이 글은 점집과 철학관에서 벌어진 두 가지 에피소드로 구성, 전개되고 있다. 그 하나는 젊은 시절, 직장 선배 남편의 바람기 때문에 찾아간 점집에서 빚어진 얘기이고, 그 다른 하나는 시아버지 묘소 이장 시기를 잡기 위해 철학관을 찾아갔다가 엉뚱하게 빚어진 사주팔자 얘기이다. 이 두 사주팔자를 둘러싼 에피소드는 선배 남편의 바람기와 본인의 화냥기라는 엇비슷한 소재를 중첩, 흥미를 유발시켜 가면서 글의 일관성을 유지하고 있다. 본인과 관련된 사주풀이에서 "팔자에 화냥기도 조금 있고, 일부종사가 버거운 사주야."라는 말을 들었을 때 얼마나 낙담했을까. 그런데, 후반부 매듭에서 자신의 낙담해야 할 처지를 승화시켜 긍정적인 시선으로 해석하고, 그걸 삶의 에너지로 바꾸려는 시도가 참 인상적이고, 공감이 간다.

> 나에게 선천적으로 화냥기가 있다는 말이 아주 틀린 것만은 아닌 것 같았다. 자연의 변화에 민감하게 도취하고, 꽃과 나무를 무척 좋아하는 경향이나, 남다른 감정의 설렘도 그런 화냥기에서 발동된 것이리라. 또한 지인들과도 쉽게 교감하고 유난히 실버댄스를 좋아하는 등 어떤 일에 깊게 몰입하는 성정 모두가 바람기에서 비롯된 것이라는 생각이 들었다.
>
> 〈화냥기라니〉 중에서

나의 주어진 운명을 긍정적으로 풀어내는 지혜, 그걸 지성이라는 말로 바꾸어도 상관없을 것이다. 80세를 바라보는 자신의 나이에, 화자는 자기 내면의 소리를 듣는다. 가만 보니, 자신이 하고 싶은 것들에 대한 욕망, 끊임없이 에너지가 샘솟는 것이 화냥기에서 비롯된 것이라는 생각에 이른다. 곧 그 타고난 바람기가 발동되어서 뒤늦었지만, 이런 연유로 글 쓰는 일이 시작되었다고 의미 있게 글을 맺고 있다.

이렇듯 주체적이고도 긍정적인 깊은 사유의 글은 어떤 대상이나 현상을 접할 때, 그녀만의 침잠에서 빚어내는 의미 있는 사유나 정치(精緻)한 해석에서 비롯됨을 알 수 있다. 만약 사주팔자대로 '화냥기 타고난 년'이라는 것을 운명적으로 받아들이고 체념에 그쳤다면, 삶의 일상은 마냥 지리멸렬해졌을 것이다. 여기엔 작가 나름의 긍정적인 사고

방식과 자아의 농익은 통찰의 눈썰미가 작동되어 있다. 이는 무엇보다 자아를 긍정적으로 해석코자 하는 그녀만의 생의 의지, 가치관에서 비롯된 것이라 보고 싶다.

이러한 해학과 유머의 재미를 보여주는 작품은 여러 수필에서 나타난다. 가령 〈고목나무의 리모델링〉을 보면, 나이 80을 바라보는 시니어(senior) 세대에 무슨 재혼할 것도 아닌데, 눈 밑 지방 불룩이를 없애려고 성형외과에 가서 결국은 피를 보고 말았다는 것인데, 아주 재미있게 형상화하고 있다. 또한 교사 시절, 콜레라 검진으로 가검물을 추출하는데 빙판처럼 얼어붙은 아이의 항문에 유리 막대를 넣는 것을 보고 엉덩이에 저절로 힘이 들어갔다는 〈배앓이〉, 집에서 머리 만질 때 잡아주는 녹색 집게를 정수리에 얹고, 최신 유행의 패션 머리핀을 한 것처럼 버스와 부평역 상가, 지하철을 종횡무진 다녔다는 얘기를 그린 〈패션 유죄〉도 재치가 넘친다.

일반적으로 수필 문학은 사실적 차원과 의미적 차원이 중심을 이룬다. 현대수필에서 사실적 차원의 소재는 시공간의 설정이 거시적인 것이 아니라 미시적이고 제한적으로 다룬다. 나아가 그에 수반되는 의미적 차원은 정치(精緻)한 해석과 반응으로, 보다 의미부여가 증폭되어 다루어진다. 곧 현대수필은 미시적으로 소재를 다루며, 이들 소재에 대한 느낌과 반응이 지배하는 의미적 차원에 크게 비중을 둔다는 점에 있다. 이런 측면에서 신순자 수필은 현대수필의 지향점을 여실하게 보여준다.

2. 회억적 상관물을 통한 자아정체성의 길 찾기

여기에서 회억적 상관물이란 글에서 선택된 중심소재이고, 자아정체성이란 수필이 지향하는 자아 내면의 핵심적 의미망과 관련된 개념이다. 그러니까 수필의 시각에서 보는 자아정체성은 다른 사람, 혹은 세계(사물) 관계를 맺으며 가지게 되는 '나는 누구인가'에 대한 해답으로 내면의식으로서의 자각하는 상태를 말하는 것이다. 대개의 수필에서 중심소재는 사실적 차원에서 화자의 체험과 관련된 내용이 다루어진다면, 그에 대한 내면적 깊이의 자아정체성의 형성은 온전히 작가의 인생관, 가치관, 세계관과 연루되어 있다.

신순자의 수필을 읽다 보면 제목이기도 한 선택된 중심소재로, '동동구루무'나 '횃댓보' 등 낯설고 생소한 옛 소재들이 자주 등장한다. 아마도 젊은 사람들은 이런 사물들을 보지도 듣지도 못했을 것이다. 이런 소재들을 통하여 작가는 타임머신을 타고 당시 함께 지냈던 인물이나 사라진 풍경과 풍습, 그리고 인상 깊었던 회억을 떠올리며 작품화한다.

그 가운데, 수필 〈동동구루무〉는 그녀가 학창시절을 보냈던 60년대의 화장품 문화와 모정의 애환이 물씬 묻어나 있다.

> 동동구루무 한 통만 사면 / 온 동네가 곱던 어머니 / 지금은 잊혀진 추억의 이름 / 어머님의 동동구루무 / 바람이 문풍지에 / 울고 가는 밤이면 / 매운 손을 호호 불면서 / 눈시울 적시며 서러웠던 어머니 / 아 아 동동구루무
>
> 〈동동구루무〉 중에서

그녀는 노래하는 것을 좋아한다. 그래서 가끔 동네 노래교실에 가서 노래를 부른단다. 위 〈동동구루무〉는 노래 제목으로, 바로 동네 노래교실에서 처음 배운 노래이다. 이 노래를 부르다가 노랫말의 가사에 갑자기 울컥 서러움이 북받쳐 올랐다고 한다. 어머니의 모습과 당시의 애환이 떠올랐다는 것. 이 동동구루무가 회억의 매개체인 상관물로서

글의 모티브가 된 것이다. 이 작품의 배경이 되는 그때는 처녀 선생님으로 강화 어촌마을 학교에서 근무하고 있을 무렵이고, 자기의 얼굴에 발랐던 화장품이 바로 동동구루무였다고 한다. 그 동동구루무는 인천항에서 어머니가 배편으로 보내주신 거라고 했다. 60년대 당시 동동구루무는 열악했던 서민층 여인들이 애용하던 영양크림이었다고 한다.

둥둥 북소리와 함께 아저씨가 나타나면 언제나 동네는 성시를 이루었다. 동네 아낙네들은 조그만 화장품 빈 그릇을 가져가기도 했다. 그러면 아저씨는 대나무 판에 걸쭉한 화장품을, 아이스크림 떠내듯 묻혀 빈병에 채워주고, 그 양에 따라 값을 받았다.

〈동동구루무〉 중에서

위 수필에서, 화장품 용기가 없어 걸쭉한 아이스크림 퍼내듯이 동동구루무를 팔았다고 하니 격세지감을 느낀다. 60년대 초임 교사로 발령을 받은 그녀도 이 동동구루무를 썼다고 했다. 그래서 화장품을 살 때면 이 동동구루무가 생각나고, 그 "동글동글한 어감을 생각하면 빙긋 미소가 번진다."고 했다. 이 수필에서는 동동구루무라는 화장품이 갖는 어감이 아주 흥미를 끈다. 합성어로 보여지는 이 '동동구루무'는 '동동'이라는 순우리말과 '구루무'라는 일본식 영어표기의 조합인 것 같은데, 묘한 리듬의 뉘앙스를 풍긴다.

다음은 제목도 낯설은 〈햇댓보〉라는 수필의 일부이다.

까치의 행동을 쫓고 있는 눈을 다람쥐 한 마리가 빼앗는다. 상수리나무 가지로 올랐다가 쏜살같이 내려온다. 역시 배가 고픈가 보다.

"먹을 것이 그렇게 없어서 어쩐다냐?"

순간, 그 옛날 우리 집 안방에 걸려 있던 횃댓보가 생각났다. 나도 모르게 피식, 웃음이 나왔다. 살림살이가 여의치 않아 가구도 장만하지 못하고 살 즈음, 각 가정에는 지금의 장롱 대신 '횃댓보'라는 벽면 가리개가 있었다. 일명 '아플리케'라고 불렀는데, 벽면 크기만큼의 흰 옥양목 천에 예쁜 도안을 만들어 붙여놓고 가장자리를 떨어지지 않게 색실로 꿰매서 만든 것이었다. 그 시절 고등학교에 다니는 여학생이 있는 집이라면 가사 시간에 꼭 이것을 만들어 실기점수를 받기도 했다.

〈횃댓보〉 중에서

횃댓보를 아시는가? 횃댓보란 '먼지가 앉지 말라고 횃대에 걸어 놓은 옷을 덮는 보자기'를 말한다. 요즈음은 옷장이나 드레스룸을 사용하기에 거의 찾아볼 수 없지만, 40~50년 전만 해도 집집마다 벽에 걸어 놓은 옷을 덮기 위해 이 보자기를 사용하였다.

화자는 병원 앞 벤치에 앉아 있다가 등산로에서 먹이활동을 하고 있는 까치와 다람쥐를 보게 된다. 순간 그녀는 고등학교 시절로 돌아가 가사 시간에 수놓았던 횃댓보를 연상해 낸다. 역시 여기서도 '횃댓보'는 과거의 회억을 불러내는 매개체로서의 상관물이다. 곧 등산로에서 본 상수리나무와 다람쥐 모습은 그녀가 예전, 횃댓보에 수놓았던 상수리 나뭇잎과 두 마리 아기 다람쥐가 도토리를 까먹는 장면과 흡사했던 것이다. 화자는 자수가 놓여진 횃댓보가 너저분하고 초라한 행색을 가려주었듯이 의미를 부여하여 지금의 착잡한 심정을 가려줄 가림막이자 바람막이가 되어주었으면 하는 소망을 드러낸다.

그녀의 수필에서 '동동구루무'나 '횃댓보' 등의 소재는 과거로의 시간여행, 곧 회상의 타임머신으로서 상관물 역할을 한다. 이 타임머신을 타고 가는 길목에서 에피소드를 끄집어내고 당시의 풍물, 당시 묻어두었던 감각과 서정을 끄집어낸다. 해서 이들의 소재는 그녀의 수필에서 매우 큰 기능적 의미를 지닌다. 곧 햇댓보는 유년 회상의 기억과 서정을 드러내는 객관적상관물이요, 지금의 나를 있게 한 자아정체성의 길 찾기라는 코드로 작용하는 것이다. 이러한 작품에서 그녀의 매우 치밀하고 정교한 내면의 서정이 읽힌다.

> 봄기운이 들면 시골 아이들은 산수유 꽃다발을 한아름 꺾어다 안겨주었다. 쭉쭉 뻗은 가지에 매달린 송이송이 꽃들이 너무나 앙증맞고 사랑스러웠다. 학교라고는 하지만 교장 선생님과 남자 선생님 네 분, 그리고 여자는 홍일점인 내가 전부였다. 조그만 교무실, 내 책상 한자리를 차지한 산수유 꽃은 낯설고 어리숙한 초임 교사의 긴장을 가라앉혀 주기에 충분했다. 그렇게 도드라지게 예쁘지도 않은 산수유꽃에 나는 온 마음이 빼앗겨 있었다. 수수한 촌색시인 나와는 아주 닮은 꽃이었다. 아름다운 사랑을 전할 사람에게 산수유꽃을 빌어 조금이나마 잘 보이려고 애쓰던 시절. 갓 스물의 살랑이던 봄바람 같은 마음이 다른 사람들 눈에는 어떻게 비쳤을까 하는 생각에 얼굴이 붉어지기도 했다.
>
> 〈산수유꽃〉 중에서

위 〈산수유꽃〉은 그녀의 등단작이기도 하다. 이 글은 화자가 인천사범학교를 갓 졸업하고 첫 부임지였던 강화도 한 어촌 초등학교 교사로 복무하면서 바닷가에서 보낸 젊은 시절의 회억을 그려내고 있다. 봄이 되면 꿈 많던 처녀 선생님의 가슴에 노란 영상처럼 피어오르던 산수유꽃. 화자는 그곳에서 처음 산수유꽃을 만났고, 아이들이 한아름 꺾어다 준 산수유꽃 향내를 맡으며 이성적 감정을 싹틔웠던 것이다.

거의 50년이 지난 지금, 그동안 그 산수유나무는 더욱 자라나 꽃을 피워내며 숱한 처녀들의 마음을 빼앗고 또 사랑을 전파해갔을 것이다. 그녀에게 있어 들녘의 산수유 꽃송이들은 회억을 떠올리고, 자기정체성을 향한 젊은 자아로 돌아가게 하는 코드로 작용한다.

3. 농밀한 일상체험이 빚어내는 성찰의 무늬

수필은 모름지기 자기의 깊은 내면의 생각을 드러내는 자화상이요 거울이다. 그래서 소재를 통하여 깊은 자기반영적 느낌, 정치한 사유를 밀도 있게 드러내야 하는 것이다. 특히 현대수필은 내면을 통한 체험의 세계를 농밀(濃密)하게 해석하는 작가 특유의 개성이 없으면 작품성이 떨어지게 마련이다. 요즈음 일부 수필을 보면 극히 신변잡기식의 푸념적인 글이거나 피상적이고 두루뭉술한 글들을 도처에서 볼 수 있다. 아니면 기행 수필처럼 사실적 체험의 나열에 그치는 글도 많이 나타난다. 이런 글에서 어찌 깊은 사유의 깨달음이나 성찰의식, 감동의 울림이 있겠는가.

신순자 수필에서 정치하고 농밀한 일상체험을 통한 성찰의식은 서사적, 극적인 방법으로 전개하는 작품도 있고, 때로는 묘사적, 명상적인 방법으로 전개시키는 작품이 있다. 전자는 위에서 인용한 작품들처럼 인물 중심의 사건 진행이나 상황의 변화에 따라 작가의 해석이나 의미를 발견해내어 형상화한 것들이었다면, 후자는 주로 동식물이나 자연, 사물 등을 감각적 묘사 형식으로 보여주면서 그들의 존재 의미나 궁극적인 삶의 문제를 독백적으로 형상화한 것들이다.

남편은 어항을 청소하며 물을 갈아 줄 때 꼭 어머니를 불러 곁에 앉히고 붕어의 수를 세어 보라고 했다. 그럴 때마다 어머니는 하나… 둘… 셋…, 느릿느릿 숫자를 세셨다. 말 잘 듣는 유순한 아이처럼 소리 내어 붕어 수를 답하셨다. 붕어 한 마리가 수초에 가려져 숫자가 틀리면 남편은 고개를 부

> 채질하며 '다시!'를 채근했다. 평생 교직에 몸을 담고 있는 성정이라, 답답한 마음에 그 '다시'에 힘이 들어갈 법도 한데 언제나 부드럽고 나긋한 음성이었다. 연로하신 어머니가 붕어 수를 한 번에 맞춘 경우는 거의 없었다. 그런 어머니의 숫자 세기를, 몇 번이고 다시 세어 붕어 수를 맞출 때까지 남편은 느긋하고 고요하게 기다려주었다. 드디어 숫자를 다 맞추면 잘하셨다고, 정말 잘하셨다고 그리도 환한 웃음으로 어머니께 용기를 주었다.
>
> 〈고요한 행복〉 중에서

수필 〈고요한 행복〉은 90세 노모를 모시는 남편의 지극하고 살뜰한 효심이 감동적인 필치로 그려지고 있다. 마치 슬로우 영상 한 장면을 보는 것 같이 잔잔하면서도 정치하고 농밀하다. 이 작품의 주제는 '행복은 어디에 있는가'인데, 퇴임 후 그녀의 완숙한 성찰의식을 드러낸다. "어머니의 숫자 세기를, 몇 번이고 다시 세어 붕어 수를 맞출 때까지 남편은 느긋하고 고요하게 기다려 주었다."는 남편, 그런 모자의 시간을 화자가 바라보고 있으니, 맥없이 눈물이 쭈르륵 흐르더라는 것이다. 화자는 여기에서 "행복이 가까이 있었다. 행복은 그렇게 조용했고 온화했다."라고 감동의 성찰의식을 보여준다. 그러면서 플라톤(Platon)의 행복론을 들어 "행복의 지름길이 자신과 화평하여 자족감을 아는 것"이라고 정의를 내리기도 한다.

그러고 보면 남편이 모친에게 극진했던 것처럼 그녀 역시 시어머니를 무척 공경했을 것이고, 또한 남편에게 현모양처로서 헌신하고 있는 듯하다. "여섯 살 위의 남편이 나보다 먼저 기운이 쇠잔해지면 그 장면을 기억하며 꼭 그렇게 대하리라."고 다짐한 것처럼 말이다. 언제였던가, 오전 문예창작 강의가 끝나고 점심을 같이 하자고 했었다. 그런데 그녀가 대뜸 "죄송한데, 남편 밥 차려 드려야 하는데…"하면서 말꼬리를 흐렸다. 나중에 안 사실이지만 부군의 밥 세 끼와 된장국을 끓여 차려주는데, 꼭 그것도 새로 밥을 지어드린다고 했다. 헌 밥상(?)을 차려주는 일이 거의 없다는 것이 아닌가.

수필은 소소한 체험 하나를 깊게 잡아 단편성을 살려 써야 호소력 있고 주제가 부각된다. 다시 말하면 소재의 폭은 제한하되 깊게 들어가고, 소재에 대한 의미부여의 여하에 따라 깊은 여운, 곧 심적 울림은 증폭된다. 이 여운이나 울림을 주는 아우라(Aura)는 예수님이나 부처님에게만 있는 게 아니다. 자연물이나 인공물 모든 존재하는 것들은 저마다 숨은 아우라가 있다. 사람과 사람 사이, 어항과 물고기 사이, 관계 속에서도 존재하며, 삼라만상에 존재하는 모든 것들은 아우라를 발산한다. 문제는 얼마나 작가의 정치한 감각으로 대상을 소화하느냐 하는 것이고, 나아가 이를 농밀한 깊이의 사유로 얼마나 성찰이나 통찰의식으로 승화시키느냐의 관건에 달려 있다.

> 작은 고추의 매운 정도도 이렇게 부위마다 차이가 나는데, 내 안에 도사리고 있는 나의 마음은 또 어떠할까. 혹여 다른 사람을 볼 때 그 사람의 발끝만 훑어보고, 사람의 됨됨이를 파악한 건 아닌지. 또는 대충 겉모양만 보고 그 사람을 판단한 적은 없는지…. 세월이 시간의 줄을 타고 흘러가듯이, 고추의 매운맛도 위 꼭지 부분부터 내려왔을 것이다. 하물며 사람은 말해 무엇하랴. 모든 사람의 삶 속에는, 그 나름대로 고유의 향기와 맛이 차곡차곡 쌓여있을 것이다. 단단하게 여문 속을 들여다보지 못하고 편견의 잣대로만 대하지는 않았는지. 태양과 바람을 적절히 섞어 여러 맛을 만들어 낸 고추의 시간들이 새삼 대견해 보였다.
>
> 〈청양고추의 훈계〉 중에서

이 〈청양고추의 훈계〉는 화자가 마트에서 사온 청양고추를 중심소재로 하고 있다. 역시 이 수필도 청양고추와의 체험을 서사적인 극적 구성으로 재미있게 형상화하고 있다. 수필 전반부에서는 극적 사실을 다루고, 후반부에서는 자기 체험의 사실을 정치한 의미부여로 자신의 깨달음을 적고 있다.

매운 청양고추를 좋아하는 화자가 집에 들어와서 매운맛을 기대하고 고추 한 개를 꺼내 끝부분을 조금 깨물어 본다. 그런데 전혀 매운맛이 없는 맹탕이더라는 것. 해서 다시 청양고추를 들고 마트로 가서 채소 담당자에게 항의를 했단다. 그런데 담당자가 고추를 뚝 잘라 베어 물더니 불난다고 확 뱉어버리더라는 것이다. 끝부분만 조금 잘라 먹어 본 것이 불찰. 집에 와서 고추의 꼭지와 중간 부분, 끝부분을 깨물어 보았더니, 매운 정도가 부위에 따라 전혀 달랐다는 것이다. 여기에서 화자는 고추의 매운맛을 유심히 관찰한다. 그리고 나아가 내면의 성찰 의식으로 의미망을 확대해 나간다. 곧 고추의 매운맛을 잘못 판단한 것처럼 "다른 사람을 볼 때 그 사람의 발끝만 훑어보고, 사람의 됨됨이를 파악한 건 아닌지. 또는 대충 겉모양만 보고 그 사람을 판단한 적은 없는지…." 등 의미부여의 전이를 통해서 자아 내면의 허물을 성찰하고, 나아가 사물 존재의 아우라까지도 통찰해낸다.

일찍이 소크라테스(Socrates)는 "성찰하지 않는 삶은 살 가치가 없다."고 말했다. 바로 사람이란 자신과 세계를 성찰할 줄 아는 존재라는 것이다. 그런데 현대를 살아가는 이들은 좀처럼 자신의 삶을 성찰할 기회나 여력이 없다. 여기에서 수필은 그 기회를 열어주고, 부족한 힘을 길러준다. 왜냐하면 수필 작가는 세계를 해석하면서 진정한 자아를 탐색해 나가는 철학자요, 수도자와 같기 때문이다. 수필 문학은 자연(우주)과 사회와 교섭을 통해서 인문학적 통찰과 주체적인 자아를 깨닫는 거울 역할을 한다. 만약 수필가가 자연의 소리에 그 어떤 경외심을 느끼지 못하고 우둔할 때, 또한 사회적 규범이나 관습, 도덕에 마냥 길들여질 때, 그 삶이란 그저 허망하고 쓸쓸할 수밖에 없다. 그래서 수필가는 자연의 섭리나 질서에서 깊은 의미를 찾고, 세상의 소리에 민감하게 반응하면서 능동적으로 해석하는 힘을 지녀야 한다.

첫차를 타고 일터에 가는 어버이들의 모습과 막차를 타고 집에 들어가는 자식들의 너무나 대조적인 모습들은 나름대로 삶을 각색하고 있는 것이리라. 어버이들은 책임과 의무를 위해서 첫차를 타는 것이고, 젊은이들 역시 다가올 책임을 위해서 준비하는 과정이리라. 일탈로 보이고 눈살을 찌푸리게 한 행동 또한 어버이들이 살고있는 길을 뒤따르기 위한 하나의 시행착오 과정은 아닐까. 점차 나이를 먹다 보면 막차에서의 경험이 첫차 안의 책임을 진 가장의 모습으로 바뀔 수도 있으리라. 이런 생각을 하다 보니 막차 안의 젊은이들 행태가 한편으로는 객기로 보이지만, 새삼 안쓰럽게 여겨진다. 술 취해 업혀 간 그 여학생도 평생 잊지 못할 추억으로 남아, 반면교사로 삼고 살아가지 않을까.

〈첫차와 막차〉 중에서

수필 〈첫차와 막차〉는 새벽 전철의 풍경과 밤늦은 전철 안의 풍경을 대응시켜 달관의 생각을 담은 글이다. 화자는 먼 당일 여행길, 시작과 끝의 전철 안에서 두 부류의 삶의 현장을 본다. 하나는 열악하게 살아가는 노년층의 피곤한 삶이고, 하나는 귀갓길, 술에 취해 널브러진 젊은 남녀의 행색이다. 이른 새벽 첫 전철을 타는 사람들은 남보다 일찍 출근하여 청소를 하거나 허드렛일을 하는 사람들. 이들은 나이가 지긋한 노동자들로 생계를 위해 어쩔 수 없이 생활전선에 뛰어든 사람들이다. 이와는 반대로 막차에는 부모가 벌어 준 돈으로 공부를 하고, 그러다가 늦도록 술에 취해 난잡한 남녀 학생들의 모습이다. 팔순을 바라보는 어버이 세대의 화자로서 후자의 광경은 일견 이해할 수 없는 일이지만, 그녀만의 삶의 여유를 가지고 통찰의 시각으로 젊은이들을 바라보는 깊은 시선이 깔려있다.

신순자 수필의 자양분은 자신의 내면의 소리를 들으며 자신의 삶을 가꾸어가는 삶의 양식을 보여준다는 데 있다. 삶의 주인으로 자신에 대한 더 깊은 겸손의 마음을 통해 내일을 강하게 살도록 스스로 담금질하는 그의 수필적 행보에 박수를 보낸다. 누가 수필을 '만년(晩年)의 글쓰기'라고 했는가. 윤오영의 명작 〈달밤〉도 그의 생애 말년에 나온 작품이다. 100세 시대를 놓고 보면 아직 신순자 수필가는 젊다. 기억은 우둔해질지 모르나 판단은 명증하고, 사유는 농익어가고, 사물을 보는 감각은 날로 새로워져 갈 것이다. 그녀의 선천성 문학적 기질(끼)과 부지런한 성정이 연이어 멋진 수필집으로 탄생되리라 기대한다. ✂

유로의 수필작품은 자연과 사물에 대한 친화력이 높고, 물아일체, 교감 등 생명적 촉수가 활발하다. 그에게 있어 원초적 자연 추구나 고향에 대한 회귀의식, 모성애적 그리움은 모두 동질의 코드로서 충만한 삶의 생명의식과 연결되어 있다.

사물 친화적 교감과 모성 회귀의 뿌리 의식

— 유로 수필집 『달챙이숟가락』(미뉴엣)

사물 친화적 교감과 모성 회귀의 뿌리 의식

— 유로 수필집 『달챙이숟가락』(미뉴엣)

보석 중 가장 단단하고 영롱한 빛을 내는 것이 다이아몬드다. 이 보석은 숯의 수천만 년 동안의 뜨거운 열과 땅의 압력에 의해 결정체로 탄생한다. 미국의 General Electric회사에서는 숯에다 150만 파운드의 압력과 5000도의 열을 가해 이것을 만든다고 한다.

음악이든 조각이든 문학이든 심금을 울리고 좋은 작품으로 다가오는 것은 한 작품이 만들어지기까지 뼈를 깎는 고통과 고뇌의 집념 속에서 창조되었기 때문일 것이다. 우리 문단에서 잘 쓴 수필은 많아도 좋은 수필은 그리 많지 않은 것을 볼 수 있다. 바로 좋은 수필이란 형식 면의 기교에 치우쳐 써진 것보다 외면풍경에 대한 작가 특유의 내면의식이 깊이에서 온다는 점을 간과해서는 안 된다.

그런 점에서 유로의 첫 번째 수필집 『달챙이숟가락』은 남다른 색깔을 보인다. 먼저 이 수필집에는 유년 체험의 과거 회상에서부터 지천명(知天命)의 나이를 넘어선 현재의 일상까지 찐득한 삶의 에피소드가 그림처럼 펼쳐진다. 그래서 그가 살아온 일상들의 편린 속에 피어난 꽃들은 모두 예사롭지가 않다. 영원한 그리움의 고향으로서 정체성을 찾아가는 우리네 삶을 반추할 수 있고, 현존재의 삶의 의미들을 두루 짚어보게 하는 것이다. 그가 보는 자연과 사물에 대한 생각의 깊이, 사물의 다양한 인식과 통찰, 감성적 교감은 물론 시어머니와 친정어머니에 대한 정감과, 친정 아버지에 대한 그리움이며, 남편에 대한 마음과 평범한 주부의 일상과 가치관이 넓게 감지되는 것이다.

남편의 사업을 뒷바라지하고, 쌍둥이 아들을 키우면서 3,40대를 보내면서 거동을 못하는 시어머니의 수발을 십수 년 동안이나 거들어야 했고, 근자에는 친정어머니까지 모셔와 계속 간병하고 있다. 얼마나 착했으면 나라에서 효부상까지 내렸을까. 또 교회에서도 직책을 맡고 있는 신자이다 보니 아마 창작 여건도 여의치 않았을 것이다.

12여 년 전인가. 부부동반으로 세 가족이 모여 저녁을 같이 한 적이 있다. 그때는 글쓰기 초년생으로 습작을 하던 시기였는데, 그녀의 남편으로부터 등단도 시키고 수필집도 내도록 도와달라는 부탁도 있었다. 그날 어쨌든 한우갈비를 퍽 맛있게 먹었던 기억이 있다. 그렇게 글을 쓰는 동료로서, 사제 관계로 17여 년을 보낸 것 같다.

처음에 그녀의 글은 남다르게 서정성이 돋보이고 호흡은 길었다. 그렇지만 문장 구성면이나 생각을 파고드는 측면은 미흡했던 것 같다. 하지만 글 욕심이 있었는지, 그리 오래가지 않아 변모하기 시작했다. 문우들과 보이지 않는 글 경쟁을 하더니 어느 날부터 예기치 않은 변신을 보였던 것이다. 마치 판소리 지망생이 자신도 모르게 득음을 하듯 표현이 상큼해지고 철학자의 눈처럼 시야가 달라지고 있었다. 그 무렵 요청에 의해 필명도 지워주었다. 본명은 '유규근'인데, 문사의 길에서 새로운 지평을 열라는 의미로 '로(路)'란 이름을 붙여 주었다.

2002년 초겨울이었던가. 그녀로부터 『월간문학』에 등단했다는 전화 소식을 받았다. 기뻤다. 남편의 환한 얼굴이 떠올랐고, 고깃집 생각도 났다. 그리고 한동안 잠잠하더니 창작지원금을 받았다는 전갈이 왔고, 곧바로 평을 써달라는 부탁이 들어왔다. 그렇게 유로의 첫 수필집 『달챙이숟가락』이 탄생된 것이다.

십수 년 동안의 고뇌와 역경, 뜨거운 삶의 열정과 그리움이 농축된 다이아몬드 같은 그의 인생 이력서가 바로 『달챙이숟가락』인 것이다.

1. 사물 친화적 교감을 통한 존재 의미의 탐구

유로의 전 작품을 꿰뚫는 수필 미학은 한 마디로 일상적 사물이나 풍경에 대한 관심과 애정이 크다는 것이며, 여기에 그치지 않고 그것이 지닌 아우라를 발견하여 삶의 자양분으로 삼는 데 있다. 그래서 그녀의 글감들은 모두 존재 의미의 확대되고 충만한 호기심을 일으킨다.

> 나는 생활에서 가까이 접하는 사물에 대해 호기심이나 감정이입이 많은 편이다. 그것들에 담겨있을 세월 속 이야기에 배경이 존재할 거라는 생각이 들 때 일상이 더 따뜻해진다. / 언제부턴지 사람을 떠 올리거나 사물을 보고 있노라면, 각각의 머문 자리에 또렷하게 다가서는 아름다운 배경이 시야에서 한동안 머물러 있다 사라지곤 한다. 그 배경들은 내 삶의 한켠에 진한 감동으로 남아 있어 애틋함을 더해준다. 그런 배경 안에 내가 있다.
>
> 〈아름다운 배경〉 중에서

위의 글에서 유로의 사물 인식에 대한 태도와 수필 정신을 읽을 수 있고, 나아가 수필 창작의 비결도 감지된다. 곧 "사물에 대한 호기심이나 감정이입이 많은 편이다"라는 것은 한 마디로 생명주의적 상상력과 사물 친화적 감수성이 남다르다는 것을 알 수 있다. 곧 시나 수필 창작에서 분명히 심안과 영안의 눈을 지녀야 한다는 작가의 숙명적인 창작 태도가 엿보이는 대목이다.

실상 우리를 둘러싼 자연이나 사물 존재들은 본래적으로 그들 나름대로 '있는 바 있는 비밀'과 '숨겨진 이야기'를 품고 있다. 문제는 시인이나 수필가들이 언어의 촉수를 통하여 그것들을 어떻게 끄집어내는가에 달려 있다. 그런 점에서 유로가 말하는 "세월 속 이야기에 배경이 존재할 거라는 생각"은 창작 면에서 넓은 상상력과 의미부여의 무한한 가능성을 제공한다. 또한 그런 "머문 자리에 또렷하게 다가서는 아름다운 배경"까지 있고, 여기에 애틋하고 진한 감동의 내심이 작용한다는 점에서 보면 그녀 나름의 개성적 수필론을 확립하고 있음을 알 수 있다.

수필의 작품성 획득은 순전히 작가의 몫이다. 선택된 제재에 대한 작가의 새로운 시선과 남다른 인식이야말로 신변잡기라는 비판을 잠재울 수 있고, 예술성과 문학성을 확보해 나갈 수 있다. 그래서 수필 작품이 되기 위해서는 그 어떤 참신성이나 통찰력, 재미나 감동의 요소가 들어있지 않으면 좋은 평가를 내릴 수 없다. 그래서 시인이나 수필가들은 창작 대상인 사물과의 체험에서 촉발된 사고와 느낌의 인식은 글의 넓이와 깊이, 독창성을 획득하는데 중요한 지표가 된다. 체험적 사물의 속성과 특징에 의미를 부여하고, 촉발된 상상을 발전시키고, 일탈의 낯설음을 시도하여 형상화하는 것은 현대 수필 창작에서 중요한 관건이 되는 것이다.

그녀의 생활에서 접하게 되는 자연풍경이나 사물들은 늘 충만한 교감의 대상이 된다. 그만큼 주위의 사물에 대해 늘 호기심이 많아서 원숙한 교감을 이룬다.

그런 질그릇과 같은 내 모습 또한 가족들의 아름다운 배경이고 싶다. 내가 머물렀던 자리, 내 손때가 묻었던 자리 자리에 여전히 가족이 있다. 딸로서, 아내로서, 세 아이의 엄마로서. 이 세상의 한 사람으로서. 내가 가진 삶의 이야기 속에 사랑하는 가족들의 삶을 더 아름답게 채울 수 있기를 바랄 뿐이다. 도자기나 옹기가 고열의 가마에서 버텨내고 오랜 시간 변치 않는 아름다움을 유지할 수 있듯이, 지난 과거 속에 그런 순간들을 수차례 넘겨왔다. 가마 속의 옹기처럼 투박하지만 넉넉함과 식지 않은 사랑으로 삶을 품어왔듯이 가족이 있는 곳에 그저 든든하고 아름다운 배경으로 남아있으면 될 일이다.

〈아름다운 배경〉 중에서

수필 〈아름다운 배경〉은 여주 도자기 가마터를 체험하면서 쓴 글이다. 이 글은 그의 수필 창작 미학을 엿볼 수 있는 좋은 단서가 되고 있다. 화자는 도자기나 옹기가 굽는 과정을 통하여 아름다움의 탄생은 어디에서 오며, 어떤 과정을 거쳐야 하는지, 나아가 어떤 모습을 하고 살아가야 하는지 등 존재 방식을 탐구한다. 이를테면 "투박하지만 항아리처럼 넉넉하면서도 옹골지고 푸근한 모습의 옹기장이를 보면" 자신의 마음이 풍성해진다는 것이고, 사람을 떠올리거나 사물에 관심을 갖고 보고 있노라면, 또렷하게 다가서는 아름다운 배경들을 갖고 있다는 것이다. 여기에서 화자는 한 가정의 어머니로서 그런 도자기나 옹기와 같은 아름다운 배경이 될 것을 다짐한다.

위 수필에서 화자도 언급하고 있듯이 항아리나 옹기, 구유나 도자기들은 나름대로의 신화적 이미지의 비밀스런 배경을 담고 있다. 그래서 아름다울 수밖에 없는 것이다. 비단 이런 사물만이 그러할까. 삼라만상에 존재하는 모든 것들은 나름의 탄생신화와 존재의미와 생명적 비전을 지니고 있는 것이다. 그들에게 생명적 담론을 거는 자가 시인이고 수필가가 아닌가.

수필 〈몽당 빗자루〉와 〈프린스의 변(辯)〉이라는 작품은 화자가 전도되어 있다. 화자의 전도는 교감, 합치, 물화, 주객일여(主客一如)의 세계관을 형성한다. 생명적 교감이 충만해지면 '내가 나무가 되고, 꽃이 내가 되고' 하는 물화(物化)의 전도 방식이 성립된다. 이것도 하나의 생명적 교감의식에서 비롯된 것으로, 그녀의 원초적이고 신화적 상상력을 보여준 것이라 할 수 있다

> 나는 종달새가 지저귀는 밭에서 수수로 태어났어. 해와 비, 바람의 배려로 많은 자식을 낳은 가을날, 마님의 아버지 손에 빗자루로 만들어져 인간 세상으로 초대되었지. / 이래 봬도 내 나이가 열다섯 살이라네. 아마도 빗자루 나라에서는 최고령일 걸세. 평생 쓸어내는 일에 매달렸더니 생명인 털이 다 빠지고 뼈대만 남았지 뭔가. 이미 죽었을 목숨이나, 마님의 특별한 사랑으로 연명하고 있다네. / 한때는 내가 집 안 일꾼들 중에 대장이었지. 손님 오는 날엔 제일 먼저 일을 했어. 집 안을 말끔히 쓸고 손님을 맞는 기분 어떤지 자넨 아나? 그땐 자부심도 많았는데 세월이 많이 변했어. 늙도록 쓰레기 치우는 일로 연연하지만 업신여기지는 말게나. 아직도 내겐 구석진 곳의 쓰레기를 말끔히 치워내는 재주가 있다네. 평생 몸이 닳도록 일해 왔어도 알아주는 이 없지만 죽는 날까지 즐거운 마음으로 사명을 다할 것이야.
>
> 〈몽당빗자루〉 중에서

화자가 전도된 작품들은 호기심을 끌고 재미를 안겨 준다. 위의 〈몽당빗자루〉 라는 작품에서는 자신이 화자로 등장한다. 독백적 진술로서 몽당 빗자루의 탄생과정이며 성장과정 등을 말하면서, 자신의 현재 처지를 진공청소기와 비교한다. 자연에서 탄생하여 순리의 과정을 거쳐 자연으로 돌아가는 빗자루의 일생이 얼마나 정감적인가.

문득 '개'를 화자로 내세운 한 편의 시가 떠오른다. "주인님! 제가 무엇을 잘못했나요?" 하면서 주인에게 항변하던 시구를 보고 폭소를 금치 못했던 적이 있다. 화자 전도에 의한 창작은 톨스토이의 소설 〈콜스토머〉에서도 볼 수 있다. 이 작품은 '말(馬)'의 시선에서 이야기가 전개되는데, 동물(자신)의 세계만지도 못한 인간세계를 풍자하고 조롱하는 장치로 당시 참신한 주목을 받았다.

아래 〈프린스의 변(辯)〉도 한동한 쓰다가 방치된 '프린스'라는 자동차가 화자가 되어 주인을 마음껏 조롱한다.

> 언제부턴가 난 주인 가족들의 연습용 장난감으로 전락하고 말았어. 코가 깨지고 꽁지가 찢기고 여기저기 멍드는 것은 다반사가 됐지. 그 친구 체가는 거래처 사람들을 싣고 빌딩을 누비며 대우받으며 살아가고 있는데 말이야. 틈이 나면 닦아주고 살펴주며 나만 사랑한다던 여주인도 중요한 일이나 친한 사람을 만날 때는 체가만 찾는다네. 그뿐 아니야. 고급식당이나 병원의 주차요원까지도 나를 홀대하지 뭔가. 어두컴컴한 구석이나 밖으로 내몰리는 게 다반사라네. / 물론 세월이 흘렀고 그와 내가 다르긴 하지. 그러나 분명 주인의 마음이 변한 게야. 가난했을 때는 오히려 남을 돌아보는 선한 일에 동참하며 서로 도와가며 바쁘게 살았는데, 이젠 부부도 자기들 일로 바쁘지 뭔가. 여주인은 무슨 공부를 하는지 동동거리거나 쇼핑으로 혹은 모임으로 나를 빌딩 지하에 가둬 놓기 일쑤야.
>
> 〈프린스의 변(辯)〉 중에서

'프린스'는 오래전에 대우자동차에서 생산된 중대형 승용차이다. 아마 작가가 프린스라는 승용차를 타다가 '체어맨'이란 새 자동차로 바꾼 모양이다. 지하 주차장에 방치해 놓은 자동차 입장에서 보면 할 말이 많을 것이다. 그것에 창안하여 자동차가 작심하고 불평을 늘어놓는 내용이다. 작가의 입을 통해 말하는 자동차의 내심은 매우 비판적이다. 그 화살은 주인이자 인간을 향해 있다. 곧 자동차는 변심한 주인을 질타하고, 겉치레와 허영심, 이기적인 삶으로 살아가는 인간세계의 기회주의적인 속내를 조롱한다. "볼썽사나운 우리들 모습 속에 그대들의 얼룩진 모습을 보이는 것 같아 씁쓸하네그려"라고.

사실, 어떤 대상, 존재하는 것 모두가 그 나름의 탄생의 역사와 신화적 이야기를 지니고 있다. 그래서 자연은 늘 완벽하고 오묘하며 신비스러운 대상으로 다가온다. 하지만 그들의 비밀의 문은 쉽게 열리지 않는다. 깨어있는 예술가나 철학자만이 문을 열 수 있는 것. 곧 시인이나 수필가만이 소통이 가능하다. 이를 증명이라도 하듯 유로의 수필에서는 자연 사물과의 왕성한 교감과 높은 친화력이 발견된다. 그의 말대로 사물마다 이야기 같은 배경이 존재할 것이라는 전제하에 늘 사물에 대한 호기심이나 감정이입 많은 편, 그래서 생활 주변의 모든 것이 애착이 가고 관심의 대상일 수밖에 없는 것이다. 해서 생명적 교감 인식은 그의 수필 쓰기에서 큰 무기가 된다고 할 수 있다.

2. 사물 통찰과 그 내면적 코드의 논리

다음으로는 사물 통찰의 수필 미학이다. 그녀의 수필 가운데 〈달챙이숟가락〉, 〈가위〉, 〈트리밍 자〉, 〈연결고리〉 등은 일상적 사물이 지닌 속성과 경험을 서술해나간다. 그리고 여기에 작가 나름의 통찰적인 촉수를 디밀어 다감한 의미를 부여한 정감의 논리를 펼쳐간다. 하나의 물질에 정신의 옷을 입히는 장치라고 할 수 있다. 재미있는 것은 이들의 제재가 토속적 정감과 어울려 신화적인 면모까지 보여준다는 데 있다.

달챙이숟가락의 이지러진 모습은 친정엄마의 손가락과 많이 닮아있다. 오래 전 주민등록증을 만들 때의 일인데, 엄마는 손가락의 지문이 달아 없어져 지문을 찍지 못했다. / 닳아지고 터진 손의 지문을 만들기 위해 무척 신경을 써야 했다. 약을 바르고 헝겊으로 싸매고, 골무까지 만들어 끼곤 하셨다. 세월이 흐른 지금은 관절염으로 손가락이 돌아가 휘어버렸는데, 그 손을 보면 가슴이 아려온다. / 시어머니께서 애타게 찾던 달챙이숟가락이 한참만에야 발견되었다. 어머니 침대 귀퉁이에 숨어 있었던 것이 나타난 것이다. 얼마나 반갑던지…. 요긴하게 쓰이는 물건이기도 하지만, 무엇보다 그간 손때가 묻고 깊은 정이 들었기 때문이리라. / 그러고 보니 숟가락은 그렇게 묵묵히 긁어내는 일에만 힘쓴 것이 아니었다. 모름지기 사람들의 마음에 끝없이 정을 떠주고 사랑을 주던 물건이었다. 숟가락 축에도 못 끼어 인정받지 못하면서도 자기 몸을 갈아내면서 더 날렵한 모습으로 우리 앞에 서 있는 것을 보면, 정겹기 그지없다. 나도 친정엄마처럼 달챙이숟가락을 닦아 본다.

〈달챙이숟가락〉 중에서

수필 〈달챙이숟가락〉은 '달챙이숟가락'이라는 사물을 제재로 하여 과거 회상의 에피소드와 의미부여의 시선으로 전개된다. 글의 모티브는 시어머니가 과일을 긁어드실 때 애용하는 달챙이숟가락이 없어진 데서 비롯된다.

반달 모양의 놋쇠로 된 달챙이숟가락. 물론 필자의 집에도 한 개 있다. 옛날부터 이 숟가락은 감자나 생강의 껍질을 깎아내거나 가마솥의 누룽지를 긁을 때 아주 요긴하게 쓰여왔다. 그러니 한시라도 눈앞에서 달챙이숟가락이 없어지면 불편하기 이를 데 없다.

화자 자신이 시집갈 때는 어머니가 챙겨주시던 달챙이숟가락을 보고 코웃음을 친다. 하지만, 생활전선에서 숟가락이 유용하게 쓰이는 것에 정감을 느끼게 된다. 나아가 '달챙이숟가락'이란 사물에서 유년 고향의 추억과 어머니의 사랑은 물론, 존재의 깊은 의미까지 확산적으로 떠올린다. 달챙이숟가락의 모습에서 친정엄마의 만신창이가 된 손가락을 연상해 내고, 달챙이숟가락이란 사물의 모양과 속성에서는 "묵묵히 긁어내는 일에만 힘쓴", "끝없이 정을 떠주고 사랑을 주던 물건"이라고 진술한다. 여기에서 사물 통찰에 대한 내면적 의미부여가 이루어진다. 어머니가 말한 "베풀며 살아가는 것도 중요하지만 닳아 없어지는 자기 모습에 보람을 느끼는"이란 자기희생의 메시지를 회상해 내고 사물의 신화적 의미까지 확대해 간다.

좋은 수필은 '보여주기'와 '말하기'가 긴밀하게 연결된다. 유로 수필은 '보여주기'에서 '말하기'로 이루어지기 때문에 환기력과 호소력이 강하다. 사물 수필에서 그의 말하기는 사물 존재의 의미를 천착해 나가는 여행과도 같아서, 자연스럽게 풍경을 보면서도 깊은 사색의 감동으로 이끌린다. 곧 유로 수필 작법에서 보이는 것이 그가 선택한 화제, 곧 제재는 좋은 글을 만들기 위해 에피소드라는 이야기의 화제를 보여주고, 여기에 의미를 부여하는 말하기 방식으로 이루어진다는 것. 이 간극, 거리를 연결해나가는 일이 중요한데, 화제를 통해 그녀가 제시하고자 하는 주제를 결합시키는 순발력이 남다르다는 것이다.

> 가위는 예나 지금이나 우리의 삶 속에서 친숙하게 일상의 한 부분을 차지한다. 필요로 하는 것을 가리고 지저분한 부분을 잘라내 깨끗하게 한다. 또한 의도된 선에 따라 잘려지고 정돈되는 것, 혹은 산만하고 불필요한 부분을 과감히 잘라내 질서를 유지시키는 것을 보면, 가위 역할이 우리 주부의 역할과 많이 닮았다. / 건초 잘리는 투박한 소리와 함께 짤그락짤그락 가위 소리가 정겹게 귓전을 맴돈다. 할머니 어머니 때부터 듣던 소리, 내가 아이들 머리를 잘라줄 때 듣던 소리, 화초를 가꾸고 음식을 만들며 일상을 엮어 나가는 가위 소리가 대를 이어 아름다운 여운으로 남았으면 좋겠다.
>
> 〈가위〉 중에서

위 〈가위〉 라는 작품도 다양한 가위와 관련된 경험적 에피소드를 보여주면서 의미부여의 관념을 진술한다.

작가는 서두부터 집안에서 쓰고 있는 애용하는 가위의 용도며 정감이 서린 가위들의 이야기를 늘어놓는다. 재단 가위와 쪽가위, 미용가위, 사무용 가위, 닭갈비와 닭갈비를 만들 때 자르는 가위며, 야채나 김을 자를 때 쓰는 가위, 어머니가 음식을 잘라 드실 때 쓰는 가위 등을 열거해 나간다.

여기에서 화자가 가장 소중하게 여기는 가위는 미용가위라 했다. 이 가위로 남편의 코털과 아들의 앞머리를 다듬어 줄 때도 소중하게 쓰인다고 했다. 그리고 무쇠소리가 나는 고추가위도 있는데, 고추를 자를 때 들렸던 짤그락 소리는 질곡의 삶을 살아낸 어머니의 노랫소리가 새겨 있다고 했다. 여기에서 작가는 가위라는 존재에 인간의 삶에 비유하고, 생명적 의미를 부여한다. 곧 "질서를 유지시키는 것을 보면, 가위 역할이 우리 주부의 역할과 많이 닮았다" 는 것이며, "엿장사나 재단사에게 소중한 가위이듯 자신의 생활 속에서 손을 꼽을 수 있는 유일한 벗과 같은 존재" 라는 것이다. 또한 결구에서 말하고 있듯이 그에게 있어 가위 소리는 "할머니, 어머니 때부터 듣던 소리"요, 아이들에 대한 사랑의 소리이자, "화초를 가꾸고 음식을 만들며 일상을 엮어 나가는 소리"로 아름다운 삶의 여운이 담긴 물건으로 인식한다.

> 올 추석이 지나면 다시 어머니께서 우리 집으로 오신다. 80이 넘으신 어머니. 이제 기저귀에 오물을 받아야 하고, 유모차를 밀듯 휠체어에 태워야 하는 어린아이로 되돌아가고 계신 어머니. 그동안 함께 해왔다고는 하지만 진실로 함께 살지는 못했던 어머니와의 삶이었다. 이제는 감추고 확대하기 위해 재지 않아도 될 것 같다. / 남편이 찍은 시골 냇가의 풍요로운 사진처럼 이제 어머니는 우리 아름다운 삶의 배경이 되어주실 것이다. 트리밍 되지 않은 모습 그대로.
>
> 〈트리밍 자〉 중에서

작품 〈트리밍 자〉에서는 남편이 찍은 개울 풍경 사진이 모티브가 되어 '트리밍'적인 삶을 화두로 삼는다. 'trimming 자'는 인화된 사진을 확대 축소하는 자로, 주로 사진작가들이 주제를 살리거나 균형을 맞추기 위해 쓰는 자이다. 작가는 이 트리밍의 원리를 가족의 생활 속에 대입시켜 나간다. 곧 트리밍 해 온 삶의 모습을 깊이 성찰하고, 냇가의 풍경 사진처럼 시어머니를 삶의 배경으로 삼아 트리밍 되지 않은 따뜻하고 순수한 아름다운 삶을 가꾸어 나갈 것을 다짐한다.

> 목걸이나 팔찌를 보면 중심부에는 가장 멋진 보석을 달거나 화려한 장식으로 포인트를 준다. 그렇지만 양 끝에 달린 연결고리는 철사나 알루미늄으로 단조롭게 만든다. 뒤쪽이나 안쪽으로 걸리기도 하는 고리는 잘 보이지 않지만 줄과 줄을 이어주는 중요한 역할을 한다. 그 작은 고리가 없으면 목걸이나 팔찌는 무용지물이 되고 만다. 그 연결고리는 단조로운 반면 견고하여 무엇으로도 대신할 수 없다. 이처럼 제각각 걸려있는 연결고리를 보면서 세상 사는 이치도 그렇겠거니 한다. 따지고 보면 삶이 어느 것 하나 연결되지 않은 것이 없다. 어떤 관계를 맺느냐에 따라 변화가 생기게 된다. 끊어졌던 만남이 이어져 관계가 회복될 수도 있으며, 좋았던 관계가 나빠져 등을 돌리고 살아가는 사람들도 있다. 그 연결고리는 단조롭지만 견고하여 무엇으로도 대신할 수 없다.
>
> 〈연결고리〉 중에서

수필 〈연결고리〉 서두에서 화자는 목걸이나 팔찌에 달려있는 '작은 고리'의 작업과 역할에 집중하여 속성을 탐지한다. 연결고리처럼 세상사의 모든 것이 관계를 이루지 못하면 무용지물이라는 것. 그리하여 자신이 지켜온 우정이란 삶의 논리를 천착해 나간다. 열다섯 학창시절에 만나 이후 40여 년 넘게 돈독한 관계를 유지해 온 비결은 연결고리의 생리가 적용되었기 때문이라는 것. 곧 서로 격려하고 응원했던 서로의 삶이 있었기 때문에 지속될 수 있었다는 이야기다. 마치 귀금속의 연결고리가 오랫동안 역할을 다하려면, 당초 세밀하고 집중적인 작업, 곧 정성이 따라야 하는 법이듯이, 우정의 관계나 세상사의 이치도 이와 다르지 않다는 것으로 주제화한다.

유로의 수필 쓰기에서 늘 작동하는 것이 관계적 사물 인식에 근거하여 의미를 심화, 확대시켜 나간다는 점에 있다. 곧 사물이 지닌 속성, 본체를 파악하여 거기에 담긴 유의미한 삶의 논리를 이끌어내어 인생을 해석한다. 그래서 사물 수필은 내면 풍경의 생명적 코드로 언제나 깨우침과 성찰의 논리가 수반된다. 이러한 관계적 사물인식은 비유로도 드러나 텐션을 주어 신선감과 환기력을 높혀주기도 한다.

3. 틈새 미학의 역동적 상상력

우주에 존재하는 사물과 사물 사이, 그리고 인간과 인간 사이에는 경계가 있다. 이 경계에서 벌어지는 무수한 틈새의 정신, 상상력이야말로 예술 미학의 원천이 되고 있다.

그래서 칸트(kant, I)는 대상의 의미를 찾아가는 상상력의 공간으로 보았고, 함민복 같은 시인은 '모든 경계는 꽃이 핀다'라고 하여 아예 시집의 제목으로도 삼았다. 존재와 존재하는 것 사이에는 늘 틈이 있기 마련이다. 황혼과 땅, 바다와 산, 그리고 나무와 나 사이, 너와 나 사이의 경계에는 늘 틈의 상상력이 있어 생명적 정감을 일으키고, 생의 의미를 부여하게 만든다. 시인 김지하도 '틈'의 생명력에 큰 비중을 둔 바 있다. 그의 시에서 "아파트 사이사이 / 빈틈으로 / 꽃샘 분다. 아파트 속마다 / 사람 몸속에 / 꽃눈 튼다. 갇힌 삶에도 / 봄 오는 것은

/ 빈틈 때문. 사람은 / 틈 / 새 일은 늘 / 틈에서 벌어진다." 라고 했다. 곧 사람 사이의 틈, 공간과 공간의 틈, 시간과 시간의 틈, 혹은 욕망의 틈이 있어야 새로운 생명이 탄생하고, 계절이 바뀌고, 미래의 꿈이 뿌리 내릴 수 있다는 것이다.

유로의 작품 전반에 흐르는 틈의 상상력은 '에코 체인'(eco chain)의 생명적인 것으로 충만되어 있다. 이는 존재와 존재의 사이의 수많은 관계들의 가능성, 곧 경계의 틈에서 보여주는 여유와 여백, 비움으로 얻어진다. 곧 사물 관계의 접점에서 작가 특유의 삶의 미학과 사물 존재의 의미를 탐구해 나가는 것이다.

> 시야를 가로막은 아파트가 숨 막힌다. 그럴 때 한 발자국만 뒤로 물러서면 틈이 보인다. 고층에 살다 보니 몸을 약간만 숙이면 하늘이 들어오고, 오른쪽엔 산과 아파트 지붕들이 그림처럼 펼쳐진다. 그런 틈사이 풍경이 때론 몽환적인 사색의 세계로 안내한다. / 비를 멈춘 햇살이 말갛게 밀려들어 오면 틈은 더욱 환해진다. 바라보는 나 역시 환해진다. 원망이나 불평으로 스트레스가 심한 날, 몸을 낮추고 틈을 바라보면 절로 심호흡이 쉬어지고 이내 안정을 찾는다. 틈에서 분출되는 빛은 신기할 정도로 심신을 위로한다. 틈이 빚어내는 오묘한 이 기운의 정체는 대체 무엇일까. / 내가 한 발짝 물러나 고개를 숙여야 아름다운 공간을 취할 수 있듯, 사람과 사람 사이의 틈도 한 발 뒤로 물러나 보면 훤히 보인다. 이런 마음으로 나는 오늘도 내가 만들어 놓은 수많은 틈 속에서 아웅다웅 살아가고 있다.
>
> 〈틈〉 중에서

수필 〈틈〉은 절친했던 문학 친구와의 우정을 회복한 이야기로 그려진다. 화자는 친구 간 틈을 어떻게 인식할지에 화두를 던진다. 그리하여 돈독한 우정을 위해서는 "틀린 게 아니라 다르다"는 것을 인식해야 하고, "모든 애착과 존중의 시작은 그 차이를 받아들이는" 데서 원만해질 수 있다는 것을 깨닫는다. 차이를 받아들이지 않고는 그 어떤 관계들의 가능성도, 미래로의 변화도 없다는 것이다. 그래서 온전한 틈이란 집착을 버리고 마음을 비우는 데서 가능한 것이고, 유기적 전체의식이 개체의 마음속에 쉬이 들어올 수 있게 길을 열어주어야 한다는 것이다.

유로의 〈틈〉에서 말하는 '차이의 인정'은 하나의 '똘레랑스(tolerance, 관용)' 정신이다. 이 관용의 정신이 삶의 기저에 깔려있어야 '우리'라는 집단이 성숙하게 변할 수 있다는 얘기다. 그렇다. 관념의 과도한 편식은 다른 세계를 인정하지 못한다. 너와 내가 다를 수 있고, 그들과 우리가 다를 수 있는 것을 수용하는 힘이 필요하다. 사물은 그래서 신묘해지고, 인간 존재는 더욱 숭고해지고 아름다울 수 있는 것이 아닌가.

그녀는 사람을 그리워하기 위해 사람을 잠시 떠난다. 친구와 소통하기 위해 친구와 다른 길을 가는, 그 차이를 인정해 나가는데 지혜로, 모든 관계하는 것들의 보편적 논리를 전개한다. 차이의 틈을 두는 것이야말로 새로운 변화를 모색하는 행동이라는 것. 부부 사이든, 친구 사이든 그런 틈을 두는 것이 중요하다는 것이다. 완벽한 사람보다는 틈이 있는 사람, 틈이 많은 사람이 더욱 정이 간다는 것. 그런 친구와의 소통에서 비움의 사상을 틈의 미학으로 해석한다.

틈이란 여유이자 여백이며, 변화에 대응하는 생명적 장치이다. 기실 존재하는 것들의 역동적인 생성과 창조의 가능성은 틈에서 비롯된다. 틈이 있어야 빛이 들어오고, 바람이 통하고 만물이 관계를 맺어갈 수 있다. 벌꿀들의 화분 활동에서부터 건물의 구조, 그림이나 소리의 예술 미학도, 사람과의 관계에 이르기까지 모든 것에 적용된다. 삼라만상의 개체가 안과 밖을 넘나들며 순환할 수 있기 때문에 우주는 질서가 잡히고 하모니를 이루는 것이다. 그래서 우주는 신비하고 현묘하다. 틈을 벌려 자신의 비움 속에서 상대방을 받아들이는 삶의 지혜, 이것이야말로 깨어있는 자의 멋진 삶이 아닌가.

나는 한때 내 삶이 렌즈 안의 반듯한 피사체처럼 보이려 애썼다. 올곧은 삶을 살고 싶은 뚜렷한 가치관과 그에 상반되는 현실과의 충돌 때문이었으리라. / 그러던 어느 날, 내 삶의 렌즈가 깨지고 말았다. / 사춘기를 맞은 아이가 집을 뛰쳐나가 소식이 끊기고 남편은 암환자가 되고 어머니는 치매노인으로 변해 갔다. / 현실은 나를 조리개 조이듯 옥죄어왔다. 많이 고통스러웠고 때론 죽고 싶었다. / 사진기의 셔터 스피드는 수백분의 일 초 또는 그것보다도 짧다. 우리가 타인의 시선에 머무를 수 있는 순간도 그리 짧을 것이다. 안타깝게도 스스로가 그 순간이 지나갔음을 깨닫지 못한다면, 타인의 시선에 사로잡혀 제 삶을 소모하는 갇힌 시간을 살아가게 된다. 그러나 타인의 시선과 판단이 일어나는 그 순간에도 변함없는 모습으로 응해준다면 이미 시선과 판단으로부터 자유로운 렌즈 밖의 사람이 된 것이다. 자연스러운 사진들이 가진 매력처럼 렌즈 밖의 사람이 된다면 폭넓은 자유와 일상의 매력을 알 수 있게 된다.

〈렌즈 밖으로〉 중에서

유로는 아마추어 사진작가이다. 글에서도 밝혔지만, 부군께서 한동안 카메라점을 운영하였는데, 거기에서 자연스럽게 사진 기술을 익힌다. 그후 부평신문 사진기자와 모 문예지의 사진 전담 기자를 거쳤는데, 이 과정에서 사진 찍는 안목이 꽤 높아진 것 같다. 그래서 그런지 〈렌즈 밖으로〉라는 글은 한때 화병(火病)까지 겪었던 정신적 역경의 순간을 사진 찍기에 비유하여 극복과정을 그려낸다.

사진 작품은 틈새의 순간을 찍어내는 빛의 예술이다. 선택된 피사체의 초점에 몰입하여 구도를 잡고, 조리개와 셔터를 움직여 인화지에 자신만의 정감을 담아내야 한다. 이때 렌즈라는 틈새 속에 빛의 순간을 어떻게 잡느냐에 따라 작품의 성공 여부가 결정된다.

화자는 "삶의 렌즈"로서 자기 삶을 반추한다. 처음에는 "렌즈 안의 반듯한 피사체처럼 보이려 애썼다"고 한다. 하지만 그런 불행에 직면하고부터 "감추려던 것들이 노출되었고, 포장하려던 내 인생은 깨진 상태"가 되면서 렌즈 속의 삶에 회의를 느낀다. 곧 앵글 밖으로의 일탈적 사고로 시야가 넓어져간 것, 무겁고 좁은 DSLR 카메라의 굴레에서 편안한 정감의 소형 카메라로 이행한다. 그러면서 "조금 더 좋은 장면을 만들어내겠다고 렌즈를 돌려가며 마음에 들 때까지 셔터를 누를 필요가 없어졌다"고 한다. 꾸미거나 가리지 않는 자연스러움이 오히려 좋다는 것. 가식과 허위, 인위적인 생각을 벗어나야 한다는 것이다. 앵글의 인위적 피사체에 매몰되는 삶이 아니라 '무위자연'(無爲自然) 같은 달관의 깨우침에 도달한다.

그렇다. 사진은 순간의 셔터와 앵글의 방향에 따라 결정되는 빛의 예술이다. 일상사의 행복과 불행은 앵글의 방향과 순간의 판단에서 갈라진다. 여기에서 전체와 부분, 자연적인 것과 인위적인 것 등의 대척점에서 유연적 사고가 발동하지 않으면 엉뚱한 생의 기로에 치달을 수도 있다. 이성 간의 사랑, 삶의 희열, 직업의 선택, 우정의 인식 등도 순간의 결정이 좌우한다.

그래서 베르그송(H. Bergson)은 '엘랑비탈'(elan vital)을 생의 원천으로 삼았다. 역동적이고 창조적인 변화는 '순간의 시선'에 있는 것, 그 순간을 성찰하지 못하면 갇힌 시간, 틈이 없는 시간을 살아가는 것이다. 시간적 틈에 촉수를 드리우고 틈이 지닌 공간적 의미를 찾아내어 틈을 벌려 통찰하는 것은 우주의 현묘한 세계로 들어가는 것과 같다. 마치 방 안의 문을 열어 그 틈새 속에서 공기를 환기시키는 것처럼

"폭넓은 자유와 일상의 매력"은 틈 속에서의 깨달음을 얻는 자만이 풍성해질 수 있다. 공간적인 경계의 틈뿐 아니라, 그녀가 말하는 시간성 속의 틈새 미학까지 파고드는 사유가 경이롭다.

4. 자연 회귀적 모성애의 뿌리 의식

유로에게 있어 자연은 곧 고향이며, 고향은 또한 어머니이기도 하다. 이것을 그의 뿌리 의식이라고 할 때, 작품의 형상화에서 크게 작용한다. 곧 창작과정에서 그러한 뿌리의 생리를 그대로 읽게 되는 것이다. 그리고 자연이며, 고향, 어머니는 선천성 그리움으로 충만해 있다. 그의 산견되는 작품에서 친정어머니와 시어머니, 그리고 남편과 그의 아들들에게로 이어지는 줄기찬 모성적 사랑의 힘도 이 뿌리 의식과 무관하지 않다. 심지어는 토속적 사물의 글감 속에서도 모성적 뿌리 의식이 강하게 부각된다.

냉이나 씀바귀는 겨울 동안에 뿌리를 튼실하게 키워 봄이 되면 그 힘으로 무성한 잎을 만들어간다. 봄철 연둣빛 이파리와 싱그러운 가지를 뻗어내는 힘도 뿌리에 있다. 그렇게 초목들은 제 뿌리를 튼튼히 키운 만큼 하늘 높이 자라는 것이다. 산천초목이 그러할진대 인생사가 어찌 다를까. 곧 인간도 생명의 결실을 얻어내기 위해 주기적으로 깊은 자기 성찰과 비전을 통하여 삶을 가꾸어 간다.

꽃이 피거나 열매 맺는 일이란 습성이나 본성이 아니다. 검은 흙 속을 아주 오래 무던히 파고든 고뇌와 의지, 시간들의 결정체이다. 곧 단단한 뿌리는 그가 지닌 근면성, 강인한 생리, 생의 고집이라고 해도 좋을 것이다.

잔설로 덮인 냇가는 침묵 중이다. 얼음장 밑으로 흐르는 냇물만이 깨어 있는 듯하다. 아니 침묵도 동면도 아닌 태교 중인 진지한 모성 그대로다. 휘몰아치는 폭풍 한설에도, 기나긴 밤 어둠 속 고독에도 미동치 않는다. 오히려 초연한 모습이다. 칼칼한 감촉이 때론 상큼했을 터이다. 따스한 해님이 그리웠을지도 모른다. 여름내 흘린 매미의 울음소리 스며 있고, 산기슭에서 내려오는 꿩의 힘찬 날갯짓도 울림으로 남아 있다. 미루나무의 따뜻한 체온이 그의 긴 허리를 보듬었던 생생한 기억 속으로 양기를 흡수하느라 섬세한 촉수를 곤두세우고 있는 것이리라. / 이른 봄, 냇가는 서둘러 몸을 풀었다. 어미의 자궁에서 쏟아져 나온 생명체들이 검불을 헤집고 연둣빛으로 속속 얼굴을 내밀었다. 홀쭉해진 여인의 뱃가죽처럼 냇가는 이내 흐물흐물 꺼져 들어갔다. 유유히 흐르는 냇물과 함께 비릿한 향내가 한동안 알싸하니 오감을 자극시켰다. 굼실거리는 벌레나 새싹을 발견한 사람들은 봄의 전령이라 하여 환호했다. 냇가는 마치 헛헛함을 채우기라도 하듯 햇살이며 비바람으로 허기를 채웠다, 갓 태어난 생명체들은 왕성하게 뿌리를 내리거나 둥지를 틀며 쑥쑥 커나갔다.

〈시냇가에서〉 중에서

수필 〈시냇가에서〉나 〈어머니의 뜰〉, 〈아름다운 배경〉 등에는 뿌리의식으로서 자연의 생명적 윤회와 고향 회억의 정감이 짙게 그려져 있다. 그녀의 고향은 안성 시골 마을. 친정집 앞 시냇가에는 잔설이 있고 돌다리에는 아직 얼음이 깔려있다. 아들이 돌다리를 폴짝거리며 건너자, 순간 어머니의 뒷모습이 풍선처럼 부풀어 오른다. 이윽고 '조심해서 건너라' 는 어머니의 목소리가 들려오고, 깨진 얼음장과 그 사이 흐르는 물길에 어렸을 적 영상들이 주마등처럼 지나간다.

바로 위 인용된 냇가의 자연풍경은 고향에서 얻은 영상들의 뿌리 의식, 곧 모성애적 탄생과 순환성으로 생명력의 충만함을 노래한 글이다. “풀숲에 숨어 우는 풀벌레 소리와 매미 소리, 냇물 소리가 어우러져” 있고, “하나 둘 꽃망울을 터트리고 있는 풀꽃들이 팝콘처럼” 피어난다. 그리고 “방아깨비가 새끼를 등에 업은 채 냇물로 툭”하고 떨어지고, 실잠자리며 메뚜기도 짝짓기를 한 채 놀라 튀어오르는 충만한 생명체들로 꿈틀댄다. 게다가 “갓 피어난 달개비꽃 두어 송이”며, “달랑달랑 꽃술을 달고 금방 피어난 듯한 바랭이”의 영상이 있고, “강아지풀과 환삼덩굴이 어깨동무로 속살거렸다”는 신비로움도 있었고, “냇물 가까이 뻗어 내린 호박덩굴엔 헤벌쭉 환한 호박꽃이 피어 생명의 함성”이 넘쳐났던 신화적 정감이 서린 곳이기도 하다. 그렇게도 “싱그러움만큼이나 출렁이던 기억 저편으로 해맑은 아이들의 함성이 귓전을 울렸다”는 시냇가. 작가는 머슴애들과 고기몰이를 했던 싱그러운 유년의 이야기를 이끌어 내며 동심의 그리움으로 돌아간다.

봄이 오면 우리 집 앞마당에는 생명의 소리들로 꿈틀거렸다. 앙증맞은 강아지며 송아지가 서툰 걸음으로 마당에 나와 비척일 때면 소리쳐 새끼들을 품어주고 핥아주는 어미들의 본능적인 몸짓이 있었다. 그런가 하면 처마 밑의 제비는 부지런히 진흙을 물어다 집을 짓고 새끼에게 먹이를 나르며 빨랫줄에 앉아 지저귀었다. 어머니는 떨어진 제비 똥을 치우는 수고로움이나 가축들을 돌봐야 하는 고단함도 잊은 채, 생명을 키우기 위한 따뜻한 손길로 늘 분주하셨다. / 그 속에는 우리 가족들의 단란했던 시간도 머물러 있다.

〈어머니의 뜰〉 중에서

유로는 이 작품에서 시냇가의 충만한 자연의 평화로운 풍경이 키워내는 원천이 모성애에 있음을 전제한다. 그래서 고향의 시냇가는 곧 모성애가 묻어나는 곳이며, “마음속에 살아 꿈틀거리는 그리움이요,

희망" 등이 모두 고향의 냇가나 마당에서 비롯되고 있음을 노래한다. 또한 〈어머니의 뜰〉은 앞마당, 장독대, 텃밭, 사랑방의 넷으로 구분하여 모성적 정서를 드러내기도 한다. 집 앞 남쪽에 마당이 있고, 가옥 주위로 텃밭, 북쪽 뒤란에는 장독대가 위치하는 것은 전통 시골 가정의 전형적인 모습이다. 그리고 마을 한가운데 마을회관 같은 사랑방에서 동네 어른들이 모여서 정담을 나누곤 하는데, 노두 모정에 대한 그리움으로 형상화되어 있다.

어머니는 떨어진 제비 똥을 치우는 수고로움이나 가축들을 돌봐야 하는 고단함도 잊은 채, 생명을 키우기 위한 따뜻한 손길로 늘 분주하셨다. / 특별히 음식 만들기를 좋아하셨던 어머니는 가마솥에 곰국을 끓이거나 떡이며 옥수수를 쪄내느라 장작을 지피고 검불을 때야 하는 번거로움에도, 안채의 입식 부엌보다 마당이 있는 바깥 부엌을 이용하곤 하셨다. / 앞마당은 여전히 어머니와 함께하는 애련한 장소이기도 하다. "엄마?" 하고 앞마당으로 뛰어들던 그 옛날부터, 할머니! 장모님! 하고 외쳐 딸네 가족들이 친정집 대문을 들어설 때면, 맨발로 뛰어나와 반갑게 맞아주셨던 곳이 아닌가.

〈어머니의 뜰〉 '앞마당' 중에서

결혼해서도 어머니가 담가주시는 장을 퍼 날랐다. 언젠가 어머니는 된장을 퍼주시면서 "사람은 이 된장을 닮아야 하는 법인디."라며 독 안을 유난히 다독거리셨다. '왜 하필 된장?' 하며 속으로 웃었지만, 그 말씀 속에 어머니가 다 표현하지 못한 진리가 담겨져 있는 것을 나중에야 알았다. 그리고 식품에서 얻은 지혜를 삶 속에 끌어들여 사람됨을 비유하기도 하였다. / 장독대는 떡으로 혹은 정화수로 가족의 안녕을 빌던 어머니의 성역(聖域)이었다. / 어머니는 내 손을 빌려 항아리를 비우고 물건을 정리하며 마음까지 비우신다. 자꾸만 덜어내는 작업을 하신다.

〈어머니의 뜰〉 '장독대' 중에서

텃밭 한 쪽에 자리 잡고 있는 비닐하우스는 든든한 어머니 마음의 창고인 게다. 봄이면 갖가지 모종을 키워내고 가을이면 고추를 건조해 딸들에게 줄 수 있다는 게 유일한 희망이시다. / 오늘도 가을 햇살이 텃밭 채소를 살찌운다. 밭둑에선 둥그런 호박이 익어가고 밭에서는 배추며 무가 어여쁘게 자라고 있다. 하우스 안에는 추수한 고추가 비득비득 말라가고 있다. 어머니는 부재중이어도 그 숨결마저 느껴지는 밭이기에 앉아 있기만 해도 안온하다.

〈어머니의 뜰〉 '텃밭' 중에서

아버지는 휠체어에 어머니를 태우고 회관으로 향한다. 다과 봉지를 양손에 챙겨 든 나는 그 뒤를 따른다. 백 미터도 안 되는 거리지만 노부부의 마음은 부풀어 있다. 이윽고 회관 앞, 휠체어를 정지시키고 어머니를 부축하여 아버지 등에 업혀드린다. 어머니를 업고 2층 계단을 힘겹게 오르시는 아버지의 모습이 가슴 시리게 애련하다.

〈어머니의 뜰〉 '사랑방' 중에서

시골집 어머니의 '앞마당'은 늘 생명의 소리들로 꿈틀거리는 풍요로운 삶이 넘쳐나는 곳으로 묘사된다. 강아지, 송아지, 제비들이 들썩거리고, 가마솥에 곰국을 끓이거나 떡메를 치고 콩가루로 인절미를 만들었던 부모님의 고소한 정성과 사랑이 넘쳐흐르는 곳이었고, 어머니와의 만남과 이별이 교차하던 애련한 장소이기도 하다.

그다음으로 '장독대'에서는 어머니가 손수 정성과 지혜를 동원하여 맛있는 된장과 고추장, 간장을 담아내던 옛 추억이 드러나 있고, 또한 정화수를 떠놓고 가족의 안녕을 빌던 어머니의 성역으로 그려지고 있다. 또한 '텃밭'은 어머니가 생산의 보람을 얻는 곳이자, 마음의 쉼터로 의미가 부여되어 어머니의 마음을 풍요롭게 해주던 곳으로 드러난다. '사랑방'은 어머니의 안식처로서 아버지의 애처로운 모습과 함께 병환 속에서 노년을 보내는 어머니의 안타까운 마음을 나타내고 있다. 하지만 텃밭과 같이 모정과 부정의 진득한 사랑이 있는 그 공간은 평화롭고 따뜻하다.

한동안 솥을 안 쓰니께 빨겋게 녹슬고 볼썽사나워 을마나 닦었는지 모른다. 이제 큰일 때는 지 몫을 단단히 해내는구나. 메주 쑤구 곰국 끓이구, 물도 데워 쓰니 말이다. 한동안 니 아부지 가마솥 근처에도 안 가더라. 솥을 보면 소 생각이 많이 나겄지. 상심도 크구. 니 아부지가 쇠죽 쑬 때만 해두 번질번질하던 가마솥이 이젠 윤기를 잃었지 뭐냐. 솥을 쓰고 아무리 깨끗이 닦어놔도 예전 그 모습이 아녀. 꼭 니 아부지 닮었어. 늙수구리하니 희멀게진 것이 말여. / 그래두 자식들 생각하면 힘이 나나부더라. 지난 봄 니들이 내 생일 해준다고 해서 우리가 서울에 올러 갈 때 칡 엑기스를 만들어 갔잖어. 숙취에두 좋구 소화두 잘 된다면서 술 많이 먹는 사위들 생각을 하더라. 칡을 캐다 앞마당에 던져 놓는데, 늙은이가 무신 힘이 있다구 팔뚝만 한 것을 그리도 많이 캐왔는지 몰러. 그것 달이는데 혼났다 야. 칡즙이 새까만 엑기스가 될 때까지 니 아부지 가마솥 앞을 들락거리며 정성을 쏟는데 니들 생각하는 맴을 난 못 따러간다. / 을메나 고아야 칡 엑기스가 되는지 니들은 모를 거여. 아마두 우리가 살아낸 세월이 그렇게 까맣게 쫄아든 것이 아닌가 싶더라. 니들도 자식들한테 잘 하겄지만 사위에게도 신경 써라. 비우 맞춰가며 잘살어. 한평생 사는 거 별거 아닌 거여. / 이렇게 복날이면 함께 모여 가마솥에 불을 지피는 날은 나도 흥이 난다. 닭두 삶구 도가니탕도 끓여내구. 니 아부지 그저 자식들이 모여 벅적대는 것이 좋은 가

부다. 뜨거운 장작불 앞을 연신 들락거리니 말여.

〈무쇠솥〉 중에서

위 〈무쇠솥〉에도 고향의 집안 풍경이 평화롭고 생명력 있게 그려지고 있다. 친정어머니가 화자가 되어 대화체의 내용을 그대로 받아 적은 수필이다. 글제인 '무쇠솥'에 얽힌 어머니의 말씀들이 고스란히 드러나 있어 생동감을 준다. 게다가 충청도 말씨에 가까운 어머니의 사투리의 어감이 그렇게 구수할 수가 없다. 서두에는 소죽을 끓이기 위해 가마솥에 붙어 살아가는 남편의 이야기며 자식처럼 사랑했던 새끼를 밴 소가 죽었을 때의 낙담과 절망감이 생생하게 그려지고 있다. 이것이 중반부에서 또 다른 가마솥 이야기로 이어지면서 아버지의 심리를 날카롭게 묘파한다. "아부지가 쇠죽 쑬 때만 해두 번질번질하던 가마솥이 이젠 윤기를 잃었지 뭐냐. 솥을 쓰고 아무리 깨끗이 닦어놔도 예전 그 모습이 아녀. 꼭 니 아부지 닮었어. 늙수구리하니 희멀게진 것이 말여."라고…. 곧 소 잃고 삶에 지친 아버지의 모습을 윤기 잃은 가마솥으로 재미있게 비유시켜 나간다.

모든 부모가 그러하듯이 내리 자식 사랑은 참으로 아름답고 숭고한 것이리라. 자식의 보신을 위해 칡 농축액을 만드는 과정에서는 강인한 부성애의 뿌리 의식도 읽힌다. 구슬땀을 흘리며 수 없이 가마솥에 불을 지피는 아버지의 모습이 눈에 선하게 서술되고 있다는 점이다. 그렇게 가마솥은 농축액을 달이는 것 이외에도 메주 쑤고, 곰국도 끓이고, 닭도 삶고 도가니탕도 맛있게 끓여냈던 집안의 요긴한 물건이었던 것, 집안 잔치에서 가마솥의 역할은 실로 지대했다는 것이다. 그래서 어머니는 딸에게 말을 건낸다. "가마솥에 절이라도 해야 헌다"라고….

친정어머니가 들려주는 가마솥에 얽힌 어머니의 에피소드엔 모성애와 부성애가 담겨있고, 가마솥의 존재에 대한 깊은 정감도 그려지고 있다. 나아가 이 가마솥에서는 고향의 회억과 더불어 가족사의 따뜻한 순환적 뿌리 의식도 읽힌다.

뇌졸중으로 하반신 불구가 되신 어머니를 간호하시던 아버지가 갑자기 세상을 뜨시자, 어머니 문제로 가족회의를 열었다. 한 사람 한 사람에게 의견을 물었지만 모두 어머니를 모실 상황이 아니었다. 내 차례가 돌아왔을 때 이미 남편 허락을 받은 상태였지만, 내 마음은 저울질을 하고 있었다. 나는 결국 중립적인 발언만 했다. 남편 차례가 되자 일말의 망설임도 없이 어머니를 흔쾌히 모시겠다고 했다. 아무 조건도 없이. 그 덕분에 요양원 소리만 나와도 도리질 치던 어머니를 곧바로 우리 집으로 모셔왔다. / 10여 년 전, 돌아가신 시어머님을 모실 때 나는 남편처럼 순수하지 못했다. 훗날 내 어머니를 모시게 될지 모른다는 생각을 했으니까. 계산된 생각이었지만 딸처럼 잘해드려야겠다는 각오와 함께 후회하지 않으려고 자신에게 최면을 걸었다. 내 노력에도 불구하고 고부간의 갈등으로 어머님께 누를 끼쳤고, 난 남편처럼 감동을 주는 삶은 살지 못했다. / 두 어머니를 모시며 성숙해진 우리의 삶은 많은 변화가 왔다. 무엇보다 포용하고 이해하는 법을 배웠다. 날카로운 성격이었던 남편은 가족들이 큰일을 당하건 큰 실수가 있건 매사에 "그럴 수도 있지."라며 너그러워졌다. / 나 역시 긍정적이고 활발해졌다. 어머니를 휠체어에 태우고 씩씩하게 다니면 요양보호사냐고 묻는다. 그럴 수도 있겠다. 등신인 나는 가타부타 말없이 그냥 웃으며 지나친다.

〈등신〉 중에서

그녀의 글을 읽다 보면, 그의 친정어머니 못지않게 시어머니에 대한 소재도 적지 않게 드러난다. 10여 년 넘게 하반신 불수의 시어머니를 모셔왔고, 뒤이어 친정어머니까지도 모셔와 그 힘겨운 수발을 들고 있기 때문이다. 그래서 나라에서 효부상까지 내리지 않았는가. 분명 이 시대에 흔하지 않은 효녀이자 효부인 것이다. 이러한 모성애에 대한 성찰이나 너그러움, 며느리의 희생정신도 따지고 보면 가족사의 뿌리 의식에 해당되는 것, 자연 운행과 질서를 따르고자 하는 그의 모성애적 편린이라고 볼 수 있다.

5. 인생 2막을 열어가는 영성적 깨달음

인생 2막을 설계하며 새로운 꿈을 펼치고자 했을 때 난 교회로 온전히 마음을 돌렸다. 성전이 있는 곳에서 그동안 하지 못했던 봉사도 해가며 주일 신자로만 산 세월을 바꾸고 싶었다. / 예전의 삶은 무엇이든 타협하며 적당히 넘어가는 모습이었지만 이제 내 인생 2막은 다르다. 신앙 안에서 봉사와 섬김의 발자국을 한발 한발 찍으며 고지를 향해 나아갈 것이다.

〈그 이후〉 중에서

자연과 인간과의 소통해 나가는 그녀의 수필 속에서 빼놓을 수 없는 것이 하나님과의 영성적 소통이다. 그녀는 40대 중반에서 인생 2막의 새로운 출발을 한다. 곧 수필 〈그 이후〉를 보면, 새로운 하나님의 신자로서 "신앙 안에서 봉사와 섬김"의 인생을 보내고자 하는 다짐이 실려 있다. 그의 말대로 "예전의 삶은 무엇이든 타협하며 적당히 넘어가는 모습이었지만 이제 내 인생 2막은 다르다"고 하면서 깊은 깨달음과 각오를 보인다. 기존의 인생과 삶에 대한 새로운 도전으로서, 결연한 의지의 다짐이 아닐 수 없다.

이러한 유로의 기독교적 영성관의 수필에서 세 가지 대별되는 신앙심을 읽게 된다. 그 첫째는 하나님과의 유일한 소통이 '기도'라는 것으로, 매일 새벽기도를 나갈 정도로 깊은 신앙심을 드러낸다. 둘째는 하나님의 지상명령인 '사랑'을 베풀고자 노력하는 마음이 여기저기에서 목도된다. 셋째로는 남을 위해서 '봉사'로서의 영성적 삶의 태도가 작품에 깔려있음을 볼 수 있다. 유로는 수필 〈새벽기도〉에서 자신의 '기도'를 이렇게 정의한다.

> 기도는 하나님과의 영적 대화요, 사귐이며, 철저히 자기 자신을 내려놓는 고백의 시간이다. 내가 나로서는 아무것도 할 수 없다고, 전적으로 절대자를 신뢰하고 의지한다는 그 고백만이 전부이다. 그런 우리 마음을 만져달라는 아이 같은 투정이기도 하다. / 늘 하늘에 중심을 두고 있는 믿음을 보면 닮고 싶어진다. 진득한 모습을 대할 때마다 힘을 얻는다. 믿음은 다른 사람이 못 보는 것을 보는 것이라고 했다. 어느 경지에 들어야 볼 수 있는 걸까. 새벽기도가 일상이 되면 믿음이 견고해질까.
>
> 〈새벽기도〉 중에서

위에서 보듯 "기도는 하나님과의 영적 대화요, 사귐이며, 철저히 자기 자신을 내려놓는 고백"이라는 것이다. 나아가 "전적으로 절대자를 신뢰하고 의지한다는 그 고백"의 증표라고도 한다. 그래서 기도는 하나님과의 소통으로써 유일한 '관계 잇기'의 상향식 소통이자, 또 하나는 자신의 "마음을 만져달라는 아이 같은 투정"이라는 피조물로서 소통적 태도이다. 나아가 그녀는 이러한 마음의 태도와 기도라는 행동이 하나님을 향한 '믿음'이라고 단호하게 정의한다. 그러면서 어떤 믿음의 경지에 들어가고자 하는 열망도 강하다. 마치 선승이 득도를 하듯, 아니 깨달음을 얻는 부처가 되듯이 간절한 기원을 담아낸다. "말씀 안으로, 어린 아이처럼, 매일같이 정성과 함께" 간구한다는 것이다.

여기에서 귀감이 가는 것은 "철저하게 자신을 부정하는" 태도로서의 영적 소통이라는 점이다. 그녀의 하나님과 교통의 시간, 소통의 순간은 아주 뜨겁다. 마치 다윗의 고백처럼 이루어진다. 그 기도의 비법은 '자신을 부정하는 일', '하나님을 찬양하는 일', '자신의 고집을 버리는 일', '회개하는 일', '사랑하는 것과 감사하는 일' 등의 기도로 이루어진다. 하지만 인간이기에 때때로 '눈물을 흘리고, 신을 원망하는 일'도 있다고 했다. 그의 이러한 기도 속에서만이 하나님의 '사랑'을 뜨겁게 느낄 수 있다고 한다.

> 보이지 않아도 느낄 수 있는 것이 바로 사랑이다. 그런 사랑이 우리를 회복시켜 더욱 담대한 마음을 갖게 해주기에 눈물의 기도를 드리는 날도 이겨낼 수 있는 것이다. 기도의 시작과 끝에는 감사와 사랑이 있다. 우리의 생각을 내려놓고 주께 가까이 다가갈수록 그 무한한 사랑을 체험할 수 있다.
>
> 〈새벽기도〉 중에서

유로는 하나님과의 사랑을 기도 속에서 인식하고, 또 삶 속에서 체험한다. 하나님 사랑은 "보이지 않아도 느낄 수 있는 것"으로, "더욱 담대한 마음을 갖게"해 주기에 늘 기도 속에 있으며, 나아가 "생각을 내려놓고 주께 가까이 다가갈수록 그 무한한 사랑을 체험"하게 된다고 한다. 후자의 사랑은 인간에 대한 사랑까지 포함시키는 것 같다. 그런 사랑이 가족과 이웃과 나라로 이어지고, 나아가 우주 창생의 조화와 경이로움까지 무한한 사랑의 경외심까지 얻게 된다는 것. 그래서 날마다 새벽기도에 나가게 되는 이유가 사랑 속에서 소통하는데, "어제와 다른 오늘을 살게 하는 변화"를 받고, 그 회개를 통하여 "깨달음"과 "기쁨과 감사함"을 얻게 되기 때문이라는 것이다.

사실, 요즈음 종교계를 보면 교회와 신자 수는 많아도 참다운 신앙인들은 드문 것 같다. 그리고 필자도 말하고 있지만 기복신앙적 요소가 많은 것이 현실이다. 이러한 기복 행위에 대해 그는 "하나님을 바르게 아는 것"으로 절대적인 믿음이 중요하며, 주체의 욕망과 고집을 버릴 것을 설파한다.

사실, 바람직한 종교 문화는 그 사회의 생명을 공급하는 공기나 물줄기와 같은 것이다. 그러기에 올바른 신앙에서 오는 사랑과 자비, 화합과 공존 같은 영성적 가치를 실천하는 일이 무엇보다 중요하다. 개인적 욕망에 매몰되거나 배타적 종교관에 빠져들 때 하나님의 존재는 사라지는 것이다.

유로의 기독교적 사랑의 실천으로서 신앙 안에서 봉사와 섬김은 〈그 이후〉와 〈탄자니아에서 온 처녀〉, 〈슈먼 바로아〉 등의 작품에서 그의 실천적인 의지를 볼 수 있다. 이 작품들은 다문화가정, 외국인 노동자, 유학생들을 돕는 이야기로 되어 있다.

〈그 이후〉와 〈탄자니아에서 온 처녀〉에서는 '데보라'라는 탄자니아에서 온 유학생의 이야기가 그려지고 있다. 전자의 수필은 데보라와 소통을 위하여 뒤늦은 나이에 영어공부를 시작하여 극복해나간다는 집념이 드러나 있고, 후자의 작품에서는 주인공에 밀착하여 외국인에 비친 한국 생활의 모습과 심리, 그들의 꿈들이 자상하게 드러난다. 그리고 〈슈먼 바로아〉에서는 방글라데시에서 온 공장 노동자의 열악한 한국 생활담을 드려내면서 자신이 봉사한 내용을 소박하게 담고 있다.

작가가 인생 2막으로써 다부지게 깊은 신앙생활을 해야겠다고 한 것이 바로 '사랑'을 통한 실천으로서 '봉사 정신'이다. 이는 자신이 떨쳐내고 싶어도 떨쳐낼 수 없는 바로 하나님의 존재에 대한 인식이자, 하나님 앞에서 자신이 살아가는 영성적 삶의 방식이기도 하다. 아마도 종래의 신앙에서는 하나님 은혜의 감격도 미미했고, 세속적인 삶의 욕심에 마음이 매몰되어 아팠고, 그래서 신앙의 문제가 생긴 것 같아서 심각하게 고민해온 모양이다.

사실 신앙인에게 있어 영적 침체가 찾아오면 괴로움을 느낀다. 무엇인가 잘못되어 있고, 세상 속에서 열심히 살아간다고 하더라도 본래적 영혼의 문제가 늘 걸려있어 늘 어둡고 불안하다. 어느 날 본인이 이런 점을 깨달은 것은 아닌가.

누구에게나 영적 고민은 있다. 영혼의 문제는 의식하지 않으려 해도, 잊어버리려고 해도 사라지지 않는다. 왜냐하면 이 문제들은 우리의 본질적인 문제이고, 세상을 보는 마음의 눈이기 때문이다. 성경에서 사람은 하나님으로 그 영혼이 만족하도록 창조되었다고 한다. 그래서 영적인 문제가 생기면 사람은 그 영혼의 공허함을 다른 대용물로 채우려는 심리가 작용한다. 이때 속임수들을 써서 마음에 넣지만 잠시 위로가 될 뿐 근본적인 허탈감에서 벗어날 수가 없다는 것이다. 왜냐하면 인간의 마음과 견주어 우주의 공허함의 너무 크고, 나아가 하나님의 섭리에 견줄 수 없는 이유에서다.

우리는 어떤 영혼을 볼 수 있는 능력을 영안이 트였다고 한다. 유로의 수필에서 기도 속에서 얻어지는 하나님과 소통하면서 사랑과 봉사적 실천에서 트인 영안을 발견하게 되는 것이다. 여기에서 유로는 자신의 영성, 영혼의 문제를 직시하고, 깨닫고, 심각하게 인식했던 것 같다. 그리하여 영성적 소통의 한 방법으로 기도하고, 하나님의 지상명령인 사랑하고 봉사하는 일에 매진하고자 한 것이다.

그가 만나는 모든 사람이 하나님의 길을 가는 동반자이다. 우선 그는 교회 안에서 외롭고 소외된 자를 위해 기도하고 자신의 능력을 다하여 도움에 나선다. 작품 속에서 영성적 동반자인 외국인 노동자나 유학생, 이주민 등 이방인들과 공감하면서 소통해 나간다. 그런 상대방과 영적인 대화를 통해서도 자신에게도 말을 걸고, 그들과의 교제와 봉사 속에서 마음의 회복을 얻는다. 이러한 공감과 동질감 속에서 그녀는 하나님의 사랑과 은혜를 발견해 나가기도 한다.

흔히 오늘의 시대를 물질문명의 시대요, 욕망의 시대니, 혹은 정보화시대라고 말한다. 이에 대해 세계적 미래학자 윌리엄 히그햄(William Higham) 교수는 2020년이 되면 정보시대는 끝나고 지식 이상적 가치와 목표를 중시하는 '영성시대'가 올 것이라 예측한다. 지금의 정보화시대는 세상을 빠르게 변화시키고 있다. 인터넷, 모바일 폰, SNS문자를 통하여 지구촌의 뉴스는 몇 시간도 되지 않아 전 세계로 퍼져나간다. 세상의 유행과 시스템은 역동적으로 움직이면서 미래에 대한 예측은 변화무쌍하게 이루어진다. 하지만 너무 빠르기 때문에 전혀 의식하지 못하는 미래가 전개될 수 있다는 것이다. 이런 시기에는 바로 영적인 인물이 세상을 이끌어 나갈 수 있다고 한다. 스티브 잡스(Steve Jobs)는 30년 동안 매일 같이 명상을 통해 자신의 영성을 키웠다지 않는가.

한 번도 겪어보지 못한 미래를 살아가기 위해서는 우리는 영성을 키워야 한다. 첨단 물질문명의 시대로 치달을수록 더욱 하나님을 가까이하는 영적 삶이 필요할 것이다. 어느 천체물리학자는 장기간 우주를 연구하면서 얻은 결론은 이 세상의 우주가 너무 신묘한 나머지 하나님과의 영성적 삶을 택했다고 한다.

그녀의 작품은 자연과 사물에 대한 친화력이 높고, 물아일체, 교감 등 생명적 촉수가 활발하다. 그에게 있어 원초적 자연 추구나 고향에 대한 회귀의식, 모성애적 그리움은 모두 동질의 코드로서 충만한 삶의 생명의식과 연결되어 있다. 그래서 작품마다 지천명을 넘어선 현실 인식의 속살 표정이나 가정사의 애환, 유년의 회억들은 모두 풍요로운 색깔과 온화한 향기들을 뿜어낸다. 주위의 옛것이나 사소한 용품에 대한 애정도 각별한데, 대하는 작품마다 생명적 풍요로움과 충만한 상상력으로 넘쳐 있다. 나아가 여기에는 기독교 신자로서의 영성적 사랑관이 짙게 녹아 있다. 그래서 작품마다 선택된 대상에 정신의 옷을 입혀 가는 그녀의 창작 작업은 숭고하고 소중하다. 아마도 이들 작품들은 자기조정적 실체들의 언어들로 풍요롭고 건강한 삶을 유지시키는 피톤치트가 되기에 충분하다. 그래서 봄날 발꼬락을 움직여 일어서려는 연둣빛 새싹들처럼 독자들의 마음 밭을 싱그럽게 가꾸어 갈 것이다.

앞으로 몇 권의 수필집을 더 내놓을지는 모르나, 힘찬 클라우징 스타팅이 되길 기원한다. 달챙이숟가락이 완전히 달아서 없어질 때까지 건강하게 오래 살아 마냥 좋은 글만 썼으면 한다. ✈

한기홍의 삶과 문학은 바다에서 비롯된다. 그래서 바다로 치환된 인생사의 이미지들은 토속적이고 짭조름한 냄새가 물씬 풍긴다. 바다의 생것들, 출항과 귀항, 어촌, 풍어제, 갯가의 주막 등이 그의 삶의 거처요, 시적 사유의 발원지다.

바다 이미지의 내밀한 생명적 정한(情恨)

— 한기홍 시산문집 『출항기』(도서출판 진원)

바다 이미지의 내밀한 생명적 정한(情恨)

— 한기홍 시산문집 『출항기』(도서출판 진원)

한기홍 작가는 시인이자 수필가이다. 1956년 충남 공주에서 출생한 그는 중학교 1학년 때인 1969년부터 인천에 유학하여 경기수산고등학교를 졸업한다. 학업을 마친 후, 그는 1981년에 공무원에 임용되면서 인천을 제2의 고향으로 삼고, 인천시와 산하 관청에서 현재까지 34년 동안 봉직해 오고 있는 공무원 작가이다.

1998년 《문학세계》에 〈동충하초〉 외 3편으로 등단한 그는 2003년에 첫 수필집『은빛매미의 눈망울』을 출간하고, 2008년에는 시집 『가을하늘, 고흐의 캔버스』를 상재하면서 교양도서의 출판에 이르기까지 활발한 문학활동을 벌인다. 그런 노력으로 상복도 많아 영광의 제4회 해양문학상(2010)을 비롯, 계관시인문학상 대상(2003), 전국공무원문예대전 우수상(2000, 2003년), 한국농촌문학상(2005) 등을 수상한다.

한기홍 작가의 이번 창작집 『출항기』는 간간이 수필과 어우러진 시산문집이다. 수산고교를 졸업하고 인천에서 오래 거주해 와서 그런지 금번 창작집은 질편한 바다 이미지들의 소재와 지난 세월의 토속적 풍물들이 파노라마처럼 펼쳐진다. 한 작가는 자서 서문에서 "순탄하지 않았던 삶의 궤적"으로 비록 "뱃사람이 되지는 않았지만, 도시의 어부로서 신산했던 개인사를 축약한 나름의 자의식적 고백"(〈작가의 말〉)의 글이라고 했다. 그리고 "심안에 아롱진 마음의 행로가 은연 중 대변하는 작품들"이 본 문집임을 밝히고 있다. 그래서 그런지, 이들 작품 속에는 그만의 바다 체험에서 빚어진 독특한 시적 사유와 상상력을 엿볼 수 있고, 자전적 과거회상의 에피소드와 애상적 이미지의 정감을 통하여 작가 특유의 원초적 삶의 정서와 만나게 된다.

1. 출항과 귀항의 시선, 그 애환적 정감

삶은 미로이다. 인간은 본질의 근원을 찾아 헤매는 바다의 미아이다. 망망대해에서 바다 위를 항해하는 배, 인간도 한 척의 배다. 그렇게 존재하는 것들은 저마다 삶의 길을 운행한다. 시인도 시라는 바다에서 시를 쓰며 시를 묻는다. 때론 방황하면서, 때론 심미안적 지혜에 닿기도 하면서 걸어온 길을, 걸어가야 할 길을 반추하고 탐색한다.

한기홍 작가의 시안(詩眼)의 길, 그의 이번 시적 행보는 바다에 심취해 있다. 그래서 바다 이미지들로 넘쳐난다. 바다의 소유물인 파도, 항포구, 배, 어촌, 선원, 갯벌 등의 소재들로 저마다 정감적 세계를 질펀하게 펼쳐간다. 마치 한 작가의 전생이 어부로 살았는지 모를 정도로 바다의 것들을 사랑하고 노래한다는 것. 그래서인가. 바다 이미지들에는 원초적이고 토속적인 상상력과 에피소드, 소년 시절부터 지금까지 겪어온 내밀한 회억들과 애상들이 젖어 있다. 매우 몽환적이고 신비스러운 감촉을 느끼게 한다.

출어닷 출어
시나브로 짙어지는 새벽노을
선적물목 점호 마치고, 금빛 여명 등짝에 진
김선장 뾰족한 갈치 주둥이엔
만선기원 입어신고(入漁申告)가 싱그럽다

〈중략〉

쩌엉 쩡

아슴한 수평선 너머에 불콰한 해명(海鳴)이 지나간다

신비로워라

저만치 튀어 오르는 날치 떼 은빛 비늘이

이 세상 모든 영욕 위에 빛나고 있다

〈중략〉

뿌우우 뿍

뱃고동 소리는 유심론(唯心論)이다

대양으로 나가는 길목엔 항상 흩어진 꿈들이 모인다

그래서 파도는 철썩 그리운 사람들 어깨를 친다

이제 양망(揚網)물목엔 황금조기, 바라조기, 깡치 말고도

그리움 한 상자 넉넉하리

서기어린 새벽 별, 인간의 길을 묻는다

저 광막한 우주대평원 안드로메다 성운 어느 바다

한 생령의 꿈도 나와 같으리

그러니까 출항은 해신에게 내미는 첫 키스다

〈출항기(出港記)〉 부분

본 창작집 표제이기도 한 〈출항기(出港記)〉는 해양문학상(2010년) 시 부문 당선작이다. 무엇보다 이 시는 장시(長詩)의 형태로 되어 있고, 출항의 꿈과 어부의 애환이 교차되면서 간간이 서사가 가미된 역동적인 구성을 보여준다.

서두의 시구에서 화자는 '출항'의 의미를 "해신(海神)에게 내미는 첫 키스다"로 에로틱한 정의를 내린다. 그 출항은 장쾌하고 신비롭다.

“아라비안 카펫”으로 늠실대는 망망한 바다를 향해 나가는 ‘79톤 안강망 제3연근해호’, 출어깃대를 높이 올리고 “지중해 마케도니아 선단의 황금갑주”로 21세기의 바다를 항해한다. 그 광휘 뒤엔 서글프고 애절한 사연을 지닌 갑판원 어부가 타고 있다. 또 만선의 꿈을 기원하는 김 선장의 “뾰족한 갈치 주둥이”도 싱그럽게 그려진다. 풍어의 질긴 희망과 눈물 적신 오열의 항해로 묘사되는 시적 운행도 현란하다. 각 연마다 “출어닷 출어”, “쩌엉 쩡”, “뿌우우 빡”하는 의성어나 의태어 구사는 출항의 심지를 더욱 실감미 있게 보여주고, 또 각 연마다 리듬성이 살아나 참신한 느낌을 준다. 특히 시적 운행에서 각 연마다 웅혼한 역사적 시간의 확산과 우주적 공간을 넘나드는 활달한 상상력은 시의 오묘한 참맛을 접하게 한다.

일단 모항을 떠난 배들은 망망대해에서 고독과 싸우고, 세찬 파도를 이겨내야 한다. 그래서 ‘큰 바람이 인다’ 라는 소식이 들려오면 항구나 갯마을의 가족들은 북어처럼 휑한 눈으로 걱정을 한다. 시 〈시월 남해포구〉에서는 멀리 동지나해로 떠난 선원 아들에 대한 기원이 “포구 옆 굽어서 애틋한 해송가지”로 표상되어 그려진다.

> 날라리 음조가 애간장을 녹이는구나
> 부두를 얼기설기 엮은 오색 천들이
> 선창을 더욱 숨 가쁘게 빙빙 돌리는구나
> 큰무당이 성주거리 굿 길게 뽑고
> 제주가 해신에게 읍하며 제문을 불사를 때,
> 선주들은 음복 값으로 돼지 콧구멍에
> 바다 빛 지폐를 지르는구나
> 어허라 육지에서는 졸이었던 돼지머리는
> 오늘날 해신과 맞짱 뜨는 몸,

연기론(緣起論)은 포구에서 재림하나니
꽹과리와 북이 슬쩍 소리를 비틀자
호사꾼들은 엉덩이를 툭툭 털며 일어나고
구경꾼들은 차양 아래 술판으로 몰려가는구나
그렇지 바다로 나가려면 육신이고 뭐고
안팎이 모두 낭창한 물이어야 하구말구
낮술에 불콰한 선창엔 때마침 간 맞춘 해풍이
누항 갯마을 풍진을 털어주는구나

〈풍어제〉 부분

시 〈풍어제〉도 장시에 속한다. 풍어제는 배의 출항과 안전 운행, 만선 귀항의 기원을 비는 제사이다. 풍어제를 지내는 순간의 장면들이 파노라마처럼 생동감이 넘치고 정겹다. 마치 누항 갯마을 포구가 영상처럼 살아 숨 쉬듯, 매우 흥겹고 실감미가 있다. 시적 행위의 보여주기식 묘사와 간결한 느낌의 제시 때문이다. 그리고 종지형 서술에서 "∽구나"라는 민요조 가락의 리듬 처리에 있다. 그래서 마치 독자가 풍어제에 참석한 착각을 불러 일으킨다.

풍어제는 큰 무당이 주관하는 마을굿 축제로 경건하면서도 유희 형식을 갖는다. 먼저 무당은 용왕님과 여러 신들을 불러들인다. 사설과 더불어 가무(歌舞), 노랫가락, 타령으로 신을 즐겁게 하고, 하이라이트에서는 신탁(申託, 공수)이 이루어진다. 여기에서 무당과 마을 사람들은 어부의 안전과 만선을 빌고, 마을의 안녕과 행복도 기원한다. 이렇게 한 작가가 풍어제를 갈무리하여 시화한 것은 그의 내면에 민족혼의 의식 내지 토속적 정감이 깊기 살아있기 때문일 것이다.

파도는 언제나 속삭이듯 내밀히 사랑하는 사람들의 가슴을 때리죠. 그대

강녕하신지요. 당신이 늘 종려수를 그리며 가냘픈 이파리에 편지를 쓴다고 해서, 항해 내내 마스트에 올라 포경선 작살잡이 마냥 해면을 뒤집어보기도 하고, 언젠가는 그대가 북빙양 푸른 물에 섬섬옥수를 담근다 해서 내 가엾은 심상이 북쪽을 향해 비탄을 떨구기도 했습니다.

아 먼 노정 항해는 나를 새우등으로 만들었습니다. 야자수 사이로 적도선(赤道線) 방랑자의 별들을 보기도 했고, 해조음이 되어 파랑 위에서 독백하기도 했어요. 돌아보니 그 풍진의 허한 그림자들이 육탈된 허무였음에 애상의 입술을 지그시 깨뭅니다. 문득 비탄으로 흐르는 상어 빛 애증 또한 절대고독이라는 것도.

〈남양(南洋)에서 띄우는 편지〉 편지

편지 형식의 위 시는 남양의 이국적 정서가 풍긴다. 화자는 먼 남양에서 실존의 고독과 그리움을 전하고자 한다. 대양 한복판 포경선 마스트에서 작살을 던지는 삶이란 우리네 일상의 실존방식과 다름 아니다. 실존의 바다에서 인간은 "해조음이 되어 파랑 위에서 독백"하듯 숙명적으로 늘 고독하고 외롭다. 바다는 늘상 같은 물빛으로 존재하지 않는다. 또 파도라는 것도 늘상 같은 높이의 파고(波高)를 보여주지는 않는다. 거울처럼 조용히 묵상할 때도 있지만, 산더미처럼 광기의 폭력성도 보여준다. 그러한 변화무쌍하고 거친 바다의 무대에 인간은 놓여 있다. 그 삭막하고 고독한 현실에서 인간은 주어진 짐을 지고 항해해야 한다. 사막에서 무거운 짐을 지고 가는 낙타처럼 말이다.

대신 파도를 불면케 하는 폭광(暴光),
이 시대의 밉상스런 팜므파탈 광기
오징어 채낚기 선단들 웃음만이 낭자하다
동해바다 북위 37도 동경 125도 20분

암묵화 캔버스를 수놓는 매화꽃 빨랫줄 선단
내 육신 등짝에 가렵게 그립게 쏟아지는
저 욕망의 어머니 닮은 열등(列燈),
파도마저 자꾸만 저 불빛이 신성(神性)이라 속삭인다

〈집어등〉 부분

바다 한가운데 오징어 채낚기 어선의 불이 환하게 켜진 집어등 모습이 그림처럼 다가온다. 화자가 보는 오징어는 생물이 아니라 인간의 군상들이다. 집어등은 "파도를 불면케 하는 폭광(暴光)"과 "밉상스런 팜므파탈 광기"로 비유되고, 급기야는 "그립게 쏟아지는 / 저 욕망의 어머니를 닮은 열등(列燈)"으로 치환된다. 여기에서 집어등은 단순한 오징어를 잡기 위한 도구가 아니다. "우리 생애 적신 주마등" 이고, "야회(夜會)에 나간 어머니"를 찾는 불빛이다. 이 시의 상상이 재미있고 역동적인 것은 오징어를 화자로 본 것이나 어머니를 떠 올리게 하는 착상으로, 시인의 비유가 참신하다는 데 있다. 곧 인간과 어부 화자의 욕망과 어부의 욕망이 중첩되었다는 점에서 상상이 호소력 있고 재미있게 읽힌다.

정씨는 이미 잠들었는지 고요하고
선실 구석에서는 김씨의 '봄날은 간다'가 흘러 나왔다
붕장어 이빨에 손등 찔리우며 익은 가락이지
이따금 숭어 튀는 소리 피안처럼 들리고
마스트 갈매기 잠꼬대가 진하게 가슴을 쳐온다
〈중략〉
우르르 꽝 푸수수
밤 파도가 점점 높아지니 육지가 가깝다

애초에 바다로 나올 때 돌아간다는 신념은 없었다
어부의 신조는 파도와 바닷고기와 갈무리된 그리움 몇 조각인 걸
목울대 꺼이꺼이 대며 사무친 보고픔에 떨다가도
깡소주 한 사발에 그 피멍을 삭혀 버렸었지
아 미칠 것 같이 그리운 얼굴들아
술대접에 어리는 모습들이 해리(海里)에 아롱지는 구나
그럴수록 나는 퇴화된 내 시잔(詩殘), 폐공 속에 누워있는
나의 오랜 형해(形骸)를 더듬어 보았다

〈하선전야(下船前夜)〉 부분

시 〈하선전야下船前夜〉에서는 만선의 깃발을 올리고 항포구를 향해 귀향하는 어선 풍경을 노래한 것이다. 하선을 작심한 어부의 심리가 파노라마처럼 펼쳐진다. 뱃전에 울려 퍼지는 어부의 〈봄날은 간다〉라는 인생무상의 가락 속에 "붕장어 이빨에 손등 찔리우며"의 아픈 고통이 서려 있다. 그리고 "마스트 갈매기 잠꼬대"와 같은 지루한 뱃일의 일상도 짙게 배어난다. 뱃전에 파도와 함께 "이따금 숭어 튀는 소리"가 주는 청각적 이미지가 신선하고, "파도와 바닷고기와 갈무리된 그리움"에서는 모항을 향해 귀환하는 어부의 심리도 짠하다. 화자의 시선이 어부의 처지에 동화되어 있어 따스한 정감을 갖게 하는 시이다.

어선이나 어부나 육신과 영혼의 밧데리가 닳게 되면 다시 충전시켜야 한다. 어선이나 어부에게 있어 귀항은 어머니의 품안 같은 보금자리로 돌아오는 행위이다. 한 평생 인간의 삶이란 유랑아로서 떠남과 돌아옴의 연속이 아닌가. 바로 세찬 파고 속의 바다야 말로 인생의 무대와도 같은 것이다. 그래서 인생이란 존재는 고통이요. 더불어 외롭고 쓸쓸한 것이다. 또한 어머니의 품안 같은 모항이 있어 늘 그리움으로 귀환을 꿈꾸게 되는 것이다. "목울대 꺼이꺼이 대며 사무친 보고픔

에 떨다가도 / 깡소주 한 사발에 그 피멍을 삭혀버리는" 것이 우리네의 일상이 아닌가. 그렇게 흘러가는 세월의 덧없음과 모진 인생의 치열한 삶의 공간을 시인은 바다를 무대로 살아가는 어선과 어부를 통하여 여실히 그려내고 있는 것이다. 그래서 〈하선전야〉는 "퇴화된 내 시잔(詩殘), 폐공 속에 누워있는 나의 오랜 형해(形骸)를 더듬어" 보는 우리네 인간존재의 가벼움과 무거움을 함축적으로 형상화된 작품이라 할 수 있다. 나아가 귀항은 우리네 인생처럼 잠시일 뿐, 새로운 출항을 향한 도전이요. 비상의 꿈이기도 하다.

2. 바다 것들의 생명적 시선과 의미

늘 산을 마음에 품고 살아가는 사람들도 많겠지만, 한기홍 작가는 늘 가슴에 바다를 품고 살아가는 바다 사나이다. 왜일까. 가슴 한켠에 나 자신을 위로하고 나 자신이 깊이 침잠할 수 있는 영혼의 방을 바다에서 찾기 때문이다. 그래서 한 시인은 바다 것을 향해 늘 귀 기울이고 늘 시선을 둔다. 류시화는 소금을 주어로 하여 소금이 바다의 아픔이고, 바다의 상처요, 바다의 눈물이라고 했지만, 한기홍 시인에게 인생이란 주어는 곧 바다 것들이다. 바다 것들이 주는 생의 속성과 삶의 의미, 그래서 바다에는 그의 삶과 꿈이 서려 있으며, 그의 그리움과 아픔과 눈물의 상처도 바다에 있다. 그래서 시인의 촉수는 그것들이 지닌 의미를 탐구하며 상상력으로 풀어낸다.

겨울 바다에 꽂히는 아침 햇살은
콜럼버스의 이기심이다
첨벙거려도

풍덩 품에 안겨도
비늘처럼 돋아나는 무뚝뚝한 항로의 아집

해풍에 빛바랜 억 만개 어릴 적 꿈들이
반짝이는 저 수평선 너머
검붉은 고래의 등짝에서 피어오르고
아직껏 억눌린 신음소리들
무너진 억장 멍울진 심금들을 어루만지며
바다는 항상
만리 밖 허리케인의 우직한 동심마저
보듬어 준다

〈겨울 바다〉 부분

시 〈겨울 바다〉에서 화자의 시선은 바다에 대한 의미부여의 상상력으로 이루어진다. 화자는 "겨울 바다의 아침 햇살은 / 콜럼버스의 이기심"이라고 한다. 시적 이유는 "풍덩 품에 안겨도 / 비늘처럼 돋아나는 무뚝뚝한 항로의 아집"에 있다. 의미도 참신하지만, 공감각적 이미지로 생동감 있는 표현이다. 이러한 겨울 바다가 지닌 정신적 이미지들은 중반과 후반부의 시구에서 더욱 발전되고 확산된다. 곧 2연에서 "만리 밖 허리케인의 우직한 동심마저 보듬어"주는 포옹의 바다로 이행되고, 3연에서는 "절망의 순간들을 너그러이 쓸어주는" 재충전의 바다로, 4연에서는 "고귀한 꿈들"로 "삶의 희나리를 사르는" 지평의 바다로 시적 행보를 보인다. 그래서 "인간의 바다, 희구의 바다"가 된다. 결국 한 작가가 바라보는 생명적 인식의 바다란 어릴 적 소망했던 꿈이 이루어지는 시원의 장소요, 포근한 인생사의 안식처, 곧 삶의 지평으로 보는 가치 지향적이라는데 의미가 있다. 특히 서두에서 "꽃히는 아침 햇살"의 수직적 이미지와 "비늘처럼 돋아나는 무뚝뚝한 항로의 아집"이라는 수평적 이미지의 공간 처리가 역동적으로 다가온다.

한기홍 작가의 바다에 대한 존재적 탐닉은 아래의 시 〈늘 바다인 것〉에서 극명하게 드러난다. 늘 바다를 보는 화자의 시선, 바다에는 파도가 있고, 해풍이 있으며, 바다의 하늘을 가르는 갈매기가 있고, 수평선에 섬이 걸쳐 있으며, 그 위를 넘나들며 항해하며 항포구를 다니는 배들이 있다.

> 파도가 늘 먹먹하게 그리운 것은
> 철썩철썩 묵은 가슴 두드리기 때문인 것을
>
> 해풍이 늘 아프게 시려오는 것은
> 빛바랜 옛 사진 하나씩 시나브로 끄집어내기 때문인 것을
>
> 갈매기가 늘 눈시울을 적시게 하는 것은
> 끼룩끼룩 꺼이꺼이 설움 봇짐 풀어주기 때문인 것을
>
> 수평선이 늘 왼 가슴 아리게 담겨오는 것은
> 가녀린 새가슴 애처로운 심혼을 보듬기 때문인 것을
>
> 저 어선 한척에 늘 영육을 적재하고 싶은 것은
> 오라, 떠나자 부르는 표백된 노스텔쟈 손짓 때문인 것을
>
> 그래서 그 사람이 늘 미치도록 보고파지는 것은
> 바다가 되어 마침내 하나가 되고 싶은 때문인 것을

〈늘 바다인 것을〉 전문

시에 의하면 바다의 파도가 늘 그리운 것은 "묵은 가슴 두드리기 때문인 것"이고, 바다의 해풍이 시려오는 것은 "빛바랜 옛 사진" 때문이며, 바다의 갈매기가 눈시울을 적시게 하는 것은 "설움 봇짐"을 풀어주기 때문이라고 한다. 또한 수평선이 가슴 아리게 담겨오는 것은 "심혼"을 보듬기 때문이며, 어선 한 척에 늘 영육을 적재하고 싶은 것은 "노스텔쟈 손짓" 때문이라고 한다. 그리하여 일상의 간절한 그리움이란 바다처럼 하나가 되는 섭리에 있다는 것. 곧 바다의 대상들이 지닌 삶의 시적 화두를 바다가 지닌 속성, 생리를 통해 풀어내고 있다. 그래서 각각 연마다 시적 명제로 이루어지는 이 시는 하나의 논증 형식을 따르는 논리시라고 할 수 있다. 여기에서 시인은 화자의 삶의 근원, 의미들이 모두 바다에 있다는 시적 태도의 존재론적 의미를 여실히 드러낸다.

절묘한 군상들의 표정을 연출하고 있는 따개비는 과연 어디에서 왔는가. 녀석들의 절망이 있기 전까지는 바다는 과연 공평하고 은혜로웠는가. 그리고 이들은 이 절망을 넘어 어디로 가고 있는가. 따개비들의 동공(瞳孔)들은 이미 화석으로 화해 있었고, 작은 공동(空洞)에는 바다 고둥들이 들어앉아 시공을 두드리고 있었다. 이것은 업장이고 윤회다. 따개비의 일생인들 인간과 무에 다르랴. 바다에서 나와 그들의 어머니인 바닷물 속에서 부유하다가 만년에 이렇게 형해화하는 것이 삼라만상의 이치요, 어찌 생자필멸(生者必滅)의 원칙이 아니던가. 그러나 탄식과 더불어 현실에 대한 깊은 회한이 밀물처럼 달려들었다.

수필 〈따개비〉 중에서

수필 〈따개비〉는 산문이지만, 시적 매력을 가진 사물 수필이다. 바닷가 바위마다 붙어있는 따개비의 군상들을 보노라면, 마치 우리 인간사의 다양한 '눈'들을 보는 것 같아 섬뜩하다.

화자는 따개비들의 서로 다른 얼굴들에서 다채로운 실존적 이미지와 의미들을 발견해 낸다. 먼저 어머니를 고통에 몰아넣고 있는 이명의 환청이다. '극심한 괴로움에 절규하는 얼굴, 소리의 패악질에 함몰되는 보살의 처연한 얼굴, 삶의 진의를 묻다가 끝내 돌아서며 우는 얼굴, 아예 고통을 넘어서 고소를 머금고 있는 해탈 직전의 얼굴'은 물론, "어머니의 힘든 삶을 해원치 못하는 불효자인 내 일그러진 얼굴까지" 수많은 형상들을 끄집어낸다.

그래서 작가의 눈에 들어온 따개비는 결코 하찮은 존재가 아니라 범상한 생물이다. 그 상상의 고리는 여기서 끝나지 않고, 더욱 확장을 일으켜 우주의 시원적 존재는 물론 인간의 실존적 의미까지 파고 들어간다. "이것은 업장이고 윤회다. 따개비의 일생인들 인간과 무에 다르랴. 바다에서 나와 그들의 어머니인 바닷물 속에서 부유하다가 만년에 이렇게 형해화하는 것이 삼라만상의 이치요, 어찌 생자필멸(生者必滅)의 원칙이 아니던가"라는 '윤회론적 불가적 상상력'까지 이르게 한다.

작가의 눈이란 한 꽃송이 들꽃 속에서 천국을 발견해내듯, 보이지 않는, 들리지 않는 것에서 우주적이고 신화적 의미를 창조해 낸다. 이 점에서 한기홍 작가도 바다 이미지들을 통하여 남다른 상상력과 정감의 촉수, 그리고 정신적 해석의 힘을 보여준다. 특히 이들 시편들에서 사라져가는 민족 고유의 정서를 토속적 정감으로 갈무리해 내면서 서민적 애환을 토로하려는 의지가 돋보인다.

> 작년에도 올해에도 이산가족 상봉신청 미끌어졌지마는
> 테레비에서 얼싸안는 그리운 사람들을 보면서
> 말라버린 줄 알았던 눈물이 솟구칠 때면
> 넋없이 바라보는 항구가 그렇게 좋더랍니다

보리밥은 별미가 아니야, 눈물밥이야 하면서
한 백성 한 식구가 천년동안 콧물 빠트리며 비볐던
조선의 알곡이라고 두루뭉술 웃으면서
어쨌든 항구에서 퍼 담는 보리밥이 너무나 좋더랍니다
언젠가 밥값을 드리면서, 구성진 방귀를 뀌었더니
이놈의 항구는 그래서 좋은 겨, 함박웃음으로 흘겨 보면서
대포소리, 가죽피리 소리야
어여 연평도 앞바다 해주항구까지 냉큼 퍼져라 외치는
어쨌거나 할머니는 항구가 좋답니다

〈항구〉 부분

시 〈항구〉는 이야기시 형태를 띠고 있는데, 시의 주인공 해주댁의 마음 저변에 있는 간절한 소망을 눈물로 희화화한 시이다.

항구는 늘 기다림으로 무겁고 힘겹게 항해하는 지친 자들을 맞이하는 곳이다. 위 시에 나오는 보리밥집 해주댁은 이산가족이다. 해주댁이 항구를 떠나지 않는 것은 부둣가의 풍경이 좋아서이기도 하겠지만 저간의 심리엔 항구가 지닌 모성적 상징 때문이기도 할 것이며, 이산가족이 있어 혹시나 항구로 돌아오지 않나 하는 막연한 기대심리가 작용하기 때문인지도 모른다.

"남자는 배, 여자는 항구"라는 노래 가사가 있다. 배가 항구에 들어가는 것을 비유해서 쓴 것 같은데, 요철의 결합처럼 어쩌면 성적인 상징을 드러내는 것인지도 모른다. 그보다는 남자는 여자를 만나야 포근한 항구처럼 안정을 가질 수 있다는 뜻일 것. 항해하는 배들의 출발지와 귀착지는 늘 항구가 아닌가. 배의 입장에서 보면 바다는 거칠고 험난한 공간이지만, 반대로 항구는 그들을 포근하게 쉴 수 있게 해주고, 언제나 험난한 태풍으로부터 보호해주는 어머니의 자궁, 품안과도 같

은 곳이다. 그래서 항구는 포옹의 이미지로 상징된다. 수많은 배들이 드나들지만 항구는 한번도 거절을 하거나 미워하지 않는다. 항구가 그러할진대 어찌 한 작가나 해주댁이 그런 곳을 떠나게 될 것인가.

너른 바다가 꿈같이 펼쳐진 안쪽에 항포구가 있다. 항포구는 대개 자궁처럼 옴폭 들어가 있어 아늑한 자태와 풍광을 자랑한다. 하지만 항구 안쪽의 실상, 그 밑바닥을 들여다보면 어부처럼 가난한 서민들의 거친 세파 속에서 힘겹게 살아가는 애환이 서려 있는 곳이기도 하다.

짧은 생이었다
아니, 이들은 천수를 누렸는지도 모른다
사람이라는 별종들에게
이들은 달디단 찰나를 부어 주었다

분명히
우럭의 멈춘 동공에는
짜라투스트라의 언어가 달려 있었고
광어의 홍육(紅肉)에는 비릿한 애수가
베르사이유의 장미처럼 매달려 있었다

〈횟집에서〉 부분

항포구를 장식하는 것들은 횟집들이다. 횟집은 망망대해에서 멀쩡하게 뛰놀던 생물들이 노예처럼 끌려와 생을 마감하는 장례식장. 여기에 수많은 인간들이 찾아와 침을 흘리며 식탐을 충족시키는 황홀한 경연장이 되기도 한다. 그래서 화자는 횟집의 우럭이나 광어들의 등짝이나 근육을 쓰다듬어 주면서 이렇게 노래한다. “우럭의 멈춘 동공에는 / 짜라투스트라의 언어가 달려 있었고 / 광어의 홍육(紅肉)에는 비릿한 애수가 / 베르사이유의 장미처럼 매달려"있다고 연민과 슬픔의 정서를 토로한다. 그것은 시 〈무창포 바닷가에서〉도 마찬가지다. "포구 횟집 냄비에서 귀천한 / 쭈꾸미의 일생도 가련타"라는 경외심과 생명적 시선을 놓치지 않고 있다는 것이다.

허어 바로 값어치 없는 나로구나
민첩하지,
눈치코치 없이 자유롭지
아이들 귀염 받지
바로 중용이구만

조심, 큰놈 따위를 만나지 말 것

〈송사리〉 전문

물가에서 한가롭게 유영하는 송사리 떼의 외면풍경은 아름답다. 하지만 그 뒤에 숨어있는 치열한 적자생존의 경연장은 그렇지 못하다. 우리 인생사도 마찬가지다. 저마다의 사랑과 자비의 인간미는 아름답지만, 약육강식의 잔인한 심성을 동시에 지니고 있는 것이 인간의 심보다. 그런 양면적 생태의 이미지를 시 〈송사리〉에게서 듣는다. "귀염"을 받기도 하지만, 먹이감을 노리는 상대방을 조심하라는 경구가 담겨져 있지 않은가. 송사리나 인간이나 만물들은 그 존재하는 것들마다 나름의 존재 방식을 갖고 살아가지만, 여기에서 중용지도(中庸之道)의 평정심, 안분지족(安分知足)의 삶을 살아야 한다는 경구로 들린다.

3.자전적 정한과 사물 존재의 시선

지난 세월의 풍경과 에피소드는 모두 정겹고 그리워서 아름답다. 그래서 늘 과거로의 회억을 되새기는 글들은 아름다운 의미가 있고 새로운 미학으로 다가온다.

중학교 시절부터 줄곧 인천에서 보낸 그는 경기수산고교를 다니면서 수없이 인천의 항포구와 바닷가, 그리고 인천 앞바다의 섬들을 둘러보았으리라. 또 학교가 그러하니 큰 외항선의 1등 항해사가 되는 꿈이나 선원이 되는 꿈도 꾸었을 테고, 적게는 그 넓은 갯바닥에서 바지락을 캐거나 망둥어, 우럭 등 낚시질도 하며 생선을 즐겨 먹었을 것이고, 젓갈 등 짠 음식에도 이력이 났을 것이다.

그렇게 시간은 흐르고 당시의 바닷가 풍경이나 도심은 완전히 변해버렸다. 또 그런 지난 시대의 풍물이며 관습, 풍경도 도시화에 밀려 어떤 것들은 흔적도 찾아볼 수 없는 그저 회억 속에서만 어슴푸르게 남아 있을 것이다. 그래서 한기홍의 시와 산문은 늘 낮은 곳, 후미진 골목, 오래되고 빛바랜 동네를 대상으로 하거나 이 땅에서 소외받고 애환이 서린 서민들의 인간사를 즐겨 노래한다. 더불어 한기홍의 시나 수필에서 줄기차게 드러나는 시정 하나가 토속적 향수에 대한 정감 의식이다. 그래서 그의 시에는 옛 마을 풍경이나 항포구 이야기나 풍물, 술집의 이미지 등 과거 회상의 시편들이 자주 등장한다.

부서진 스레트 지붕 귀퉁이에 흘러내리는 빗물은
심청이 탄식 같고, 놀랍게도 옛 봉노방 고리짝
문고리에는 어슬녘 하얀 연기 배어 나오는
잊혀진 술집
〈중략〉

새끼손가락으로 탁주를 휘저어 턱까지
꿀꺽 적실 때, 불 꺼진 단출한 목로에 휑하니
앉아있던 파란 미나리 무침이
덩실대며 일어났다

내가 이렇게 흐린 날은 꼭 향수에 미친 놈이요
지껄이니, 서럽게 국화 닮은 주모 눈썹이
막걸리 사발 속에 너그럽게 잠겨 들었다

〈어느 비 내리는 주막에서〉 부분

위의 시는 비오는 날 어스름한 저녁, 김포 백석 골목에 있는 선술집 체험을 담은 시편이다. 전반부는 술집 풍경을 묘사적으로 드러냈고, 중반 이후는 주모와의 이야기와 행동묘사로 구성되어 있다.

전반부의 술집 묘사는 매우 정겹다. 화자는 지붕 귀퉁이에서 흘러내리는 빗물을 "심청이 탄식 같고, 놀랍게도 옛 봉노방 고리짝 / 문고리에는 어슬녘 하얀 연기 배어 나오는"이라고 감각적으로 드러내는데, '심청이 탄식' 같다는 청각적 비유나 '봉노방 고리짝'이란 풍물의 동원은 평소 시인의 토속적 정감을 그대로 표출한 것이라 할 수 있다. 또 후반부에서 "파란 미나리 무침이 / 덩실대며 일어났다"고 하는 의인적 비유의 생동감 있는 표현도 그렇고, 새끼손가락으로 탁주를 휘젓는 행동이나, "서럽게 국화 닮은 주모 눈썹이 / 막걸리 사발 속에 너그럽게 잠겨 들었다"고 하는 묘사를 보면 화자가 얼마나 서민풍 주막에 향수를 갖고 있는지 확연히 알 수 있다.

그의 서민적 애환에 대한 깊은 관심은 역전 골목에서 노숙하고 있는 대전 심씨의 이야기를 다룬 시 〈노숙의 즐거움 3〉, 항구도시 회색 동네에 누워있는 초라한 중년 남자를 다룬 시 〈뱃고동〉, 영흥 갯마을의 바지락 국물에 얽힌 사연을 시화한 〈바지락국〉 등 여러 편에서 등장한다.

비탈 동네는 꿈틀 눈을 뜬다

오늘도 담백한 기도는 여느 담장마다 피어오르고,
대문을 여는 사람들 어깨엔 한근 반 두근 반 밭은 숨소리가 쏟아진다
성냥곽 집들이 오밀조밀한 입술로 서로들 이마에 키스하는 아침,
먼 시작 때부터 그러했던 익숙해진 낯빛으로
모두는 힘찬 생령을 뿜어내며 찬란한 하루를 본다
〈중략〉
이윽고 동네는 찬란한 아침마당에 탐스런 젖꼭지를 꺼내 놓는다

〈아침, 인천 도원동〉 부분

도원동이란 동네의 분주한 아침 풍경이 생동감 있게 육감적으로 묘사되고 있다. "꿈틀 눈을 뜬다"고 하는 새벽을 여는 비탈 동네, 대문을 여는 사람마다 "밭은 숨소리가 쏟아진다"는 육감적 표현, "성냥곽 집들이 오밀조밀한 입술로 서로들 이마에 키스" 한다는 정겨운 풍경, "탐스런 젖꼭지를 꺼내 놓는다"는 에로틱한 묘사 등 오밀조밀한 동네 풍경이 감각적으로 펼쳐진다. 이어 시인은 "ㄹ자 골목길"이며, "청태 낀 적벽돌 담장"과 "약간 튀어나온 처마", "구석방" 등에는 회한의 울음 자국과 출세한 동네 청년의 이야기, 숱한 야담들과 내밀한 꿈들까지도 서려 있음을 환기시킨다.

이 시에서 시인은 화가의 시선처럼 동네 풍경을 그려낸다. 그러나 시각적인 형체만을 공간적으로 그려내는 화가에 머무는 것이 아니라, 하나하나 시간과 공간을 초월하는 동네 풍경들의 역사와 에피소드, 표

정과 마음까지도 들춰내는 깊은 시안의 상상력을 보여준다.

그래 흠뻑 적셔라. 검은 머리털, 휘어진 발가락, 젖은 가슴에 차오르는 뜨거운 신열을. 그러나 이제 지천명을 앞두고 온갖 야박한 풍상이 청동무늬처럼 이마에 새겨진 지금, 그간 두엄같이 부숙된 내 안의 감상주의와 비감 어린 낭만이 설 땅은 서서히 희미해지는 것 같아 이 또한 슬프기 짝이 없다.

횟집 일층 카운터에서 주인 남자에게 우산을 빌려쓰고는 하얀 포말로 가득한 골목을 헤쳐 나갔다. 갯벌에 떨어지는 우울한 빗방울을 새겨보며, 그 옛날 흐드러지게 흩날리던 하얀 아카시아 꽃비의 산화를 보고싶어서다. 포구에 정박한 어선들도 희뿌연 빗방울의 장막에 요동치고 있다. 젖은 구두끈 사이로 하얀 거품이 새어나오고 있다. 소래철교 밑으로 하얗게 튀어 오르는 바닷물의 용틀림이 소슬한 아우성으로 추적추적 젖어든다.

수필 〈가을비, 소래포구의 젖은 구두〉 중에서

위 수필은 화자가 가을비가 내리는 날 소래철교가 있는 포구의 서정을 그린 내용이다. 그에게 있어 비라는 대상은 무엇일까. 아마도 자아를 발견하고, 회감을 젖게 하는 전령사이자 나를 본래적 자기를 찾아가는 코드가 아닌가 싶다. 자아를 되새기는 젊은 날의 초상이자, 독백적 표상을 드러내게 하는 가을비. 그러기에 비오는 날의 포구에서 비를 맞는 행위를 통해서 작가는 감상적 낭만이 늘 의식 속에 자리하는 것 같다.

연기(煙氣)를 나누며 다 타들어간 꽁초를 눌렀다
파르스름한 종언이 짧게 피어올랐다
그와 이어졌던 질퍽한 연기(緣起)는 연기(延期)하기로 했다

흡연 벌금 세상에 지독한 마음인들 어떠랴
환풍기에서 탈탈거리는 소리가 들렸다
문득 연기를 나누던 숱한 시절이 그리워졌다
그와 다시 애증의 불을 붙였다
연기를 나누며 환풍기를 올려다보며
연기(延期)되었던 연기(緣起)를 다시 삼켰다

친구와의 갈등은 역시 물 베기다

〈연기를 나누며〉 부문

시는 소소한 일상사에서 온다. 위의 시편에서 등장하는 핵심 이미지의 시어는 '연기(煙氣)'와 '갈등'이다. 환풍기를 올려다보며 흡연에서 생긴 연기를 바라보는 화자의 시선, 화자는 친구와 갈등상태에 있다. 화자는 순간 흡연행위를 잠시 중단하였지만 "연기를 나누던 숱한 시절"의 회억을 떠올리며 다시 "애증의 불"을 붙인다. 그리하여 달콤한 흡연으로 갈등의 연기를 내부로 삼키고, 환풍기로 연기처럼 사라지는 "물 베기"와 같은 갈등 해소를 체험한다. 여기에 등장하는 '연기(緣起)'와 '연기(延期)', '연기(煙氣)'는 동음이의어로서 언어유희(pun)적 장치가 깔려있지만, 다양한 의미를 수반한다는 점에서 메타적 언어다. 곧 '연기(煙氣)'는 흡연의 연기로 과거 회억의 "숱한 시절"을 떠올리는 코드의 언어로 작용한다. 그리고 "질퍽한 연기(緣起)"는 '인연생기(因緣生起)'로서 관계성을, "연기(延期)하기로 했다"는 시간성의 유보와 관련되어 있다. 화자의 흡연은 갈등이나 불안을 해소하는 촉매제라는 점에서, 후자는 금연이란 행위의 시간적 지연성을 드러낸다.

존재하는 것들이나 일상사의 감정 모두 연기처럼 존재했다가 사라진다. 생선처럼 썩고, 쇠붙이처럼 녹슬어가는 생자필멸의 법칙처럼 생성과 소멸의 순환적 질서는 우주를 지탱하는 힘이다. 위의 동음이의어로 드러난 '연기'도 마찬가지다. 순환의 결과로 빚어지는 연기의 존재나 연기적 관계는 우리 일상사에서 유의미한 질서로 작용한다.

이렇듯 그의 시편들에는 이와 유사한 '연기'의 이미지가 심심찮게 나타난다. 시 〈겨울바다〉에서도 '지평선에서 피어오르는 연기'를 "수평선에 헌정할 / 심해어를 향한 사람들의 고귀한 꿈들"로 보거나, 내면의 심리를 드러내는 기표로, 혹은 청자와 소통의 도구로 쓰이는 등 빈번하게 드러난다. 그래서 시인이 던져주는 시 행간의 존재 언어들은 메타적 의미를 담고 우리에게 다양한 상상력을 불러일으킨다.

> 새벽녘 해안 매립지 뚝방은 으슥한 별빛 대신,
> 하얀 빌로드 장막이 한니발의 정병처럼 소리 없이,
> 차분히 내려앉기 시작했네
> 빌로드 안개는 해안을 수놓던 파도소리를 잠재우며,
> 철없는 아이처럼 기어 다녔네
> 문득 실없는 미소가 아린 설움으로 피어올랐네
> 희디 흰 안개 정령은 소금기가 반점 같은 간척지 논바닥에도
> 푸짐한 설사를 북북 해대었네
> 어쩌다 초병(哨兵)이 참았던 오줌을 내 갈기며
> 깨어나지 않은 바다를 바라본다면, 검푸른 그 곳에서
> 고향의 갈가마귀를 보았을 것이네
>
> 〈해안초소 새벽 풍경〉 부분

이 시는 해안가 초소, 새벽 안개가 낀 풍경들을 영상처럼 생동감 있게 잡아내고 있다. 경계를 맡고 있는 초병의 살벌한 풍경이 아닌 서정적인 촉수로 접근한 점도 엉뚱하지만, 무엇보다 감각적 묘사의 백미를

보여준다는 점에서 시선이 간다. 가령 뚝방에 내려앉는 안개를 "하얀 빌로드 장막"같다든가, "빌로드 안개는 해안을 수놓던 파도 소리를 잠재우며, 철없는 아이처럼 기어 다녔네"라는 표현에서의 역동적 묘사, 그리고 "희디흰 안개 정령"이 소금기같이 "푸짐한 설사를 북북 해대었네"라는 공감각적 묘사들에서는 실감미와 동시에 유머 감각까지 읽게 된다. 특히 "한니발의 정병처럼 소리 없이"라는 안개가 내려앉는 확산적 상상은 묘사시의 참맛이 어디에서 오는가를 여실히 보여준다.

더불어 2연 이후부터 결구에 이르는 부분에서는 더욱 점입가경을 이룬다. 안개가 "탄식하며 녹슬은 명줄을 퉁겨나 보고" 한다든지, "초병이 철모를 벗어 어머니 분가루 같은" 안개를 휘휘 내두른다는 표현, 그래서 "여명과 안개가 쿵짝거리며 / 찬란한 이중주로 아침을 열고 있었네"라는 결구 처리에서는 화자 내면의 여유롭고 평화로운 마음의 상태를 들여다보게 하는 것이다.

결국 시란 주어진 세계의 남다른 해석이다. 흔한 사물에 대해 따스한 시선으로 유의미하게 생각하는 사람이 시인이고 작가다. 한기홍의 시적 운행은 이런 사소한 일상사나 사물을 경외심과 생명적 대상을 보는데서 출발한다. 어쩌면 하이데거 식의 '세계내 존재에 피투된 존재'가 되어 그만의 깊은 실존방식을 시에 접목시키고 있는지 모른다.

보아라 우리들은 노란 아우성을
척박한 대지에 문질러 놓았다
독백과 외로움이 징글맞게 싫었다
연초록 세상으로 나올 땐 직립보행을 별렀다

〈민들레〉 부분

내가 붉어서 미안했어요

서러운 사람들 눈망울 붉혀서 죄송했어요
그냥 꿈 많은 청춘들 책갈피에 있어야 했어요
어느 날 그리움에 훌쩍이는 연인을 보고
원래 나도 서러운 존재였던 걸 알아버렸어요
언젠가는 몽마르뜨르언덕에 누워보고도 싶었어요
도도한 미시령 첫눈 위에 각혈마냥 뒹굴고도 싶었어요
철들어서는 네팔 적멸궁 오체투지 구릉에서
태양처럼 타오르고도 싶었어요

〈홍단풍 시집가는 날〉 부분

시 〈민들레〉나 〈홍단풍 시집가는 날〉 모두 시각과 청각을 활용한 회화적 이미지가 강하여 환기력을 높혀 준다. 그래서 재미가 있고, 사물 존재에 대한 생명적 경외심마저 들게 한다.

먼저 시 〈민들레〉에서 화자가 봄철 민들레를 바라보는 상상적 시선이 참신하고 생동감이 넘친다. "독백과 외로움이 징글맞게 싫었다"든지, "연초록 세상으로 나올 땐 직립보행을 별렀다"든지 하는 싱그러운 묘사는 의인화되었기 때문이다. 시 〈홍단풍 시집가는 날〉에서도 '단풍'이 여성화자로 치환, 의인화되어 더욱 발랄한 상상력의 진폭을 보여준다. "서러운 사람들 눈망울 붉혀서 죄송"했고, "언젠가는 몽마르뜨르언덕에 누워보고" 싶었고, "미시령 첫눈 위에 각혈마냥 뒹굴고도" 싶었으며, 철이 들어 "네팔 적멸궁 오체투지 구릉에서 / 태양처럼 타오르고도" 싶었다는 것이다.

이렇게 '단풍'이 다양한 이미지로 드러날 수 있는 것은 단풍이 지닌 속성을 살려 작가의 따뜻한 의미부여의 시안이 작용했기 때문이다. 또한 시행의 운행에서도 간간이 "-미안했어요"와 "-싶었어요"라는 각운의 반복적 배치와 소박한 어조에서는 리듬의 맛과 토속적 정감을 배가

시켜주고 있다.

잔뜩 흐린 것이 자랑이더냐
예끼, 지구 족속 사랑이 원래 흐린 걸 몰랐더냐
솜털로 나왔으면 보드랍게 와야지
웬 방정맞은 눈물로 마른 가슴 적시느냐
천상, 너와 난 가로등 없는 그 골목에서
한동안 흐느낄 수밖에 없구나

〈진눈개비〉 전문

사물시 〈진눈개비〉는 사물의 속성에 터한 시상으로, 의인적 독백의 말 건넴으로 이루어진다. "솜털로 나왔으면 보드랍게 와야지 / 웬 방정맞은 눈물로 마른 가슴 적시느냐"는 등 상상과 실감미, 재미 등 시적 즐거움을 만끽하게 해준다.

사물시의 출발은 몰입 속에서의 대상과 은밀하고도 활발한 교감의 결과다. 여기엔 가치 전도라든가 의미부여로 미학이 깔려 있다. 한기홍의 사물시에서 미학적 창조는 실존 인식의 의미부여와 전이의 상상력으로 이루어진다. 이를 위해 그는 대상의 성질이나 속성을 꼼꼼하게 살피고 교감을 하며 천기누설할 정도로 세계와의 내밀한 교섭을 한다. 그래서 한기홍의 시편들에서 간간이 발견되는 의미부여의 상상력은 그의 시 미학을 이루는 관건이 된다. 위 시 이외에도 존재 이유적 측면에서 본 〈땅벌〉, 나의 빈 배로 본 〈목관(木棺)〉, 시 한 편의 배설을 오르가즘으로 본 〈오르가즘〉, 추레한 중년 하나를 뱃고동으로 시화한 〈뱃고동〉 등 여러 시편에서 발견된다.

한기홍의 삶과 문학은 바다에서 비롯된다. 그래서 바다로 치환된 인생사의 이미지들은 토속적이고 짭조름한 냄새가 물씬 풍긴다. 바다의 생것들, 출항과 귀항, 어촌, 풍어제, 갯가의 주막 등이·그의 삶의 거처요, 시적 사유의 발원지다. 그들은 각기 에피소드를 달고 남다른 생명적 정감을 쏟아낸다. 오징어나 따개비, 바지락국을 노래한 작품에서는 마치 작가의 전생이 어부로 살았는지 모를 혼령스런 애환과 천기누설의 내밀한 정서까지 읽힌다.

그에게 있어 바다는 삶이고, 생명이며, 회억이고, 꿈이자, 원초적 그리움의 세계다. 그래서 한기홍의 바다는 따뜻하고 건강하다. 그런 바다 이미지에서 비롯되는 만유일체의 정신, 의미부여와 전이의 미학적 발상은 자연스럽게 사물인식을 고양시켜 준다. 자연과 인간을 통찰해 보는 감성의 촉수, 우리의 주변을 둘러보고, 은밀하게 자아를 성찰해 보는 시선 등 그야말로 본 시산문집은 의미가 있고 묵중하다.

홍경희의 수필은 구수하고 농익은 재치의 정감이 묻어난다. 그래서 읽는 재미가 쏠쏠하다. 이는 그녀 내면의 유머 감각과 위트의식의 결과요, 나아가 따스한 부부애의 소산이다.

구수하고 농익은 재치의 서사적 인생론

— 홍경희 수필집 『주행가능거리』(에세이문학 출판부)

구수하고 농익은 재치의 서사적 인생론

— 홍경희 수필집 『주행가능거리』(에세이문학 출판부)

누구의 것이든 생의 지나간 경험은 모두 아름답고 그리운 것이며, 나름대로 가치가 있고 소중한 것들이다. 이를 진솔하고 온전하게 드러내는 소통방식이 곧 수필 쓰기이다.

수필집 『주행가능거리』는 홍경희 작가가 80여 년 세월 겪어온 인생만사의 회감적 독백이자, 자아 찾기의 정신적 행보라고 할 수 있다. 여기 인생 여정의 언덕에서 피어난 한 다발의 꽃무리 속에는 한 개인사의 역경과 고뇌의 정신은 물론 정감적 향기 등이 고스란히 담겨 있다. 나라는 주체로부터 가정사, 부모 형제, 유년시절의 친구, 남편, 손주, 제자 등 다양한 버전의 목소리로 생동감 있게 우리를 부르고 있다.

『주행가능거리』에 드러나는 다양한 소재들은 절대로 신변잡기에 머물지 않는다. 그녀 특유의 정서와 사유의 깊이로 형상화하여 남다른 문학적 향기와 맛으로 우리를 유혹한다. 여기엔 생명적 사유의 대상으로 보는 그녀 특유의 갈무리된 세계 인식과 서사적 지향의 생동감 있는 글쓰기 방식으로 우리의 심금을 사로잡는다.

이렇듯 그녀의 수필집은 서정성보다는 서사성에 비중을 둔 소탈한 이야기들이지만, 그 속에 우리 자신의 고향이 있고, 우리가 살아온 이야기이며, 우리라는 존재 방식의 황홀한 눈뜸이 숨 쉬고 있다. 그래서 농익은 그녀만의 인생론에서 빚어낸 정감적 무늬들은 우리 가슴에 일체감을 이루며 교직(交織)되고 있다는 점에서 현대 수필의 새로운 지평을 보여 준다.

1. 자전적 회상과 뿌리 의식

수필은 타 장르와는 달리 내밀한 자기 체험에서 빚어진 정감과 정신적 깊이의 소산이다. 따라서 자신이 태어난 고향 이야기에서부터 성장기의 이력, 남다른 자기만의 경험과 사색은 수필의 주소재가 된다. 그래서 그 누구보다도 삶에 대한 깊은 인식과 세상에 대한 깊은 관심을 지닌 사람이라면 자신을 드러내는 체험의 수필적 형상화가 두드러질 수밖에 없다.

팔순을 넘은 홍경희 자신의 수필도 예외는 아니다. 그녀의 수필 소재에서도 '나'가 중요하듯이, 자신의 출생부터 손주들의 이야기까지 자전적 내용이 주류를 이룬다. 여기엔 그녀 한 가정의 가족사는 물론 주변의 이야기에서부터 격변의 현대사까지 실려 있어 우리의 과거사를 사진첩처럼 되돌아보게 한다.

그래서 여기에 수록된 다양한 수필은 그녀의 것만이 아니다. 하나같이 '아 그건 그랬지, 그때는 정말 그런 시절이었지'라고 고개를 끄떡이게 하는 총체적 우리 삶의 거울이기도 하다. 어떤 작품은 그대로 핑그르르 눈물 글썽이게 하는 시대적 아픔과 안타까움도 있고, 유머와 사색, 그리고 가슴에 울림을 주는 감동도 있다. 곧 80여 년의 시간을 거슬러 그 역사의 뒤안길에 가려있는 그녀의 출생기라든가 어머니 이야기, 유년의 피난기와 학창시절, 그리고 시댁 이야기, 남편과 아들, 손주들의 이야기까지 타임머신을 타고 종횡무진 추억의 영상과 숨소리들을 듣게 하는 것이다.

이는 필경 그녀만의 내밀한 자전적 가족사의 이야기 같지만, 여기엔 우리 민족, 아니 나의 욕망 속에서 내가 그리워하고 내가 이야기하고 싶은, 삶의 편린들과 생각들이 석류알처럼 박혀 상큼한 향기를 뿜어낸다.

아래의 수필 〈나의 출생기〉는 그녀의 자전적 수필로 매우 드라마틱한 수필로 다가온다.

젖을 물리는 아이를 내려다보니, 이마에 동전만 한 흰 반점이 있는 것이 아닌가. 갈수록 태산이었다. 까만 얼굴에 돼지주둥이, 이마에 흰점까지 있으니, 이 노릇을 어쩌면 좋단 말이냐. 동네 애들의 놀림 속에 자랄 아이의 앞날이 걱정이다. 이미 우리 옆에 와 있는 새 생명을 어떻게 하면 잘 보듬어 키울 수 있을까.

〈중략〉

아! 그런데, 포대기 속에는 작은 천사 같은 아기가 눈을 반짝이며 나를 올려다봤다. 발그스레한 얼굴로 앵두같이 조그만 입을 쉴 새 없이 오물거렸다. 더 이상 오지그릇은 없었다. 돼지 같은 입은 어디로 갔을까. 이렇게 예쁠 수가 있단 말인가. 하마터면 엎어 놓을 뻔했던, 그 아이가 작은 천사였다. 두 주먹을 허공에 휘두르며 제비 같은 입은 젖을 찾는 듯했다. 앙증맞게 예뻤다.

〈나의 출생기〉 중에서

이 작품의 서두는 "새벽에 세상 밖으로 나온 갓난쟁이는 살아 있을까."로 시작된다. 그리고 위에서 인용한 전반부는 갓 출생한 아이의 모습이고, 후반부는 하루가 지난 뒤의 아이 모습이다. 이 글에서 아이는 바로 홍경희 수필가로 외할아버지로부터 가끔 들어온 본인의 출생 에피소드를 적은 것이다.

하룻밤 사이에 이렇게 아이가 달라진 것은 어머니가 오랜 진통을 겪으면서 산문(産門)을 나오다가 아이가 질식하여 얼굴 색깔이 질그릇처럼 된 것이고, 얼굴의 반점은 떠밀려 나오다가 방바닥에 부딪쳐서 생긴 것이다.

이런 서사적 대비의 작품이 매우 흥미가 있고 재미있게 읽힌다는 것이다. 어머니의 이야기인데도 시치미 떼고, 마치 자기 자신의 경험담인 양 써나가는 리얼리티의 극적 구성은 자전적 수필만의 특징이다.

수필 〈시리미고개에 눈은 내리고〉는 설경(雪景)의 회상을 통하여 한국전쟁 때 한 가족들이 뿔뿔이 헤어져 저마다 피난길을 올랐던 당시의 애환이 실감나게 그려지고 있다. 그리고 〈국수집 며느리〉에서는 남편이 좋아하는 잔치국수의 육수를 만들다가 예산의 신혼 시절로 돌아가 국수공장 둘째 며느리로 있었던 고된 시댁 이야기도 재미있게 펼쳐진다.

나아가 수필 〈어머니의 삼팔명주치마〉는 어머니에 대한 그리움을 삼팔명주치마를 중심으로 그려낸다. 너무 어렸을 때 돌아가신 어머니라 또렷한 기억이 없는데도 그 유품을 통하여 모정의 애뜻함을 물씬 담아낸다.

어머니와 지낸 오년 동안의 기억은 이상하게도 아무런 기억이 없다. 분명 따뜻했을 어머니의 품속도, 다정히 부르던 음성도 나는 모른다. 사랑의 말이 아니더라도 야단맞은 기억조차 없다. 내게 남은 유일한 흔적은 어머니가 시집 올 때 혼수로 해온 옷이다. 어머니는 그 혼수 옷을 다 못 입으시고 가셨다. 눼리끼리한 삼팔명주치마. 어머니가 남겨놓고 가신 그 명주치마는 늘 내 옷감으로 쓰였다. 운동회 마스게임 때도 반 친구들은 새하얀 옥양목으로 만든 무용복인데 나는 명주치마를 뜯어 만든 치마를 입어야 했다.

정말 입기 싫고 창피했던 그 무용복 치마. 추석, 설, 명절에도 어김없이 어머니의 명주옷을 뜯어 노랑, 다홍물 들여 입던 명주 추석빔, 친구들의 번쩍거리는 인조견 옷을 한없이 부러워하며 마지못해 입었던 설빔. 여학교 때는 광목 앞치마를 뜯어 십자수 놓는 재료로 쓰기도 했다. 어머니가 남긴 옷으로 우리를 키우시는 할머니가 원망스럽고 밉기까지 했다. 그 싫던 어머니의 혼수 중에 저고리 하나라도 간직하고 있었으면 좋았을 텐데, 그런 생각을 하기에는 내 나이가 너무 어렸다.

〈어머니의 삼팔명주치마〉 중에서

대다수의 작가들이 시집이나 수필집을 내놓으면 늘 한약의 감초같이 등장하는 소재가 어머니이다. 이렇게 어머니 소재가 필히 등장하는 데에는 어머니가 탄생의 근원지요, 자신의 삶의 뿌리이자 자기 흔적이 되는 영원한 마음의 고향이기 때문일 것이다. 그래서 우리는 장성한 후에도 본능적으로 어머니를 찾아가거나 태어난 고향을 찾아 자기정체성을 확인해 가며 살아간다. 그러니 그 어느 누구의 작품집에서건 어머니, 고향, 유년시절의 소재가 빈번하게 등장하는 것은 당연지사다.

화자는 어머니에 대한 그리움의 실체가 다가오지 못함을 매우 안타깝게 생각한다. 그래서 "어디에서도 찾아볼 수 없는 어머니의 흔적 때문에 꿈속에서도 서럽다."고 말하고, 그리움의 흔적을 마련하기 위한 노력으로 행동에 옮긴다. 그것은 할머니로서 손주들에게 "훗날 내 아이들이 나를 떠 올리며 따뜻한 미소를 지을 수 있는 기억으로" 무언가 할머니의 족적, 흔적을 만들어 놓는 일이다. 이에 대한 열망은 〈할미의 흔적 남기기〉에 고스란히 드러난다.

> 머슴아 같은 대학생인 손녀는 잔잔한 소국을 그려서 조신했으면 하는 마음을 전하고 싶다. 키가 작아서 고민하는 손자에게는 죽순처럼 쑥쑥 크라고 죽순을 곁들인 대나무를 쳐주고 싶고, 또한 어린 초딩들에게는 석류처럼 꽉 차라고 석류 두 알을, 멋이 한창 들어가는 손자에게는 늘씬한 대나무를 그려 주고 싶다. 딸이 쓰던 것이라며 친구가 준, 구색도 맞지 않는 물감으로 그림을 열심히 그린다. 그런 다음 그럴듯한 덕담을 써넣는다. 〈중략〉
>
> 세뱃돈과 같이 줄 할머니의 흔적을 남기기 위해, 나는 서둘러 물감을 풀고 먹을 간다. 화선지를 펴놓고 숨을 고른다. 그리고 드디어 일필휘지로 '행백리자 반구십리(行百里者 半九十里)'를 다 써놓고 한발 물러서 지긋이 바라본다. 흐뭇하다. 자만이라 해도 좋다. 이 나이에 무에 그리 두려우랴.
>
> 〈할미의 흔적 남기기〉 중에서

그동안 사놓았던 지, 필, 묵으로 손자들에게 마음에 드는 병풍 한 틀씩 예쁘게 꾸며주기로 했다. 그래서 정초부터 좋은 문장을 고르고 있다. 이것 또한 욕심인 줄 알지만 부려볼 만한 욕심이라고 자위해본다.

〈충동구매〉 중에서

할머니인 그녀로서 깊은 손주 사랑을 읽을 수 있는 대목이다. 뿌리 의식으로 할머니의 '흔적', '족적' 남기기를 향한 고뇌가 깊이 읽힌다. 손자들을 위해 '소국', '죽순', '석류' 그림과 더불어 남다른 서예가의 필치로 덕담의 혼을 남겨준다는 것, 그리고 병풍 한 틀씩 예쁘게 꾸며준다는 것이 얼마나 값지고 의미 있는 일인가. 아마도 그들이 장성하면 할머니의 정신적 뿌리 의식을 깊게 실감하게 될 것이고, 삶의 좌우명으로 새기고 살아갈지도 모른다. 그 흔적은 결국 먼 훗날 돌아가신 할머니를 만나고, 깊은 뿌리 의식과 자신의 존재발견은 물론 조상의 혼 뿌리를 이어가는 증표가 될 것이다.

여기에서 문득 한양 조씨, 조지훈 시인의 집안에서 300년 간 지켜온 '삼불차'(三不借)가 생각나는 것은 왜일까. 사실 홍경희 수필가는 원래 서(書), 화(畵)에도 능한 분이다. 40여 년을 붓과 씨름해온 예술가로서, 대한민국 미술대전에 입상했으며, 반포동에서 상아서실 원장으로 수십 년 서예를 가르쳐 오기도 했다. 문득 손주들에게 주고싶었던 그림들이 보고 싶어진다.

뿌리 의식의 발로로서 흔적, 족적 남기기는 여기에서 그치지 않는다. 그의 작품 〈정 떼기〉는 오랜 세월을 거쳐 발품 팔아 모은 연적, 벼루, 명화집, 사전류, 문집, 화첩 등에 대한 애착이며, 이를 며느리와 손녀에게 물려주고자 하는 할머니의 고민을 담고 있다.

매향이 금방이라도 품어 나올 것 같은 작고 아담한 매화문양의 단계연이 있다. 십수 년 전에 큰며느리와 북경의 골동시장에 갔을 때 너무도 탐이나 만지작거리다 값이 비싸 놓고 나왔던 것이다. 그 광경을 눈여겨 본 며느리가 그것을 사 두었다가 줄 때의 그 감동이 지금도 저 벼루 속에 가득 차 있다.

발품을 팔아 수집한 것들이다. 하루 종일 쳐다보고 있어도 지루하지 않은 이야기가 있다. 거창하지는 않지만 이런 애장품과의 이별은 아무래도 좀 미뤄야 될 것 같다. 다행이 큰며느리가 아기자기한 걸 좋아하니 내가 미처 정리를 못하고 떠나더라도 잘 간수해 주지 않을까 혼자 생각한다.

책은 미술사를 전공하는 손녀가 간직해 주기로 예전부터 약속이 되어 있다. 어려운 시절에 장만한 책들이라 애착이 남다르다. 〈중략〉 그럼에도 손녀가 간직하겠다는 것은 할미의 심정을 헤아리기 때문이라 생각한다.

〈정 떼기〉 중에서

그녀는 서예 작가로서 40여 년 붓과 종이를 바꾸어가며 작품을 써왔고, 마음에 흡족한 작품을 얻고자 했다. 그러니 서책이나 문집, 화첩 등 자신의 소유물은 점점 늘어만 갔을 것이다. 여기에는 갖가지 나름의 이야기와 그때의 사연들, 그의 삶의 흔적들이 정감 있게 고스란히 담겨 있을 것이다.

하지만 인간은 무한적 존재가 아니다. 시간이 지나면 그 물건들은 거꾸로 주인을 바꾸어간다. 주객의 전도, 사물들이 주인을 바꾸어가는 것이다. 그래서 사물 존재와 인간존재의 길은 다르다. 인간이 태어나 잠시 이 땅을 빌려 쓰다가 사라지듯, 그들 사물도 잠깐 인간과의 만남으로 지속되다가 서로 헤어질 뿐이다. 그런 점에서 그녀의 〈정 떼기〉는 평범한 한 인간의 인간적 욕망과 자신도 모르게 엄습해 오는 유한적 삶의 간극에 대한 인간적 고뇌로 이해된다.

홍경희의 수필은 행복한 독백의 자전적 회상과 자아 찾기의 뿌리 의식이 작용한다. 80여 년의 적지 않은 세월을 살아오면서 얼마나 많은 고난과 역경의 순간들을 헤쳐 왔을까. 그녀의 글에서 만난 것은 근,현대사를 거치며 살아온 우리 사회 한 소시민의 평범한 자전적 역사요. 뿌리 의식이다. 그의 렌즈에 비친 원초적 세계이해의 소박한 삶의 실체, 군데군데 회상의 에피소드로 엮어지는 그녀의 자전적 수필은 딱딱한 것은 부드럽게, 무거운 것은 좀 더 가볍게 전환하고자 하는 의지와 노력이 깃들어져 있어 주목을 끌게 한다.

2. 자의식적 삶의 치열한 욕망적 코드

수필은 다른 장르와 달리 '나'를 드러내는, 결국 자기애의 독백적 문학이다. 곧 '나'라는 주체 중심의 경험적 가치와 세계존재와 교섭의 결과가 솔직성을 담보로 하여 드러난다. 곧 자기독백으로 내면의식의 콤플렉스라든가 현실에 대한 욕망 같은 것이 자연스럽게 드러나기 마련이다.

쟈크 라캉(Jacques Lacan)이 말했던가. 인간은 끊임없이 욕망을 추종하는 존재라고. 그것이 인간의 본능이라고 했다. 그에 의하면 인간이 죽을 때까지 여자, 권력, 재물, 명예 등을 부단히 쫓는 것을 '살아 있음'의 증표라고 했다. 문제는 그것들에 대한 가치 지향적 태도일 것이다. 성찰과 깨우침의 존재 인식 내지 세계 내 존재로서 어떻게 인식하느냐에 따라 인간존재의 차원을 달리하게 된다. 이에 더하여 많은 사람들은 저마다 가치관을 갖거나 지평을 설정하고 살아간다. 종교나 직업을 선택하는 것도 이와 결부된다. 나아가 전공이나 혹은 자신의 취미 성향도 여기에 종속되어 있다.

붓과 인연을 맺은 지도 사십여 년이 훌쩍 넘었다. 그렇지만 한 번도 흡족한 작품 하나 써 보지 못하고 있다. 자기 작품에 만족하지 못하는 것은 어느 분야에서나 마찬가지라고들 하지만 늘 허기진 느낌을 떨칠 수 없다.

'떡 못하는 년이 안반만 나무란다.'는 옛말이 있다. 연장만 탓하며 새 붓으로, 새 종이로 바꾸는 짓만 되풀이하고 있는 듯한 기분이다. 적잖은 나이에 이쯤이면 욕심을 내려놓을 때도 되었으련만 내 욕심은 끝을 모르고 치닫기만 한다.

〈충동구매〉 중에서

그녀는 40여 년 붓을 만져온 서예가이다. 따라서 위 글에서처럼 붓과 먹, 화선지에 대한 욕망은 남달랐으리라. 서예가로서 질 좋은 붓과 먹, 종이에 대한 욕심은 당연한 것이 아닌가. 마치 바이올린 연주자가 스트라디바리우스를, 사진작가가 라이카와 같은 좋은 사진기를 선호하듯이 예술가들에겐 성능 좋은 표현 도구가 필수적이다.

서예는 문자를 소재로 하는 조형예술이기도 하지만, 서도(書道)로 불렸듯이 정신수양의 도(道)이기도 하다. 서예는 점과 선, 획(劃)의 강약이나 운필의 지속, 먹의 농담(濃淡), 그리고 문자 상호 간의 균형으로 나름의 격조 높은 조형미를 창출한다. 따라서 조형 감각의 인식과 끈질긴 노력이 없으면 지속하기 어려운 예술이다.

그녀에겐 그동안 서예를 하면서 수필창작에서처럼 모자라고 처진 것들에 대한 자각적 시선도 있었을 것이고, 자신의 일상적 욕망의 가벼움과 진지함도 드러내면서 끊임없이 자신을 가다듬고 새롭게 거듭나고자 하는 고뇌가 따랐을 것이다. 그녀의 이러한 예술적 끼와 감성이 글쓰기에서도 발현되었지 않은가 싶다.

어떤 일이든 고비가 있는 법이다. 그 와중에서 좌절을 겪는 어려움도 있었겠으나 매슬로우(Abraham H. Maslow)가 말했듯 자아실현에 대한 욕구는 인간만이 지닌 숙명적인 본능이요, 일생동안 내가 지탱해 가는 힘이다. 특히 끝이 보이지 않는 예술 분야는 지고한 비전의식과 각고의 노력이 요구되는 영역이다.

남다른 자의식으로 성취 욕구를 실현코자 한 글이 바로 〈나도 오기가 있다〉라는 작품이다.

어느 날 수필 한 꼭지를 써가지고 제출했다. 칭찬이라도 들을까 기대를 하고 있었다. 평을 기다리는 시간이 긴장됐다. 드디어 교수님이 입을 여셨다.

"등단을 했다는 사람이 띄어쓰기, 맞춤법도 제대로 못 한다면 그게 말이 됩니까?"

순간 앞이 노래졌다. 얼굴은 불에 덴 것처럼 화끈거리고 가슴은 두방망이질, 쥐구멍에라도 들어가고 싶었다. 예리한 칼로 베인 상처에서 피가 콸콸 쏟아지는 듯한 느낌이다. 교수님은 이어서 3,000원이면 한글 맞춤법 책을 사니, 그 책을 사서 공부하라는 말씀도 했다. 그 말조차도 마치 삼천 원이 아까워서 책을 안 사보는 사람이라고 하는 것같이 노엽게 들렸다. 내게는 만 원도 더 주고 산 '띄어쓰기. 맞춤법' 책이 수두룩하다. 아무리 읽어도 명석하지 못한 머리 탓인지 잘 들어오지 않았다. 그래서 이 책은 좀 쉬울까, 저 책은 어떨까 하며 눈에 띄는 대로 샀기 때문이다.

'나이 칠십도 넘은 내가 여기 앉아 이런 소리를 들어야 하나.'

온갖 착잡한 생각에 그 날 수업을 어떻게 마쳤는지 어떻게 집에 왔는지 모른다.

"그래, 그만두자, 내 재능은 여기까지다."

그렇게 마음먹었으면서도 잠도 못 자고 밥맛도 잃었다.

〈나도 오기가 있다〉 중에서

위의 수필을 읽어가다가 오히려 평을 쓰는 내가 뒤통수 한 방 얻어

맞은 듯했다. 발단은 문예창작 강의 시간에 띄어쓰기와 맞춤법에 대해 직설적으로 말해버린 것이다. 그게 홍경희 어른의 마음에 큰 상처를 입힌 것인데, 전혀 예상치 못한 일이다. 얼마나 충격을 받고 속상했으면 이런 글을 썼을까. 40년 교단 경력, 게다가 문학 선생인 내가 이 정도밖에 상대방을 배려하지 못하고 내뱉었다는 사실이 부끄러웠다.

저명한 수필가들의 이론은 그랬다. 수필은 '자기 독백, 자기표현의 세계', 곧 심리적 나상(裸像)을 솔직하게 드러내야 한다고…. 맞는 말이다. 수필은 마음의 앙금이나 어리석은 일, 스스로 깨달은 것, 허상이나 욕망 등 내면세계를 드러내는 데 있어 조금도 주저하지 말아야 좋은 수필을 얻을 수 있다.

그녀는 위의 글에서 98세에 첫 시집을 낸 시바타도요, 82살에 〈파우스트〉를 쓴 괴테, 70에 〈부활〉을 쓴 톨스토이(Tolstoy)를 들어가면서 자신의 나이 콤플렉스를 극복해 가는 집념을 보인다. 순전히 그의 말대로 오기(傲氣)와 용기로 고비를 넘긴 것이다. 허기사 권오영은 70살에 명수필인 〈달밤〉을 썼고, 박완서도 늦깎이로 소설에 입문하여 왕성한 작가 생활을 해온 장본인이다. 글을 쓰는데 무슨 나이가 문제인가. 오히려 수필이라는 장르는 노년의 다채로운 경험과 유연한 사유에서 농밀한 글을 빚어낼 수 있는 것이다.

누구보다도 그녀는 치열하게 한 생애를 살아온 것 같다. 그만큼 자신의 삶을 소중하게 여겼고, 또 그만큼 성과의 보람도 있다. 자신을 사랑하는 사람만이 이웃과 세상을 사랑할 줄 안다고 하였다. 그런 모습을 홍경희에게서 발견하게 되는 것이다. 이러한 삶의 태도는 콜렉션 취미나 자연 친화적 정서에서도 깊이 드러나고 있다.

> 이번에 새 식구가 늘었다. 아들이 작년에 박사학위 받을 때 들어온 선물이라며 까만 몸통에 은테를 두르고 뚜껑에는 흰 꽃을 얹은 중후한 모습의

볼펜 하나를 가져왔다. 토스카니니 기념 한정판이라고 했다. 언뜻 보기에도 예사롭지 않은데 그거야말로 명품이라고 했다. 나는 눈물이 날 것같이 감격했고 기뻤다. 명품이라서? 아니 그건 절대 아니고 짜-ㄴ 한 안쓰러움과 대견함에서 오는 에미의 마음에서였다. 직장 다니며 자식들 가르치며 남보다 곱절의 고생으로 일궈낸 형설지공. 조금의 뒷받침도 못 해준 부모의 미안함 때문에 눈시울이 붉어졌다.

〈집착〉 중에서

그녀의 필기구에 대한 애착은 매우 강하다. "뾰족한 모양을 내서 예쁘게 깎을 수 있는 연필, 미끄러지듯 부드럽게 써지는 볼펜, 꼭지만 누르면 심 조절이 가능해서 편리한 샤프, 시끄러운 머릿속을 정리하는 데는 제일인 붓"이어서 좋다고 한다. 그리고 이제까지 모아 둔 것을 가보로 삼을 작정이라고도 한다.

필기도구에 대한 집착뿐이 아니다. 만화책 모으기, 사진에 대한 취미(〈세월만 흐르는 것이 아니었다〉), 조그마한 돌 모으기(〈모로코의 돌〉) 등 다양한 분야에 깊은 관심을 보인다. 쓰는 도구에 대한 집착은 그의 초등학교 시절, 연필로부터 시작된다. "친구가 가진 연필이 욕심 날 때는 만화책을 빌려주거나 물물교환으로 기어코 내 것을 만들고야 마는" 집착을 보였고, 더불어 만화책도 "동무들이 부러워할 만큼" 수집광이었단다. 그녀의 필기구에 대한 욕심은 80을 넘은 "주책스럽게도 백발에 어울리지 않게" 계속되고 있다. 지금도 아들이나 손녀가 색다른 필기구가 생기면 꼭 챙겨준다고 한다. 나아가 여행지에서의 돌 모으기 취미도 남다르다. 거실 한쪽 큰 접시에 담겨있는 수집한 돌에는 다녀온 여행지와 날짜가 적혀 있다고 했다. 형형색색 돌을 바라보면 여행지의 추억과 이야기가 서려 있어 바라만 보고 있어도 마냥 가슴이 설레고 행복하단다.

지금 내 손에 쥐고 있는 손가락 마디만 한 연한 물빛 돌은 2008년 모로코에 갔을 때 가져온 것이다. 가슴 아릿한 광경과 그와는 상반된 아름다웠던 마을 풍경이 떠오른다. 스페인의 세르비아에서 페리에 버스를 싣고 십 분도 채 안 걸리는 곳에 모로코 탕헤르항이 있다. 탕헤르에서 점심식사를 하고 나왔을 때 호텔 앞에 세워둔 버스 밑창을 운전기사가 긴 장대를 가지고 휘젓기 시작했다. 잠시 후 버스 밑에서는 키가 껑충한 아이 두 명이 겁도 안 먹은 얼굴로 비실비실 기어 나왔다. 버스 밑에 매달려 스페인으로 밀항하려 했던 것이다. 그 애들은 우리가 관광을 끝내고 스페인으로 다시 가는 줄 잘못 알았던 것이다. 경찰차도 오지 않았고, 차 밑에서 떼어낸 아이들은 실실 웃어가며 사라졌다. 마치 별 일 아닌 것처럼. 버스 밑에는 8명까지도 매달려 간다고 했다. 좀더 나은 삶을 위해서라면 목숨까지 거는 사람들, 가슴이 아렸다.

〈모로코의 돌〉 중에서

이렇듯 그에게 있어 돌은 침묵의 돌이 아니다. 과거 경험이나 이야기를 떠올리는 추억거리이자 조형적 대상이기도 하다. 지나온 삶에 대한 흔적을 중시하는 것은 자의식과 자존감이 강하다는 것이며, 결국 자기 존재의 증표이기에 애착을 가질 수밖에 없는 것이다.

어차피 손 놓은 지 오래됐으니 빌려줄 게 아니라 아주 물려줄 참이다. 마음은 선선히 결정했는데 일주일이나 끌고 있는 내 심사는 또 무슨 까닭인지. 오랫동안 잘 가지고 놀며 아끼던 장난감이 하나씩 내 손을 떠나는 것 같아 괜스레 마음이 허전하다. 작년에도 그랬다. 막내가 내 연장함을 탐냈다. 이젠 나뭇조각 하나도 쪼아내지 못하면서도 품고 있던 서각(書刻) 공구함이다. 손때 묻은 연장들을 쿨한 척 넘겨주면서도 마음은 파르르 떨렸다. 막내에게 주게 돼서 얼마나 다행이냐 생각하면서도 말이다.

〈세월만 흐르는 것이 아니다〉 중에서

글 전반부는 사위가 디카를 빌리러 왔을 때의 심리이고, 후반부는 연장함에 대한 막내 아들에 대한 생각을 토로한 것이다. 그녀의 사진에 대한 취미는 이란성 아들 쌍둥이를 낳을 때부터 시작된 것 같다. 그래서 그녀에게는 필림 카메라, 디지털 카메라, 각종 렌즈와 삼각대, 환등기, 루뻬 등 광학기기가 많이 있다. 이런 취미와 관련하여 그녀는 '사진 찍기는 중노동이고, 서예는 신선놀음'이라고 말한다.

수필은 끊임없이 주체를 드러내는 자기 고백의 세계이다. 그리고 이를 통하여 자아를 인식하고 성찰해가는 자기갱신, 마음의 해동(解凍) 과정이다. 여기에 드러나는 자의식과 자존감, 그리고 80에 이르러서도 취미를 놓지 못하는 애착은 무한한 자아실현, 자기 명예를 성취코자하는 아름다운 욕망이다. 이러한 자기반영적인 수필창작은 거울로서 나를 다루며, 하찮고 사소한 것이지만 현미경적 시선으로 세밀하고 치열한 삶을 저울질한다는 점에서 의미 있는 작업이라 보고 싶다.

디지털 문명과 산업화의 물질에 중독된 시대에 우리의 정서들은 점점 고갈되어 가고 있다. 더불어 정신적 가치에 대한 관심도 무뎌져 가고 있다. 곧 물질이 정신을 끌고 가는 현시대에 정신적 가치를 추구하고자 하는 문학은 고독할 수밖에 없는 것이다. 여기에서 문학은 행복을 가장하지 않으면서도 인간 본성에 자리 잡은 자아를 찾아 제자리로 돌려보내야 하는 역할을 감당해야 하기 때문에 작가의 임무는 더욱 막중하다.

3. 서사적 구성의 농익은 재치

홍경희의 수필은 맛깔스러운 재미가 있다. 그 재미는 에피소드를 중심으로 이루어지는 서사적 구성의 진술과 그 내용이 유머와 재치를 수반하기 때문이다. 재치와 유머는 '정신의 음악'으로, 마음을 이완시켜 주고 우리를 즐겁게 한다. 나아가 에피소드의 서사적 구성은 작품의 박진감과 역동성을 드러낸다.

그녀의 서사적 행보에서 사실적인 이야기를 진술하다 보니 자연스럽게 대화가 수반된다. 대화의 삽입은 인물의 심리가 투영되면서 현장감이 살아나기에 더욱 박진감과 생동감을 맛보게 한다. 그렇다고 체험의 외면풍경만 다루는 것이 아니다. 시루떡처럼 사이사이에 의미 있는 내면 풍경의 목소리도 빼놓지 않는다. 곧 내면 풍경이 보여주는 대상과의 교감과 사색을 통한 정감적 묘사로 나름의 서정성의 미학을 보여주고 있는 것이다

수필 〈옥수수밭의 초록빛 시간들〉은 한 편의 연애담을 듣는 것 같다. 그녀의 예산여고 시절, 데이트 경험을 쓴 것인데, 짜임새 있는 서사적 구상으로 맛깔스럽게 풀어가고 있다. 서두는 여고 시절, 옥수수밭을 배경으로 자신과 남자친구(지금의 부군)와 함께 찍은 사진에서 과거로의 시간여행이 시작된다. 마치 황순원의 〈소나기〉를 읽는 기분이 든다. 사진은 막내아들이 옛날 앨범을 뒤져 확대하여 가져온 것. 당시 수줍고 청순한 필자의 여고생 모습과 보수적인 당대 데이트 문화가 아스라이 그려지고 있다.

그날은 개울 건넛마을까지 걷기로 했다. 듬성듬성 놓여진 징검다리를 달빛에 의지하여 조심스레 건너고 있었다. 두어 개를 건넜을까, 갑자기 돌이 기우뚱하면서 한쪽발이 물속에 빠지고 말았다. 먼저 건너가 기다리고 있던 그는 놀라 어쩔 줄 몰라 하며 허둥거렸다. 나는 창피했다. 발은 금세 동태처럼 얼어오는 것 같았고 감각이 없었다. 내색도 못하고 퍼렇게 질려있는 나를 기다리게 하고 그는 마을 쪽으로 뛰어갔다. 잠시 후에 돌아온 그의 손

에는 남자 양말이 하나 들려있었다. 어디서 구했을까? 마을 입구에 있는 담배 가게로 갔는데 간단한 잡화도 팔고 있어 그곳에서 샀다고 했다. 비록 투박한 남자의 면양말이지만 폭신한 양털 양말보다도 반가웠다.

〈옥수수밭의 초록빛 시간들〉 중에서

60년대, 고교 학생이 데이트한다는 일은 그리 쉽지 않은 일이다. 그것도 밤에 남녀가 만나 동네를 돌아다닌다는 것은 용기 없이는 힘든 일이다. 그래서 그런지 달빛 아래 겨울 냇가의 징검다리 데이트가 더 따스한 영상으로 다가온다. 징검다리 앞에서 남학생도 수줍어서 언뜻 손을 내밀지 못했을 것이고, 더구나 업어 건넌다는 생각은 도저히 하지 못했을 것이다. 또한 그 남자친구가 순발력을 발휘하여 양말을 구해왔으니 얼마나 대견한가. 여자들은 그저 소소한 것에서도 깊은 감동을 받는 것 같다. "그날 양말을 구해 온 성의를 봐서 머리가 파뿌리가 되도록 살아주고 있다."고 했듯이. 그녀의 기억엔 이것이 잊지 못할 아름다운 추억으로 남아있는 모양이다.

작품 〈주행가능거리〉는 교통사고를 당하고 잠시 입원 중 죽음에 대한 인식을 드러낸 글이다. 인간의 유한적 수명 앞에서 과연 '아름다운 죽음이란 어떤 것인가'에 대한 화두를 던진다. 팔순을 넘긴 나이에 갑자기 당한 큰 사고인지라 생사에 대해 깊은 숙고를 한 것 같다.

그 순간, 새로 바꾼 내 차 쏘나타의 계기판이 생뚱맞게 떠올랐다. 시동을 걸면 휘황한 계기판 중앙에 '주행가능거리' 라는 글이 한글로 쓰여 있었다. '새 차에 또 새 기능이 하나 늘었군' 하고 대수롭지 않게 생각했었는데, 지금 문득 그것이 떠오르는 것은 뭘까? 죽음과 주행가능거리와의 관계를 생각해 봤다. 하얀 시트에 덮여 나간 그 환자는 자기의 주행가능거리를 알고 있었을까?

〈중략〉

문득 '아름다운 죽음을 준비하는 사람들' 이라는 글을 읽은 것이 생각났다. 자아 성찰과 입관(入棺)체험을 통해 다시 태어나며, 죽음을 준비하는 또 하나의 이유는 남겨진 사람들을 배려함에 있다고 했다. 그런 죽음을 웰다잉(well dying)이라고 한다. 인간답게, 아름답게, 품위 있게 죽자는 문화가 확산되고 있다고 한다. 나도 품위 있는 마무리를 하기 위하여 날마다 삶을 반성하며 일기처럼 임종 노트(living will)를 써서 자연스레 유언장을 만들까.

〈주행가능거리〉 중에서

자동차 운전석 계기판에는 늘 주행가능거리가 표시된다. 자동차의 평균 수명은 계기판의 킬로미터에서, 사람은 몇 살이냐 하는 나이를 통해서 감지한다.

인간의 수명을 자동차의 주행가능거리에 비유한 그녀의 착상이 너무나 재미있다. 살펴보면 인간이나 자동차도 신산고초의 행로 속에서 올인하는 종말은 의미 있는 일이다. 말하자면 주어진 이승의 전 생애 과정을 무사히 졸업한다는 건 쉬운 일은 아닌 것. 어떤 이(자동차)는 일찍 사고를 당하여 자퇴하거나, 어떤 이는 병이 들어 중도에 휴학을 하고, 어떤 이는 불성실하여 퇴학을 당한다. 바로 자동차나 인간이나 무사고 주행으로 '웰다잉'(well dying)하는 마무리, 이거야말로 참 소중한 삶이다. 또한 어떻게 사는 것이 좋은 삶일까? 삶은 이러이러한 것이라고 정의를 내릴 수 있는 것인가. 아마도 확고한 정답은 없는 것 같다. 인생 그 자체가 아름다운 것이고, 단독자로서 유의미하게 살아내는 것, 나무나 바람처럼 혹은 비와 햇빛처럼 주어진 성정대로 순간마다 충만하게 살아가는 것. 그것이 인생이 아닌가.

한 인간의 생이란 다양한 에피소드의 연속이다. 그래서 때로는 무거울 수도 있고, 가벼울 수도 있을 것이다. 수필 〈고스톱과 게임 중독〉을 보면, 70년대 한때 '도박올림픽 선수'라는 별명을 얻을 정도로 고스톱에 심취했다. 당시 그녀는 집안 행사가 있는 날이나 동네 친구들을 만나면 고스톱에 빠져 밤샘하는 경우가 많았다고 했다.

그때였다. 방문이 벌컥 열리더니 정복 입은 순경 두 명이 들이닥쳤다. 도박판이 벌어지고 있다는 신고를 받았다고 했다. 화투판을 뒤집었다. '뗑그렁' 굴러다니는 건 동전뿐이었다. 이상하다는 듯 이번엔 각자의 핸드백을 뒤지는 것이었다. 축의금 낼 봉투 외엔 큰돈들이 들어 있을 리 없었다. 잠옷 바람에 사색이 되어 떨면서도 머릿속에 온갖 그림이 다 지나갔다. 남편의 얼굴이 떠오르고 아이들이 생각났다. 그때 주인인 원장이 나타났다. 자초지종 얘기를 듣고 순경들은 물러갔다.

〈고스톱과 게임 중독〉 중에서

위 글은 시골에서 외과병원을 하고있는 친구의 혼사에 갔다가 일박을 하면서 입원실에서 고스톱 판을 벌렸는데, 그 때 일어났던 사건을 적고 있다. 해프닝으로 끝난 것이지만, 이 일이 벌어진 것은 당시 옆병실의 입원환자가 시끄럽기도 하고 또 전문 도박꾼인 줄 알고 신고한 데서 비롯된 일이다.

그러고 보면 고스톱 문화가 한동안 온 나라에 유행했던 것 같다. 상갓집이나 계곡의 유원지는 말할 수 없고, 심지어는 명절 때 시아버지와 며느리가 함께 치는 가정도 많았다. 다행히 근자에 들어와 잠잠해졌지만, 화투장만 보아도 알 수 있듯이 왜색문화라는 점에서 한 번쯤 생각해 볼 일이다.

〈주포녀〉라는 수필도 퍽 재미가 있다. '주포녀'는 '주부를 포기한 여자'를 줄인 말로 신세대식 표현인데, 글의 내용이 재치 있고 감칠맛 나게 전개된다.

인제부터인가 나는 주포녀가 되어가고 있다. 주부를 포기한 여자의 신세대식 표현이다. 가볍고 잘 닦이기까지 하는 코닝 세트를 두고 다른 그릇을 좋아하게 됐다. 뚜껑 있는 유리로 된 찬기다. 글라스 락은 그릇 속에 음식이 보여서 좋다, 냉장고를 열고 한참을 둘러보지 않아도 쉽게 찾을 수 있다. 이것은 다른 식구를 위한 배려가 되기도 한다. 부엌주인이 없어도 찾아 먹을 수 있는 편리함이 있다. 먹고 난 후의 처리도 간단하다. 뚜껑만 탁탁 덮어서 다시 넣으면 되니까.

여기까지는 그래도 봐줄 만하다. 더 심한 것은 지금부터다. 양푼에 나물을 무치면 양푼째 식탁으로 올라간다. 그릇 하나라도 덜 닦으려고 말이다. 프라이팬에 고기라도 구울라치면 식지 않게 바로 먹는다는 핑계로 팬이 통째로 식탁 위에 떡하니 자리 잡는 건 예사다.

〈주포녀〉 중에서

팔순 나이에 들면 주부로서 음식 만드는 일, 설거지하는 것 등 귀찮아질 법도 하다. 또 그 나이엔 노안이 와서 침침해 잘 보이지도 않는다. 그러니 냉장고에 넣어두는 찬반 그릇들은 유리그릇을 사용하는 것이 효과적일 것이다. 얼마나 지혜로운가. 또 필자는 설거지가 귀찮아 직접 요리한 양푼이나 프라이팬을 음식을 담은 채 통째로 식탁에 내놓는다고 하였다. 참 그럴 법한 이야기다. 그녀는 이런 버릇을 게으른 행동이라고 반성을 한다. 더불어 글을 마무리하면서 '주포녀'의 행동에서 "예쁜 꽃무늬 원피스에 새하얀 앞치마를 두르고" 신접살림 때의 새댁으로 돌아가고자 다짐을 한다. 남편이 어떤 표정을 지을지 상상해 보며.

다음의 〈군자 랑찌〉는 개에 관한 이야기다. 생명을 소중하게 여기는 가족의 마음이 정겹게 드러나 있다.

어슬렁거리며 현관 앞까지 나와서 멀뚱히 쳐다보는 게 최고의 반기는 모습이다. 그것을 군자다운 풍모라고 아들은 우긴다. 밖에서 다른 개들을 만나도 그저 덤덤하다. 개네들이 랑찌를 보고 짖어대거나 앞에서 알짱거려도 가소롭다는 듯이 그저 물끄러미 바라보기만 한다. 그러다 정 귀찮게 굴면 그 큰 입을 벌려 무섭게 엄포를 놓는다. 조무래기 개들은 혼비백산 오줌까지 지리며 도망간다. 이 대목에서 또 아들은 군자 운운한다. '웃기네. 군자는 무슨 놈의 군자, 먹을 것만 보면 사족을 못 쓰는 군자도 있남. 촐랑거리지는 않으니 점잖기는 허지.' 가당치도 않은 아들의 말에 나 혼자 중얼거린다.

〈군자 랑찌〉 중에서

애완견 랑찌는 프랑스가 원산인 프렌치 불도그라는 개라고 한다. 묘사가 무척 재미있고, 특히 '군자'라는 별칭이 호기심과 함께 폭소를 자아낸다. 지금 글에서는 저세상으로 떠난 개를 쓴 것이나, 한동안 별칭을 붙여 준 아들이 베이징, 광저우, 상하이 등지에서 있을 때 길렀던 개라고 한다. 항우장사처럼 힘이 센 만큼 식탐도 대단하고, 충성심도 강했다는 것. 한 집안의 반려동물로 가족처럼 지내다가 임종하기까지, 그리고 수목장을 한 후에도 나무 밑에 사료를 뿌려주는 등 영성적 생명애의 깊은 정이 드러나 감동을 준다.

나아가 〈후라이팬 휘날리며〉에서는 그녀의 건망증(?) 사건을 다룬 이야기로 유머가 깔려 있다.

곰곰이 생각해 보았다. 카트에서 박스로, 그리고 자동차 트렁크로, 다음에는 빈 카트 반환, 그렇다면? 계산대에서 넣지 않은 게 분명했다. 평소에 나는 계산대에 줄이 길면 뒷사람에게 미안해 허둥대는 습관이 있다. '바로 가서 말을 하면 물건을 줄까? 뭘 믿고? 포기하기엔 거금인 후라이팬인데…' 어쨌든 마트에 가서 부딪쳐 볼 생각으로 아파트 주차장으로 내려갔다.

"얼라리아, 저게 뭐야?"

자동차 지붕 위에 후라이팬이 다소곳이 앉아 있는 게 아닌가. 비싼 팬을 찾은 기쁨에 들떠 있는데 남편이 찬물을 끼얹는 말을 했다. 팬을 지붕에 얹은 채 달리다가 급커브나 급정차를 했으면 어찌 되었을까 생각해 보라는 것이다. 뒤에 오는 차나 옆 차에 날아갔다면 대형사고가 벌어질 것이 뻔하지 않은가 하는 얘기였다. 또 한 번 아찔한 현기증과 진땀이 솟았다.

〈후라이팬 휘날리며〉 중에서

생각해 보라. 후라이팬을 지붕 위에 실은 채 달려가는 하얀 승용차를…. 그러고 보면 운행 중에 떨어지지 않은 것만도 참 다행이다. 마트에서 돌아와 집에서 짐을 정리하는데, 비싸게 주고 산 후라이팬이 없더라는 것. 영수증에는 분명 적혀 있는데…. 다시 마트로 가서 찾아보려고 주차장에 내려가 보니 아뿔사, 지붕 위에 후라이팬 박스가 덩그라니 있더라는 것이다. 또 은행에서 카드로 돈을 인출할 때도 엉뚱한 실수를 했단다.

그녀는 이런 황당한 어처구니 없는 일을 두고 건망증인지, 치매인지 고심을 한다. 그래서 늘 현관 손잡이 옆에는 "你準備好了嗎?(너 준비 다 됐니?), 別急!(서두르지 마라!), 你好好兒想想, 不要忘了東西.(너 잘 생각해 봐, 잃은 물건은 없는지.)"라는 글을 부적처럼 써 놓고 사는데도, 이런 일이 자꾸 벌어진다고 한다.

누가 수필을 거울과 같은 자화상이라고 했던가. 그녀의 수필에는 팔순을 넘는 그만의 체험과 다양한 취미만큼이나 다양한 에피소드로 이어진다. 주부로서의 욕망, 세월의 흐름에 대한 안타까움, 소소한 가족애, 자연 친화적 교감의 정서가 녹아 있으며, 카톨릭 신자로서의 깨달음, 고향 회귀의 정감과 유년시절의 그리움도 짙게 배어난다. 한들한들한 삶의 여백과 그러면서도 순간순간 생을 놓치지 않고 자기 확장을 꾀하려는 치열한 자존의식과 수필 정신이 감동을 준다.

4. 생명적 정감의 맛깔스런 수필 미(美)

수필은 '나'를 노출해 보이고, 내 주변의 자연과 교감을 통해 나를 이해하고, 나아가 가족과 이웃을 사랑하여 건강하고 행복한 주체가 되기 위한 자전적 글쓰기이다. 그래서 글에서 필자의 상상력 구사나 심리적 통찰은 작품의 생명력이자, 작가의 문학성을 판단하는 기준이 된다.

그녀의 작품을 읽어가다 보면 마치 바닷가 포구에서 전어를 구워 먹는 기분. 고소한 맛과 구수한 냄새를 맡는다. 왜일까. 서사적 구성이 주조를 이루면서, 사이사이에 내면적 교감의 정감과 사유적 상상력이 물씬 묻어나기 때문이다.

그에게 베란다는 희망을 키우는 곳이기도 하다. 약물치료와 방사선치료를 번갈아 하며 남편은 많이 힘들어했다. 희망을 잃어가는 그에게 힘을 준 것은 화초들이다. 가녀린 몸으로 꽃을 피어내는 강인한 생명력을 보며 삶의 의지를 다지듯 투병을 했다. 아마도 내게 차마 못하는 속에 말도 꽃들에게는 모두 털어놓지 않을까. 그의 말을 알아듣는 듯, 그를 기쁘게 하기 위한 듯 화초들은 다투어 꽃을 피운다. 그를 꽃 옆으로 다가가게 한 것은 내가 그에게 한 일중에서 제일 잘한 일 같다. 입원이라도 하게 되면 옛날에 내가 그에게 했던 것처럼 이제는 그가 내게 화초를 부탁한다. 자연히 나는 꽃들에게서 멀어졌다. 그가 어떤 꽃이 폈다고 말을 해도 '이따 봐야지' 하고 다른 일을 하다가 그냥 잊기가 일쑤다.

오늘 아침도 그는 눈을 뜨자 베란다로 나가 화초들과 하나하나 눈 맞추며 아침인사를 나누더니 주방 쪽을 향해 큰 소리로 말했다.

"여보, 얘들이 이집에 안주인은 읎슈? 그러네."

〈안주인은 읎슈?〉 중에서

그녀와 함께 살아가는 집안의 화초, 취미로 모아놓은 돌, 그리고 필통 속의 필기구, 벽면의 족자들, 심지어 남편까지 모두 교감의 대상물들이고, 생명적 대상들이다. 그래서 대상을 인간적 친화의 일체감으로 세계를 인식하거나, 생명주의적 상상력으로 접근하여 의미부여의 해석적 진술을 내린다. 그러니 여기에는 언어 이전의 대상의 본체, 그리고 사물마다 즉자태(卽者態)로서 이야기(에피소드)가 생기기 마련이다. 그래서 위의 마지막 문장에서 보듯, 화초들이 "여보, 얘들이 이집에 안주인은 읎슈? 그러네."라는 말도 가능한 것이다.

이러한 체험에 대한 남다른 발상 내지 상상력이 참신한 글을 생산하고, 작가의 유의미한 생각의 이야기들이 의식을 확대시켜 공감력을 높혀 준다.

단풍으로 치면 은행잎도 곱지만 그래도 느티나무를 우선으로 꼽고 싶다. 느티나무는 위에서부터 노랗게 물이 들기 시작하여 빨갛게 된다. 미처 단풍들지 않은 아래쪽은 아직도 초록이니 한 나무에서 노랑 빨강 초록을 함께 볼 수 있다. 햇빛을 역광으로 받고 서 있는 모습은 자못 황홀하다. 은행나무는 한 가지 색으로 말한다면 느티나무는 세 가지 색으로 말한다. 우리는 즐거운 소풍날처럼 약간은 들뜬 기분이 들었다.

〈속아도 좋았다〉 중에서

위의 수필은 남편과 소래포구를 가다가 교외의 가을 풍경을 스케치한 글이다. 이 가운데 "은행나무는 한 가지 색으로 말한다면 느티나무는 세 가지 색으로 말한다"라고 한 진술이 주목을 끈다. 비록 시에 해당하는 것이지만, 김춘수가 "보통 사람이 못 보는 눈이 시인의 시안(詩眼)이다"라고 한 말이 떠오르고, 또한 랭보의 '견자(見者, La voyant)의 시학'으로 '보이지 않은 세계를 그려내어 낯선 체험'이란 말도 떠오른다. 상상의 재미가 있는 수필의 전범. 시적 수필을 지향하는 그녀의 수필 미학의 한 단면을 읽게 한다.

수필이란 글이 문학성을 획득하려면 반드시 남다른 깊이의 눈과 촉수로 대상에 대해 의미를 부여해 나가야 한다. 때로는 신과 영매의 눈으로, 혹은 철학자의 사색과 이야기꾼의 눈으로, 상상의 파노라마로 엮어나가야 한다. 그래야지만 그 속에 새로움이나 통찰, 재미있는 생각들이 담겨지고, 작품의 미학성을 획득할 수 있다.

배부른 김에 7킬로도 못 되는 꽃게를 디저트 삼아 수다는 7킬로도 넘게 떨다 돌아들 갔다.

〈속아도 좋았다〉 중에서

남편의 몸값이 또 올랐다. 요즘 세상은 백세시대라 갈 길이 먼데 A.S 비용이 자꾸 많이 들어간다. 안 그래도 투자금액이 많아서 어떻게 해서든지 오래도록 현상유지를 해야 된다고 늘 우스갯소리처럼 말했었는데, 이번에는 치아 치료 때문이다. 〈중략〉

강아지풀 한 줌이 오늘도 식탁을 초록으로 싱그럽게 장식했다. 무릎 아픈 나를 위해 그가 꺾어온 것이다. 그 보답으로 모셔만 놨던 크리스탈 볼을 꺼냈다. 포도, 메론, 방울토마토 등 있는 대로 다 넣어 샐러드를 만들었다. 울긋불긋한 과일에 새콤달콤한 소스로 버무려진 샐러드를 볼에 담았다. 예쁘고 맛깔스러워 보인다.

갑자기 남편이 저 볼과 같다는 생각이 들었다. 깨질세라 조심 또 조심 다뤄야 하는 남편은 값이 비싼 크리스탈 볼이다. 그리고 그 볼이 평생 품어온 우리 가족은 샐러드처럼 향기롭게 그 안에서 살고 있다.

〈남편은 크리스탈〉 중에서

홍경희의 수필은 구수하고 농익은 재치의 정감이 묻어난다. 그래서 읽는 재미가 쏠쏠하다. 이는 그녀 내면의 유머 감각과 위트의식의 결과요, 나아가 따스한 부부애의 소산이다.

위의 예문 가운데 "배부른 김에 7킬로도 못 되는 꽃게를 디저트 삼아 수다는 7킬로도 넘게 떨다 갔다"라는 표현에서는 재치가 넘친다. 그리고 "남편의 몸값이 또 올랐다"라는 말이나, "요즘 세상은 백세시대라 갈 길이 먼데 A.S 비용이 자꾸 많이 들어간다"라는 푸념, 그리고 "깨질세라 조심 또 조심 다뤄야 하는 남편은 값이 비싼 크리스탈 볼"이라는 비유 등은 표현상 익살스럽기도 하지만, 부부애의 깊은 정감도 깔려 있어 훈훈한 느낌을 준다.

계획 없이 나온 소풍이 기대 이상으로 성공이었다. 단무지 대신 묵은지를 넣고 싼 김밥도 좋았다. 오래 숙성된 김치가 김밥과도 궁합이 이렇게 잘 맞는 줄 몰랐다. 칠십여 년을 삭힌 내게서도 묵은지 같은 깊은 맛이 났으면 좋겠다. 결코 화려하지도 않고, 요란한 맛도 아니면서 어떤 식탁에서도 빠질 수 없는 그 맛 같은, 조용한 묵은지가 되고 싶다. 그러고 보니 남편은 영락없는 김이다. 어떤 재료라도 마다하지 않고 둘둘 말아주는 김. 모든 걸 싸 안아주는 김이 있었기에 군내 나는 묵은지가 제 몫을 다할 수 있었지 않았을까.

가족공원의 벚꽃은 팝콘을 흘려놓은 것처럼 드문드문 피기 시작했다. 문득 그와 함께 걸었던 창경원의 밤 벚꽃이 떠올랐다. 벚꽃나무들은 기세 좋게 꽃망울을 푸짐히 터트리고 있었고, 젊은 우리도 덩달아 꽃처럼 피어있었다. 하얀 꽃 터널을 거침없이 행진했다. 수많은 인파에 밀리면서도 우리는 둘만 있는 듯 오붓했었다.

〈둘만을 위한 소풍〉 중에서

"묵은지를 넣고 싼 김밥"의 비유가 인상적으로 다가온다. 노부부의 소풍 풍경도 정겹지만 80여 년을 넘도록 함께 살아온 남편에 대해 사랑의 정감을 저토록 나타낼 수 있다는 것은 범상한 일이 아니다. 그녀의 부군은 얼마나 행복할까. 누가 그랬던가. 아버지도 아니고 오빠도 아닌, 아버지와 오빠 사이의 촌수쯤 되는 남자가 바로 남편이라고. 또 이 세상에서 가장 내 새끼를 사랑해주는 남자가 남편이라고. 평생 반려동물인 남편을 저토록 생각하고 아내로서 직분(?)을 다하고자 하는 그녀의 마음씨가 너무 곱고 아름답다. 둘째 단락에서도 부부 사랑의 따뜻한 정감이 물씬 배어난다. 가족공원의 벚꽃 이미지와 그리고 창경원의 화사한 밤 벚꽃처럼, 봄날 부부의 교감적 정감이 팝콘처럼 환하게 펼쳐지는 것이다.

문득, 행복하기 때문에 유머가 있는 것이 아니라, 유머러스하기 때문에 행복한 것이다'라고 한 심리학자 윌리엄 제임스의 말이 떠오른다. 곧 유머는 마음을 이완시켜 주고 행복하게 해준다. 바로 여기에 그녀 부부의 행복이 존재한다. 부부란 여름날 멀찍이 잠을 청하다가도 어둠 속에서 앵하고 모기 소리가 들리면, 순식간에 둘이 합세하여 모기를 잡는 사이라고 했다. 분명 부부란 평생의 반려자로 더 이상 가까운 사이는 없는 것이다.

부부애의 정감을 그린 수필집 전반에 고루 퍼져 있다. 가령 고교 시절 지금의 부군과 징검다리에서 데이트 경험을 회상한 〈옥수수밭의 초록빛 시간들〉에서부터, 화초를 사이에 두고 부부 간의 정의 세계를 그린 〈안주인은 웁슈?〉, 부부간 말 걸기와 말 받기에 대한 문제를 쓴 〈그의 존재 의미〉, 남편에게 용기와 성취감을 길러주고자 시도한 〈그의 취미〉, 가족공원 미술관 등 나들이의 회상을 그린 〈둘만을 위한 소풍〉, 부부동반 소래포구 시장 나들이를 스케치한 〈속아도 좋았다〉, 남편의 몸값에 대하여 유머러스하게 다룬 〈남편은 크리스탈〉, 그리고 손녀와 호텔에서 일박하면서 손주 사랑의 뿌리 의식을 담은 〈내 생애 잊을 수 없는 하루〉 등 많은 작품이 그러한데, 그녀 내면의 따스하고 건강한 정감과 훈훈한 가정애와 부부애를 엿볼 수 있는 내용으로 되어 있다. 이들 부류의 글은 그녀의 삶의 방식이나 가치관, 내면의 심리를 알 수 있는 보물 같은 작품들이며, 나아가 노후 부부생활의 지침으로 삼을 정도로 매우 소중한 글이라고 생각된다.

홍경희의 『주행가능거리』는 80여 년 살아온 자전적 존재의 스펙트럼으로 순간순간 사유의 충만함이요, 삶의 환기 형식으로 수필이 총체적 인간학임을 보여준다. 그래서 어떤 색깔은 애틋한 서정에 닿아 있고, 어떤 색깔은 세속적 욕망을 초탈하고, 또 어떤 색깔은 하찮고 사소한 생명들을 끌어안기도 한다. 긴 생애에 비추어 비록 한 권에 불과한 30여 편의 글이지만 그녀의 다양한 에피소드들이 보여주는 되새김질을 통해서 오히려 나의 고향 그리움, 내면의 자의식을 읽게 하고, 존재 방식의 지평까지도 마련해 준다. 특히 문장의 유려한 흐름 속에서 유머와 재치 있는 언어 구사, 충만한 현실 인식의 서사적 형상화, 내면의 솔직한 독백과 생명적 교감의 수필 미학은 견고하고도 아기자기한 집 한 채이다. 그래서 행복한 고독과 황홀한 눈뜸이 있는 그녀의 집에 들어가 살고 싶은 것이다.